一个和尚的偷渡最后怎么成了打怪升级之路？

西游正史

司马路 ◎作品

ZHEJIANG UNIVERSITY PRESS
浙江大学出版社

图书在版编目（CIP）数据

西游正史 / 司马路著 .—杭州：浙江大学出版社，
2017.2
ISBN 978-7-308-16521-1

Ⅰ．①西… Ⅱ．①司… Ⅲ．①《西游记》研究 Ⅳ．
① I207.414

中国版本图书馆 CIP 数据核字（2016）第 304709 号

西游正史

司马路 著

责任编辑	谢 焕	
责任校对	杨利军　夏斯斯	
封面设计	石 几	
出版发行	浙江大学出版社	
	（杭州市天目山路 148 号　邮政编码 310007）	
	（网址：http://www.zjupress.com）	
排　版	浙江时代出版服务有限公司	
印　刷	浙江印刷集团有限公司	
开　本	710mm×960mm　1/16	
印　张	18.5	
字　数	283 千	
版 印 次	2017 年 2 月第 1 版　2017 年 2 月第 1 次印刷	
书　号	ISBN 978-7-308-16521-1	
定　价	42.00 元	

浙江大学出版社发行中心联系方式：（0571）88925591；http://zjdxcbs.tmall.com

目 录

PART 1

第一篇 ｜ **西游真相**

第一章　西游，其实是从这个故事开始

西游的主角自然是唐僧玄奘本人，纵然是神话演绎的《西游记》，孙悟空一个筋斗十万八千里，可还是得保着肉胎凡骨的唐僧，一步一步向前行。那么，真实历史中的玄奘，又是如何跨越千难抵达印度的呢？

历史上真实的西游，其实是从这个故事开始的。

闯宫！未来之佛弥勒的信徒

那一年，是隋炀帝大业六年，论公元历法，则是610年。

那一年春，正月里的大隋京师，在这一天的黎明时分，发生了一起冲击皇宫禁门的事件：一大伙穿着素净衣衫的奇异人士，焚着香，带着漂亮的丝带，要闯入宫门。而那些平日里尚算尽职的"监门者"，也没了惯有的威风，居然向这些奇异人士低头行礼。

为什么大隋帝国的皇宫门卫们如此客气有礼，完全没有千余年后他们的同行后继那般勇武彪悍呢？原来这些奇异人士之中，有个光头粉面的家伙，挺着肥嘟嘟的肚皮，而他的那些同行者，对他顶礼膜拜至极，显然当他是圣贤。

岂止是圣贤而已？这些奇异人士对皇家门卫们说：他便是弥勒！

一听是弥勒，平日里耀武扬威的禁卫军们，登时成了乖巧顺服的小白兔，即便是不信佛的人，也放下手中兵刃，半信半疑地瞅着眼前奇特的景象。

弥勒是谁？相传他的梵文名字叫作"阿逸多"，意为不可战胜之佛。为什么不可战胜呢？因为他便是佛教信仰中主宰来生的"未来佛"，既然是未来的主宰者，谁还能战胜他呢？可是他虽然不可战胜，但不因此威势逼人，又常怀慈悲之心。这也就难怪许多百姓会对这门崇拜趋之若鹜。

早在隋之前的东晋，名僧道安，因为读经文觉得难以理解，便发下了情愿上升兜率天亲自听弥勒菩萨说法的宏愿。

岁月绵延，国人对弥勒佛的狂热更加高涨。唐代中期，有位大诗人也是狂热的弥勒信徒，相传他还组织了所谓"一时上升会"，据说加入该会者都能遁往兜率净土。而他本人，也留下了如此的诗句：

吾学空门非学仙，

恐君说吾是虚传。

海山不是吾归处，

归即应归兜率天。

据说这位弥勒信徒，便是白居易！

隋朝皇室对佛教可是膜拜至极，可这弥勒佛的信徒们真不是轻易能糊弄打发的，他们说未来佛弥勒即将降世了，这世界要大变样，旧的秩序统统要倒地完蛋，天下万民将迎来新的生活新的希望！

好嘛，既然要除旧迎新，这现有的大隋王朝就该被终结——眼下，这大业六年的正月里，这一大帮奇装异服的信徒，便拥戴着未来之佛弥勒，要来抢班夺权了！

啊？是要造反哪！

到这时，禁门卫士们才反应过来，可是已然晚了，他们手中的兵器已然被奇装异服的造反者所夺取。一场京中事变即将酿成……

　　也是巧合，隋炀帝的第二个儿子、当时在二十五六岁光景的杨暕正好路过此处，他的身边，自然也有那么一帮卫士。见建国门下这么一伙貌似宗教界人士居然敢冲撞门卫，年轻的皇子火了，虽然尚不清楚是怎么回事，手一挥，卫士们刀剑在手，便向乱哄哄的人群砍杀而去——

　　事后查问，紧急赶来处置的相关部门终于得出了定论：这是假借宗教之名，实施造反逆乱之事。于是京师城门紧闭，"皇家特工"四出，最终查证落实，多达千余人家都与这件逆案有着或远或近的关系。随即令下，便是数千人头落地——尽管他们很可能是无辜的，只是莫名地迷信那未来佛弥勒而已！

　　不过，据说大隋皇帝杨广此时还是圣明的，他下令杀了那么些人，却不怪罪佛寺，更不怪罪那未来佛弥勒。显然，他认为这是一起典型的邪教事件，佛是好的，弥勒更是好的，只是无知的少数人把经念歪了而已！

　　于是，佛教依旧昌盛。

　　这，便有了未来的玄奘，或者说更通俗的名号——"唐僧"！

　　那么，后来的唐僧，又与大业六年这起佛门弟子冲击禁门事件有何关联呢？事实上，面对诸如未来佛弥勒即将转世这种种流言，唐僧的西行，正是为了厘清舛讹，而前往佛教故乡——天竺，那里应有真正的佛学正说。

　　《西游记》中言，高卧在灵山大雷音寺的如来佛祖，有意要将三藏真经传给东土之人，可是又不愿白送传度，非得到东方去寻一个人，使他跋山涉水，经历了千番苦难，才不敢怠慢真经。于是南海的观音菩萨，便请了佛旨，赶赴东土，去寻一个真心实意的取经人。

　　据说，这便寻着了玄奘。

　　而那玄奘的出身，据说又非同寻常。他的老爹本是高中科举的状元郎，娶了据说是当朝丞相殷开山的女儿，正兴冲冲赴江州上任之际，却被盗贼杀害。这玄奘却是状元公的遗腹子，被母亲送入木板船上。要说这船也奇特，居然能从长江流域的江州，一口气冲到金山寺。

　　这金山寺又在何方呢？长江边上有个金山寺，后来那白娘子水漫金山寺、梁红玉击鼓抗金兵等种种传说故事都发生在那边，却分明不是唐僧的金山寺。倒是黄河下游山东庆云有个海岛金山寺，言之凿凿说就是玄奘出家所在。

他老妈把这个木板船放在长江上，他居然能一口气漂到黄河下游去，这速度、这路线，简直比马来西亚的飞机还神奇。

于是又有人说，玄奘老爹上任的不是那江州，而是距离金山寺不远的无棣，黄河入海口附近的一个地方。好嘛，且不与他论，因为这一切的一切，其实都只是小说家的虚构而已。

事实上，真实的唐僧，首先，根本就没有菩萨去寻他，他是自个心心念念要去天竺取真经的和尚。其次，玄奘也不是什么状元公的儿子，他老爸更不是殷开山的女婿。（顺便说一句，老殷也没做过什么丞相，他的真实身份是一员武将，在跟随李世民讨伐刘黑闼的战争中阵亡。）

史实中真实存在的玄奘，出自中原名城颍川陈氏一门，也就是《三国演义》里那位魏臣陈群的后裔。自然，玄奘的家族早在北朝时代便已然自许昌迁徙至偃师。玄奘的真实父亲，既然不是什么状元郎，也就没有什么被歹徒杀害的冤情，他曾被举过孝廉，做过江陵、陈留这几个县的县令，所以也攀不到殷开山的女儿，于是被盗贼杀害云云，那自然是小说家的虚构。

自然，玄奘也不是出生在唐兴之后，而是要往前推许多年，一直要到隋的年代。而此时的唐僧，正用着他的俗家姓名——陈祎，大概十一岁年纪，跟随他的哥哥陈素（长捷法师）在洛阳城一座叫作"净土寺"的庙宇之中受学念经。

十一岁的年纪，放到现如今也就是一个五年级小学生，正经历着小升初的课业大战。玄奘自然不用为数学题海战而苦恼，更不必为英语单词而焦虑，可他也有自己的课业，那便是佛经与梵语。

第一部经，据说是《法华经》，相传为佛陀释迦牟尼晚年之际的说教内容，所谓"妙法莲华"，其实就是莲花之妙。莲花又妙在何处呢？自然是出淤泥而不染，自然是内敛不露。往大了说，那就是简单的一句话，莲出自淤泥，人出于俗世，莲能成花中之妙，人自然也"皆可成佛"。

文字优美，比喻又如此生动，所说教义又是圆满之至。所以诵读此经，便成了中国佛教徒最普遍的修持之法。

第二部经，则是《维摩经》。相传印度的吠舍离城，有个叫作维摩诘的富翁，他虽然是有产阶级人士，却又深通抛弃一切的大乘佛法。这部《维摩经》，又叫作《不可思议解脱经》，讲的就是维摩诘与文殊等人共论大乘佛法如何般若性空的境界。

于是，不做数学题、不背英语单词的陈祎，不免要背佛经、念梵语，可是天资聪慧的他，居然也不厌学。佛经，成为他的教科书，也成了改变他命运的一把钥匙。

全国只录取二十七人！唐僧的佛界"高考"

四年之后，属于陈祎的时机终于来了。这是公元614年，当朝天子隋炀帝颁下诏书，允许二十七人出家为僧。自然，按中国的规矩，依然是要通过考试来决定这二十七人的人选。

老实说，按考试规则，其实陈祎并不合格，因为这一年他才十五岁，而当时的考试规则规定应试考生必须年满十八周岁。

然而，未满法定岁数的小沙弥陈祎却依旧来到了公衙门外。

自然，他也知晓自己不能参加考试，所以只能来张望张望而已。

可恰巧是这一张望，却被大理卿郑善果发觉了。

这郑善果，却也是个有故事的人。他的祖辈，在西魏时代便出来担任地方官职。他的父亲已然做到北周的大将军，在北周末年杨坚与尉迟迥的内战中死于战事。当时的善果据说只有九岁，便继承了父亲的官爵。后来杨氏篡周建立隋朝，他便出任大隋的地方官。老妈崔氏，每逢儿子在大堂里断案，她便在后堂侧耳听断，如果儿子的分析判断都很合理，她就会欢喜。可若是不妥，做老妈的那就发飙了。不过在那个时代，老妈的愤怒也不必显露，只要不与儿子说话，儿子便明白是自己错了，就跪伏在床前，一整天下来，都不敢进食。老妈便会对他说："娘哪里是在怪你呢，只是对你家感到惭愧而已。你们郑家，一直有清官忠臣的声誉，你老爹以身殉国，至于你，做娘的也实在希望你能继承老爹的遗志。如今你已然是一方的长官，我不过是区区一个寡妇而已，可你若是不能光大家业，辜负世代清忠的家业，我死之后，又有什么颜面去见你的老爹呢？"

据说也正是因为此，郑善果一直将做清官、有政绩作为自己的人生抱负。隋炀帝即位后，考察地方官的政绩，郑善果便与另一位地方官——武威太守樊子盖——并列全国第一，于是被晋升为大理卿。

这大理卿，其实是大隋帝国法律领域的最高主管，与陈祎做不做和尚没什么大关系。可大隋本身就没有专管宗教事务的官吏，所以这僧侣界的资格考试，大概是隋炀帝分派给郑善果的额外任务。

也就是这一份额外任务，成就了陈祎的僧侣梦想。殿阁里的郑善果，瞧见门外这样貌稚嫩、完全是个小孩、行为举止却又很是得当且符合僧仪的少年僧人，于是便动了好奇之心："把那个小沙弥叫进来问话吧！"

问话——郑善果要问些什么呢？

其实也很简单，在郑善果看来，人生在十五六岁这个阶段，正是生长发育最为旺盛之时，玩趣未了、情欲初生！按理说，在这样一个万物萌发生机的岁数，他怎么会想要出家做和尚呢？

然而，当郑善果将心中的疑虑付之问题之际，陈祎的反应却极是简单直接："我的想法，是要远绍如来，近光遗法。"

"远绍如来"，"如来"便是佛教的创始人释迦牟尼，他的意思，便是要将佛教发扬光大，做一个佛门承前启后的人才。

这话，实在是说得太满。若是寻常的庸官俗吏，多半会判断陈祎是个爱说大话的小子，立刻动用手头的权力将他棒打一顿而后驱逐出去。可是陈祎的运气实在不错，郑善果最初是愕然，继而便开怀大笑。

末了，他对在场的官员同僚说："这个小沙弥，我觉得他很有成佛的风骨，将来一定能成为佛门了不起的人物呢！"

这一句妙谈，便为陈祎打开了通向佛域的大门。就中国的人事而言，小陈祎实在是很幸运的人物。

这一年，是隋炀帝大业十年。就陈祎而言，这是他成为玄奘的开端之年。而在大隋，这是炀帝启动第三次东征高丽的不归路之年份。这年春天，隋军刚登上东进路途，内地的起义已然爆发，这便是隋末的大动乱，三板斧的程咬金、卖马的秦琼，日后的许多传奇故事由此演绎开来。

大隋乱了，世间犹如炼狱，人命如鱼肉被刀割，已然身入佛门、人在寺院里的玄奘，很自然会想：这是为什么？

直到很多年后，行走在西游路上的玄奘，依然在想：这是为什么？

在洛阳的净土寺里，玄奘度过了他最初的佛门四年，好学而又聪明的他，似乎听什么都能很快理解，再看一遍便能过目不忘。这般异于常人的智慧，很快便赢得了大家的认可。于是只要有谁对经文不明白，第一个请教的人就是玄奘。到后来，玄奘甚至上了讲坛，帮师兄弟们讲解起经文来。

这是一段快乐的岁月，可是如同大海中的玻璃瓶般，一旦被击碎，汹涌的浪水便告诉你什么才是海的真相。在这四年中，曾经强大到几乎没有力量可以抗衡的大隋帝国在更为汹涌的纷乱中化为粉碎。

正是在这四年中，多达百余次的农民起义席卷南北，人数很快达到百万级。江淮的杜伏威、河北的窦建德，声势最猛的，则还是距离净土寺并不太远的河南瓦岗寨。就在玄奘十五岁那年十月，瓦岗军拿下了中原重镇荥阳，随即于第二年初，向净土寺所在的洛阳进逼。正月的洛水南岸一役，瓦岗军打得洛阳城中最后一支有战斗力的部队王世充军团屁滚尿流，并包围了洛阳。一时之间，东都内外，恐慌情绪主宰了达官贵人与平民百姓，也包括净土寺中的和尚们。

聪慧的玄奘，很明显意识到了什么叫作"城门失火，殃及池鱼"：连池塘里的鱼儿都不能幸免，何况是庙里的和尚呢？

玄奘找到他的二哥长捷法师（陈素），做哥哥的显然对时势把握不够。还是多亏了玄奘点拨得明白："洛阳虽然是我们的家乡，可是时局纷乱到眼下这个地步，难道我们还要留在这里等死吗？"

"玄奘你说得不错，可是离开此地，我们又能投奔何方呢？"

"关中如何？"

"你是说关中？"

"不错！听说那李渊已然在长安接受禅让，做了大唐天子，我们为何不去关中呢？"

玄奘虽然身居佛门，却不是完全对世上之事蒙昧无知之人。就在这年的三月，被纷乱的局势打击得心灰意冷的隋炀帝再也无意回归北方，他打算把六朝的故都（当时叫丹阳，即眼下的南京）修葺一新，作为迁居的新都。可是他身边的关中卫士早已思乡情浓，此时，谁劝阻他们回归故里，谁就非死不可——哪怕此人是九龙至尊的大隋天子。一场兵变就此发生，曾经不可一世的隋炀帝成了被逼上吊的末路天子，甚至没有一个和尚为他的死念一句佛经经文。

两个月之后的关中，李渊便接受他自己所立傀儡隋恭帝的禅让，做起了大唐第一任皇帝。

玄奘鼓动哥哥，正是要去投奔他的治下。

可此时大唐也在草创阶段，最重视的还是一个"武"字。不管是李渊还是他的儿子——那位日后将创造贞观盛世的李世民，此刻都忙着募人为兵，偌大一个长安城中，几乎没有玄奘的立足之地。

"有空喝粥念经，还不如操起兵器当兵，好歹抢块肉吃，总比饿死强吧！"

玄奘兄弟二人自然不愿意参军入伍，不单是他们不愿，和尚们大多不愿。于是许多法师高僧都离开关中，转辗入川。当年刘备和诸葛亮作为复兴汉室大业根据地的四川，俨然成了乱世中一座佛教天堂。玄奘便又对二哥说："入蜀一遭如何？这里没有佛法容身之所，我们还是去那里寻找名师吧！"

长捷法师依旧觉得弟弟说得有理，席卷铺盖，他们便取道子午谷南下。这子午谷，便是那蜀汉大将魏延建议自此出奇兵袭取关中的地方，可是地理险峻、气候难测，也正是因为此，所以魏延的奇谋被谨慎第一的诸葛孔明所拒绝。

子午谷难走，可是后世的蜀地荔枝便从此过，所谓"一骑红尘妃子笑"，相传唐玄宗时代的子午道，便成了所谓"荔枝故道"。从涪州（今重庆涪陵）的荔枝园出发，沿途设置专驿，换人、换马却不换物，接力快送，动用上万人力，每二十里一个驿站，新鲜的荔枝从采摘下树到贵妃手中，相传只需七天，依旧新鲜。

但这是五千年中国史中的特例，玄奘兄弟的南行，只能是艰难的跋涉。或许这正是一种命运的考验，为他将来的西游做一次小小的预热。总而言之，兄弟二人还是顺利地通过了汉川，据说在汉川的一个月里，他们还与曾在洛阳讲学的两位法师意外相遇，玄奘便天天跟着这两位大师受业问道。这在一心向佛的玄奘人生中，大约也是难得的机遇吧！

与此时的长安、洛阳等国内大都市相比，成都不但佛学氛围浓厚，更享有难得的和平与宁静。也正因此，全国的高僧大师都在此汇聚，玄奘得此良机，便有了向更多名师求教的机会。于是，他向道基、宝暹两位大师学习《摄大乘论》，向道震法师学习《发智论》……短短两三年间，他已然从原本的小沙弥，成为精通佛教经典的一时名僧。而他的哥哥长捷法师，也在成都的空慧寺中讲授《涅槃经》与《摄大乘论》，与普通僧人不同的是，他不但讲佛经，也精通儒家经典如《尚书》《春秋》以及道家经典《道德经》《南华经》，一时听者云集。成都士俗，都在谈论这两位来自中原的高僧兄弟。

便是在这年的夏天，由道基法师主持，玄奘领受了二百五十条戒律，披上红棉袈裟，成为一名正式的僧人。

于是，兄弟二人便在安乐的蜀中坐而论道，一时有"陈门双骥"之美誉。在哥哥长捷法师眼中，这似乎是最好的选择。可他这位志向高远的玄奘兄弟，却始终不满足于一时的成功。在读完成都的佛经之后，他告诉哥哥，自己又打算远行了！

然而这一次，一向欣赏且对弟弟言听计从的哥哥却拒绝了。长捷法师明确地告诉玄奘，成都，就是他找到的最佳居留地，他不愿再远行了！

长捷法师不但不愿再远行，还劝弟弟不要再行冒险。

可是，即便是以兄弟亲情作为束锁，也无法阻止玄奘"游天下以明志向"的想法。公元622年的夏天，已然年满二十岁的玄奘，还是离开兄长，独自走上了远行之路，这一回，他的目的地，是长江中游的荆州！

此时，已然是大唐的武德五年，这一年的秦王李世民，正在河北与猛汉刘黑闼展开一场殊死搏斗。而玄奘所要前往的荆州，刚刚经历过梁朝后裔萧铣的亡国之役。在这里，年轻的玄奘，又会有何等不凡的经历呢？

是什么梦，竟让唐僧下定决心去印度？

离开成都，是玄奘走向独立的第一步，假如他与自己的兄长一般，沉迷于在蜀中取得的声望与地位，终老于此，那么便不会有历史上西游的唐僧。

可是由川入楚，玄奘又该与谁同行呢？没有大哥的同甘共苦，也没有法师的提点携进，但玄奘的东行之旅，居然是与一群商人为伴。搭上商船，他沿着长江顺流而下！

为什么选择商旅同行呢？

玄奘自然有他的理由。首先，商人不是单枪匹马前行的，而是成群结队而进，混迹在这么一大群人中，身为僧侣的玄奘，可以保证自己的人身安全，也不必担心给养不足；而商人呢，多半也会有些信仰，对于玄奘这样的精神导师，断然不会轻易拒绝，反正也只是多口饭、少许菜蔬与水而已。

而僧人，据说往往也很识趣。有学术专家考证，说他们放屁——哦，有信仰的人，纵然是放屁也有虔诚的雅称，据说是纵气——僧人纵气之际总是站在下风向，这自然是为了不影响旁人，他们毕竟是有修养之人，颇懂得为人着想。

自然，除此之外据说还有一些小花头，譬如过税关之际，僧人会帮商人背两匹缎子，那便可免去这缎子的关税，因为宗教人士有免税权。

出川向东，玄奘来到了长江中游的荆州——这便是三国时代演绎刘备马跃檀溪、诸葛运筹三分、关羽大意失荆州的那个所在。只不过眼下的荆州，已然平息战乱，坐镇此间者，是汉阳王李瑰。

玄奘之所以选择荆州作为他的第一站，自然有诸多缘由。其中最重要的一点，恐怕是他老父曾经在此为官的经历。曾任江陵县令的老父，想必也曾在此留下诸多故旧。

当日的父母官之子、而今的青年名僧，玄奘的到来在荆州城中自然引起不小的轰动，他所下榻的天皇寺，不但有本地寺庙的佛门人士纷纷前来探访问道，就连荆州的地方官员也颇有来凑一分热闹的兴趣。终于，年轻的汉阳王，也被吸引来到天皇寺中，一听玄奘的佛学讲座。

可玄奘出蜀的目的地可不仅仅是荆州而已，在荆州城中讲了三遍《摄大乘论》、阿毗昙之后，已然是这年的入冬季节，他又启程了。

第二站是相州，今黄河北岸的安阳，殷商古国故都所在之地。在这里，玄奘不再开讲，而是在本地高僧慧休法师门下潜心研学《杂心摄论》。

什么是《杂心摄论》呢？原来就是印度大乘佛教中瑜伽行派的《摄大乘论》。南梁时代，一名印度僧人真谛来到中国，将此经论翻译成汉文，此后流行于华夏。据说玄奘自印度归来后曾重新翻译该书，终于成为该书在中华的最权威版本——自然，这是后话了。

此时的玄奘，自然还是认真做学生，据说慧休法师曾如此夸赞他："玄奘的才学实在是少见，如此这般超群脱俗的领悟力，恐怕无人能比！"

慧休如是说，想必他的才学依然全部传授给了玄奘。于是玄奘又来到第三站赵州。

不错，这赵州就是大家耳熟能详的赵州桥所在之州郡。

玄奘到赵州，自然不是为了看桥，此时的赵州桥，也不过才建成一二十年光景。玄奘自然是来探寻他的佛学的，这回他拜谒的是另一位法师道深——听这名号，似乎他的才学颇深。在赵州，玄奘学的是《成实论》。

这部经书，原作者是古印度的诃梨跋摩，东晋十六国那个时代，那位不论大乘小乘都通的印度僧人、龟兹王之妹夫鸠摩智将此书翻译成汉文，由此传入中原。

当玄奘回到长安，已然是武德末年，此时的大唐帝国，正经历着一场权力的争夺。以秦王李世民为一派，太子李建成与齐王李元吉为另一派，围绕大唐帝位的生死搏杀臻于至极之际。

玄奘自然不用理会这些世俗间事，他又去向道岳法师求学《俱舍论》。继而再向长安城中的两位佛学界名宿法常与僧辩两人求学《摄大乘论》。两位名宿都夸赞玄奘，说他是佛门的千里驹，将来的佛教弘扬就将依靠他了，可惜他们都已年高，无缘得见云云。

可问题也就来了：佛教本是异域之物，传播来华途中，难免以讹传讹、种种谬误，中原的每位法师，对佛法的见解都有所差异，究竟谁的说法最靠谱呢？玄奘搞不懂，而且是学得越多、懂得越多，就会发现越多的不靠谱。

那么，如何才能解决心中的这些疑惑呢？

佛理出于佛，你不懂，自然要溯根问源。最好便是去佛的老家问个明白！

那么，佛的老家在何处呢？

自然是印度——喜马拉雅山南麓的那个国度！

那个时代的僧人，或许有这想法的为数不少，可真正能付诸实施的，实在寥寥无几，原因只有一个，那就是路途太过遥远。如今的时代，我们要去印度已然太过容易，可是真正愿意去的，又有几人呢？

对此时的玄奘而言，天竺，据说是大地极西之处（所以通俗地讲是西天，不过以今日的地理知识而论，就连中学生都能毫不犹豫地指正：印度不在西方，而在南亚）。要往那里，据说得踏着西汉之际张骞通西域的路线前行，翻越高山，跋涉沙漠，沿途之上，有与大唐为敌的突厥人，还有各种难以想象、从未见闻的险恶。

事实上，这种地理的阻隔、对远方风土人情的陌生，正是后来神魔小说《西游记》诞生的土壤。直到千百年之后的元明，尚是如此，更何况当日唐未盛起之时呢？

于是玄奘鼓舞其他僧侣与自己一起同行去西方面佛，起初还真有胆大气壮的应征。于是他们一起去向当局申请西行的出国许可。

可是别忘了，即便在那时，出国也不是一件可以轻易允许之事。有关部门收到申请，一律是置之不理，理由却也简单：在国内好好待着有什么不好，非得去那西方不知什么神豆田竹的荒野国度，你等糊涂，我们却不能随意放纵！

就这样一直到武德九年（公元626年），玄奘依旧在长安的寺庙里念经，那些本想同行的僧友早已散尽。而玄奘，也在梦境中渐渐迷糊。据说这一夜，他便看见了大海，玄奘应该不曾见过真正的海，或许只是想象中的大湖而已。一座金光闪闪的宝山，在海中闪烁着光芒——好嘛，果然是经书看多了！

玄奘想登上这宝山，可是四周却无一条舟楫，唯有汹涌的波涛与他呼应。一时情急之下，玄奘跃入大海——这自然是梦，正常情形下玄奘也无这胆量。

然而这一跃之下，奇迹便发生了，海浪忽然分开，生出许多石莲花来。佛教中素有莲花台子的说法，譬如那观世音，似乎常坐在莲花之上。此刻的玄奘，便在这石莲走廊之上向前狂奔！

终于，来到了那金光闪闪的宝山之下，玄奘寻上山的路径，却一无所获。其实梦境中最好的运动方式，便是腾身向上做飞翔的小鸟——于是玄奘便扶摇直上，一下来到了山顶。

那么，此前所见的金光闪闪，是否意味着这山是金山呢？倘是八戒，必然会作此想。但这是唐僧，他站在这高高的山顶眺望，丝毫不曾想到金光之事，只是这感觉仿若来到了佛国一般，舒服得很……

可这一舒服，也就没下文了，玄奘从梦中醒来，双手合十，他默默思想：“这会不会是菩萨在点拨我，坚定我西行追访佛祖圣地的意志呢？”

此时的玄奘，正是二十七八岁的黄金年龄，也正是这一个奇幻的梦，终于令他下定了决心：“我要西行！”

随后一年便是公元627年，那正是李世民登基为君后改元贞观的第一年。然而此时的大唐，距离真正国泰民安的“贞观之治”尚需时月。即便是国都长安，尚有饥寒之色。到当年秋季，便有一阵强冷空气来袭，随即便是严重的大霜冻。为了应对这天灾与可能由此引发的饥荒，唐太宗一纸令下，说是长安城中居民，可以自由出行，前往粮食较为丰裕的地方。

旨令如此，自然大家照此办理，于是每日里自西门出长安城前往西北的百姓不少。

而就在城门边，观看多日情形发现官兵并不阻拦百姓出行的玄奘微微点头，不错，这正是西行出京的好时机。玄奘喜不自禁，双手合十，默念佛祖慈悲。

换上寻常人的衣服，或是连僧侣服装都不换，只消混在逃难的人群之中，或许就能潜出长安，向西而行吧！

奉命去西天取经？真相其实是偷渡而已

《西游记》中，阻挠唐僧西行取经之人，大体上是些妖魔鬼怪。大到狮驼国三怪牛魔王，小到白骨精玉兔精，目的却也简单，无非是要吃唐僧肉换取所谓的长生不老而已。

那，自然只是神话演绎而已。相反，阻挠玄奘西行的第一人，不是那些精怪妖物，而是大唐帝国的"西部军区司令"——凉州都督李大亮！

他，虽然不是牛魔王，却在玄奘最初的西行中扮演了最大的阻力角色。

说起这位李都督，倒也算得上是一位颇具文韬武略的人物。隋朝末年，当瓦岗寨的起义军与隋军在东都洛阳恶战之际，他便是隋军部将之一。当隋军战败，李大亮自然也成为俘虏之一。当与他同时被俘的一百多号人物悉数被斩首时，李大亮大概以为自己也难逃一死。谁想到偏偏有一位叫作张弼的瓦岗大将，偏偏对他很是另眼相待，不但不杀，且与他促膝长谈一番人生理想，之后，居然将他留在自己幕下，成为至交。

可是李大亮毕竟是有抱负的名门之后，他不愿做瓦岗好汉，一转身，他便投奔了关中的大唐。公元618年，也就是玄奘哥俩避乱入蜀那一年，李大亮得了一份委任状，让他去一个叫作土门的边县当县令。那是西北黄土地上一个遏制北方草原民族来犯的要塞，李大亮一到任，便遇上大面积的饥荒和由此而生的民变。身为地方官，李大亮的第一选择似乎就该是镇压，然而他却"招亡散，抚贫瘠"，甚至不惜变卖自己的坐骑，换成钱粮发放给百姓，劝恐慌的土门县人努力种田。果然这一年就获得了丰收，随即他便募集义勇，出兵平息了叛乱。正因为此，当时尚为秦王的李世民在北方边境巡视之际，便对这样的难得好官，特别下书嘉奖。

这倒也罢了，令人惊讶的尚在其后。草原上的胡人很快来犯，小小一座土门县城又如何能抵挡？援兵尚在千里之外，李大亮该如何应对？令城中百姓叹服的是，他居然敢于单骑出城，大大方方来到胡人大营，与他们喝酒吃肉（据说这肉便是他的马之肉）之余，坦诚相告："土门城里没几个兵，你们要打是挡不住的，可是整个大唐呢？你们今天踏平了土门，明天大唐便能踏平草原。如此你来我往，又有什么好处呢？"

也就是这么一番话，遽然就说服了胡人头领。此时的草原，也正在演绎此兴彼废的一幕。这些胡人无非也就是想找条活路而已。于是这么一来，他们便不再攻打土门，而是愿意投降大唐，做大唐的子民了。消息传到长安，高祖皇帝（也就是李世民的老爹李渊）龙颜大悦，立即下令给李大亮升官。而这大亮也确实表现出色，在随后的讨伐王世充、辅公祏等战役中都立下不小的功劳。李世民登基后，便提拔他做一州的长官（都督），这便相当于现如今的地市级首长了，先是在南方的交州（越南），而后是西北的凉州。

也就是在这凉州任上，皇帝的钦差来到西北，瞧见李大亮的一只名鹰，好嘛，这就看上眼了，使劲给李大亮递话："李都督，你那鹰不错哈，要知道当今皇上可是最喜欢这种猛禽啦，呵呵……"

李大亮不接话，回去他就写了一封秘密奏折，直接递话给李世民："听说皇帝陛下您谢绝打猎已经很久了，可是钦差来到咱这凉州城，怎么就使劲要这猎鹰呢？我就不明白了，究竟是使者要还是陛下您要呢？要是陛下您要，咱能不给吗？可要是钦差自个打的主意，我可就觉得那家伙有些不靠谱了！"

据说李世民这就写了一封回信，告诉李大亮："有你这样的臣子镇守西北，朕还有什么可担心的呢？"特别赐予他一瓶胡酒、一部史书。那史书，便是荀悦的《汉纪》。

正是这样一个直言又能战的李大亮，之后在西北抵御突厥、吐谷浑、薛延陀的数次大规模战役中都表现出色，立下汗马功劳。到此后的贞观十七年（当时玄奘已从天竺归来），他更升格进入中央，担任工部尚书。据说每次他值勤，都不脱衣帽，即便疲惫了也只是坐下来打个盹而已。李世民常说："有大亮在，朕就能睡个安稳觉！"

也正是这样一个尽忠职守的李大亮，成了玄奘西行所遇到的第一道阻碍。他接到地方的报告，说是有个和尚打长安城出来，最近就在凉州的寺院间晃悠，许多百姓都去听他开讲什么涅槃经般若经之类。

李大亮起初倒也没太在意，打东边来个和尚，在咱凉州城里讲经，这算个什么奇闻要事呢？爱听你就去听，不爱听你就别搭理他呗！可是属下的一句话却引起了他的警觉：

"听说此僧人立下宏愿，要出关西去！"

啊！要去西方哪！这不是开玩笑吗？李大亮立马就严肃起来，国家有禁令，不许闲杂人等出关西行，他若是长安的高僧，就该晓得这个国策，唱什么西游高调啊，赶快派个人去，叫他给我回京师去好好吃粥念经！

一队骑兵，这就来找玄奘，说是劝他回长安，其实就是押他东还。对于玄奘而言，这便和那些个虚构的白骨精黑风大王如出一辙了，无非是不许我西进而已。

可人家李大亮是一州的长官，禁止西行又是大唐的国策，玄奘又能如何呢？

唯有一策，那就是偷渡！

李大亮为何坚决不许玄奘西行呢？理由很简单，那便是当时的大唐，正准备与草原上的强国突厥开战。与中原的朝代兴亡相似，草原上也有相似的盛衰更替，昔日不可一世的突厥人，此刻面临着薛延陀、回纥等新兴民族的挑战。大唐的朝堂里，战与和的讨论正在君臣将相之间激烈进行。

也就在这时，玄奘要西行了，这便难怪引起了李大亮的疑虑。

"吃素的和尚，闲得没事做要去肉食者聚居的西北做甚？"

可玄奘只是个吃斋念佛的和尚，哪能领会边情的扑朔迷离？他此刻只有一个念想，那就是西行。

如何才能西行？

若是《西游记》，这便需要徒弟的帮忙，孙大圣该着急，念叨出来个土地爷或是山神公来问问这阻挠西行的李大亮是个什么妖什么怪了。

可这是真实的西行而非神话的西游，玄奘的确需要帮忙，但伸出援手的不可能是孙大圣，而只能是真实的人。

这人便是河西（凉州在黄河西岸，传统上称为河西）地区的佛教领袖，法号慧威，他颇为赏识玄奘的西行用意，乐于帮忙。在获悉玄奘的困境之后，他立即选派自己的两位得意门生，一位唤作慧琳，一个唤作道整，护送玄奘继续西行。

对玄奘而言，慧威提供的更大的帮助，其实倒不是这两个徒弟，而是一封书信——这信是慧威写给凉州往西第二站瓜州城中一个叫作独孤达的人物的。信写得很是简单，事也就一桩：来者是位高僧，他来瓜州你可要好好招待，需要你出手相助之时可莫袖手旁观。

独孤达是谁呢？他虽姓独孤，却与独孤求败没任何关系，他不是武林豪杰，而是朝廷命官，时任瓜州刺史。一听说打长安来了位高僧，又有慧威法师的书信，他很是高兴，当下殷勤招待。

独孤达如此热情，玄奘却不敢冒失。他若是大大咧咧地就此将西行的意图相告，独孤达或许就会立即翻脸，将他押送回京！有了凉州城里的教训，玄奘不愿再有闪失，他旁敲侧击，询问西方的路程风险。此时是瓜州，自然大有知情人在，这便告诉玄奘："你从这往北走，大约五十里地，就能看见一条河，那河的名字叫作瓠卢河，你别看那河面好似窄得很，其实下面即是宽深，加上水流湍急，一旦你落下河去，那可就无人可救了！"

"河边可有城？"

"你这问得好。瓠卢河上那便是玉门关，那可是西行的必行之路。法师你既然如此问，大概是有西去之意了，可要过这玉门关，你非得有通关度牒不可，没有的话，那就无异于登天了！"

"假如能出关呢？关外的路又如何？"

"关外更危险，这玉门关外，每一百里便有一座烽火台，前后共计五座。烽火台之间俱是沙漠，一根水草不见，想要涉险过这烽火台，就更难上加难了！"

"倘是能过这烽火台呢？"

"那便真是寻死到尽头了，要知道烽火台之外便是八百里莫贺延碛啊……"

"哦，这莫喝烟气又是什么所在？"

"原来法师你不知莫贺延碛，这也难怪！那么，你可知沙河？"

"请君赐教！"

"目无飞鸟，下无走兽，复无水草，八百里流沙，这就是莫贺延碛！"

"噢，原来如此！"

日落时分，人皆散去，寺庙之中，玄奘低头默念，然而却始终无法专心，只因一个重要的问题，萦绕他的心头："这样险恶的前方之路，我又该如何过去呢？"

层层封锁！是谁帮助唐僧脱离官府阻挠？

《大唐大慈恩寺三藏法师传》云：有僧字玄奘，欲入西蕃。（有人说这西蕃便是吐蕃，其实不然，西蕃泛指的是西方的少数民族，未必就是吐蕃，也可能是后文将提到的西突厥。）

据说此后玄奘在瓜州耽搁了长达一个多月的时光，是犹豫或是疑惑，总之是一时难以想出过关上路的办法。所谓屋漏偏逢连夜雨，此时那匹自长安以来一直伴随着他的马，也鞠躬尽瘁病死在瓜州，这不免引起玄奘心中的悲伤。

好吧，不得不说此时的玄奘确实在一个艰难的关口，因为随后来自凉州的官方消息便传入了他的耳中："一个叫作玄奘的和尚，竟敢私自出境，沿途州县，一定要严加捉拿，解送京师！"

把这消息带给玄奘本人的，便是瓜州的州吏李昌。至于他的上司，那位殷勤接待玄奘的独孤达，此时则不再露面，或许已然疑虑他所欢迎的僧人，很可能便是玄奘！李昌，正是奉他的意思前来试探。

于是，李昌便把公文展示给玄奘看，玄奘目睹之下，自然心惊肉跳，可是表面上还得装作若无其事。李昌便问："法师可是牒文中所言之玄奘？"

玄奘不敢回答，因为僧侣摩顶受记，最先受戒的就是："一不可杀生，二不可偷盗，三不可邪淫，四不可贪酒，五不可妄语。"所以李昌问他，他也不敢撒谎，只好不说话。

李昌是衙门中人，察言观色就是他的本分，当下见玄奘如此神色，知道其中必然有戏。于是再加大筹码："法师若是肯实言，焉知我不能为你想办法？"

如此一来，玄奘便无可退避，既然如此，他也就放下包袱，实话实说，将前因后果，彻头彻尾地向眼前这位李昌倾诉。

说完心中困惑，玄奘便也就无可烦恼，他注视着眼前的李昌，完全一副听君处置的态度。

应该说，他是顽强的，也是幸运的！李昌不但是一个能干的"公务员"，也是一个虔诚的佛教信徒。玄奘一心西去求取佛法真经的心愿，此时顿然将他感化。他也不言语，立起身来，便将手中的公文撕作两截："法师，夜长梦多，你若真要西行，还请及早动身为妙！"

说罢他便扬长而去，再不来找玄奘麻烦——换而言之，他也就没有将实情完全告知州长官独孤大人。

这便给了玄奘极大的鼓舞与更多的时间，虽然他依旧要为如何西行而苦恼：此前慧威法师派遣的两位僧人，一个去了敦煌，另一个也不堪跋涉之辛苦，只能遣回凉州为妙。

但玄奘还是决意继续西行，他首先做的是又花钱买了一匹马。

马有了，人也下好决心了，可是还不能走，因为没有向导，往西便是死路一条！

可是，谁愿意为一个未经官方许可又拿不出重金雇人的和尚来冒险呢？

玄奘有无办法呢？有，那便是念经祈求，到弥勒菩萨前去，天天祈求，希望这位"未来之佛"能赐他一个向导！

弥勒如何呢？

弥勒只是笑笑而已，《西游记》中指引唐僧西行的，也不是他，而是那南海观世音菩萨，关我笑和尚何事呢？

所以弥勒不理睬他。

可玄奘却锲而不舍，日日夜夜如此念叨，以至于寺里一个叫作达摩的胡僧，大概是听多了他的念叨，不由自主地入梦去，居然梦见那念叨不止的玄奘，坐在一朵莲花上飘然向西而去。

"阿弥陀佛，终于走了啊！"

达摩欣喜不已，醒来却发现只是南柯一梦而已。不过既然如此，他就将这个好梦与玄奘分享，玄奘自然不领情："胡说！"

他是胡僧，说的话自然是"胡说"。可是等他人走后，玄奘又颇沾沾自喜：难道我真的要成行向西而去了吗？

于是，他更卖力地念经。

终于，他等来了改变命运的访客！

这访客叫作石磐陀，他不是汉人，而是所谓胡人。当然胡人也不是真有一个民族自称为"胡"，而是整个中国西方和北方所有少数民族的总称。十六国时代肆虐北方一时的石勒、石虎，就是白皮肤的羯族人；尔后在五代时期向契丹称臣的石敬瑭，则是沙陀人。不论是羯还是沙陀，汉人都简而称之为胡。

有人说，他便是孙悟空的原型，因为孙悟空是猴子，古人又把猴叫作"猢狲"，"猢"通"胡"，所以孙悟空便是石磐陀，石磐陀便是孙悟空。

好嘛，且不论这观点是否合理，且看这石磐陀——他来的时候，玄奘恰好在弥勒佛像前祈祷，两人便由此相遇。初起，这石磐陀也不言语，只是围着玄奘打转，一圈、两圈、三圈……

一开始，唐僧也不在意，可他围着自己转得多了，唐僧便忍不住要问了："施主何事？"

哈哈，这石磐陀找唐僧，还真有一件事。原来他也信佛，希望能成为一名在家修行的居士，而要成为合格的居士呢，就要有一位德高望重的僧人为他授戒才行。这不，他就相中了玄奘法师。

诶哟，玄奘一听这倒正中下怀啊，他此去西域，正需要一名熟悉地理人情的向导。眼前这位石磐陀，不就是个合适的人选吗？

可话虽如此，玄奘还得盘问清楚才能决定是否收徒。

"你，可能遵守五戒？"

所谓"五戒"，自然比和尚一般要遵守的"八戒"少了三条，那是：不杀生、不偷盗、不淫邪、不妄语、不饮酒。有人说怎么还不饮酒呢？水浒里的鲁智深还喝得酩酊大醉以至于砸了山门。呵呵，那是文学特例，说得离奇了大家才关注呢！

石磐陀自然满口答应，于是玄奘这就为他授戒，胡人如愿以偿，自然满心欢喜，这就告辞而去，不一会便带着饼和果子兴冲冲而归，供养自己的新师父玄奘。

玄奘自然还要观察。观察什么呢？观察他的身体是否健壮，是否能适应将来的天竺之行；又了解他是否真的有心向善，有足够的恒心坚持西行。

观察半天，玄奘大概是觉得石磐陀是个极好的人选。为什么呢？第一，他确实是信佛的；第二，他的体魄也确实是强壮的；第三呢，他既然是胡人，自然就比汉人更清楚西行之路。

而最重要的一点则是：在大唐边境紧闭严守的情势之下，如何才能偷越国境，成功出境？这便必须找一个胡人帮忙，显然，石磐陀是个上佳的选择。

玄奘如此想，石磐陀又如何呢？

据说是毫不犹豫、一口答应了。

如此看来，这石磐陀还真是求佛心切，大概是觉得师父有这样的宏大志愿，身为弟子的他也该参与沾光。于是这胡人便满口应承，说自己可以帮助玄奘出阳关、过五烽。

耳听得刚发过誓不妄语的徒弟如是说，玄奘大喜，这就与他约定了时间，分头准备、不可耽误！

这约定的时间，便是第二天的夜晚，地点则据说是一处荒野地，玄奘早早便牵着他新买的马，潜伏在草丛里静静等候徒弟的到来。

石磐陀还真来了，不但他来，还有一名年老的胡人与他同行。玄奘高兴地从潜伏地出来相迎，但一觑胡人身后的红色马匹，心里却登时冷了半截。为什么呢？胡人这马，瘦且老，实在是不中看，估计也不顶用！

石磐陀见师父脸色由晴转阴，猜想大概是嫌自个带来这向导年纪太大的缘故，他告诉玄奘：这西行之路太危险，必须得有熟悉地理的人带领，眼前这个老人，已然在瓜州与西域之间穿越三十余回，这西行路线，没有比他更熟的了！

可说完这话，那老胡人可就开腔了，说什么呢？无非一个意思，西行之路太危险，如果是做丝绸生意的商人，为了利润成群结队而行，那多少还有个念头。你这单枪匹马地往沙漠里头闯，又是为了什么呢？年轻人，你的人生岁月还长着呢，别想不开往那闯啊！

老胡人这话，其实很实在，若是普通人，实在没必要闯这大戈壁。可玄奘呢？他可不是普通人，也不是寻常僧侣，他是早就下定了决心要去天竺问个清楚，所以他的回答，也很是斩钉截铁、掷地有声："贫僧为求大法，发趣西方，若不至婆罗门国，终不东归。纵死途中，非所悔也。"

婆罗门国，这自然就是指印度。在佛教兴起之前，印度最主流的宗教便是婆罗门教。玄奘这席话，无非是在表决心，说自己已然下定决心，要去印度，就是死在途中也绝不后悔。

该劝的已然劝过，既然你非要去不可，那就随你便吧！很多作者写到这里，都说是老胡人被感动了。可事实上，老胡人虽然已经成功往返三十余次，这一次他却不愿陪这鲁莽的僧人冒险，他把自己的坐骑推荐给唐僧："大师一定要去的话，就骑我这匹马吧！"

这话在玄奘听来，不觉好笑：刚才还说路难走，现在却要我放弃这买来现成的好马，骑你这老且瘦的坐骑，这不是欺我傻吗？

"此马往返伊吾已有十五度，健而知道。师马少，不堪远涉。"

啊呀，他这话听上去还真挺有道理：那马虽然瘦，可来回这条路已经十来趟，俗话说老马识途，这可是真的。至于你刚买来那匹马，虽然看上去年轻体壮，却缺少远行经验，不中用的！

玄奘半信半疑，可人家毕竟是有经验的老人，你不得不信。而此时的他，不禁又想起了在长安之际，曾经找一个叫作何弘达的术士算过一卦。老何说："师得去，去状似乘一老赤瘦马。"

眼下玄奘所见，不就是一匹老且瘦的红马吗？

好嘞，既然如此，那就以新换旧吧！玄奘毕竟不是生意人，他选择马的唯一目的就是能安全度他过沙漠。于是师徒二人与老人告别，这就踏上了漫漫西行路。

正所谓"三藏上马，行者引路。不觉饥餐渴饮，夜宿晓行"，《西游记》说到此处，便遇到了剪径的山贼，悟空挥棒打人，引出师徒之间的第一场争吵来了！而在真实的西行路程上，玄奘师徒的分歧更为严重……

葫芦河边，唐僧差点丧命，下手之人竟是悟空原型

真实的玄奘西游历程中，葫芦河边的遭遇，无疑是他所经历的最大险难之一。

起初的经历，倒还算平安顺利。玄奘和石磐陀抵达葫芦河边之际，已然是半夜三更时分。立马河边，远望玉门关，苍凉之感油然而生。数十年后，盛唐的诗人们，便由此吟出诸如"羌笛何须怨杨柳，春风不度玉门关""青海长云暗雪山，孤城遥望玉门关"之类的诗句。

玄奘不是诗人，他所关心的，是出关西行的顺遂与否。好在此时的葫芦河一带，虽然荒僻，却并不是真正的不毛之地，长有些树木。有石磐陀在，斩木为桥、布草为路，这便不是什么难事。更何况熟悉地理的他，知晓上游十里处河床最窄，河面仅宽一丈多，拔刀砍几棵梧桐树，过河便容易得很。

玄奘高兴得很，有这么个好徒弟带路，果然妙得很！

这一高兴，他的心情便放松了许多，之前累积的疲惫便一起涌将上来。师徒二人，这就解了缰绳，卸下马鞍，暂作休整。

虽然如此，玄奘也不敢大意，担心会有狼兽来袭，所以尽管疲惫，也只是半寐半醒。也就在这夜深人静的戈壁滩上，眼光所及，忽然浮现一个人影，向他慢慢靠近，更可怕的是，那人影手持之物，乃是一把刀。

这手持短刀、在半夜之际向玄奘逼近之人，正是石磐陀。

玄奘登时一激灵，这便坐起身来，口中念诵的正是《西游记》中最常听到的观音菩萨名号。《西游记》中说到此处，孙悟空始终不能奈何水中的沙悟净，这便纵筋斗云去南海搬救兵，最终收了沙僧，这才有了过河之法。

眼下的玄奘，却无救兵可搬。事实上，石磐陀若真要杀玄奘，玄奘完全无力抵抗；可若是屈膝求生，也未必就能真的免死。所以玄奘唯一的办法，那就是念经。

有人这便说了：你唐僧念经，还真的请来观音菩萨的救兵不成？那自然是没有的，可念经也不是完全没有作用。要知道石磐陀毕竟还是一个相信佛教、敬畏佛法的人，要不然他也不会跟唐僧走这一遭。

所以玄奘一念经，石磐陀便犹豫了，这一犹豫，刀自然也就砍不下去了。两个人在寂冷的夜幕下僵持了许久，石磐陀想想还是罢了，收起刀，他又躺下睡了。

石磐陀虽然睡了，玄奘却不敢睡。据说他整整念了一个晚上的观音菩萨，天未亮便已起身。此时石磐陀也起来了，玄奘也不啰唆昨夜情形，而是照旧如常，吩咐他去取水盥洗。也有记载说他此时比往时更加严厉，就如同看穿歹徒心中恶念一般。

石磐陀这就开腔了，他说："法师啊！我不是不想帮您，只是前面的路实在是不好走，大漠之中无水草，你要想过去，那就必须去五个烽火台下打水，自然，白天你去不了，非得晚上去，可那烽火台可是驻兵的地方，一旦发觉偷渡之客，立马下死手！"

你别说，石磐陀这些话，可全是事实，无半句虚构夸张。见玄奘沉吟，他便提出自己的建议："不如归还，最为安稳！"

好嘛，你看一部《西游记》，孙猴子几乎是最坚定的力量，可瞧瞧这石磐陀，刚一上路就动摇了。他哪里是孙悟空，整个猪八戒啊！

玄奘不动声色，简单四个字，那就是"继续西行"。

师父说继续西行，那徒弟就得跟着不是。你看《西游记》上，孙悟空总是头前带路，唐僧骑着白龙马在后。可这石磐陀，却非要玄奘走在前头，而他呢，提着刀，拎着弓箭，在后相随！

玄奘继续不动声色，简单两字：不行！理由更不言而喻：我在前头走，你在后提刀给我来一下，那我找谁喊冤去？

谁也不肯让步，僵持之下，这石磐陀终于忍不住，他向唐僧道出了实情："师父啊，你一定过不了这五烽，要是被拦截捕捉的话，我可是要受牵连的呀！"

这话算是说出了他这一夜忽起歹意的缘由。玄奘要去西天，那就必须经过五烽。而以唐僧之力，偷越五烽的成功率又实在太低，到时候唐僧倒霉也算是咎由自取，可他石磐陀该怎么办？

所以这一夜，他左思右想，就起了歹意，半夜拔刀，正是想就此结果了玄奘，了结西去的烦恼。

玄奘双手合十，他算是明白了石磐陀的理由，他毕竟不是难缠之人，当下就表示绝无勉强石磐陀随他西行的意思。你可以回去，但我——玄奘，一定要西行去天竺，必无中途放弃之理！

"纵使切割此身如微尘者，终不相引！"

这个誓发得够狠，不说千刀万剐，不说来世猪狗，他说就算把我切成粉尘，也不会连累到你石磐陀。

话已至此，师徒情分已尽，从此各走各路，石磐陀回瓜州，玄奘则向西而去，此生再不相逢！

倘若孙悟空原型真是这石磐陀，如此实在令人汗颜。我倒以为他与《西游记》中动辄分行李、你回流沙河我归高老庄的猪八戒有几分相似。

问题在于：这位石磐陀，如何会从最初的恳切求佛者与唐僧西行协助者，在一夜之间迅速地胆怯退缩？或许只有一个答案，那就是他本身就是一个寻求宗教庇护的凡人，而非专心一致愿意为信仰而牺牲自我者，如此想来，他会在入大漠之前便心生怯意，也就可以理解了！

且不说他，只看这玄奘继续往西行，这便入了苍茫大漠。

正如石磐陀所言，翻越大漠不易，玄奘随即便尝到此等滋味。茫茫沙海，既无水草两三根，更无道路半条，除了沙便是风，别说人烟，就是妖怪也没半个！

风沙又如何呢？玄奘此前在关陇、西川、河北河南都曾经历过，可那都是人烟密集的农耕地区，做和尚的，即便找不到寺庙收留，也能向路边的人家讨口饭吃，在屋檐下借住一宿云云。所以你看说唱话本家演绎出来的《西游记》，唐僧一路西行，过了一国又一国，探了这山访那洞，不论是人是妖，总是热闹得很。

可眼下呢，玄奘真实所见，是单调的黄。自然，这黄也不寂静，刹那间风起，沙层就弥漫天际，而玄奘，身边再无一人指引陪伴，唯有低头默念："南无阿弥陀佛！"

偶尔，沙漠中也能见到一些风沙之外的事物，譬如驼马的粪便，又譬如兽骨乃至前人的尸骸，那应是沙漠中行走前辈的痕迹，没有了水或是迷失了方向的结局往往便是如此。身为后来者的玄奘目睹前人的残迹，虽然心中哀伤，却依旧一心向前。

"南无阿弥陀佛！"

也就是这时，在玄奘的眼前，依稀浮现军旗与长矛画戟的影像，他觉得这不应该，似乎是幻觉，于是便闭上双眼，可是随即耳边便又传来号角与军乐之声，以及战马嘶鸣、士卒行阵……

"难道这是真的吗？"

玄奘猛睁双眼，一时间军旗矛戟俱如烟散，战马号角皆不见踪迹。前方只是黄沙而已，可这冷静也只是一时而已，即便睁大双眼，玄奘前方的黄沙世界也如水般慢慢流动起来。

沙漠中孤独无助、近乎绝望的这般情形，实在令玄奘难以忘怀。许多年后，距离玄奘年代并不遥远的僧人慧立撰写《大慈恩寺三藏法师传》，便有如此描述："顷间忽有军众数百队满沙碛间，乍行乍止，皆裘褐驼马之像及旌旗槊纛之形，易貌移质，倏忽千变，遥瞻极着，渐近而微……"

然而虽然如此，玄奘毕竟还有理智，大漠之中岂会出现这等景象？以今人眼光看来，自然是玄奘的精神过于紧张导致出现幻觉，而在玄奘看来，又何尝不是远方的神佛对自己西行意志的一种考验？

艰难愈盛，予志愈坚！

据说就在这一刻，玄奘的耳边，居然响起了一个似乎很熟悉却又不知为谁的声音："勿怖！勿怖！"（别怕！别怕！）

你可以说这也是一种幻觉，但正是这声音，令玄奘的精神备受鼓舞，一时振作起来。这莫不就是佛祖在传递给他一种支持的心声？身为僧人，有佛祖的支持，纵然妖魔鬼怪、沙石风土，有何惧焉？

玄奘定下心来，脚步缓慢，却坚定无疑地向前行去。

这，便穿过了八十余里的沙漠，玄奘的眼前，出现了出关道上第一个烽火台的景象。

终于见到了实实在在的人，自然也有清澈可饮的水，可这时玄奘的偷渡客身份，却令他无法贸然上前。他唯有按捺住心头的急切，俯首在沙沟地带，默默静候夜幕的降临。

因为，唯有夜幕时分，他才有几许机会偷越这烽火台；也唯有夜幕时分，他才有机会在第一烽附近补充他的饮水，以备日后的长途跋涉之需。

等待是折磨人的，而忍耐着漫长的饥渴等待更是一种煎熬。好在玄奘对待这种煎熬也有他自己的办法，那就是使劲熬，实在熬不住之际便默念佛经。或许正是这种信念的力量，居然使玄奘顺利地耐住了漫长的炎热时日。当月色浮现天际，他便起身，自烽火台的东头，缓缓潜行至西头，无人发觉。

玄奘缓缓站直身躯，他已然弯腰屈背整整一日。眼前是银色的水面，是久违的生命之泉，他这便解下马背上的皮囊——

但，也在这时分，一支箭，呼啸而至，掠过他的膝盖，箭头深深扎入他前方的沙土之中。玄奘纵然是得道高僧，也不免心慌胆战。而第二支箭，随即射落在他的脚步之前。

他，被发现了！

烽火台边！好一个峰回路转

半夜时分，广显驿烽火台的校尉王祥被部下唤醒，说是有人试图偷越，而且奇怪之处就在于此偷越者非寻常百姓，更与军事无干，他是个和尚。

"何处的僧人，竟敢跑到这里？"

王祥觉得有些不对：做僧人的，那就该去寺庙寻访，这西方边陲的沙漠地带，无草无食，又是三更半夜，他来做什么？

思来想去，王祥觉得还是不可能，估计还是附近瓜州某庙走失的小沙弥而已，也罢，这就把他叫进来，呵斥几句让他回去便是！

可这一见面，王祥又觉得自己此前的判断多少有些冒失了，眼前的确是个僧人，而且衣着、长相居然还都不错，不像是野狐禅。正在琢磨之际，他倒开口说话了："校尉可曾听凉州人说有一位出家人玄奘，要去婆罗门国求法？"

诶呦！王祥这倒奇了：难道这人就是凉州城里盛传一时的那个僧人？

呵呵，他一时却也不信："听说那位玄奘法师已经东归长安去了，与你又有何干？"

然而这时，这被捕的偷渡僧人居然摇起头来："非也，玄奘法师并未东归，他的意愿是前往西方，志愿未酬，谈何回归呢？"

这话，不免引得王祥也笑将起来，可随即偷渡僧人便打开他的经箧，取出能证明自己身份的东西来给王祥看，可笑之言便成了赫然的事实。

"你就是凉州城中所传的玄奘法师！"

僧人默默点头。

这下该王祥沉默了，他是这烽火台的主将，按理他该将这僧人拿下，急送凉州，因为凉州都督李大亮，早已发下了逮捕此僧，押送长安的命令。可他也是一名忠实的佛教信徒，要他缉拿一位矢志西行的僧人，实在不忍。

"法师可知，此去婆罗门国万里迢迢、路途艰难？"

"知！"

"法师乃平原内地之人，可知沙漠之险、山地之难？"

即便以往不知，然而此时的玄奘，刚刚经历过如此情景，又焉能置若罔闻？可是求佛真经的心，已然被这险难浇筑，愈发坚定起来。玄奘说："知！"

王祥乐了，既然你知道困难了，那就好办了。我也不为难你，实话对你讲，我呢，虽然也信佛，但职责所在，岂能放纵你偷渡出境！不妨咱各退一步，你呢，不去西天了，我呢，也不抓你，要知道我是敦煌人，那里佛法兴盛，我认识一位张皎法师，他也是个德学兼备之人，对您这样的佛法高深之人更是景仰得很，若是您愿意过去，他一定高兴地出来相迎，呵呵，您瞧这是多好的一个安排啊……

王祥为自己的安排而得意，眼前的僧人却低头默念，显然是不愿接受此等安排。王祥不禁有些不乐意，口气忍不住就加重许多："法师，您可知此去婆罗门国，多半会死于途中，还不如听从我的建议，前往敦煌为妙啊！"

玄奘终于抬起头来，王祥的话，他不是听不懂，可是他有自己的打算。而要实现这打算，眼下所要做的就是说服眼前的王校尉。

他先告诉王祥，自己打小就在洛阳长大（潜台词很明显，在大都市里长大的玄奘，又怎会留恋敦煌这种小城边郡），两京（长安与洛阳，这就相当于眼下的北京与上海，中国的两大都市）的大德高僧且不说，就连边鄙如西蜀一带的稍微有些名望的僧人，我都会负笈登门求教。倘若只是为了荣华富贵或是个人的名望，又何必一定要矢志西行，来到这边塞之地？

为什么呢？为什么他一定要冒着死亡的风险，前往西方呢？

很简单，那就是要以佛法救世人！可是这九州的佛经典籍，要么翻译不全，要么经义不明，显然是传经者误。我玄奘，并非有什么超凡脱俗之能，可是为了求得真经大义，那就只有冒死西行，求这佛家的真经！

一句话，这和尚是下了狠心，死也要奔西天而去，你要么放他走，要么就一刀剁了他，了却此生！

对于佛教虔诚信徒的王祥而言，此时便剩下唯一一条路，那就是利用手头并不多却是此时此际最大的权力，帮助这不要命的和尚实现他的诺言。

好吧！王祥终于让步，答应帮助玄奘。他请玄奘吃了一顿蛮不错的斋饭，并安排他就此安歇。第二天一大早，他便让士卒帮玄奘打满清水，以及同样必不可少的干粮，而后便骑着马，亲自送玄奘出行。

"法师，由此西去，便是第二与第三烽火台，这两处的守将都不太好说话，法师且不必与他们理会！"

王祥告诉玄奘，原来还有一条小路，可以绕过这第二、第三两座烽火台，直接抵达第四座烽火台，那里的校尉则好理会，那是王祥的同宗本家，叫做王伯陇。

"法师你只需提我王祥的名字，他必会助你！"

如此一来，玄奘西行的第一大困难居然得到了化解。从地图来看，王祥的这个烽火台（广显驿）就在瓜州城北五十里处，初建于汉，重建于唐。玄奘自广显驿向西，跋涉三天三夜，方能到达第四个烽火台，那便是双泉，据说名字就来自烽燧西侧的两个泉眼，而今，这里叫作马莲井。

王祥如此讲，玄奘却不敢就此贸贸然地去找那王伯陇，他依旧是想少惹官兵，能自己过就自己过去算了。所以在顺利地抵达双泉附近时，他依旧是偷偷地乘着夜色想取了水就过去，结果证明大唐帝国的边防军人素质是一流的，依旧是一箭飞来，就在玄奘的身旁。

玄奘这时也终于学乖了，他立即大声呼喊，不再等第二箭飞至："莫射！请让我与你们王伯陇王校尉见面！"

这灰头土脑的僧人居然能说出守将的姓名，想来也不是一般人。士卒们立即把玄奘带去见了本处长官王伯陇。王伯陇果然也很慷慨好客，或许是卖王祥的面子，他给玄奘提供了充足的干粮和马料，更颇为体贴地将一个大号水囊相赠。

"前方就是第五座烽燧，那里的校尉颇有些粗暴，法师你与他恐怕难以沟通。"

"如此一来，则如何是好？"

"不碍事，自此处行百里路，便可见一处泉水叫作野马泉，法师你可在彼处取水。而后向西，便是莫贺延碛。至于法师你能否越过那处，那就全凭佛祖之意了！"

话说至此，玄奘明白，这一前一后两位王校尉已然给予他最大的帮助，往后之事是否能成，全然在于他玄奘自己。所谓舍生取义，玄奘早有此觉悟，这就与王伯陇"泣拜而别"，踏上通向莫贺延碛之路！

真的八百里流沙！没有沙僧，弄丢水囊的唐僧如何过去？

莫贺延碛，玄奘的西行之路走到这里，才真正遭遇极致的考验。这便是《西游记》中的流沙河——《西游记》写那流沙河，说是："八百流沙界，三千弱水深。鹅毛飘不起，芦花定底沉。"这自然是因为吴承恩从未见过真正的沙漠，所以无法想象流沙是何等模样。在他想来，既然是所谓流沙，大概无非是河水之名，河宽且急，所以河中沙石随水流急罢了。

正因为这般想象而成，所以《西游记》中的流沙河，"浪涌如山，波翻若岭"，河里跳出来个沙悟净，也是"一头红焰发蓬松，两只圆睛亮似灯；不黑不青蓝靛脸，如雷如鼓老龙声"！

真实的流沙考验，那便是莫贺延碛——长八百里，古曰沙河，目无飞鸟，下无走兽，复无水草。

玄奘西行之后千余年的1879年,当时知名的冒险家普尔热瓦尔斯基也曾路过此地,此时的他已然有近代化的交通工具,然而面对沙河的严酷,他依然为之心惊肉跳:"大碛直径110千米,海拔1600米,为波状平原,到处是高台,像塔一样的黄土悬崖,土壤掺着沙砾的卵石覆盖着,戈壁中既没有植物,也没有动物,甚至连蜥蜴和昆虫也没有,白天地面灼热,笼罩着一层像充满烟雾的浑浊空气,一路上到处可以看见骡马和骆驼的骨头,呈现出一片十分可怕的现象。"

八百里瀚海,年降水量据称在30毫米以下,真正的寸草不生,四季大风呼啸,对谁都是可怕的煎熬。玄奘过此处时又是单枪匹马,没有任何人可以提供帮助,甚至连喝彩的观众都不见一个,难怪玄奘也发出如此哀叹:"往上看,不见半只飞鸟,往四周瞧,没有一头走兽。蹲下去,暴晒之下没有一根水草可以遮蔽,沙丘之上,自己的人影是唯一伴侣。"

如此艰难的历程,整整四夜五天,身体的疲惫加上饥饿,以及最致命的口渴,玄奘几乎便要放弃。四顾白茫茫一片,狂风席卷着沙浪袭来,散落在他头顶之上,俨若疾风骤雨。

白天如此,夜晚又如何呢?玄奘说:"夜则妖魅举火,灿若繁星!"

所谓"妖魅",那自然只是玄奘的幻想而已,有时只是太过疲惫而导致的虚脱,在此时自然会出现许多幻觉。玄奘如何应对呢?那便是默念观音菩萨,或者是《般若心经》。在信佛者看来,菩萨的庇佑是最可依赖之物。而《般若心经》一发出声,种种怪异景象也就如烟而去,"妖魅"自然也不在话下。

念佛可以增强信心,却无法指引正确的西行路线。玄奘在流沙中艰苦跋涉了一百多里路,却始终不见那"野马泉"。

"自此处行百里路,便可见一处泉水叫作野马泉。"

回想王伯陇的嘱咐,刹那之间玄奘脑海中浮起不祥的预兆,难道是自己走错方向,以至于迷路了吗?

心慌之际,他下意识地打开水囊饮水,然而更致命的威胁就在此时降临,水囊从他手中滑落在沙漠之上,顿时泄露无余,一滴不剩!

这可真是比迷路或是遇妖更严重的事件。没有水,他该如何越过这八百里流沙？

一时之间，玄奘慌乱了心神，他唯一能做出的判断，那就是掉头回去，到王伯陇处重新装水、再行出发！

如此一想，他立刻调转马头，可是十里过后，他又犹豫了："若不到天竺，决不东归一步！"

难道当初的誓言，竟被这小小黄沙给击破了吗？宁可向西走而死，也绝不东归而生，这难道不是你玄奘的决心吗？

一时之间，以往的誓言又激励起他的心神，不错，即便无水，也要走下去！即便是死，也要死在西去的路上！

于是，他又转向，继续向着西方而前进了。不分昼夜，在沙漠中孤单前行，饿了就啃几口干粮，渴了就念念经。风沙袭来时，他就闭目养神且默念心经；黑夜时分鬼火闪烁，他也照旧念经行路，怕什么魑魅魍魉，任你形状恐怖，也就当你是前后跟随的小厮。

可是，没有水喝的玄奘，真的能就此凭着意志穿越大漠？

滴水不进，必然只有口干舌燥的结果。而口干舌燥只是最初的表象，随后便是头晕目眩，加以全身发烫。虽然硬扛能扛过一时，终究不能抗过全局——在几个痛苦煎熬的日夜之后，玄奘终于无法前进，连同他的马，一起翻倒在沙地之上，这几乎就是完蛋的结局了。

此时，生命值近乎底线的玄奘据说还能祈求神佛，他向观世音菩萨默念，说自己去天竺取真经，既不是为了赚钱，也不是为了求取名誉，唯一的念头，那就是求得无上正法，赐福百姓众生，这样一个念头，为什么就不能实现呢？菩萨啊你大慈大悲，听到我的默念就该来救我啊，如此云云！

《西游记》中的唐僧，也曾如此遇难，只不过他是被各种妖精拖拿到洞中洗涮上架准备下锅而已，每当此时观音菩萨据说就会给予他那悟空徒弟各种帮助，最终解难平险。

这时已然是玄奘进入瀚海的第五夜，据说就在他垂毙将亡之时，这大漠之上忽然凭空而来了一阵凉风，吹拂在玄奘身上，登时将他的生命值提高了好几个等级。玄奘浑身感到前所未有的凉爽，心神也为之一变，模糊到几乎要再也睁不开的双眼，居然瞬间恢复了视力，就连身旁的马儿，也霍然站起，发出低低的嘶鸣之声。

如此凉爽，玄奘恨不得就在此吹拂着凉风，睡一个前所未有的安乐觉！然而也就在此时，一个身高数丈、俨然《西游记》中巨灵神一般的巨人出现在他的面前："你这和尚，为何还不打起精神赶路，躺在地上耍赖不成？"

其实这巨人多半不是巨灵神，而是所谓韦驮。据说曾一十八世为将军身，五十四世为宰相，手持金刚宝杵重八万四千斤，金刚不坏身，发大誓愿，佛佛出世拥护佛法，如此云云。玄奘此时被这尊巨人入梦惊醒，登时不敢再做停留，动身上路，这就再往前行。

事实上，转机也就在眼前。行了大约十里路后，那匹老马忽然抖擞精神起来，转过方向向另一个方向狂奔。疲软无力的玄奘哪里能拉得住，只好随它。没想到这一路狂奔便到了一处沙漠中的绿洲，青草数亩，马儿忙不迭地去吃草。而有草必有水，果不其然，不过十来步，一处汪泉便出现在玄奘眼际。

这，正是天无绝人之路！

第二章　佛国，去西天究竟有多远

唐僧取经去西天，究竟有多远？《西游记》说是十万八千里，那自然是个虚数，当不得真。若从实际行程看，玄奘这次西行，历经十七年之久，五万里行程、一百三十八个国家，在没有现代交通工具的情况之下，确实是极其遥远！

"火焰山"之"火"，真是悟空惹的祸吗？

"听伊吾国的人说，今天早上打东方来了个高僧！他的法号叫作玄奘……"

"别开玩笑啦！这几天没见商队骆驼来过，他一人如何过这大漠，难道是腾云驾雾来的吗？"

玄奘在抵达伊吾的当天，便成了当地的一大新闻。在这个"早穿皮袄午穿纱，围着火炉吃西瓜"的所在，有一座大觉寺。寺中居然有三位来自中原的汉僧，他们一听说玄奘来了，立即出门相迎。为首的老和尚，甚至来不及将僧袍穿戴整齐，就迫不及待地奔出寺门。当他看到刚从沙漠中出来而疲惫不堪的玄奘，居然失声恸哭："想不到这辈子居然还能见到家乡的僧人！"

哭声惊动了整座大觉寺，也惊动了整个伊吾城，城中的百姓都在议论纷纷，说这位来自东土大唐的和尚如何神勇，居然单枪匹马穿越了大漠来到此处。

消息很快传入了伊吾王廷，而此时恰有一位来自西域城郭诸国中首屈一指的强国高昌之使者，他自然也对这名东来的高僧很感兴趣。返回高昌之后，他便向国王报告了这个消息，国王登时大感兴趣。

为什么呢？首先自然因为高昌的国王也信佛，对来往此间的僧人都很是优待。其次，也是更为重要的原因，这个僧人来自东土大唐，能徒步穿越莫贺延碛，要么是得到了菩萨的庇佑，要么就是他本身有不同于凡人的才能。

这高昌国，原本是十六国乱世之际西方强国张氏前凉国所设置的一个郡，而后经历长年战乱，到玄奘来此地的160余年前，高昌郡便成为一国。而在约130年前，鞠氏家族登上王位。此后，从当时的北魏到眼下的大唐，高昌便成为中原王朝的属国。甚至在此前的隋朝，高昌还曾出兵协助隋炀帝，远征半岛的高句丽。

此时的高昌王，正是鞠氏家族的后人鞠文泰。玄奘来访三年后，他便前往大唐帝都长安，成为首位入京上朝的高昌王，唐、高关系一时达到融洽的顶峰。

于是，鞠文泰立刻派出使者，迎接玄奘来高昌。

这，便令玄奘有些为难了。因为他本来的行进路线，是要北上可汗浮图城（后来的大唐北庭都护府所在地），而后一路向西，寻求突厥统叶护可汗的帮助。若是前往高昌，那就等于是迂回改道了。

思虑再三，玄奘还是接受了高昌的邀请，在特使的引路之下，一路向西南而行，长途跋涉整整六天，这才抵达高昌国的边城白力（今吐鲁番）。此时天色已晚，玄奘本打算在此住宿，可使臣却说："国王就在前方的王城恭候法师的到来呢，请法师还是继续前进吧！"

"虽然如此，可马力已然不足。"

"无妨，换一匹马便是。"

《西游记》中，玄奘自骑上白龙马之后再无换马之举，然而在真实的此刻，他却留下了将自己驮过大漠的红马，换乘快马前行。就在这夜的半夜时分，终于抵达高昌王城。使臣所言非虚，高昌王鞠文泰与他的王妃，秉烛出迎，兴高采烈地将玄奘迎入王宫。

"弟子自从听到法师大名，高兴得废寝忘食，计算路程，知道法师会在今晚到来，所以不敢入睡，在此诵经恭候！"

鞠文泰自谦称为弟子，或许是实情。由此也可见他迎接玄奘来访的真切之意，偷渡出境、出生入死的玄奘，一旦走出绝境，命运便由险而安，简直被奉为天外来客——最尊贵的客人！

可是尊崇并不一定就代表着顺利，鞠文泰对前所未见的玄奘如此热情相迎，显然是有他的用意——那便是希望玄奘留在高昌，做该国的国师。

首先，鞠文泰请曾留学长安的一位法师为自己传话，请玄奘担任高昌国师，玄奘的回答很简单，那就是No！随即鞠文泰又把八十岁的国统王法师请出来做说客，却依旧无果。鞠文泰只能亲自上场，他的态度倒也表达得很是明白果断："弟子仰慕法师，希望能留下供养。即使葱岭可以移动，弟子之意也不会改变！"

在他看来，玄奘拒绝留下，无非是怕他表示供养只是一时的兴趣，时间久了恐怕要来个"始乱终弃"。所以他再三表明自己的心意，确实是诚心供养，请法师莫迟疑。

可玄奘也很坚决，他告诉鞠文泰，自己西行就是为了求佛法，如今西天未曾到达、真经未曾见得，怎么能半途而废呢？大王你弘扬佛法，就不该阻拦我西行啊！

话不投机半句多，此时的鞠文泰便有些恼了，他觉得你这和尚怎么就这么不识相呢？我再怎么说也是一国之君，我若是不放行，你走得了吗？他不客气地告诉玄奘，你只有两条路可选：要么留下，要么回大唐，向西，那是门也没有！

这，便有些尴尬了！起初的热情，如今成了玄奘西行的最大阻碍。他唯有低头默念阿弥陀佛，此行为求大法，现被大王阻拦。可大王你虽能留我身在高昌，却拦不住我心往天竺！

两下俱不肯让步，一时便成死局。高昌王拂袖而去，而玄奘也不甘示弱，他的办法，便是绝食抗议，以表西行决心。

鞠文泰觉得此人太不可思议。难道是自己的态度过于强硬，以至于惹恼了他？于是到用餐时间，他便亲自端饭递水，表示对玄奘的谦恭与诚心。可那和尚，居然依旧绝食如故。

鞠文泰便恼了，好！让他去，看能坚持绝食到几时？

唐僧的结义兄弟是哪个？说李世民的，你那是被《西游记》给骗啦

此后的剧情便很简单了：一个以权相逼，你要么回大唐，要么就留下；一个是以死明志，纵然是天王老子都不能改变我西行的决心。如此的默剧一直上演了三天三夜，直到第四天，眼见得这和尚气色渐衰却硬是滴水不进，鞠文泰终于投降了："法师，请您进食吧，本王放你西行便是！"

玄奘虽然听得此语，却不敢就此轻信，他请求高昌王对天发誓，以免事后耍赖变卦。鞠文泰照办，可他也有他的条件：

第一，希望能与玄奘结拜为兄弟；

第二，请玄奘在高昌国停留一月，为国人讲经；

第三，待玄奘归来之际，需在高昌国停留三年，接受鞠文泰的供养。

"既然你答应放我西行，这些条件又有何不可呢？"

玄奘全部应承下来，继而恢复饮食。这两个同样执拗的人，就在佛像面前行结拜礼，鞠文泰为兄长，玄奘为弟——在后世的《西游记》中，作者大概是觉得玄奘与异国国君结拜不够气派，于是再升一级，把结拜之人换成了唐太宗李世民，玄奘居然成了大唐天子的御弟，如此一来，玄奘自然也不必再行偷渡之事，只需堂而皇之地过关换公文就行了。历史的真相，就是如此被涂抹。

玄奘这就为高昌王讲经，据说他讲的是《仁王护国般若经》，顾名思义，念诵这部经文便可消灾护国（结果唐僧念此经后十二年，高昌国便为大唐所灭，彼时玄奘尚在天竺未曾归来）。鞠文泰自然是摆下营帐，手执香炉，亲自为玄奘开路，甚至相传身为一国之主的他，还异常谦卑地下跪，让

玄奘踩着他的肩膀坐到高处。这在尊崇权力的中国人看来，自然是很难想象之事了！

好吧！再盛大的场面也有收场的一天，旋即一个月便过去了，玄奘启程西行的日子很快便到了。鞠文泰想得倒还真是周全，首先他为义弟剃度了四个小沙弥（见习和尚），做什么用呢？自然是做玄奘的弟子，说白了那就是跟随玄奘鞍前马后的小侍从；而后提供玄奘更换御寒用的僧袍，达三十套之多，上到面套、下到靴袜，一应俱全；还有黄金百两、银钱三万，作为玄奘往返的路费，这鞠文泰下本可够阔绰了！

可是还没完，最重要的，还是鞠文泰写的24封照会，致玄奘路经各国的君主，希望他们能看在鞠文泰的面子上给予照顾。尤其是称霸西方的统叶护可汗，鞠文泰专门委派了一名特使，给可汗送去五百斤精美的绫绢、两车上好的果味，更修书一封如是说："来到可汗这边的法师，是我的弟弟，他想去婆罗门国求取佛法，希望可汗啊，能像怜惜小王一样怜惜他！"

在书信中，鞠文泰特别请求，希望统叶护可汗能给予玄奘乘坐"邬落马"的特权。

什么又是"邬落马"呢？其实那就类似于大唐的驿站专用马，用于传递重要文件或是紧急军令情报之类——鞠文泰如此要求，显然是为玄奘做到了极致的考虑。

于是玄奘这便放心西行，在他的前方，便是后世《西游记》中的火焰山。说书人说那师徒四人到了这里，便觉得"热气蒸人"。唐僧问当地人，当地人便告诉他这里就是那"无春无秋，四季皆热"的火焰山，而且这山正是"西方必由之路"，有八百里火焰，四周寸草不生。若进了山，就是"铜脑盖，铁身躯，也要化成汁"哩！

真实的"火焰山"，就在这高昌国境内，今天的吐鲁番盆地之北缘。这里维吾尔族人称之为"红山"，音译为"克孜勒塔格"。而在玄奘那会，确实就曾叫作"火山"。全山寸草不生、光秃秃一座赤褐色山岭，就连飞鸟也不敢打此处飞过。暴日照射之下，更是山岩灼灼闪光似火烧，热流翻滚如赤焰，叫作"火焰山"再合适不过！

为什么会有这等火山奇景呢？《西游记》归因于孙悟空当年的大闹天

宫，一脚踹翻了太上老君的八卦炼丹炉，炉中几块火炭从天而降，不东不西，便恰好落在吐鲁番，形成了火山奇景。

自然这是神话，连玄奘都不会信它，这吐鲁番事实上正是欧亚大陆的腹心内陆地，四周为高山与大块的干旱高地，这么一块盆地陷落其中，来自大洋的海洋湿润气团无力进入，这无水便无草木，日照之下的戈壁受热多而散热少，于是"中国热极"便自然而成。

而据考证，火焰山很可能还真的熊熊燃烧过一些年头，源头就来自煤层的自燃。曾有学者考证，说火焰山的山体中就含有煤层，而且有自燃现象发生，接近地表处已然自燃殆尽，可是紫红色的燃烧结疤依然可见。

许多唐代诗人也曾留下类似火焰山云云之诗句，他们自然是不曾读过孙悟空借扇子那个版本的《西游记》，可是著名边塞诗人岑参的《经火山》就如是说："火山今始见，突兀蒲昌东。赤焰烧虏云，炎氛蒸塞空。不知阴阳炭，何独燃此中。我来严冬时，山下多炎风。人马尽汗流，孰知造化功。"

这岑参，乃是天宝年间的进士，距离玄奘西行，也就百余年而已。由此也可以推断，玄奘西行经过吐鲁番之际，确实可以看到这"熊熊火燃"的火焰山，只是无须借那芭蕉扇来扇而已。

值得一提的是，这种炎热的气候，倒是恰好成就了甜美的葡萄干。当葡萄成熟之际，热风自气孔吹入密闭的"荫房"，不过数十天，鲜葡萄便自然而成葡萄干。

《西游记》中，孙行者会合了"四大金刚、六丁六甲、护教伽蓝、托塔天王、巨灵神将并八戒、土地、阴兵"，这才降服了牛魔王，押着他去见铁扇公主，这才换得那柄丈二长短的芭蕉扇子，扇灭了满山火焰。而在史实之中，有高昌骑兵的护送，玄奘自然无须为过不过得了火焰山而担忧。一路向西，他这便来到了西域第三站：阿耆尼国。

"乌鸡国"君知否？那可是真实存在的千年古国

这阿耆尼国，其实就是汉代的焉耆国。后来叫作这个名字，却是受了婆罗门国的影响。原来婆罗门教的火神，就叫作阿耆尼。印度最古老的文献《梨俱吠陀》曾言："（阿耆尼）于天界为太阳，于空界为雷电之火，于地界则为祭火。于诸神中，（阿耆尼）与人类之关系最密切，能破除黑暗，烧尽不净，降魔除怪，亦被称为'罗刹（恶魔）之杀戮者'。"

所以这阿耆尼国，其实与以上所讲的"火焰山"也颇有关联。而火盛之地，自然最缺的也就是水。玄奘来到此处之际，就曾路过一个叫作阿父师的山泉。相传许多年之前曾有商旅途经此地，水尽无处可取。有商人就责怪随行的僧人，说你怎么不祈求佛祖保佑，降点水给我们喝喝呢？那僧人倒也不推辞，登上绝壁，让山下众人齐声呼唤："阿父师为我下水！"

传说之中，在众人呼唤数次之后，居然真有水自天而降，商人们纷纷取皮囊盛水。可在水停许久之后，却始终不见那僧人下来。登崖看时，才发现那僧人已然在山上坐化。自此，此处便得名阿父泉。

玄奘当年路过这阿父泉，想必也为这传说而感动。据说当夜他们就住在这泉水旁，下一站便是一座叫作银山的山脉，之所以有此名，自然是因为山中有丰富的白银矿藏，据说西域的国家用银都是取自此处。

说来也奇怪，这山中分明藏有丰富的银矿，却有一伙强人，不去采矿而惦记着来往客商的袋中财物。大抵是图个便捷，在这银山上，玄奘便遭了劫，好在玄奘的队伍人多势众，玄奘本人又不在意财物，随便拿些财物分给他们，而他们也不贪心，所谓见好就收，呼啦而去。

虽然无事，但经这一折腾，玄奘的队伍已经无法前进，夜色降临，一大帮子人便在山下河边过夜。有几十个胡商，说是急着要去前方做生意，于是冒着夜色前进，人各有志，这也由着他们。但没想到一大清早，玄奘的队伍向前行进之际，便在前方十里地的路边看见他们的尸首，商人们居然全都被杀死在道旁，无一幸免。

玄奘自然不胜感叹，然而这便是现实。队伍继续前行，这便抵达阿耆尼国的国都。可是面对玄奘的到来，这国似乎却有些冷淡，倒不是因为不欢迎玄奘，而是不欢迎高昌人。理由是两国曾多次开战，结下了仇恨。

既然如此，玄奘也只好尴尬地住了一宿便离开了。

若干年后由玄奘口述、弟子辩机执笔的《大唐西域记》一书，便是以这阿耆尼国作为第一篇，他说："阿耆尼这个国家四边都是山，道路险阻，很容易自守，引泉水浇田。这个地方啊，气候很好，民风也很朴直。所用的文字呢，取自于印度。伽蓝寺庙有十多所，僧人两千多个，学的都是小乘佛教。"

大概是因为不受欢迎，玄奘也不客气地指出这个小国的缺点，据他说："（阿耆尼）国人民勇敢好斗却没有智谋，喜欢吹牛而已。国家治理得也很差，没什么严格的纲纪，法律很松弛。"

而在《西游记》中，阿耆尼国便成了所谓"乌鸡国"，这"乌鸡"是不是如人而言，就是这个小国的图腾呢？其实未必，阿耆尼国又有一个与"乌鸡"差不多的别名"乌耆"，佛经中有个咒名就叫作"乌耆帝"，据说可除禅定之垢、却障道之罪，诸魔邪鬼都灭在此咒之下。很可能，乌鸡国便是乌耆国的误传而已。

这乌鸡国又是怎样一般故事呢？作者杜撰说唐僧在这国中的一座王家寺院里，梦见了喊冤的国王，告状说妖怪将他害死，又变成他的模样，霸占宝座与王后。唐僧便把有能耐的徒弟悟空喊来帮忙，最终揭露假王真相，居然是文殊菩萨的坐骑青毛狮子。

不过，阿耆尼国虽然不欢迎，却不影响玄奘的行程，玄奘继续向西，这便来到了屈支国，也就是西域史上最富知名度的龟兹国，一场大戏，就此展开！

那么，玄奘西行路上的前两站——高昌和阿耆尼，这两国后来又如何呢？

高昌王鞠文泰后来便入朝长安，然而正是这次入朝给高昌带来了厄运。当时的大唐尚在恢复期，鞠文泰一路看来，发现大唐既不富也不强，于是便决心依旧以西突厥为自己的主人。这自然便导致了大唐的武力惩戒。

贞观十三年，也就是公元639年，此时的玄奘尚在印度，而昔日恩待于他的高昌王鞠文泰居然向大唐挑战，敢于断绝西域与中原的商业往来。唐太宗再次征召他入朝，他也称病不去。终于大唐天子被惹怒，枭将侯君集以及草原出身的契苾何力成为远征军正副司令（当然，那时的正式官名是行军大总管与副大总管），率领雄兵强袭高昌国。

此时的鞠文泰倒是出奇地镇定，他说这大唐距离我高昌足足有七千多里地，里头还有两千里地是沙漠，连行军马匹必需的水草也没有，唐军怎么来呢？就算他们插上翅膀飞到我这边，粮草也必然不足，我只需坚守城池便可稳收胜利果实！

这大概就是看到玄奘西行的艰苦吧，可大唐军队可不是一个僧人可比，结果当侯君集行军至碛口，鞠文泰便已呜呼哀哉，很可能是被吓死的。他的儿子继承王位，唐军四面进围，什么推车撞墙、抛车砸石头，许多高昌国人闻所未闻的武器全部亮相——结果证明：高昌确实不堪一击，新王守城无术，却还指望西突厥能来救他，可西突厥明知大唐的厉害（此时东突厥已然被大唐收服），又岂敢冒犯？

亡国，便成了高昌的最后结局。

至于阿耆尼也就是焉耆国，最初也是依附于西突厥。当大唐兴起之际，他倒是没敢太招摇。武则天时代，设立安西都护府，阿耆尼便成了安西四镇之一。此后属于大唐旗下数十年，直到"安史之乱"爆发，吐蕃占据了此地。不过也未曾拿得安稳，不久便被回鹘人夺去。不过，无论是吐蕃还是回鹘做主，独立的阿耆尼国都已不复存在。

从《西游记》的车迟国到《天龙八部》的鸠摩智

玄奘的第三站，乃是西域的另一个大国龟兹（qiūcí），今新疆的库车县。玄奘把它叫作"屈支"，这显然是对龟兹国名的误译，因为两个词音近，实在没必要再生造一个国名出来。

龟兹国也是西域路上的佛教大国，玄奘抵达王城时，据说国王群臣都出城相迎，数千僧众，更张起浮幔，在都城的东门奏乐相迎。玄奘抵达后，先是接受鲜花的馈赠，在佛前来了个唐僧散花，而后又接受葡萄浆汁的奉献。龟兹有多少寺庙，玄奘便接了多少次如是内容的奉献。

其实对于龟兹这个国家，玄奘等佛教徒本就不该陌生，因为数百年前的

"五胡乱华"时代，氐人建立的前秦就曾西征过龟兹，当时的前秦帝王苻坚特意叮嘱奉命出征的大将吕光，西征不是为了抢地盘，而是为了抢人。那里有个和尚叫鸠摩罗什，我仰慕他已然许久，你拿下龟兹，一定要把他平安带回来。

要说这秦将吕光也是爱恶作剧的家伙，打下龟兹之后，他俘虏了鸠摩罗什，左看右瞧也没看出有什么出众之处，这就起了作弄之心，硬逼着鸠摩罗什与龟兹公主成亲。鸠摩罗什虽然正是血气方刚的年龄，却自守甚严，说什么也不肯答应，结果被这吕光要了手段，将他灌醉之后与公主关押在一间密室里。

所谓酒后乱性，这个国人都懂的。于是鸠摩罗什便很不幸，破了色戒。而此时前秦已遭颠覆，长安城中兴起的是羌人政权后秦。那位后秦国君姚兴也相信这佛教，于是邀请鸠摩罗什到关中传教，为此甚至不惜动了刀兵。而此时抵达长安的鸠摩罗什已然年近六十，姚兴见了他便说："大师聪明绝顶，可不能使法种无后啊！"

这话什么意思呢？羌人实在，觉得大师也该有女人，而且不能只有一个，这就一口气给他派了十名侍女。鸠摩罗什据说也宝刀不老，生下两个儿子来。不过虽然是被迫，但破戒终归是事实，难免有人非议。鸠摩罗什便为自己解脱，说好比臭泥中莲花怒放，你看的是莲花，管那泥土臭不臭！

这位鸠摩罗什和尚在史上很是有名，所以后来金庸写《天龙八部》就整出个"大轮明王"鸠摩智来。这，也算是一种历史的变异吧！

玄奘此刻便来到了鸠摩罗什的祖国龟兹。

龟兹国也有些来自高昌的僧人，他们在城东南角有自己的寺庙，这就邀请玄奘前去住宿。玄奘感念鞠文泰的情意，自然也就欣然前往，这就在高昌人的寺庙里住了一晚。第二天，龟兹国王便来了，说是宴请玄奘。

那是龟兹国的国宴，玄奘却合起双掌谢绝进食，国王很是奇怪，难道嫌这饭菜口味不佳？玄奘说不是。那么是嫌饭菜不合佛家规矩，这可是三净肉啊？

好吧，那么问题就来了。什么是"三净肉"呢？你的眼睛没有看到动物被杀时的情景，耳朵没有听到它惨叫的声音，更不是为了要吃它而把它杀害，那便是"三净"了。你去菜市场，屠夫拎着一只鸡对你说："大和尚，瞧瞧这鸡多新鲜，要给杀了下酒不？"

那就不是"三净肉"，你要吃了就得是"酒肉和尚"不可了！

可若是已然宰杀、切割完毕甚至煮熟了放在碟子里，那么身为比丘的你便可以吃。因为，它非为你而杀，你也不曾看到、听到它临死之际的惨状悲呼。

玄奘这便对国王解释，说这是本教为了吸引众生接受教法而采取的一种过渡手法，而大乘佛经，也就是贫僧所学的佛法，禁止僧人食一切荤腥。

原来如此，国王明白了，这是要本王专门为您备下素斋啊，也好！

这看似寻常的一顿饭，实际上已然是代表大乘佛教的玄奘与小乘佛教的一次交锋，小乘佛教是允许比丘食用"三净肉"的。拒绝吃肉，这便是玄奘向小乘佛教发起的第一次挑战。木叉鞠多，正是龟兹国小乘佛教的掌舵人。据说此人博闻强记，在龟兹的声望极高，他曾游历天竺长达二十余年，号称遍读各种佛经，最擅长的，则是所谓"声明"——这自然是佛教的一种专用名词，其实就是说他通晓世间各种语言，在言辞表达上尤为成功罢了。

玄奘一到龟兹，便来拜访这位大师，自然，你也可以说这是大小乘佛法之间的一次交锋。事实是木叉鞠多并没太在意这个东方来客，一开场他就颇为自满地说："东方来的和尚，我这边什么《杂阿毗昙心论》、《俱舍论》应有尽有，足够你在此学习了，又何必这么辛苦，要赶到印度去呢？"

玄奘点头："大师您可真慷慨，那么我想问，大师您能教我《瑜伽师地论》吗？"

木叉鞠多可真不客气，他直接就教训玄奘："那是邪书，看不得的！真正佛门弟子，哪有看这种邪书的呢？"

老和尚出口训人，玄奘也不客气了："大师您方才说的《俱舍论》那些书，我们大唐也有，我只是遗憾这些书太过浅显，讲不明白佛理，所以这才专程来到西方求取真经，学学这本《瑜伽师地论》。据我所知，这本书是弥勒菩萨所说的经文，为什么您会指认它是邪书呢？诽谤经典，这可是要下地狱的啊！"

这可是指着鼻子骂老和尚了，可是木叉鞠多也没法生气，因为自己确实说得太谬！他只好转移话题："哎呀，其实那些经书，你未必真的就懂了，怎么能说是浅显呢？"

哈哈，恰就是这句话，被玄奘逮住了尾巴。玄奘便问他："既然如此，法师你都能解吗？"

老和尚怎么回答，说自己也不能解，那不是打自个嘴巴子吗？只好硬着头皮，说我都能给你解释。

好嘛，这就开始了，玄奘引出《俱舍论》的一些文字来请教木叉鞠多，木叉也是糊涂了，一开口居然就说得七荤八素，玄奘问得急了，他便慌了："那唐朝来的和尚，你别老揪着一个地方问啊，换个别的好不好！"

好，那就问另一个问题，这木叉还是够呛，居然也不能解，要说你不能解释那就认输算了，他竟然耍起了赖，说《俱舍论》里哪有这些话。

老师父在大唐来的和尚面前耍赖，一时令台下的弟子们都低下了头，作孽啊这都是什么事！也有不低头的，那便是比木叉师父地位不差的一位僧人——龟兹王他叔也在台下听着呢，法号叫作智月，也懂得些经论，这便起身来，证明《俱舍论》里确实有这句话。

"啊呀，智月你也记错了哈！"木叉便想糊弄过去算了，偏偏这唐僧和龟兹王他叔都执着得很，硬是翻出《俱舍论》来查找，结果自然是有的。

"呵呵，诸位，不好意思，看来是我老糊涂了！"经典在前，白纸黑字，木叉也只好认错了。

玄奘却不肯就此结束，他说这个可能是大师记错了，那么别的呢？接着又提出几个问题来，木叉或许是真的乱了阵脚，全然胡说一气，根本就说得不通。

"哈哈，我明白了！"玄奘起身告辞而去，这个身影真够潇洒，看得寺中诸多僧人羡慕不已。

此时尚是冰雪封阻的季节，玄奘只能等在龟兹国休养时日。但他也是个闲不住的人，时常四下逛逛，也常来拜访那个说经说得乱七八糟的木叉鞠多。吃了亏的老和尚也不敢再怠慢，但凡他来就恭恭敬敬的，有时甚至故意避让，还对人说："啊呀，这个唐国僧人不好弄啊，他要是真去了印度，全印度的年轻僧人都比不过他呀！"

这应该是对玄奘的最高褒奖了。

那么，《西游记》中有没有龟兹国的故事演绎呢？有人说没有，可司马却觉得有，只不过那国名换成了车迟国（车与龟、迟与兹皆音近），而大乘佛教与小乘佛教的争斗则换成了中国人更熟悉的佛道之争。尊道压佛之反面角色，便是那虎力、鹿力、羊力三个大仙，也被车迟国王尊为国师（其实这就相当于龟兹国的木叉鞠多）。结果唐僧师徒便与三个大仙比法术，从赌祈雨到隔板猜物、高台坐禅，直至砍头、剖腹、下油锅等一系列国人爱看的刺激法术，结果则是佛教胜道教。其实，这哪里关道教什么事，那其实是对玄奘在龟兹国辩得木叉鞠多语无伦次的事实反映。

八戒倘真是猪，那该是西域野猪！高翠兰嘛，也是个蒙面女娃

由于大雪封山，玄奘在龟兹国逗留了两个多月，当天山雪路已开的消息传来，他再也坐不住了。他要继续向西，去天竺！

龟兹国王很是盛情，他送与玄奘大批驼马与力夫。此时的取经队伍不再形单影只，而变得奢华庞大——这，便引来了盗贼的关注！

当时，玄奘的驼队已然行进了两天行程，忽然之间，前方掀起了一场狂暴的风沙。玄奘急忙让人躲避，然而风沙其实并不可怕，更可怕的是风沙之后到来的突厥人。他们显然不是寻常的牧民，也不是突厥汗国的正规军，而是打劫为生的剪径团伙，人数多达两千有余。

遇到如此庞大的盗贼团伙，玄奘的驼队只能乖乖交出财物。可就在这时，奇妙之事发生了，盗贼们居然为了如何分割这些财物大打群架起来，而且杀得天昏地暗也难分胜负，慢慢地杀到远处空地去一决雌雄了。既然如此，玄奘就说，且让他们打去，咱们不妨先走。于是驼队居然得以脱险，从容地西行，这便来到了姑墨国。

姑墨国此时的梵文国名叫作"跋禄迦国"，《西游记》说到这时节之际，用一个庄客的话指出："此地乃是乌斯藏国界之地，唤做高老庄。一庄人家有大半姓高，故此唤做高老庄。"

乌斯藏便是吐蕃，距离姑墨国颇有一段距离，搭不上界。可这高老庄，据说偏偏就在这姑墨国，当年猪八戒娶妻就在此处，孙悟空变化戏弄猪八戒也在此间，称姑墨国为故事发生地毫不为过——自然，这故事是虚构的，所以这地点也七歪八倒，搬到了吐蕃国界处去。

此时已然是初春时节，山上的雪，白天沐浴阳光而融化，夜间又经历低温再冻结为冰。真实的玄奘既无悟空护佑，也不必担心妖怪，却无法逃避这严酷的自然。他的前方，便是凌山，这山在葱岭之北，险峻而高耸。玄奘在山下仰望，只见雪山冰峰，直入云层。更有一位姑墨国的老人吓唬他，说此山中有暴龙存在，你们登山时一定要小心，莫穿红衣服、莫大声嚷嚷，否则惊扰了暴龙，它一声怒吼，山崩地裂、冰雪齐下，你们这些人的性命就只能悉数葬送。

暴龙——难道是白垩纪的霸王龙再生？自然不是，玄奘所面对的，其实只是难以逾越的雪山而已。事实上，在七天七夜的翻越雪山行动中，从高昌国出发的护送人员有十之三四葬送了性命，包括鞠文泰特意为玄奘剃度的小沙弥，亦有两人冻死在雪山之上。呜呼哀哉，老人的话其实不算假，雪山便是夺人性命的暴龙，只是玄奘要往天竺去，就必须面对这种考验。

从雪山一下来，玄奘便来了一个所谓"热海"的所在。单听名字，便是从极冷到极热，实际上这"热海"只是一个高山上的大湖而已，湖水便是山上的积雪融化而成，水中之鱼该是不少。玄奘曾在他的书中写道："（热海）水族虽多，莫敢渔捕。"

游牧民族以牛羊为生，捕鱼确实非其所长，再加上宗教传说的掩护，热海水族是幸运的生物。烟波渺茫、无风有浪，这热海也确实是西域的一道特殊风景。后来，随着大唐的向西拓展，此处也成为中国的领土。直到清同治年间，才割让给了当时的沙皇俄国。

玄奘不看鱼，他的念头唯有一意西行，去天竺。沿着热海往西北而行，便是西突厥的腹心之地。此时，突厥之统叶护可汗，正在此地打猎。玄奘就是要找到他，寻求这位西土霸主的帮助。

突厥，而今已然是一个历史名词。不过正如同后来的蒙古一般，它也曾经是一个显赫的草原民族。相传最早在西海（一般认为就是今咸海）附近，有一个小小的游牧部族，据说是早先匈奴人的远亲别种，姓阿史那。在最初的草原竞争中，这个部族曾惨遭灭族之灾，只有一个大约十岁的小孩子，士兵劈断他的脚、砍断他的胳膊，抛弃在草原上，随便他被野狼吞噬。可偏偏这狼还不吃他，一只母狼还叼来肉给他吃，长大之后呢，就与他结合。这时仇家又来追杀，处死了男人，还要杀那母狼，那狼便跑了，一口气跑到高昌国的西北山中，生下了十个男孩，后来便繁衍为十个姓氏，其中之一便是这阿史那氏。所以后来突厥可汗的牙门之上，总是挂着一个狼头，这意思就是说永不忘本，我们可是狼生的。

最初的阿史那氏部族联盟，生活在阿尔泰山一带，据说阿尔泰山的山形很像作战时战士戴的头盔（这应该是可信的），所以就此为族名。"突厥"就是这个族名的音译。而后来的事实也证明，狼的后代果然勇猛无比。在唐僧西行的大约八十年前，突厥便成了草原上不可忽视的一股力量，当时的西魏王朝正是因为看到了这一点，愿意将长乐公主下嫁突厥。此后，突厥果然掀翻了当时的草原霸主柔然，势力扩展到整个大草原。

就人种而言，突厥人，显然不是黄种人，只是在成为草原新霸主之后，才渐渐与其他部族融合，成为黄白混合的种族。而就势力范围而言，突厥则远胜过此前的柔然，他曾联合波斯向西灭白匈奴（即阿富汗一带的厌哒人），向东征伐青海湖边的吐谷浑，包括高昌在内的西域大多数城邦国家都向他臣服。甚至当时的东罗马帝国也注意到这股强大势力，事实上与突厥结成了联合对付波斯的联盟。

但是，显然突厥的土地太过辽阔，当时的可汗不得不在西域设立所谓"小可汗"，事实上，东西分治这便拉开了序幕。中原的隋王朝在与突厥发生战争之际，便使用离间计，直接诱发了东西突厥的大分裂，从此草原上两边纷争不断，大隋倒成了居中的裁判，这也算是隋文帝的一大妙算！

玄奘抵达西突厥汗国之际，正处于西突厥的鼎盛时代。此时的西突厥可汗，便是这位统叶护可汗。因为需要与唐朝共同对付东突厥，这位可汗似乎也颇善待玄奘。加上玄奘与他见面之际，拿出了鞠文泰的书信，那就更亲近了。

此时的统叶护可汗心情也很是不错，因为他正要出发去打猎，所以特别叫人将玄奘安置休息。等他狩猎归来，便在大帐正式接见唐朝来的和尚。这接见仪式想来很是庄重，当玄奘走近大帐约三十步时，可汗便出帐相迎，对唐僧也算是另眼相看了。

突厥的习俗，是盘地而坐，因为他们原本的信仰，其实就是拜火教，若放桌椅，那是木器，属于可燃之物，用他们的话说是"内含火种"，所以敬而不用。玄奘原本也该如此（汉人在汉代尚是盘地而坐），可是突厥人却特地为他准备了一张"铁床"。

有人说，哦呦，这是让唐僧睡在铁床上，大伙围着看吗？自然不是。古人之床，最初即是睡觉场所，也是一种坐具。椅子的出现，就在唐代，这遥远的中亚，自然是有床无椅。

于是玄奘就在床上坐下，突厥人想得也确实周到，不但有床，而且还铺了一张垫子，颇为舒适。待玄奘坐好，这才把随行的高昌使节等人也传进帐，接受了高昌国书与礼物。而后便是开宴，突厥人喝的是马奶酒，而给玄奘专门准备了葡萄汁；突厥人吃的是牛羊肉，给玄奘专门准备的是素斋，要说这素斋也确实丰盛：饼饭、酥乳、石蜜（就是后人的冰糖）、刺蜜（据说是一种叫作骆驼刺的植物叶中分泌凝结而成的糖粒）、葡萄……总而言之，这一顿饭糖分有点高，吃得唐僧牙都快掉了。

当然玄奘也不能白吃白喝，为了谢可汗的招待，他要讲经说法。据说餐席之上，唐僧就为可汗一席人讲解了五戒十善及波罗蜜多解脱之业。其实这有点小讽刺，因为五戒就是不杀生、不偷盗、不邪淫、不说谎、不饮酒，玄奘眼前众人，可都喝着小酒，论起杀人更是在行（自然这主要是指战场杀戮）。面对这样一群人，你又如何度他们过生死苦海，到涅槃彼岸呢？

可不管如何，玄奘讲得很是起劲，可汗一众据说也听得很是入味，使劲劝玄奘要在这里多住几天，好仔细听讲。

听众反应良好，玄奘自然高兴，多住几天也无妨，稍迟去天竺也可以。可这只是开端良好而已，没几天便来事了，可汗传下话来，要玄奘就在突厥这边长住算了，此处甚好，何必去那火一般炎热的天竺挨晒呢？

"法师还是不要去那边了，那边可不是个好地方，旁的且不说，单说那天热，十月里还跟咱这边五月里差不多呢！法师长得眉清目秀，就不要去那里混了，那里太阳毒啊，恐怕法师你一到那边就要被晒化了。至于那天竺人，更是奇丑无比，又黑又难看，加上粗野不讲道理，野蛮得很，法师你一个斯文人，何必去那种地方呢？"

可汗到底是个说话直接的爽快人，这一席话，完全道出了以突厥人为代表的温带世界对以印度人为代表的热带世界之观感。

可是玄奘该如何反应呢？要是这就听了可汗的话而留下，那他就不是《西游记》里那执着取经的唐长老了。问题是面对大国至尊的统叶护可汗，如何回绝才能保证前程无忧呢？

突厥可汗曾劝唐僧莫去西天：太热！人都晒得黑炭似的

在《西游记》中，玄奘面临最多的考验，无非就是妖怪要吃他的肉，据说可以借此长生不老，这实在是个弥天大谎，居然勾引得无数妖魔大王竞折腰。而在真实的西游历程中，玄奘面临最多的阻拦，除了险恶的自然环境之外，便是诸如统叶护可汗之类挽留他在此长住的情景。

这就好像是女儿国国君要留他下来做新郎官一般，要的是他的人，却不是为了吃他的肉——只不过可汗等人不要他做新郎，只要他留下来讲经做长住和尚而已。

虽然如此，结果都是一样的。妖怪要吃人，可汗何尝不能杀人。玄奘若是怕死，毕竟过不了这些考验，摆脱不了诸多阻挠，他还是和面对高昌王时一样，说话斩钉截铁："贫僧去印度，不是为了游山玩水，更不是爱慕虚荣、追求富贵，而是为了访求佛法真经，可汗不必为贫僧担心！"

玄奘说话也圆滑了许多，他不说可汗你莫留我，我死也要去印度，那说不定可汗真让你去死了算了！他说的是可汗你莫为我担心，我能安全抵达印度，也必能安全回来。

虽然如此，无论是在座的权贵，还是玄奘本人，心里都捏了一把汗。因为眼前之人，不是区区小国高昌王鞠文泰可以比拟的寻常君王，而是叱咤整个中亚世界的突厥可汗。当年张骞在匈奴，拒绝了单于的诱降，可是整整被扣押了十年，娶了匈奴娘子生了娃这才回来。

好在统叶护并不强求：你一定要去印度出汗受苦，那也没办法，且由你去！不过你是汉人，所懂的印度语毕竟有限，我找个翻译陪你同去。还有，你那袈裟法服也都破损不堪了，穿得破破烂烂去印度，那边的人会狗眼看人低，也罢！我送你绫罗法服一套、绢五十匹，你这就去印度吧！

于是这就告别了西突厥，向西跋涉四百里，抵达一个叫作千泉的所在。这里实际上是统叶护可汗的避暑胜地，如今是吉尔吉斯斯坦境内。玄奘取经之后二十多年，大唐的势力便延伸到了此处，以碎叶城为治所的蒙池都护府，便管辖着包括千泉此处在内的草原西土。

在玄奘的记载里，曾说到这千泉："素叶（就是我们所说的李白出生地碎叶）城往西走四百里路，这就到了千泉。千泉这个地方哪，南面是绵绵雪山，其余三面都是平地，水土肥沃，所以林木茂盛。每年的暮春时节啊，开遍杂花，就好像是美丽的绮罗锦缎。可汗啊，他每年都来这边避暑，还在这边养了许多鹿，鹿头颈上还都挂着铃铛。这些鹿跟人混熟了，也驯服得很，你随便靠近它们都不会受惊逃走。这都是因为可汗的法令缘故，谁要是敢杀这些鹿啊，诛无赦！"

从千泉继续往西，走一百五十里路，便是史上著名的怛罗斯城。约百余年后，中国依旧是唐朝，领兵将领是高句丽族将领高仙芝，他带领三万多唐军长途奔袭，深入七百余里，最后在此与从未遭遇的对手阿拉伯人遭遇。此时的阿拉伯帝国曾有一条传言，说是谁能首先踏上中国的国土，谁就将被委任为中国的长官。而大唐对此，几乎是一无所知。

战斗持续了五天，据说最初唐军还是占据着上风，但关键时刻发生了原本跟随唐军作战的葛逻禄部战场上叛变、反戈一击的严重事件，由此导致唐军前后部队的失联。阿拉伯人乘机以骑兵主力发起猛攻，唐军受到两面夹击，终于全线崩溃，逃回安西都护府的，仅仅只有高仙芝等数千人而已。

怛罗斯之战是阿拉伯帝国与唐王朝的唯一一战。阿拉伯人虽然战胜，却也就此打消了进一步东进扩张的念头；而失败者大唐，则因为随即发生的"安史之乱"而无力报复。而较为长远的影响则是，伊斯兰文化从此在中亚奠定了基石，而汉文化的影响则相对东撤。而今，此地已然在哈萨克斯坦治下。

由怛罗斯城往南，玄奘一连经历数个小国，翻越一块沙漠，这便抵达了中亚名城撒马尔罕，这里是中华、印度、波斯三大文明的交汇之地。在玄奘来此之前千余年，来自马其顿的亚历山大就曾对此城发出如此嗟叹："我来到此处，原来之前的一切听闻完全都是真实，撒马尔罕，比我的想象更为壮观！"

玄奘此时，撒马尔罕处于飒秣建国（唐人一般称之为康国）的治理之下。和以往的突厥人一样，他们也有自己的信仰，那便是拜火教。这是一个历史悠久的宗教，早在基督教诞生之前便已经在西亚颇具影响力，其创始人琐罗亚斯德，就曾来到邻近中国的大夏，将该教在此传播开来。

与多神的佛教不同，拜火教是一种独特的二元论宗教，在其信徒眼中，世上种种纷争，俱是阿胡拉·马兹达（善神）与安哥拉·曼纽（恶神）的争斗。在这善恶之争中，或善，或恶，人各择其路，死后则各有报应。而最终，彗星将降落在大地之上，大火将万物乃至金属都熔为浆液。而人，不论是生者还是死者，都要经历这洪流的考验。即便是诸神和妖魔，也将进行最后之战。而之所以叫作拜火教，便是因为火就是光明之神的化身。

这拜火教，曾盛行于中亚。可此时，已然陷入东西夹击的困境，伊斯兰教正随着阿拉伯帝国的扩张席卷向东，佛教的影响则稳固地自东而西渗入。倒是在中国，在五胡乱华的年代，拜火教也曾一度繁荣。北朝的魏、齐、周与南朝的梁据说都曾支持其传播，尤其是北齐的那位荒唐后主，据说也曾亲自跳舞击鼓，"以事胡天"。直到唐代，长安、洛阳两京还曾设立祆祠，以供胡人祈福之用。宋元之后，才渐渐绝迹。

而在这飒秣建国，玄奘便面临着与拜火教的冲突。相传在以往，但凡僧人进入飒秣建国，国中的拜火教教徒就会举起熊熊火把，将僧人赶走。而今进入飒秣建国的玄奘会不会也遭遇如此命运呢？

答案是不会，因为玄奘是西突厥可汗的客人，他的身边，有那位来自突厥的翻译官，换而言之，这位"摩咄达官"便是统叶护可汗的代言人。因此，虽然飒秣建国国王内心深处并不欢迎玄奘的到来，可还是装出恭敬虔诚的模样，耐着性子听玄奘讲了一大通因果报应的道理，还得欢欣鼓舞地表示："法师您讲得太好了，我今后将虔心事佛。"

原本如此一来，玄奘在飒秣建国住一晚或是几晚，就该踏上行程了。可偏偏就在此时，他那两位随行的小沙弥，居然惹出事来——他们冒冒失失地跑出门，说是要去寺庙礼佛，这不胡扯吗？这飒秣建国哪的佛寺？于是沙弥便引发了拜火教教徒的愤怒，举着火把一通赶，吓得小和尚逃窜回宫，这就向国王去告状。

国王很生气，他好不容易营造起来的和谐气氛，居然被不晓事的无知百姓给破坏了，他立即下令逮捕肇事的祸首，非要割断他们的手不可。玄奘是佛教徒，自然要以善为先，急忙出来劝阻，好说歹说终于说服国王，免除了祸首的割手之刑，鞭打一顿之后赶出都城了事。

据说，也正是因为这一桩意外的发生，佛教在飒秣建国的地位也陡然间树立起来，许多人都有皈依三宝之心了。这事到底有没有呢？在司马看来，这个故事可靠性未必很高，就当时的周边环境而言，拜火教确实有渐渐退却的势头，但这退却不是为佛教，而是为如火焰般熊熊升腾的伊斯兰教。玄奘在飒秣建国，即便能一时打响佛教的名声，也只是一时而已。所谓人走茶凉，在这里，佛教依旧难以伸展开来。

但这拜火教教徒举着火把驱赶沙弥的情景，显然给了《西游记》作者极大的启发，书中第四十一回便写道："那妖魔捶了两拳，念个咒语，口里喷出火来，鼻子里浓烟迸出，闸闸眼火焰齐生。那五辆车子上，火光涌出。连喷了几口，只见那红焰焰、大火烧空，把一座火云洞，被那烟火迷漫，真个是谶天炽地。"

这妖魔便是红孩儿，说是牛魔王的孩儿，却完全不是小牛模样，倒是典型的一个拜火教教徒，喷火烧逐唐僧徒弟孙悟空的本事，更是与当年飒秣建国人举着火把驱赶玄奘随行之小沙弥的情景相差无几。

其实说起来，这红孩儿既不长着牛头，又没有牛儿啃草犁地的能耐，他与牛魔王能有何联系呢？实际上，就故事的本身来源而言，红孩儿应该与飒秣建国的拜火教教徒大有干系。只不过《西游记》的说书人或者说是早期作者，从未见过乃至听说过此教，所以会将之幻想成一个会喷火的问题儿童。

经历了这一场与拜火教的冲突，玄奘便继续向西，先后历经何国（屈霜尼迦）、东安国（喝捍）、戊地国（又名伐地，在今乌兹别克斯坦）、货利习弥伽（又名火寻国，据说便是后来被成吉思汗消灭的中亚强国花剌子模）、史国（又名羯霜那，在今乌兹别克斯坦）等若干个小国。这些小国，大体上都可以归入唐代史册上的"昭武九姓"，据说他们很早便与中国通商，更有汉文典籍说他们其实就是祁连山的原住民，西汉初年才被匈奴驱逐到中亚河中地区，而后来祸害中国的"安史之乱"头目安禄山、史思明，据说也是"昭武九姓"之后裔。

当玄奘到来之际，这些小国尚处于西突厥的势力范围之内，后来又归属于大唐，隶属于安西都护府的治下。而最终，他们都在阿拉伯人的东侵浪潮之下化为乌有。不过，那已然是玄奘之后许多年之事了。

从这里往西南方向走去，便到达了号称西突厥最险要关卡所在地的铁门峰。

从铁门到雪山！玄奘唯有一念：去天竺！

铁门峰，在如今的乌兹别克斯坦南部兹嘎拉山口，于当时而言，这是西突厥最险要的关塞。不过玄奘既然是突厥可汗的尊贵客人，那么通过此处也就有惊无险了。当玄奘踏上这险峻的山峰，看到陡峭山壁上发红的石块，不禁为之愕然。而也因为那山岩含丰富铁矿，所以当地人能在此挖掘铁矿石，并依据险峻的地形，在此铸造了这个货真价实的铁门，还在门上悬挂了一把大铁铃，据说，这便是铁门峰名字的由来。

铁门以南，便是西域一个历史悠久的国度——吐火罗。汉代的中国人称之为"大夏"，张骞曾到过这个国度，还曾在此见到了来自中国西南地区的特产邛竹杖与蜀布。而这个"大夏"的来源，据说便是当年亚历山大东征留下的残存政权。大抵在公元前3世纪中叶也就是中国的战国时代，大夏从亚历山大部将建立的塞琉古王国独立出来。此后在秦汉交替直至汉初，大夏国达到极盛，疆域从如今的阿富汗一直侵入印度大陆的西北翼。

然而这么一个希腊化国度，终于在公元前2世纪崩溃，随之而起的是一个叫作吐火罗的文明。据说吐火罗人来自中国，中国西部的月氏、楼兰、龟兹这些国度，大体上都可以归入这个文明之内。张骞说过那支被匈奴驱赶到西方的月氏人，就是这个吐火罗文明的主体。在吞并了希腊移民建立的大夏国之后，他们便建立了所谓贵霜王朝，一直延续到中国的汉末三国年代，贵霜的国土，才慢慢地为西边的波斯萨珊王朝和东边的印度笈多王朝所蚕食。

　　而到中国的南北朝时代，铁门以南之地，已然在厌哒也就是所谓的白匈奴治下。只不过，白匈奴的强盛也并未持续太久，在来自草原的突厥与波斯联手之下，它也很快覆亡。铁门以南，成了突厥的领地。

　　这，正是玄奘到来之际的吐火罗（《大唐西域记》写作"睹货罗"）——西突厥叶护可汗的长子呾度设正统领着此处。此时吐火罗人不信仰佛教，显然拜火教更合乎他们这个地名。不过慢慢地随着岁月推移，吐火罗最终还是更换了自己的信仰，不过并非佛教，而是伊斯兰教。当新月弯刀步步紧逼而来之际，吐火罗也曾请求大唐的保护，然而"安史之乱"后的大唐自顾不暇，吐火罗最终还是成为了历史殿堂上的陈列，昔日拜火教的国度，也最终成了新月照耀之土。

　　此时，玄奘渡过中亚最大的阿姆河，抵达呾度设的所在地活国。

　　活国，这实在是个意味深长的名字，因为呾度设此时正不得活。此前他和他的可贺敦（夫人）正在恭候唐僧的到来。可是不巧，可贺敦也就是高昌王鞠文泰的妹妹，居然等不及玄奘便患病去世。而当玄奘拜访呾度设之际，这可汗之子也患病在床，看到玄奘带来的书信，居然哭哭啼啼半天，才对玄奘说："我一见法师，精神就立马觉得清爽许多，就请法师在此住些时日吧！等我病体痊愈了，亲自送法师到婆罗门国去。"

　　这话说得委实有些感人，玄奘这就在活国住下了。随即便有一位婆罗门为呾度设诵经，呾度设也就真的好了许多。玄奘一瞧，这还真不错，该送我去天竺了吧？答案却是不，因为呾度设随即便死了，不是死于疾病，而是死于毒药。

　　接下来的情节就如同一出宫廷情杀剧，在呾度设的杯中下毒之人，居然是他的儿子特勤与他自己新娶不久的夫人。接着，这杀了父亲的逆子便成了这活国的新主人，风风火火娶了年轻的后妈。

玄奘该怎么办呢？若是真有悟空、八戒这样的徒弟在，他就该让徒弟出手惩恶了，可是不能，因为事实上只有玄奘自己而已。念佛经无法为死去的咀度设复仇，而事实上玄奘自己也成了笼中之鸟。

不过玄奘也没闲着，这时他便找一位曾去过印度游学、在西方世界颇有些知名度的僧人聊天。这僧人便是达摩僧伽，只不过这达摩并不擅长武功，并非传说中创办少林武学的那个达摩。玄奘与他也并非切磋武功，而只是斗嘴皮子——辩论佛经而已，据玄奘自己说，起初对方很是傲慢，可最终也被他所折服，两人成了好朋友。

过了一些时日，玄奘觉得自己在活国已经没必要再逗留，这就去向新"设"请求赐给鞠文泰曾经说过的那种"邬落马"，好让自己上路去婆罗门国。新"设"倒也没说不给，他只是和玄奘打哈哈，哈哈了半天他说："这样吧，法师你先去缚喝国，那里有个小王舍城，圣迹极多，法师若是愿意去探访那是极好的！"

玄奘正在犹豫，又从缚喝国来了数十个和尚，说是特地来为死去的咀度设吊慰的，于是便和玄奘见面了。这帮和尚说："既然顺路，那法师你就和俺们一道走吧，从俺们那边去婆罗门国，还有更好的大路呢，比直接打这边走可顺畅多了。"

好，也许正是这话打动了玄奘，于是这就告别了小气的新"设"，到缚喝国去！

缚喝国又在哪呢？据说就是当年大月氏的都城蓝子城，在今阿富汗的北部。在当时而言，这是佛教世界的一座名城，新"设"口中念叨的"小王舍城"就是指那里。王舍城是释迦牟尼修行的所在、摩揭陀国的国都，在佛教徒心目中大抵就是现代中国人心目中的延安、北京等城市。所以蓝子城能被叫作"小王舍城"，多少也有些佛教气象可看。

事实上果然如此，玄奘一进蓝子城，就被夺目的金光所照耀，那是因为城中极多的寺庙装饰黄金的塔顶。在一座纳缚寺院内，玄奘更看到了所谓"三宝"："佛澡罐""佛牙"和"佛扫帚"。佛牙好理解，那就是释迦牟尼的牙齿舍利。"佛扫帚"差不多也就是释迦牟尼用来扫地的那家伙——事实上也确实这么说。那么"佛澡罐"又是什么呢？难道是释迦牟尼当年洗澡时放肥皂的盒子？其实真的差不多，那就是传说中如来佛洗漱刷牙时装水的杯子，只不过印度人一般是嚼根树枝当牙刷，如来也庶几如此吧。

看到三宝，玄奘自然激动不已，传说至诚之人还能看到这宝物发光，不知他见否。

随即便是蓝子城北的另两座城，叫作提谓城与波利城。这里也有神奇的传说，说是当初佛陀成道之时，有两个长者一直紧紧相随，听了佛陀念叨的五戒十善，他们就请佛陀赐予他们可以供奉之物。

佛陀怎么办呢？他这时可刚刚成道，身无旁物。不过人家毕竟是佛，有他的办法。这就把袈裟脱下，折成一个四方块，然后把吃饭用的钵盂倒过来放在上面，将手中锡杖高高耸立，据说这就是建造佛塔的意思。

哈哈，可长者还是不肯走，说佛啊你好歹给点什么吧。佛被他们纠缠得没办法，只好剪下自己的指甲和头发（于是佛成了光头）给他们。这两长者便高高兴兴而归，在这提谓城与波利城各造了两座佛塔，也就是玄奘眼下所见之塔。

看塔自然是种修行，可玄奘更重要的修行还是专研学习佛经。恰好这时从印度河边的磔迦国来了个叫作般若羯罗的小乘名僧，这便与玄奘见面，成了彼此的良师益友，什么俱舍论，什么毗婆沙，说得很是欢畅，这便很快度过了一个多月。

也就在这一个月中，玄奘这个大唐圣僧的名号迅速传开，不久便有什么锐秣陀国、胡寔健国的国王派人来请，说是大唐来的僧人啊，寡君要请你去接受供养，不要客气啊一定要来啊，玄奘再三推脱都推不了，只好前去逛了一圈，又回到缚喝国，然后与般若羯罗一道南下。这便进入了大雪山。

《西游记》无雪山，那是因为最初的说书人们实在不曾见过，试想：连漫漫黄沙都能被演绎成一条水中流沙的河流，大雪山又会是何物呢？

玄奘对这雪山的印象又如何呢？山谷高深、峰岩危险，这是他对地形的认识；风雪相继，即便是在盛夏也会冰冻，这是他对气候的观感；山神鬼魅、暴纵妖祟，那便是他的惯有思维作祟，将一切气象变化视为鬼神作为；至于群盗横行，那就是事实了，《西游记》里最低档的祸害就是这些山贼，此时的玄奘，虽无悟空护佑，却有大队人马随行，所以也还顺利，这就进入了雪山中的国家——梵衍那国。

唐僧也挖宝，收获还不小呢！

梵衍那国便是堪称世界第一大佛的巴比扬大佛所在地，早在公元前3世纪，当阿育王主导下的孔雀王朝致力于佛教传播之际，梵衍那便成为传道师西行或是北上布教的重要支点。大量石佛、洞窟在此雕塑营造，自然最知名者便是那大佛。只是千年之后，随着新兴宗教的入侵，这个地区的佛教时代遂告终结。直至2001年，塔利班组织最终摧毁了大佛，佛教世界也无可奈何。

当玄奘路过此地时，佛教在梵衍那国尚未衰落，他也曾见到那石窟群中的著名大佛，而且是两尊，一尊石佛、一尊铜佛，拿颜色来说，则是一尊白佛、一尊红佛。以方位论，又称为东大佛与西大佛。东大佛高约37米，据说凿于1世纪，西大佛则晚了近500年，高达53米。如今，已然俱成残骸与碎石土块。

阿富汗总统卡尔扎伊在视察时曾言，大佛被毁是"阿富汗民族的灾难"，发誓要重建大佛。为了避免再遭破坏，禁止从此取走泥块，亦禁在此埋地雷等等。而东亚与南亚的佛教国家，如泰国总理他信就曾请求阿富汗将佛像碎片交给泰国，让大佛在泰国重生云云。不过大佛既然已经被毁，想要修复就步履维艰。

玄奘继续向东，在茫茫雪山中行走，这便来到了突厥世界与天竺世界两大文明圈的分界岭处，这便是黑岭。黑岭三面包拢处，便是迦毕试国。

迦毕试国据说盛产郁金香，但给玄奘更深印象的自然还是这里的浓厚佛教气氛，小小一国，居然有一百多所伽蓝寺庙、僧徒六千多人，而且还多半是玄奘所信仰的大乘佛教。最令玄奘激动的，则是欢迎他入住的诸多寺庙中，居然还有座叫作"沙珞珈"也就是汉言"洛阳寺"的庙宇。

很自然，玄奘选择了沙珞珈入住，甚至不管不顾这是一座小乘佛教的庙宇。理由大概就是这寺名，要知道洛阳是玄奘留下童年记忆的地方，诚如钱文忠所言，在远行万里之后，突然见到一座以"洛阳"为名的寺庙，玄奘难免心潮澎湃——这便是他入住此寺的理由。

既然叫作洛阳寺，这寺庙就不免与中国有些瓜葛，在玄奘的笔下，曾经有一个来自中国的王子成为了在此地快活巡游的神仙，冬天去南边的印度，夏天回到迦毕试国，春秋两季则在犍陀罗逍遥。公元90年，贵霜王因求汉公主，被班超拒绝，遣副王谢率军七万进攻班超，为班超所败，遂纳礼求和。班超一直不知贵霜王名，仅以"月氏王"呼之。实际上，这贵霜便是玄奘此刻所在的迦毕试国。

问题就是这个中国王子是谁呢？依据玄奘的记录，那时正是贵霜的第三代国王迦腻色伽在此营都之际。也就是这位迦腻色伽王的治国，使源自大月氏的贵霜国迅速印度化，他所信仰的大乘佛教尤其得到关照，迅猛发展。但贵霜毕竟在葱岭以南，为什么会有来自中国的王子呢？中国方面的史书上，记载着贵霜王曾经向汉朝求婚，被当时的西域都护班超一口拒绝。于是恼羞成怒的贵霜便发兵七万人，在副王的统领下入侵汉土，结果班超只派了几百士兵，一场小小的伏击战，就令副王胆怯而退。

到迦腻色伽的时代，贵霜已然成为强盛的大国，他也足够聪明，知晓不该往东北的中国去吃瘪，他一路南下，甚至一直打到了著名的华氏城（孔雀王朝在恒河下游的都城）。从中亚到南亚，贵霜一时居然达到了与罗马、波斯（安息）、汉并列的程度。而中国的汉王朝，实际上此时在慢慢步入衰退的路途，贵霜逐渐取得对西域部分地区的影响，也不是没有可能。至于那位"中国王子"，很可能就是西域都护之下某个沙漠城郭国家的王子吧！

不过，玄奘在这座洛阳寺，可不仅仅是为了考古思旧，僧人们请他到来自有实际的用途。那就是东门外一座佛像脚底下，据说藏着那位"中国王子"的金银珠宝，当时他也曾留下遗言，说将来可以作为寺庙翻新的资金之用。

僧人爱渲染，以下的故事便颇有些神奇味道了。他们说曾有恶王派兵来挖宝，但每到此地就地动山摇以至于最终不了了之。神像顶上还有一只神奇的鹦鹉塑像，每逢盗贼来动土挖宝它就会发出恐怖瘆人的叫声，直至盗贼毛骨悚然，不得不放弃为止。另一种说法则是夜叉在此守护，一旦有人盗宝，夜叉就会幻化成狮子或是蟒蛇，将盗宝贼吓退。

而如今，这帮僧人便祈求打中国来的和尚，帮我们打开宝藏吧！

唐僧自然义不容辞，他这就焚香祷告，念了一大堆"今开施用、诚是其时"之类的台词，意思倒也简单，那就是王子啊，你既然藏了这么些宝，现在寺庙又急需其用，那就不要小气，让我玄奘监督众人把它打开来吧，我保证这些钱一定用得恰到好处，绝不浪费云云。

念完这堆台词，唐僧就下令开挖，还真是打动了王子殿下，地不动来山不摇，鸟也不叫，更没有夜叉变成狮子来阻拦，一口气直挖下去七八尺，挖出一个大铜器来，打开一瞧：数百斤黄金、几十颗明珠，就在里头搁着呢！

玄奘真的立下了不小的功劳，沙珞珈寺中和尚个个眉开眼笑。消息传到迦毕试国王处，国王立即恭请玄奘在大乘寺内做了个法会，全国上下，不论大乘、小乘，都来听讲，论道问答，持续了整整五天方才散去。国王也十分高兴，特赐五匹锦给玄奘。

这时，与玄奘同行的般若羯罗又受邀前往吐火罗，于是玄奘便独自向东，越过了一座叫作黑岭的山脉，这便到达了印度文明圈的第一国：蓝婆国。

第三章　取经，唐僧究竟得到了什么？

这是个奇怪的问题，唐僧去西天取经，自然是为了弘扬佛学，可关键就在于：唐僧所致力于弘扬的佛学，究竟是什么？事实上，当时的印度佛学，已经进入一个退缩期，或者说，这是南亚大陆上佛教的最后一个黄金时代。随后，西来的伊斯兰教与本土的印度教，便慢慢将佛教排挤出去了！

世界若毁灭，佛塔还会在吗？印度人的回答颇机智

在玄奘看来，身处印度文明圈的诸国，一定是佛学气氛浓厚。然而很令玄奘感到意外的是，这个蓝婆国居然全国也只有十来座寺庙，和尚也很少，相反其他宗教的教徒倒是特别多——或许正是因为这个缘故，玄奘对这个国家的评价甚低："这里的人相貌猥琐矮小，还特别喜欢唱歌，整天唱个没完没了，性情呢有点懦弱，可是又有些狡诈，诚信这个词在这里是绝对不适用的！"

既然不喜欢，玄奘便匆匆一瞥而过，这就向南，来到那揭罗曷国，这里其实依旧是迦毕试（贵霜）国的势力范围，不然已然颇有温暖地带的气象，五谷丰登、花果繁茂，佛国气氛也终于浓厚起来。城东南有座阿育王建造的

宝塔，更有释迦牟尼与燃灯佛在此相遇的遗迹。玄奘在此塔下还遇见了一位颇有学识的老僧人。

"释迦牟尼从第二阿僧祇劫到第三阿僧祇劫之际，经历无量劫，世界经历成坏，连弥勒山都要化成灰烬了，为什么这地方（指这宝塔所在之地）还能存在呢？"

好嘛，这话说得跟天书似的。且容司马为您解读一下。所谓阿僧祇劫就是佛教中一个极长的时间单位，每经历若干时间单位，这世界就会反复毁灭、再生。玄奘这意思，就是世界都毁灭了，这个地方为什么还能存在而不灭呢？

老僧的回答也颇机智，你这东土来的和尚啊想得太多了，这个地方跟着世界一起毁灭，又一起再生，不存在什么永恒不灭，只是循环再生而已。

这回答显然给了玄奘极大的感触，本来在中国人的脑海里，总归有一些东西会永恒不灭，譬如秦始皇念念不忘的长生不老药，道教的存在意义之一就是求长生。可是在这老僧的回答来看，哪有什么长生啊，就连山水土地都要经历毁灭之后才会重生，而重生之后的那山那水那人那物，即便与原来的山水人物一模一样，但还能是原来的吗？

这便是印度的世界观，也是佛教的世界观，却不是中国人的，即便中国人后来信仰佛教，也未必就接受了这种世界观，包括玄奘在内。

于是玄奘继续向南走，这就来到一座佛顶骨城，佛舍利就在这城的重阁小塔内。据说还提供占卜吉凶服务，玄奘和他的两个随行小沙弥，这就似个游客般来占卜，具体而言就是拿布把香泥裹起来，放在佛顶骨上，据说就会显现出各种形状。玄奘的两个沙弥，占卜的结果也各有不同，一个是佛像，一个是莲花，而玄奘本人，则得了个菩提树。那守塔人便说："啊哟，法师你真不是一般人哪，菩提树可是极其罕有的哟，这说明法师你啊，能证得无上菩提呢！"

这又是个佛教名词，无非是说玄奘能得更好的领悟而已。接着那守塔人便向玄奘兜售各种圣物，譬如说骷髅骨塔、佛眼舍利、檀木锡杖云云。自然圣物不能白给，玄奘你得施舍，他自然也很慷慨，这就付了金钱五十、银钱一千等诸多账目。

施舍完毕，这唐僧还不尽兴，他还要去一个叫作瞿波罗龙王所住的石窟参拜，自然那里没有真的龙王，龙已然被佛陀降服多时，如今什么都没有，只剩下佛陀的影子偶尔还会浮现。玄奘便挂念着这事，他兴冲冲地赶去，小沙弥说，法师啊，你就别任性了，差不多就该收了好不好。可是玄奘很是坚持，只好两散，玄奘独自一人去见佛影。

不过，要见到佛影，那就非找人带路不可。印度人都闲着乘凉，谁有空带你去那危险的地方啊？话说你又不给钱。说了半天，有个小孩见他可怜，总算愿意送他到佛影石窟附近的寺院。到了寺院玄奘又接着找向导，这回有个老先生愿意帮忙，可没走多久便遇上了一帮强盗。

强盗问："法师要去何处啊？"

玄奘说："贫僧要去龙窟参拜佛影。"

强盗笑了："法师难道不知道这路上有盗贼吗？"

玄奘答："盗贼也是人也！贫僧为了礼佛，连毒蛇猛兽都不怕，何况是和你我一样的人呢？"

这伙强盗听了这话，居然面面相觑起来，这个和尚不简单，反正咱也闲着，不如跟他去看个究竟如何？

好嘛，相请不如偶遇，这一大帮子人就来到了石窟。走进窟内，自然是黑压压一片，什么都没有。强盗莫名其妙，玄奘也纳闷，好在有那个做向导的老先生，他说："不要管黑不黑，只管往里走，走个五十来步，向东一瞧，有造化的人，那就能看到佛影！"

强盗说你这是在忽悠我，信不信我劈了你。玄奘说且慢，我进去看看。于是这就向里走五十步，但是依旧黑暗一片，什么也没有。唐僧想：这大概是我修为不够，且听我念经以表诚意。于是他一心礼颂赞佛偈颂，先一百拜，再一百拜，这时居然还真有奇迹出现了，黑漆漆的东面墙壁上出现一块光影，只是不太稳定，略一浮现便又消失。玄奘哪能放弃，这就继续礼拜念经，又两百拜，光影居然又来了，而且越来越大，就好像是佛陀的影像，妙相庄严，映射在岩壁上，就连佛身边的菩萨罗汉，也渐渐浮现出来。

于是玄奘大喊："诸位来，佛在也！"

听到他这么一吆喝，洞口一大帮子莽汉拿着火把涌进来，这一进来，佛影便消失得无踪影。玄奘一瞧众人，瞧见他们手中的火把，赶紧喊："把火灭了！"

火把一灭，洞里又漆黑一团，玄奘再念经拜佛，不一会，他问众人："你们看见佛影没有？"

一帮人面面相觑：该说见着还是没见着呢？最终六人中五人说见着了，唯有一个不开窍的说什么也没见着，你们都眼花得脑恙了才见着了。

不管他怎么说，玄奘和那向导都满心欢喜，因为终于见着了佛影，就连那些个说看见佛影的强盗，也一下子受了感召，当场弃盗从佛，受了唐僧的五戒，这便高高兴兴回家了。只有那个没开窍的家伙，始终说，你们都是骗子，哪有什么啊，简直是胡诌，显然这人就未能得到唐僧的解脱。

于是玄奘这便回去，和之前的同伴会合，向东南方向继续前行，进入了一个叫作犍陀罗的国度。

如来大变身，居然还与阿波罗有关

此刻，玄奘前方的这个国度，叫作"犍陀罗"。

这里是当年亚历山大东侵尽头所在之地，也是波斯与天竺两大文明的交融之所，往高了说，那便是整个地中海东岸文明与东方文明在此的交汇。而这种交融的显著表现，说来也简单，就是佛像。

佛教本无佛像。

有人不信，说没佛像那该怎么拜佛，拜个鬼啊！这话虽是戏言，却也无意中点到了几分。不错，在佛教初兴之际，佛像据说就是按照民间的鬼神像模样来绘制的。只有在希腊文明东传到来之后，具体而言也就是这犍陀罗文化兴起之际，见识了希腊人物肖像的印度人才开始绘制佛像。正是因此，所以佛的脸才特别圆润，眼睛深凹，鼻梁也比一般印度人要高些，头发更呈波浪形状。如果将他们与希腊诸神如宙斯、阿波罗、雅典娜来做个比对，你会惊叹：难道他们是亲戚吗，怎么长得特亲切？

据说佛教徒便因此发生了分化，一些人开始将释迦牟尼神化，几乎就是全知全能之神（有点像基督教的上帝，此时基督教已然在西方诞生）。而拜神就得有神像，于是佛教诸神灵也被绘制雕塑成华丽的人形雕像。据说就在公元1世纪到2世纪之间，正是在这东西文化交融的犍陀罗，出现了最早的佛像。

那么，犍陀罗人究竟是依据哪一尊希腊神塑造出了佛陀呢？据说就是那位太阳神阿波罗。大概是犍陀罗人在希腊诸神之中，感觉这尊神最与佛默契，所以将阿波罗的健美体魄与印度苦行僧的模样相结合，塑造出了最早的如来形象——只不过，与后世的佛不同的是，此时的佛还是瘦骨嶙峋，确实"苦行"得很。

印度精神加以希腊线条，佛像的成功很快带动了其他佛教艺术的发展，佛塔以及佛教内容的绘画等陆续出现，而领先者便是犍陀罗，融合波斯、希腊、大夏与印度本身诸多风格的艺术，大大有助于佛教的传播。而随着丝绸之路的开拓，这种艺术也随着商旅的步伐传入中国，相信正是那时起，中国的美术艺术也染上了异域风情，大量佛陀、菩萨、金刚等佛教人物的画像传入中国，令当时南北朝的达官贵人与平民百姓都为之叹服。很大程度上，佛教图像比佛教文字更易于打动他们的心。

不过，当玄奘到来之际，曾鼎盛与繁华一时的犍陀罗国，早已没落，此时臣属于迦毕试国，而且人烟稀少，城市早已荒僻。玄奘自然不关心这个，他更关注此处的佛迹。据说这国的都城外东南方向，便有一棵菩提树，佛教所谓"过去四佛"俱留孙佛、拘那含佛、迦叶波佛与释迦牟尼佛就在此树下打坐成佛，周围更有太多"圣迹"，玄奘便忙着四处参拜、献礼，当初高昌王送给他的那些金银绸缎，便在这时派上用场，统统送给了这些塔与寺。

离开犍陀罗，这便往北，来到了乌仗那国。与以往那些国家相比，这里就宛若仙境了。说是土地肥美、五谷盈丰，各种水果尤其是葡萄最为有名，山地中更蕴藏着大量金、铁矿藏。传说此地曾有一千四百座寺院、一万八千和尚，可是玄奘见到的，却只有荒芜的庙宇，僧人实在不多。要说佛迹还真不少，什么磐石上有佛的足迹，什么山是释迦牟尼舍身报恩的所在，什么精舍又是观自在菩萨的供奉之地云云。

左看右瞧，玄奘这就来到了印度河边，自那时叫作信度河，其实一样，翻译读音的差异而已。这便有故事了，说是河里有条毒龙，你如果拿着珍奇宝贝或是佛家的舍利子什么的过河，那就必然会风起浪涌，船只覆没的可能性极大。想起来没有？——这，便是《西游记》中的通天河故事起源，那唐僧师徒取经归来之际，得老龟的帮忙过河，又因为忘了老龟所托之事而被颠覆河中，大体上原型就在此处。

玄奘此时没有风险，平安过河，这便穿越一系列小国，如呾叉始罗，又什么乌剌尸国云云，行走千里，到了一个叫作迦湿弥罗的国度。说来也奇怪，玄奘一路走来，也没个国家让他觉得有什么稀奇，到这里，偏偏大做法事起来。一到西门，就有人来迎接，而且排场不小，说是国王他舅。来到一座叫作护瑟迦罗的寺院住宿，这寺里的一帮僧人就乱做梦，说神人来托梦："那个唐朝来的和尚啊，是来印度求法学经的，所以有无量护法善佛跟随，你们这些和尚啊，因为前世积德所以才得以出家，现在就更应该精勤诵经，怎么还可以偷懒昏睡呢？"一通乱骂，便将满寺的和尚都惊醒，纷纷起来诵经念佛，直到天亮都不敢瞌睡。

这时玄奘起来，国舅便带他拜访沿途寺院，据说有一百多所。玄奘自然也不可能逐个参拜，大概也只是拣几个重要的点看看而已。随后便前往王城，国王带着臣子与城中名流僧人都来迎接，场面无非也是香烟缭绕、散花供养而已，玄奘坐在大象之上，进入了城中最好的寺庙——据说就是那国舅出资所建的阇耶因陀罗寺。

此后的场面，与之前相似，国王赐宴、僧侣问难，而玄奘呢，照例是酬答自如。这寺庙中有位僧称法师，已然七十多岁了，可还是精神抖擞，早晚讲经不止，玄奘这时便也做了个细心的学生，聚精会神地听讲。那法师见他认真，便夸赞他说："这个唐朝来的僧人哪，聪明得很，又加上学得勤谨，你们这些人啊，没一个比得上他。只可惜他生在唐国，所以不能早点亲近啊！"

法师如此夸赞，座中僧人们自然有些不服气，又掀起一阵向玄奘质疑诘难的浪潮，玄奘也依旧气定神闲，舌战群僧。

不过，玄奘来天竺可不是吃饱了撑着来与你们辩论的，他的首要目的还是学习佛教经文。据说这里原本是龙潭，是佛涅槃后弟子教化龙王放弃了这个潭，而后改建为寺庙。这自然又是传奇，不过寺中藏经丰富那倒是真的，玄奘在此整整停留了两年，这才将寺中经论读完，而后告辞向西南方向而去。

见过唐僧裸奔吗？据说印度人见过

这一去，又经历了几个国家，什么半笈嗟国、遏罗阇补罗国、磔迦国等等，到了一些信仰婆罗门教的城市后，向东进入一片叫作"波罗奢"（意译的话，其实就是红花树，据说是婆罗门教的圣树，婆罗门以其树干制诸种圣器，以其树汁制药或染料）的森林之际，祸事这便来了，一大群盗贼呼啸而至，挥舞着手中弯刀，将玄奘一干人等团团包围。但他们不是《西游记》中整天叫咕着要吃唐僧肉的妖魔鬼怪，他们只是图财害命的强盗而已。然而正是这伙普通的强盗，这就抢夺走了玄奘等人身上的全部衣服财物，而后押到一处干涸的水池附近，很简单，他们要将玄奘杀死，所谓杀人灭口，不吃唐僧肉，只为身上财而已！

于是，玄奘与一干人等，被赤条条扔入池塘之中，眼见得必死无疑——没有悟空帮忙，甚至连个八戒都不见的玄奘，又该如何脱身呢？

事实上，玄奘还有一个关键时刻能起作用的帮手，那便是一个机智的沙弥。在这个危险的关头，这个沙弥发现池塘里长着许多杂草，而在杂草掩饰之下，其实有一条勉强可以通行一人的水道，于是暗示玄奘从此逃走。

现实中的玄奘也颇机警敏捷，沙弥一朝他挤眉弄眼，他便立即明白了是什么意图。两个聪明的和尚就趁着强盗还没动手之时，悄悄地从水道溜号。这就赤条条地飞奔而走，一口气裸奔了二三里路，迎面过来一个耕田的婆罗门，手里还牵着一头耕牛。人家也奇怪：这大白天的怎么奔来俩裸僧，难道一丝不挂是他们新流行的修行方式？

他正琢磨呢，玄奘先开口了，说前头有五十几个强盗，正在打劫，搞不好就要杀人哪，速去帮忙啊！

玄奘在国内就卖力修习梵语，来到印度之后更是磨合顺溜不少。婆罗门一听他这话，立马拔出一个贝鼓（类似喇叭的一种较为简易的乐器）吹将起来。这里估计也多有强盗，所以附近居民有吹贝为号的习惯，一听到这声音，立即有八十多个壮汉拿着木杖短棍过来，听了玄奘的叙述，立马蜂拥着向池塘边冲去。而那些强盗，似乎也并不甚强硬，一见这人多势众便溜之大吉，一池塘光溜溜正祈祷的人由此得救。

虽然得救，但毕竟衣服被抢、盘缠殆尽，一行人都感觉有些凄惨落魄，可是玄奘却笑脸如故，别人觉得奇怪："你这和尚是不是被强盗吓傻了，咱们被人抢得光溜溜，你居然还笑得出来？"

玄奘说："人生什么东西最可贵呢？无非是性命而已，中国有句俗话，叫作'天地之大宝曰生'，命还在，那就是大宝还没丢，小零小碎的，又计较他什么？"

瞧人高僧这觉悟，到底与凡夫俗子不一样。第二天他们便来到了磔迦国东部的一座城市，城中有两位德高望重的婆罗门，据说已然七百岁，就连他们的侍者也都是百岁老人，真否？也只好一笑了之了！不过他们很欢迎玄奘，还特地请了护法居士来为玄奘等人准备斋供。

其实这座城市中佛教信徒不多，可是大家对于玄奘这样跋涉万里路来到印度取经的僧人，还是很热情兼好奇。据说一时之间居然有三百多人带着饮食毡布来供养玄奘，玄奘自然也不能白白接受他们的供养，于是就为他们解说因果报应之理，又将他们拿来的毡布分送给同伴。

向东继续行，玄奘又陆续经过至那仆底、阇烂达罗、屈露多、波理夜呾罗、秣兔罗等国家。其中至那仆底国据说是中国王子做人质时所居之所，前文已说，这里的"中国王子"并非指的是哪个中原王朝的王子，而是某个西域城郭国家的王子，有人说，可能是疏勒国王子。也因为这个缘故，这里还引入了中国的水果梨与桃子，梨名"至那罗阇弗呾逻"，意思就是"汉王子"，而桃子名"至那你"，意思就是"从汉地而来"。据说玄奘抵达该国时，还有很多人指着他说："这个和尚啊，他是从我们先王祖国来的人啊！"

而后他又过了几个国家，这便来到了印度的"圣河"恒河边上。据说印度风俗认为恒河水是一种福水，在恒河里洗澡，可以洗去你的罪孽；而喝了恒河水呢，则可以消除灾祸；若是死在恒河里呢，差不多就能升天，自然这个也只能一笑了之了。佛教经典则常见恒河之沙，原来这印度"圣河"多沙，可这沙又细如粉，用手掬起河水，满手是沙，手一分开，沙随水出，不留一粒在君手。大凡有什么事是难以算计的，佛经便常用这恒河沙来做比喻，说这事如沙而去，你哪里能算得准呢？

渡过恒河，这便又过了几个国家，什么禄勒那国、秣底补罗国、婆罗吸摩补罗国，等等，一直到了印度中部的阿逾陀国。此时玄奘依然在恒河边，他坐上一条满载着八十多名乘客的船只，这便顺流而下，前往一个叫作阿耶穆佉的国度。

在玄奘想来，这里已然是佛国腹地，该太平安乐些。那《西游记》演绎至此，妖精依旧有，可也大有升格，从以往的骷髅、老虎、熊、狐狸精变成太乙天尊的九头狮、月宫的玉兔这些背景高出不少的妖，即便没有背景，也是中原人士少见的犀牛成精。

可事实上，玄奘依旧难得安乐，在恒河边上，他又遇匪了。只是这"匪"也如《西游记》的妖怪那般，比以往的"匪"要别有意味——这是一伙宗教极端恐怖分子，他们所信仰的，不是上帝不是佛，而是所谓突伽女神！他们要以玄奘的肉身，来作为女神的祭品。

这，是不是就是《西游记》中妖精们念叨个没完的唐僧肉呢？

真实的唐僧据说也很俊，曾被宗教极端分子相中献给"女神"

突伽女神，据说原本是印度神话中毁灭之神湿婆（注意，虽然有个婆字，却不是姓湿的阿婆，人家是男的）的妻子雪山女神。这雪山女神究竟是个什么样的神仙呢？那就请大家注意了，这是一个双重性格的女神，她温柔的一面是娇媚贤淑的妻子，狂暴的一面则是狰狞残忍的女魔头。

这难以理解吗？其实也不，首先她是雪山，平静时冰肌雪骨、银装素裹，那是美丽的风景，而风雪起难时那便大不同，暴雪肆虐、天寒地冻，那是万物的萧条。所以印度人便说，这突伽女神是火焰，既可吞噬人，也可造福人。

眼下这些印度人所要祭祀供奉的，正是这位突伽女神。他们左瞧瞧、右看看，觉得这一条船的旅客中，唯有一位男子的面貌最是端正，身材也相当伟岸，算得上是一个标准的美男子。

"秋祭时节即将过去了，咱们不是一直为寻找合适的祭品而烦恼吗？瞧瞧这人，不就是祭神的最佳候选吗！"

说着，这一大帮子盗贼便向船上的美男子靠近。这美男子，正是玄奘！

嘿！这情节多么熟悉——《西游记》中的兔精、蝎子精和金鼻白毛老鼠精，不都看中了唐僧的美貌，想要与他婚配吗？只是眼下这些人只是粗鲁的强盗而已，他们要的是拿玄奘的命，来祭那恐怖女神而已。

玄奘正坐那念经呢！感觉有人逼近，睁开眼一瞧，这些个家伙围着自个呢，听他们叽里咕噜一阵言语，他便明白了，这是要杀了自个，给那什么神做祭品呢。

于是玄奘开口，他说："列位，你们看上我这秽浊的身体来祭祀天神，倒也算是美意了！可你们知道我是哪里人氏，姓甚名谁吗？"

嘿，管你姓什么啊，人家是强盗，杀了你便是，哪那么多言语呢？可是不然，这些人是要拿他做祭品的，所以问清来历似乎也是必要的功课。

于是一大伙强盗便问他，玄奘这便说："诸位，贫僧自远处而来，跋涉万里而至此，是为了什么呢？无非是为了拜一次菩提树、访一遍灵鹫山而已，如今愿望尚未实现，你们就要把我杀害，这难道是符合天意之举吗？"

话说了这么多，强盗表示："我们对你的虔诚很感动，可咱也是虔诚的突伽女神信徒，为了女神，就必须拿你的命来做祭品，这就是咱的虔诚，论程度，其实咱俩差不多。"

据说这时，船上一伙人都来为玄奘求情，据说还有虔诚的佛教徒愿意替玄奘一死，可强盗也说了，你有他那么俊吗？女神能相中你吗？如此一说，那些人便自惭形秽地退下了。

于是这便上了岸，在树林边的一块空旷地上，一群人用水和土，筑起一座祭坛来。而后便是两个暴徒，请玄奘上祭坛。自然，这是拿刀子请的。玄奘看了这么个情况，据说也不慌张，镇定自若地走上祭坛，那感觉像是受人邀请上讲坛给信徒讲课似的。

既然你不在乎生死，那咱就点火动刀吧！可是玄奘又说："且慢！"

这是什么话呢，现在求饶也来不及了啊？但这些暴徒们还是很有耐心的一群人，他们问玄奘要做什么？玄奘便说："让贫僧念个佛，为诸位解脱，亦为贫僧安心就死！"

好吧，暴徒们说，不碍事，你念你的经，咱点咱的火就是——于是玄奘便澄心净意，一心专念未来佛弥勒菩萨，正所谓："生亦何欢，死亦何苦？喜乐悲愁，皆归尘土。怜我世人，忧患实多！"玄奘这就礼十方佛，正念端坐，定心专注，好似攀登须弥山，这就升上兜率天，见弥勒在妙高台上——此时的玄奘，虽在火丛中，却无异于佛堂高坐，身心欢喜将飞天！

可也就在这时，平地里刮起了一阵没来由的风，吹折了树，吹飞了沙，吹涌起了浪，甚至那停在岸边的船都要颠覆！暴徒们的法事自然做不成，玄奘不慌，他们倒自己慌了，这就急急忙忙问旁人："这个和尚到底是从哪里来的？法号叫什么？"

旁人说，那和尚不是自己交代了吗？他从远方来到这里，为的就是求佛法啊！

嘿！远方是哪啊？

好像是那个什么大唐，谁也不知道是什么地方，但总归是蛮远的山那边国度。至于这和尚的法号，叫作"玄奘"，他是附近几个国家僧人都很敬重的法师，你们要是杀了他，就会犯下无量重罪，遭受恶报！

不会吧，你小子别唬人！

呵呵，不信，你瞧瞧这天色，好端端地风浪四起，这难道不是天神震怒么？尔等还是速速忏悔为好！

也是，不管是僧还是盗，大家都是信教的，沟通起来还是没障碍的。于是这些突伽女神的信徒便向玄奘下跪，请求他的宽恕，表示愿意改邪归正，从此皈依三宝。

玄奘如何回应？

答案是没回应，他还在弥勒菩萨那里做客正欢喜呢！

直到有大胆的盗贼推了他一把，玄奘这才回归现实之中，他徐徐睁开双眼，发现自己依然还在这个尘世间，于是便问那盗贼："时辰到否？"

盗贼们此时齐刷刷下跪：俺们这就打算忏悔以往的罪孽，哪里还敢加害法师呐？

玄奘这才明白，原来是开课时间到了，又是一堂劝人为善的公开课。于是他便说："凡人投胎转世，若是这辈子做了盗贼，必然就会多杀多伤，未来便会堕入地狱，接受无间地狱种种痛苦。要说此时作恶，那时受罪，不是罪罚相当吗？"

玄奘话锋一转："其实这笔账算得不对啊，人生不过如朝露般短暂，身后之劫难，却是无穷受苦的种啊！"

原来佛教言说，很重要的一块内容就是给人算账，人生苦短，你作恶也只是一时而已。可罪恶是要算账的，到阿鼻地狱那边一算这是一笔要你付出万千劫难也付不清的账目。阿弥陀佛，何苦来着？

这话其实也就是佛家生死轮回、因果报应的道理，要在平时讲，这些盗贼早一个耳刮子打过来。可此时此景，说教却起作用了，一帮盗贼向玄奘磕头谢罪，表示愿意弃恶扬善，从此放下屠刀、洗手做人。

于是这一大帮子强人就改头换面，把所有的刀剑兵刃都抛入河中，抢来的衣物财宝，也全部归还主人。说来也奇且巧，转瞬间便风也不刮浪也不涌，天气晴好如初。强盗们欢欢喜喜向玄奘礼拜告辞而去，船客们大难得生，更将玄奘视作圣人。

舍卫国！布金禅寺背后的历史

死而复生——这起恒河上难得的奇遇，显然使玄奘对自己的信仰更为虔诚，接下来几个邦国也颇为顺利，阿耶穆佉国、钵逻耶伽国等等，一直来到室罗伐悉底国，这国名听上去怪绕口，在《西游记》中却也有它的出现，只是国名简约成两个字，唤作：舍卫！

且看第九十三回，那吴承恩如此写道：

三藏道："悟空，前面是座寺啊，你看那寺，倒也不小不大，却也是琉璃碧瓦；半新半旧，却也是八字红墙。隐隐见苍松偃盖，也不知是几千百年间故物到于今；潺潺听流水鸣弦，也不道是那朝代时分开山留得在。山门上，大书着'布金禅寺'；悬扁上，留题着'上古遗迹'。"

行者看得是"布金禅寺"，八戒也道是"布金禅寺"。三藏在马上沉思道："布金，布金，这莫不是舍卫国界了么？"八戒道："师父，奇啊！我跟师父几年，再不曾见识得路，今日也识得路了。"三藏说道："不是，我常看经诵典，说是佛在舍卫城祇树给孤园。这园说是给孤独长者问太子买了，请佛讲经。太子说：'我这园不卖。他若要买我的时，除非黄金满布园地。'给孤独长者听说，随以黄金为砖，布满园地，才买得太子祇园，才请得世尊说法。我想这布金寺莫非就是这个故事？"八戒笑道："造化！若是就是这个故事，我们也去摸他块把砖儿送人。"大家又笑了一会，三藏才下得马来。

这里其实带出一个佛教史上的一个故事来，《金刚经》开卷便有"如是我闻：一时，佛在舍卫国，祇树给孤独园"之语。那时，释迦牟尼已然在印度颇有些名度，迎他入境说法的国家很是不少，一位叫作须达长者的老人便立下誓愿，要请佛陀带领弟子去他的祖国舍卫国说法，但佛陀来此说法，就必须有一个符合他身份的住处。于是须达长者便到处寻找，终于在舍卫城南郊发现一处清雅幽静的园林，他觉得这便是设立佛陀精舍的最佳地点。但问题在于，这园林属于这个国家的祇陀太子所有。

须达长者这便拿着银钱去向太子恳请转让，太子自然不愿相让，于是故意开个高价："你拿黄金铺满这个园子，这园子便是你的。到时候你想自住就自住，想送人就送人！"

须达长者想来也是一个富人，但用黄金铺满地面，这就未免有些太过夸张了。可为了得到这块园地，他还是典卖家产，耗尽资本之后，终于达到太子所求，将金箔铺满了地面。祇陀太子大为感动，不但将园中土地给长者建精舍奉佛，更将未贴金箔的树林也赠予佛家，这便是所谓"祇树给孤独园"，简而化之，称作"祇园"。"孤独"据说是指须达长者，因为他平时便乐善好施，经常救济那些孤独贫困之人。

虽然须达长者买下祇园地皮，但阻力却依旧未除。许多外道（也就是信仰佛教之外宗教的教徒）尤其是婆罗门这便前来阻挠。这时自然需要佛家弟子的鼎力支持，于是佛陀派来舍利弗尊者，一面监督建造精舍，一面则兴办辩论会，驳倒外道。

祇园精舍建成之后，释迦牟尼便搬来此处居住，长达二十四个雨季。现代社会依然流传的那些佛教经典，据说七八成都成于此处。

至于那位祇陀太子，命运却颇凄凉。不久他的弟弟琉璃王便起兵篡夺王位，祇陀太子遭无情杀害，死于这舍卫城，金箔、祇树，一切俱成空！

而当玄奘来到此处之际，这座令全世界所有佛教徒都神注向往的园林已然破败不堪，四处是残墙碎瓦。玄奘找了半天，只看到一座供着佛像的石室还算完备。自大唐而来一心追慕佛法的唐僧，目睹此状，也唯有在这废墟之中礼拜感慨而已。

但这还不算最坏，因为毕竟祇园尚存。接下来玄奘便来到大雪山南麓的迦毗罗卫国，这便是释迦牟尼的故乡。当年释迦牟尼的父亲净饭王首图驮那，便是这里的国王。

不过需要指出的是，净饭王之“王”并非我们一般想象中的那种世袭君王，更贴切地说，他是如同罗马执政官那样由贵族选举而产生的领袖。所以，释迦牟尼也并非真正的王子，他只是具备竞选资格的贵族子弟而已。甚至他的幼年生活也从未如传闻那般优越，生母的早逝，显然令他自少年起便与众不同。以至于跟随父亲参加农耕祭典之际，他会独自到树下坐禅，与众不同之余，何尝不是一种感伤的孤立意识。等到看见虫子被农夫以锄头掘起，被飞鸟啄食，如此寻常之事，他又会感怀到众生相残之痛。

也正是因为这样的背景与这样的情感，虽然长大之后娶妻生子，这位王子却终究未能入俗。当出城的他看到生老病死四大痛事时，心中已有出家的意识，终究在某一天的夜里，离开迦毗罗卫城，行至河畔，剃去须发、摘下饰物，他以抛弃一切所有之势，向南边的摩揭陀国而去。

有人说：他若留下，又若被大众推选为新任执政，那会如何？

会如何呢？不妨这么说：事实上，此时的迦毗罗卫国，正处于灭亡的前夜。而这个国家的灭亡，又恰与这舍卫国有关。

舍卫国的波斯匿王，他便是祇陀太子与琉璃王的父亲。相传当初这位波斯匿王初登王位之际，就想迎娶一位释迦族的女子作为自己的王后。可是释迦族却很是不屑，因为按照种姓制度而言，释迦族是高贵的刹帝利，而波斯匿王却是女奴之子，在高贵的释迦族看来，自然很低贱。

若是如此，你拒绝便是。可问题又在于，彼强我弱，种姓再高贵，也无法做武力的屏障。于是释迦族的贵族会议便很为难，最终一个叫作摩诃男的长者就说：这样吧，我家婢女的女儿，虽然地位低贱，长得却美丽端庄，将她当作我的女儿，嫁给波斯匿王，如何？

贵族们正为此头大，虽然觉得有些不妥，但还是答应为是。女仆之女这就被送往舍卫，波斯匿王满心欢喜，娶她做自己的王后，不久便生下儿子，那便是后来的琉璃王。

大约在八岁之际，此时尚是王子身份的琉璃王（我们姑且称之为琉璃王子）被送往娘舅家，也就是迦毗罗卫国学习射箭的技艺。当时那摩诃男也颇为重视，特地召集五百童子，与这琉璃王子一同学习。

可恰在这时，释迦族新建了一座讲堂，悬挂幡盖、香水洒地，很是隆重。琉璃王子毕竟还是小孩，天性好玩，这就大咧咧地跑进讲堂，登上宝座。这一下非同小可，释迦族人声色俱厉："女奴之子！这地方岂是尔等可进？"

一把将这琉璃王子拖出门去，推倒在地——结果这小孩自然倍感羞辱，当下对随从言："释迦族人如此待我，日后我登上王位，你当提醒于我，必有报应！"

别看这是小孩的恼恨之语，一切都是真的。日后便如前言所说，琉璃王子这就开始大作恶，先是乘父亲波斯匿王巡狩之际，他发兵起政变，废除老父并将其流放。后来这波斯匿王便老死于迦毗罗卫国，释迦族还很尊敬他，以王者之礼为他举办葬礼。而那祇陀太子也死于琉璃王之手。

此后之事也就可想而知了，琉璃王大举兴兵，这就要将迦毗罗卫国踏为平地。

毕竟是自己的祖国，释迦牟尼这就出现在琉璃王大军的前方，在枯树下盘腿而坐。琉璃王好奇，这就问他："天气暑热，您何故不在枝繁叶茂的大树下打坐，偏偏在此枯树下呢？"释迦牟尼双手合十："亲族在此，阴凉胜过一切外人。"

哈哈，琉璃王笑了，世尊你这是为亲族求情啊，好，且放过这一次。于是收兵回国。

可一次不征伐，不代表会就此放过。果然不久，琉璃王再度兴兵。

如来法力那么大，也保不住他的祖国！原因竟是因为种姓制度

当兵祸再起，释迦牟尼的弟子目犍连尊者便出主意，说可以施法，将琉璃王的军队抛到别处，或是将释迦族人移到别处，或是变个铁笼子笼罩庇护，这自然是神话了——事实是，释迦牟尼决心不救，他说：生、老、病、死、罪、福、因缘，谁都避不了，释迦族自己种下的孽，又能如何呢？

于是琉璃王便围攻迦毗罗卫国，此处又生出许多故事来，说释迦族人如何武艺高强，甚至能在很远的地方望见琉璃王，放箭射落敌军士兵的头髻或是旗帜幢幡，可是绝不伤人，这自然又是神话。琉璃王继续进军，将释迦族人逼入城池，这时城里又出来一个十五岁的小孩，独自上城头，打伤了许多敌人，吓得他们崩溃逃散入土洞。

要说假如这故事确实为真，这小孩也够英雄，可释迦族人又不干了，说你这娃儿有辱我释迦族的门风，俺们释迦族连蝼蚁都不伤害，何况是人呢？你快些走，释迦族不要你了！

于是将这小孩赶走。于是琉璃王便再度围城，而传说中的魔王，也来凑热闹，他变化成释迦族的一员，喊人开城。而城里的释迦族呢，一见是自己人，立马便开门，城外这么多琉璃王大军就此涌入，攻破了迦毗罗卫国。

这实在也太悬了，其实迦毗罗卫国小力弱，被打破城池也是早晚的事。这琉璃王进了城，便下令：男人全部用暴怒的大象践踏而死，至于女人，挑选五百个漂亮的带到我这边来！

此时他的外祖父摩诃男出面为国人求情，他说自己愿意沉入水中，在浮出水面呼吸之前，不管时间长短，你都要允许释迦族人随意逃散。琉璃王想你在水下屏住呼吸，那能撑多久啊，于是一口答应。

　　但万万没想到的是，摩诃男下水之后，将自己的头发绑在树根之上，纵然是死，身体也无法浮出水面。于是释迦族人四散逃命完毕，摩诃男依旧在水下如初。琉璃王觉得奇怪，下令将他捞起，却是已然死去多时——这位可敬的释迦族长老，便是以此一死换取了全城百姓之性命。

　　传说虽然如此，事实上为琉璃王所杀之人，仍然极多，甚至有九千九百九十万、血流成河环绕迦毗罗卫城之说。那被琉璃王挑选而去的五百释迦侍女，也因坚拒而遭斩断手足、抛入深坑之苦。相传此时她们呼唤如来名号求救："我们都是释迦种姓，想你如来已出家成佛，我们却受此伤痛，你为何不搭救我等？"

　　如来便是释迦牟尼，她们的昔日王子，据说此后佛为她们演说苦集灭道，诸侍女终得升天，但这已然不是史而是经。此时的释迦牟尼走到故国东门处，看到的已然是一片废墟，他与人说，以往就在那边说法啊，现在已经成废墟一片，再无一人，从今往后，我都不会来这里了！

　　然后，释迦牟尼又回到祇树园，他预言琉璃王将于七天之后毁灭。那琉璃王闻说，自然十分恐惧，结果熬到第七天，自以为已然得解脱的琉璃王到河边宴会庆祝，忽然之间，天雷滚滚，骤雨急至，河水大涨，琉璃王等人都漂溺而死，堕入阿鼻地狱。

　　这自然是佛经所言，舍卫国的最终结局，其实是被另一超级大国摩揭陀所吞并。其实，对于释迦族的灭族之祸，释迦牟尼曾说过如下这段话："从前，有个渔村，因为大饥荒，米价贵如金，人们只能吃草根。村里呢有个大池塘，池塘里自然有鱼，饿坏的人们便捕鱼而食。池塘里的大鱼啊，也不能幸免。村里有个八岁的小孩啊，不会捕鱼，可是看到大家都去抓鱼，他也很高兴。"

　　一帮人听得莫名其妙，这和释迦族有什么关系呢？

　　释迦牟尼苦笑："这渔村之人就是释迦族，大鱼就是琉璃王，而那发笑的小孩呢，就是我啊！因为杀鱼的罪业，所以这些渔民在无数劫中受地狱苦，正如释迦族的灭国之苦。而我呢？也就如同那小孩，随喜造恶，如今我头痛得很啊，就如同被石头压住一样呢！"

是啊，祖国被灭亡、百姓族人都被屠杀，自己却无一丝搭救之能，这又何尝不是心头创痛呢？（在这个故事里，释迦族对琉璃王的歧视就等同于渔村之人对鱼的伤害，而渔民因杀鱼而受地狱苦，释迦族也终因歧视琉璃王而遭受亡国之苦。）

《西游记》中向唐僧索贿的阿难，其实是三代佛教教主，还颇有女人缘

离开迦毗罗卫国，玄奘继续往前行，经过蓝摩与拘尸那揭罗两个邦国。这两个邦国都与佛教有着密切的缘分。蓝摩国有座沙弥寺，相传本是个荒芜的所在，可是有一人来此礼拜，却见有大群野象前来，用鼻子在水池里吸水洒地，似乎是在为佛塔做义务供养一般。一开始他还有些害怕，躲在树后面瞧了半天，发现野象居然是在"供养"，这人便大受感怀，于是做了沙弥，在这里建造起一座寺庙来，便是这沙弥寺。

而拘尸那揭罗国呢，则有一片娑罗林，传说这就是释迦牟尼涅槃之地。公元前486年，在中国是春秋末世吴王夫差称霸的年代，在西方则是希腊崛起挫败不可一世之波斯帝国的时代，而在印度，释迦牟尼也走完了他八十年的人生历程，从此"不生不灭"，进入佛家修行最高的理想境界。

按照佛理之根本而论，生命的轮回是苦，而这苦的根源就在于人的贪婪。根据佛理修行，就能摆脱生死轮回，进入不生不死的"涅槃"境界，而这才是真正根本的解脱。

也就是说，释迦牟尼最终的解脱或者说"涅槃"，就在此处——拘尸那揭罗国的娑罗林里。临终之前，释迦牟尼还曾告诉他的弟子阿难，要收拾他的舍利，建立塔寺，以取信于后人。

这阿难，《西游记》中便有他。唐僧师徒辛辛苦苦来到西天，阿难和另一个尊者迦叶便问他们讨要"人事"，唐僧师徒说没有，他们便拿出没字的

空白经典传人。闹了半天，甚至连如来都发话了，最终还是唐僧无奈，只好拿出一个紫金钵盂，才从阿难手中换到了真经。

说起来，这问唐僧要"人事"的阿难、迦叶，便是释迦牟尼圆寂之后的佛教主持人。佛学史上的迦叶与《西游记》中的迦叶完全不同，据说因人格清廉，所以深受释迦牟尼的信赖。释迦牟尼圆寂后，迦叶便成为佛教团的统率者，迦叶临圆寂之时又传授给阿难。

阿难又是谁呢？他其实是释迦牟尼的堂弟，虽然出家，却因为他又是一个美男子的缘故，很受女性信众的青睐，所谓比丘尼这一团体的出现，也与他颇有关系。最初女信徒们再三请求在僧团中和男子一样出家之际，释迦牟尼一直予以断然拒绝。可是女信徒们始终不愿放弃，最后还是阿难出面，反复游说，释迦牟尼这才终于允许，女子亦可出家，是为比丘尼（也就是国人口中的尼姑）。

也因为他是一个美男子的缘故，所以平生所遇的情欲考验也尤多，这似乎就如同《西游记》中的玄奘一般，总有女妖或是"妖"女（此处为美丽女子之意，并无贬义）前来诱惑。阿难一生，似乎为此烦恼不已。旁人也因此有不少讥讽之言。譬如在舍卫国，有人曾供养给佛陀许多糯米糕，佛陀让他分给城中贫民。结果来了一位美丽少女，而阿难手中又恰好有两块糕粘在一起分不开，阿难只好把这两块糕一起分给这少女，如此小事居然也成为旁人非语攻击阿难的借口："英俊的阿难陀，分给那美丽少女双份米糕，他与她，难道是有特殊的交情？"

诸如此类，以至于后来的阿难，便做了释迦牟尼身边的侍者。一直到他涅槃之际，阿难尤为这个问题而烦恼，而释迦牟尼的回答却也简单："你若将年老的女众看作自己的老母，年轻的女众看作自己的姐妹，烦恼又在何处呢？"

简单的答案，却令阿难为之豁然开朗，原来烦恼的源头，一切在于自身而已。此后，阿难、迦叶，便成释迦牟尼之后佛教事业发展的两位中继者，对于这一事业的壮大，贡献非同小可！

至于佛陀的舍利，最终又落于何方呢？最初是由拘尸那揭罗国的末罗族保管，可佛陀舍利实在是太珍贵，以至于各国都不惜动兵来抢，几乎要引发一场天竺的国际大战。最后还是由最强者摩揭陀国做主持，将佛祖舍利分做八份，八个国家每个一份，各自造塔供养。

玄奘的下一站，便是婆罗疟斯国，古印度著名的鹿野苑便在该国境内。相传释迦牟尼在菩提树下顿悟成道之后，向西步行三百里，便来到了这个地方，向追随他的五位随从讲述生死轮回、善恶因果之理。玄奘抵达此处之时，目睹了这块佛陀的初转法轮之地的盛况，留下了这般文字："婆罗疟河东北行十余里，至鹿野伽蓝。区界八分，连垣周堵，层轩重阁，丽究规矩。"

这鹿野苑，原本也有它自己的故事。据说此地曾有一位喜欢猎鹿的国王，鹿群每天都要来一次抽签，抽中的鹿便把自己献给国王射杀。但那一回中签的是一头怀孕的母鹿，不忍之下，鹿群的首领便自己顶替前来领射，国王闻听此事，据说也十分感动，便下令再不许在此猎鹿。慢慢地，鹿群便汇聚于此，得名鹿野苑。

自然，这也是传奇故事，只是很对玄奘的胃口而已，所以他将这故事也载入《大唐西域记》，正如其他许多象、鸟的故事一般。

接下来，玄奘便到了中印度的战主国、吠舍厘国，一直抵达他的西行目的地：摩揭陀国的那烂陀寺。

那烂陀的大火！唐僧取经之时，其实印度佛教正慢慢走向衰亡

摩揭陀，这便是阿育王的国度，在秦始皇之前的公元前3世纪，这位以武力征服几乎整个印度的"黑阿育王"曾令南土之人心惊胆战，单是征服羯陵伽国一役，就杀死十万战俘，战场之上死伤者更多达数十万。也正是因为目睹这一惨烈的屠杀场面，"黑阿育王"深感悔悟，他决心要易色为"白阿育王"，而要做到这一点，就必须凭借佛教的力量。

此时的佛教，距离释迦牟尼已然差不多一百五十多年流逝，但依然是一个局限于印度西北一隅的地区性宗教。也正是因为阿育王的竭力推广，才最终散播到更大范围，成为世界性宗教。阿育王对天下宣布，他将定佛教为国教，也因为佛的慈悲，所以不再主动对任何一方开战，用今天的话说，那便是古典版的和平共处时代。他的诏令刻写在崖壁和石柱之上，流传至今，那便是著名的阿育王摩崖和石柱法敕，佛教精神洋溢其中。他曾邀请著名高僧长老，召集比丘千人，在华氏城举办佛教史上第三次大结集；他还曾向边陲及周边国家派遣包括王子和公主在内的佛教使团，甚至相传在一夜之间，于世界上建立八万四千座寺塔，从印度大陆到狮子国（斯里兰卡），从中东到东南亚；他还将据说为释迦牟尼真身舍利分派到四方，直到21世纪的今天，人们尤能在西安的法门寺里看到所谓中国古代的十九座释迦牟尼佛真身舍利宝塔分布图，自然，真伪已然很难判断。

不过，当玄奘抵达此处时，阿育王的帝国已然土崩瓦解数百年，他的所见是一个四分五裂的印度。不过他不在乎这个，因为他追求的是佛教的真谛，而非目睹帝王的威严。他在当年释迦牟尼成道的菩提树下停留了许久，或是感触岁月的变迁，或是追思佛的在此静坐沉思，直到第十天，当那烂陀寺的僧人前来迎请之际，他才从此前的念想中慢慢沉淀出来。

"是的，我便是来自东土大唐，来此学习佛经的玄奘！"

据说，闻听此语，那烂陀寺的戒贤法师潸然泪下，他唤来自己的一位弟子，那是他的侄子，不过也已然七十多岁了，他对玄奘及众人说："住持原本有风湿病，时好时坏，发病的时候就好像火烧刀割一般。三年前，这病越来越厉害，几乎要把住持逼得绝食自尽了。可是这时他做了一个梦，梦见三个菩萨自天而降，那便是文殊、观音和弥勒，文殊菩萨说，有个来自中国的僧人会来拜会你，你应在此等候、教导他。住持听了此话，很是惊奇，但菩萨旋即消失，风湿病居然也就此好了。想不到今日，法师你便从中国来了。"

《西游记》中，唐僧西行的最终目的地是大雷音寺，据说寺名取自"佛音说法，声如雷震"的意思，显然这是一个很中国化的寺名。事实上玄奘到的便是眼前这座那烂陀寺，意为"施舍不尽"之义，和"雷音"有关联吗？貌似没有。

这座那烂陀寺的建造时间很早，据说早在公元前3世纪也就是中国的秦汉之际已然有它的存在。到公元6世纪中国的隋唐时代，这座寺庙进行了大规模的扩建，成了印度境内进修研习佛学的最高学府，这也正是玄奘来此的理由。

至于那灵山，也就是灵鹫山，则在距此不远的王舍城。这城池四面都是山，灵鹫山就是其中黑黝黝不甚起眼的一座。不过前人说得好，山不在高，有仙则灵，当年释迦牟尼在鹿野苑初转法轮之后，便来到这灵鹫山上。摩揭陀国国王也很是优待他，就在这灵鹫山上送他一处竹林精舍居住。后来一名叫作慧理的印度僧人来到中国的杭州，发现那里的山怪石嶙峋，居然与故乡的灵鹫山颇有几分相似，于是便为那山也起名作灵鹫山，自此之后，灵山之名便在中国民间传播开来。想来《西游记》的最初作者，也是基于这种名声，而特意将雷音寺安置在了他心目中的佛教名山灵山之上。

也就在这灵山的雷音寺上，那如来对唐僧的到来，颇有一番说辞："你那东土乃南赡部洲，只因天高地厚，物广人稠，多贪多杀，多淫多诳，多欺多诈；不遵佛教，不向善缘，不敬三光，不重五谷；不忠不孝，不义不仁，瞒心昧己，大斗小秤，害命杀牲。造下无边之孽，罪盈恶满，致有地狱之灾，所以永堕幽冥，受那许多碓捣磨舂之苦，变化畜类。有那许多披毛顶角之形，将身还债，将肉饲人。其永堕阿鼻，不得超生者，皆此之故也。虽有孔氏在彼立下仁义礼智之教，帝王相继，治有徒流绞斩之刑，其如愚昧不明，放纵无忌之辈何耶！我今有经三藏，可以超脱苦恼，解释灾愆。三藏：有《法》一藏，谈天；有《论》一藏，说地；有《经》一藏，度鬼。共计三十五部，该一万五千一百四十四卷。真是修真之径，正善之门，凡天下四大部洲之天文、地理、人物、鸟兽、花木、器用、人事，无般不载。汝等远来，待要全付与汝取去，但那方之人，愚蠢村强，毁谤真言，不识我沙门之奥旨。"

这话甚长，无非三层意思。第一层是说你这东土是个是非之地，人多事多，又不信仰佛教；第二层则是说我有三藏经文要传授与你；第三层则是说怕你这东土之人不识货，白白浪费了我的美意。

这自然完全是《西游记》作者的杜撰：第一，如来早已圆寂，玄奘早生几百年也遇不上他；第二，印度本身也不是什么净土，战乱频仍，又有何资格来说东土呢（事实上就综合国力而言，唐太宗时代的中国远胜此时的印度）？

不过，玄奘到此还是大有收获的，那烂陀寺，不仅是个讲经说法、学习佛法的场所，还是一个研究逻辑、医学、天文历算甚至农学等之地。打个比方，这就是一所国际知名的综合性大学。玄奘到此，无异于后来那些赴西洋的留学生，只是内容有所不同而已。而曾到这里来的外国留学生，也绝非玄奘一人，知名的有中国的法显（东晋时期来此），其余则有来自近邻缅甸等国，也有来自更远的国家如朝鲜等。

但那烂陀寺也终究不能避免凡世的盛衰。也就在玄奘西行的年代，伊斯兰教逐渐自西亚向中亚、南亚乃至东南亚逐步扩张，如果说伊斯兰教向欧洲扩张所遇到的对手是基督教，那么在这里，佛教几乎不能称作是他的对手。正如后来的一位英国学者所言：佛教教义，尤其是它反暴力的社会主张，面对伊斯兰教的扩张几乎无法作出直接的回答。首先是阿拉伯人而后是突厥人，前赴后继地入侵印度，许多佛教寺院被劫掠一空，僧人则被屠杀或是被迫改宗，再不然就是远走他乡去东南亚。

自然，遭受打击的不仅仅是佛教，婆罗门教等其他宗教也是如此，但婆罗门教正如同中国本土的道教一般，具备在乡间生存发展的顽强能力。从大城市到小村社，婆罗门教几乎无处不在，突厥人不可能渗透至如此的细枝末节，所以最终的结果便是佛教在印度被基本消灭，而婆罗门教却顽强生存下来，演变为今天的印度教。

大约在12世纪，中国的宋代，那烂陀寺便走到了生命的尽头。公元1193年，一个叫作巴克赫提亚尔·卡尔积的突厥可汗最终兵临此处，在他看来，这久享盛名的那烂陀寺就是一个异教徒的集聚地。正如21世纪的塔利班摧毁大佛一般，他将这那烂陀寺焚烧殆尽。而这古印度的佛教事业，便在本土婆罗门教与外来的伊斯兰教的里外夹攻之下，渐渐走向没落。大批那烂陀僧侣，据说是逃往了北方的西藏。

此后，即便是中国再有玄奘一般有毅力的僧侣来到天竺，也再无缘见这灵山"雷音寺"，因为一切俱毁，佛陀世界在西天已然不存！佛教的发展，将转移到东亚的中、日、韩以及东南亚的泰、缅这些国度。

从此，西游与佛无关。

PART 2

第二篇 | 西游流变史

第四章　流传，当取经慢慢变成神话

许多年后，当佛教已然退出南亚大陆，中国便成了大乘佛教的兴旺之地。为了招徕信徒，开始有僧侣在寺庙为信徒说玄奘法师西游的故事。

许多年后，寺庙中有人云："若是这般讲玄奘法师西游，哪个信徒会愿意施舍？"于是便有了《大唐三藏取经诗话》。

又过许多年后，街市上有人云："若是这般讲三藏取经诗话，哪个听客愿意打赏？"于是便有了元杂剧《西游记》。

再过许多年，识字的士大夫也爱上这西游，可是杂剧太杂太不着调，于是据说是一个叫吴承恩的人，坐下来写成了这部小说《西游记》。

大宋说书人：《西游记》的最早发端

当那烂陀寺在烈火中焚烧殆尽的年代，玄奘的祖国亦经历着一场南北剧变，大唐早已终结，北宋的短暂繁荣亦告终结。在玄奘取经500多年后的中国，正是宋、金、夏三个政权并立的年代。

年代久远，当年玄奘西天取经的故事，却以另一番面目传播至今，这便是说书艺人的话本。

最初的一批说书话本，三国大概是其中卓越者。有个叫高承的北宋士大夫，曾在他的那本《事物纪原》中写道："仁宗那时候啊，街市上开始有人说三国为业，还做成皮影戏，描述当年魏、吴、蜀三分战争的景象。"

这大宋虽然武力不盛，但也算安定一时，近百年的繁荣，商业更堪称中国史上最具生命力的一代。如此一来，各种民间娱乐风起云涌般盛极一时。既然生意不错，皮影戏也就慢慢演绎成为一门行业。就连那笔下写出"大江东去，浪淘尽，千古风流人物"的大文豪苏轼也在自己的《东坡志林》中如此写道："小孩子顽劣不听话，家里大人也觉得烦，就给他丢俩小钱，让他听说书的去！听三国，说到那刘备兵败，那满街的听众也皱起眉头，还有流泪的，而听到曹操兵败，个个喜上眉梢。"

到了南宋时节，这些说书家们居然也形成了正规的会社组织，譬如说杭州的说书人，就曾结成一个"雄辩社"，有什么张小娘子、陈郎妇、枣儿等等，都说是一时著名的说书高人。甚至皇帝也爱听，《梦粱录》就曾记载，说有个王六大夫，本来就是"御前供话"，讲给皇上听的。而那时的说书人，修养也颇高，不但要熟读百家故事，还要通史、诗、词、文章等等，绝非今日之寻常说评书的随便就能胜任的。

说些什么呢？讲史的看来是不少，譬如讲远的，有战国的孙庞斗智、楚汉的刘项争雄、三国的诸葛北伐；论近的，则说狄（青）、张（俊）、韩（世忠）、刘（光世）、岳（飞），这在南宋时节，可就和今人讲民国、讲解放战争与抗美援朝差不多了。

有一本醉翁谈录，将这些说书归类为八个科目，是为灵怪（这自然就是今天的科幻小说了）、烟粉（这是今天的爱情小说）、传奇（这是今天的历史小说）、公案（这是今天的破案系列）、朴刀、棍棒（这两个就归类于武侠小说了）、神仙、妖术（最末两个就是类似《西游记》的作品了）。《武林旧事》一书中，列举了一百来个说书名家的姓名，其中说小说的最多，有五十来个，足足占据半壁江山；说历史的则有二十来个，位居次席；说神佛的也就是《西游记》这种，则占据季军之席，有十七个。

《西游记》，据说也是这个时候成为说书家的热门科目的。甚至有人说，《西游记》的真正作者，其实就是那位长春真人丘处机——也就是金庸武侠小说《射雕英雄传》中杨康的师父，真实历史中他也曾应成吉思汗的邀请，来到大雪山上的行宫与成吉思汗相会。

不错，这大雪山就是当年玄奘曾经翻越的大雪山。而且，跟随长春真人一路西行、后来一度担任全真教掌教的李志常，还把这一路的见闻写下来，书名也叫《西游记》——为了与佛教版《西游记》相区别，这才有《长春真人西游记》之名。甚至明末清初的汪象旭，明确指出丘处机也是佛教版《西游记》的真正作者。正是因为作者是道教之人，所以才会把西天取经的真正主角替换成了名为佛家弟子、实际却出自道家的孙悟空。而书中更有大量炼丹术语，乃至直接选自全真教经典的若干词句段落。

话虽如此，可一位宋、元时代的全真教真人，费尽心思，居然写出一部唐代僧人带着猴、猪、马去西天取经的书籍，这未免有些没谱。所以到清代的纪晓岚，他就不信了，而且他还有确凿的根据，那就是《西游记》里头许多官职都是明朝才有的，所以写书的人也一定是明以后之人，断不可能是丘处机未卜先知。

最大的问题，还在于《西游记》的南方语言背景，以及在路线设计上的西南模样（后文会细说），丘处机一个北方人，断不可能这样写。

所以，有人奇思妙想，说这是明朝后期与徐阶、张居正同时代的内阁首辅李春芳写的，这就更没谱了。《西游记》的作者，最终还是落在了吴承恩身上，尽管证据依然不是很充分，譬如说清代有一位姓黄的藏书家的记录中，吴承恩的《西游记》就被归入地理书籍一类（舆地类），而《淮安府志》说吴写了《西游记》，可像这一类演义神话小说是不被录入方志的，吴版《西游记》究竟是不是眼下咱们所谈论的这个《西游记》呢？

其实，我们不妨往回看，当年玄奘自天竺求法归来后，受到与出发之际完全不同的待遇，大唐天子此时已然解决了北方的突厥问题以及西方的吐蕃问题，显然更有兴趣接纳玄奘这样一位有着传奇经历的名僧。据说就是皇帝下诏，让玄奘口述、弟子辩机笔录，写成了最初的《大唐西域记》，这自然就是一本实录。可是后来，同样是玄奘的弟子，慧立、彦悰两人又写了一本《大唐慈恩寺三藏法师传》，显然这本书不是写给皇帝看的，阅读的对象是佛教信徒，所以书中奇闻怪谈便多了起来，这自然是为了神化他们的师父玄奘，也是为了吸引更多的信徒。

自然，在玄奘弟子的《三藏法师传》中，唐僧依旧是独自去天竺，有马却不是白龙马，更没有猴，也没有猪相随。

真正的变化，还是发生在南宋时代，一本叫作《大唐三藏取经诗话》的通俗讲唱本，就刊刻于此时，也正是在这本书中，玄奘去天竺取经的故事发生了奇妙的变化。

不过流传至今，《大唐三藏取经诗话》的第一节已然空缺无一字，估摸着应该是唐僧出发之际的故事。

前文已经说过，玄奘去天竺，完全是他的自发意愿，没人逼他去，也没人勾引他去。可就是这一点，却让日后的劳苦大众包括说书人在内很是困惑：平白无故，你在中国住得好好的，到那番邦异国去做什么呢？自然我们现代人会说，他是为了求真经，但我们能理解这一点，是因为在近代或是当代，我们已然见识了太多人出国去西洋或是东洋，与他们相比，玄奘似乎还是走得比较近的。

在玄奘之前，有个通西域的张骞，他是真正探索空白地域的伟大人物，可是他的西行，也不是自觉自愿，而是受了汉武大帝的派遣，前往西方寻找那抗击匈奴的盟友大月氏。

正是因为这一点，在玄奘之前，虽然也曾有法显这样的高僧前往印度，而且经历丰富，可是丝毫不能被大众所接受与理解。

所以说书人要讲西游，首先就要为唐僧找一个去印度的理由，而且是冠冕堂皇的理由。这便不得不与当时的大唐皇帝李世民拉上了关系。

令人震惊的西游真相：李世民是被印度"仙丹"给害死的！

但是，还有一个貌似与玄奘的西游无关的话题，那便是唐太宗李世民的驾崩。

这里，便不得不说起一篇来自敦煌而今藏于大不列颠博物馆的说唱话本，自然那是一个残缺的文本，如今我们一般把这话本叫作《唐太宗入冥记》，讲的是什么呢？那便是和《西游记》中颇为相似的那个故事。

太宗皇帝李世民，堕入了地狱阴间，他面对的，是阎罗王，是群魔众鬼。这话本里的李世民，也颇威风，他见了阎罗王居然毫不畏惧。甚至阎罗殿的人喊他："大唐天子李世民，你怎么还不来拜唔？"他居然还临危不惧，反而奇怪："是哪一个叫朕来拜舞？朕在长安的时候，从来只有别人来向朕拜舞，哪有人还来索朕的拜舞！"

阎王气坏了：你这皇帝，如今可是在阴间，你居然还不老实？

"你是阎王？"

"正是！"

"阎王是管鬼的头头，不好好管阴间的事，来烦我做什么？"

李世民不服，阎王这个纳闷，可是也不跟他纠缠，找出一个姓崔的判官来，慢慢与李世民说明。原来，李世民的哥哥建成、弟弟元吉在这地狱之内，已然把他给告下了。李世民到这时才有些慌张起来，于是请崔判官帮忙，说了半天好话，崔判官便帮他在命禄额上添禄，说是再做十年皇帝才下阴间。自然，小崔也不白干，要钱要官，全无遮拦。李世民这才得以反转人世，再做皇帝。

这个故事七零八落，可是关键的内容，竟然与后来的《西游记》颇多关联。经过说书人的添加改写，便成了《唐太宗地府还魂》这个故事，说泾水龙王犯了天条将要被处死，监斩官就是李世民的臣子魏征。李世民答应要救泾水龙王一命，所以约老魏下棋，可老魏一局未了，便已呼呼大睡。李世民想你睡便睡，只要不去监斩龙王就成。却没料到老魏梦里也没闲着，还是上了剐龙台。于是被杀的龙王便到阴曹地府，将李世民一张状纸告下，李世民糊里糊涂这便落至阎罗殿。好在中国人的地狱与西方不同，单是阎罗王就有十个，而依旧是姓崔的判官，暗地里涂改了李世民的生死簿，将贞观一十三年改成三十三年，老李多了二十年阳寿，于是李世民过了阴山，又遍游十八层地狱，自然那些往日被他所平灭的反王都挤来向他索命，老李过了奈何桥，又入枉死城，亏得有个河南人存在地府许多金银，李世民借了一库来施舍给那些鬼魂，这才得以回归人世。

也正是因为这段李世民的还魂故事，这才引出了大唐玄奘和尚要去西天取经的缘由。佛教认为若有大乘佛法，便能修正果、成金身，老李一听，便高兴起来，这就急着寻人去取经。这一寻人，便寻见了玄奘和尚，更认他作御弟，出发去也！

不过，这自然是后来人的杜撰。在玄奘出发去天竺的时节，李世民正是精气神强壮，日夜想着如何要克突厥、扫高丽之时，所以完全没有求佛的兴趣。事实上，直到李世民晚年，对方术的迷信才忽然水涨火烧猛烈起来，甚至比秦皇汉武有过之而无不及。

贞观二十一年，一位叫作王玄策的大唐使臣奉命前往印度访问一个叫作帝那伏帝国的国家。帝那伏帝国的国王本是与大唐关系不错的尸罗迭王，可当王玄策到来之际，尸罗迭王却已然死去，王位归属于篡夺者，局势一片混乱，王玄策甚至遭到印度人的袭击。好在老王不简单，他成功地逃离险境，直至喜马拉雅山的泥婆罗（也就是今天的尼泊尔）境内。此时，喜马拉雅山北边的吐蕃赞普恰是娶了文成公主的那位松赞干布，于是王玄策就以唐朝女婿松赞干布的名义，借了泥婆罗的七千人马，加上吐蕃发来的千把人，总共不超万人的阵势，以少胜多，一举击破据说有三万之多的叛军。

王玄策回国之后，便无这般威风的事迹，据说他也曾写了一本《中天竺行记》，详细记录了自己的印度故事，这书的结局自然是散落无存。唯一令他在中国出名的是他在战场上俘获的一个印度僧侣。这个印度僧侣自吹自擂，说自己有两百岁高龄，几乎达到了长生不老的境界。而之所以能如此，是因为一种神奇的丹药。

这牛皮越吹越大，便传入了李世民的耳中。此时的他已然五十有余，自然对这类话题很是关心。贞观二十二年，也就是玄奘取经归来忙着翻译《瑜伽师地论》的时候，英明的太宗皇帝便将那个同样不远万里来到异国的方士传入皇宫。可惜，这印度人所配制的所谓仙丹，最终的结果是让这位不得了的皇帝在一年后金石药毒发作，驾崩辞世。

孙悟空登场！最初是猴子却也是个秀才

《西游记》说到唐玄奘初遇孙悟空，场景是这样的：

正在那叮咛拜别之际，只听得山脚下叫喊如雷道："我师父来也，我师父来也！"唬得个三藏痴呆，伯钦打挣。毕竟不知是甚人叫喊，众家僮道："这叫的必是那山脚下石匣中老猿。"太保道："是他，是他！"三藏问："是什么老猿？"太保道："这山旧名五行山，因我大唐王征西定国，改名两界山。先年间曾闻得老人家说：'王莽篡汉之时，天降此山，下压着一个神猴，不怕寒暑，不吃饮食，自有土神监押，教他饥餐铁丸，渴饮铜汁。自昔到今，冻饿不死。'这叫必定是他。长老莫怕，我们下山去看来。"三藏只得依从，牵马下山。行不数里，只见那石匣之间，果有一猴，露着头，伸着手，乱招手道："师父，你怎么此时才来？来得好，来得好！救我出来，我保你上西天去也！"

可在宋代的原始版《西游记》中，也就是那本《大唐三藏取经诗话》中，孙悟空却变成了一名白衣秀才，而且指明了是从正东而来（这正东，倒是印证了《西游记》开篇花果山的位置，那是在东胜神洲的傲来国）。见了唐僧，居然还懂得礼数，会作揖喊万福，客套完了这才问唐僧："和尚你去何处啊？是不是要去西天取经啊？"

唐僧回话，倒是正经得很："贫僧奉了天子的诏敕，说是东土百姓尚未皈依佛教，所以前去取经啊！"

这秀才下面的话可就有点玄幻意味了，他说和尚啊，你生前啊已经去取经取了两趟啦，都是途中遇难，这次再去啊，恐怕还是千死万死，总归难逃一死！

秀才你这话说得，不咒人死吗？不过人家是得道高僧，所以唐僧倒也不生气，只是问他："小兄弟啊，你咋知道的呢？"

白衣秀士这便打开了排场，告诉唐僧，我不是普通路人，而是花果山——且慢，以下就不是水帘洞，而是紫云洞，也不是齐天大圣，而是所谓"八万四千铜头铁额猕猴王"。

道明身份，后来的台词就与《西游记》中的悟空差不多了，他是来帮你和尚去西天取经的，要知道这西去天竺的路途，要七兜八转经过三十六个国家，其中多有祸难之处。《西游记》则说去天竺要经过十万八千里路，不管是十万里路还是三十六国，总而言之都是一种虚指，说路长多事而已。

有一点是一样的，那就是不论这八万四千铜头铁额猕猴王，还是那齐天大圣孙悟空，此后都有了个浑名，叫作"行者"，这边叫猴行者，那边是孙行者。

虽然猕猴王的称号比不上齐天大圣那么阔气，这猴行者也没有那金箍棒，大致上也不会什么七十二变，可人家也有自己的能耐，譬如这一项，他会作诗。

《取经诗话》里，这猴行者的第一首诗是这样的：

百万程途向那边，
今来佐助大师前。
一心祝愿逢真教，
同往西天鸡足山。

这诗有点打油味道，关键倒不在诗歌做得如何，而是最后一句，他说这西天不是什么灵山，而是鸡足山。

那么，这鸡足山又在何处呢？中国也有鸡足山，说是在云南，但唐僧显然不是去那里采香蕉，他要去的是印度的鸡足山，在摩揭陀国，据说佛教禅宗的初祖迦叶尊者就在这山上入定，受佛陀嘱托，等待未来佛弥勒佛，并将佛陀衣钵传给弥勒佛。

可这又是怎么回事呢？难道唐僧的最终目的地不是如《西游记》中所说的灵山，而是这鸡足山？显然，这是受了禅宗思想的支配。许多佛教的早期经典都记载，说这里就是佛陀的继承人迦叶的入定地点，他要在此护持佛陀的衣钵，等待未来佛弥勒也就是中国人常说的那位笑和尚的到来。

所以唐僧也回了一首诗：

> 此日前生有宿缘，
> 今朝果遇大明贤。
> 前途若到妖魔处，
> 望显神通镇佛前。

这话说得可就直白了，方才你不是说前头妖魔多吗？好嘞，你就做我护法使者，一路打过去便是。瞧瞧，这不就是《西游记》的基本套路吗？

不过话虽如此，猴行者究竟有多少能耐，唐僧完全不知。于是便试探性地问他今年贵庚，猴行者的回答也颇奇妙，他不说自己多大，只说见过九次黄河水变清。

一听这话，唐僧便笑了。为什么呢？传统上有一种说法，说那黄河水每过五百年就会变清一次，按这个算的话，这猴子少说也得有四千五百岁以上了。这不好笑吗？他就教训那猴行者："后生仔，莫说大话咧！"

猴行者也不恼："你这和尚是凡人自然不知，我年纪再小，那也是经历过千秋万代的，要不然怎么知道你前生两回去西天取经，两回都被妖精给害了呢？法师你自己知道不？"

唐僧哑巴了。这什么话，我知道前生两回被妖精给吃了？你说我能知道不？他只好承认自己不知。于是猴便发话了："你这和尚啊，就是因为学习佛法尚未学全，修行的道缘未满，所以才会这样啊！"

唐僧被这猴子平白无故抢白一顿，心里自然有些不甘，既然你说自己看见过黄河九度变清澈，好，就算是那样，那么你能给我说说，天上、地下，究竟是什么情形不？

猴子也不谦虚，这些事，我又有何不知呢？

唐僧就问他，今天天上有什么事情发生？猴子这就掐指一算，说，今天嘛，是北方的毗沙门大梵天王在水晶宫请客吃饭。

这毗沙门大梵天王又是哪个呢？原来就是我们常说的四大金刚之中的北方多闻天王，右手持宝伞，左手握银鼠的那位。玄奘之后的大唐天宝年间，安西被异族军队围攻之际，据说这位毗沙门大梵天王就曾在北门楼上出现，放银鼠咬断了敌军的弓弦，又放出三五百名天兵天将，鼓声震天动地，异族军队便溃败而去。

据说也正因为此，这毗沙门大梵天王便成了中国军界的军神，在四大天王中也位居首位。而到后来，这种信仰又东传至日本，日本战国时代那位越后军神上杉谦信，就以毗沙门天降生在日本自居，但凡出战，他的军旗上必画着这位大梵天王。

这会儿，唐僧便起了个念头，他对猴子说：既然你这么厉害，何不带我一起去他的宫殿赴宴呢？

猴子毫不推辞，说这个方便，这就让唐僧闭上眼睛，许久之后再睁开眼时，师徒一群人，已然身在北方多闻天王宫。香花、斋果、鼓乐、木鱼，样样不缺，更有五百罗汉到来，一起推演佛法。

自然，这是仙界，唐僧这一帮人忽然到来，不免将俗世凡人气玷污了神佛，那多闻天王就开口问话：“今天是怎么回事啊，怎么有凡人的俗气啊？”有人就解释，说是下方的大唐国有个和尚叫玄奘，一行七个人来到这水晶斋上，所以才会有俗人气。

一听说是玄奘，这多闻天王还真就毫不嫌弃，反而加倍客气起来，要请他上水晶台就座。唐僧想谦让，却让不了这天王的热情；若要真上呢，却又上不去！正在为难的时候，一边有个罗汉说话了：“唐僧毕竟是肉眼凡胎，上不了水晶台，还是入沉香座吧！”这沉香座算是顶级珍贵的，可毕竟是人间之物，唐僧上去，果然行了。于是一帮罗汉就请他讲《法华经》，要说这也奇妙，这些神仙罗汉界的人物，居然要听一个凡人讲经，而且听完之后评价还高得很，说是好像瓶子里倒出水来一样，“大开玄妙，众皆称赞不可思议”。

吃完这顿斋饭，唐僧便要告辞，那帮罗汉却过来吐露剧情，说是以往你也曾两度去西天取经，可都被一个妖精给害了，你知道他是谁吗？

唐僧自然要问，罗汉这便说出三个字来：“深沙神！”

香山蛇国！早期西游故事中的千奇百怪

"深沙神"这个名号，一听便让人想起《西游记》中唐僧那个老实巴交的徒弟沙和尚。不过说到底，老沙在归顺唐僧之前，也不是什么善良之辈，他可是在流沙河里吃人的。初见唐僧时，他的头颈上可是挂着九个骷髅头。这骷髅头又从何处而来呢？原来就是此前曾路过流沙河的九个取经人，被他老沙给杀了且吃了，单留下这头颅（据说是这河上唯一沉不下去的东西，后来便做了唐僧过流沙的船）做纪念。

此刻，罗汉就告诫唐僧：你的两个前身，已然被这深沙神给吃了，眼下你正好有机会来此，还不赶快去跟天王说说，求他的保佑？

唐僧听了这话，立马就上前，如此这般跟天王一说，天王也就慷慨解囊相助，给他三样法宝。第一件是一个隐形帽子，听这名字貌似戴了就能隐身。第二件是根金环锡杖，应该就和《西游记》里观音送给唐僧的九环锡杖差不多。第三件则是个钵盂，大体上就是唐僧到西天后做人事送给阿难的物件。

领完法宝，唐僧这就急着要走，那边猴子倒是明白的，拉住他说：且慢，你还得再仔细问问天王，前面路上假如遇到妖怪磨难，该如何寻人搭救呢？

于是唐僧又去问多闻天王，天王就说："只要有麻烦，你遥指天宫方向，大喊一声天王，就一定会得救！"

好了，唐僧这才和猴子告别了五百罗汉下凡去，自然这里又是双方吟诗作对，却没什么特别的，不啰唆了。

下一集中，唐僧却是来到了一个叫作"香山"的所在。有人说，嘿！这地方我熟，昨还去过一回呢，大北京城的海淀那西边，有一个森林公园，蛮不错的，有空一道赏红叶去！

这话说对也对，这北京的香山，其实就是打印度释迦牟尼出生地附近那座香山来的，据说观世音也从那山上得了道。佛教传入中国，大凡观音做主祀的佛教寺庙，多有叫香山寺的。

咱这边说的香山，其实就是原本印度的香山。所以唐僧和猴子一上了这山，就虔诚朝拜，想进寺庙门休息一番。可这唐僧又不免是个凡人，一瞧见门左右那四大金刚，气势雄伟，多少就有些害怕。看书人读到这里都好笑：你个出家人，哪有害怕金刚的啊，你是那大唐高僧陈玄奘不？

可书里就这么一说，说这和尚都寒毛竖起来了，汗流了一身，末了还是猴子说话了，请师父到庙里头去逛一圈吧！唐僧也没办法，只好硬着头皮与猴子一道进去，没想到庙里居然不见一人，甭说菩萨，连个扫地打更的都不看见。只不过这庙还不坏，古殿巍峨，芳草连绵，清风徐来，唐僧便在那空地上胡思乱想起来："这里好寂寞啊！"

猴子这时便点拨他了："师父啊你不要奇怪，说什么去西天的路太寂寞，这里只能说是别有一番风景。后面的路，那可到处都是虎狼蛇虫，到时候有你害怕的。若是有人烟出现，也多半是妖魔邪法。"

唐僧听他说得这么邪乎，半信半疑，也只好冷笑低头。不过在这庙里看了几遍，终也没什么名堂，只好与猴子出来，继续西行。

往西又走了百里路，前方的情形便开始邪恶起来，不见有人，只见大蛇小蛇，不知有多少，乱缠胡绕，大蛇高一丈六，小蛇则高八尺，睁开眼珠子，那就跟灯泡似的，牙齿张开，那更像剑一般。

唐僧哪见过这般情形，自然是害怕。猴子便说了："我的师父啊，你怕什么呢？这个国家本来就叫蛇国，虽然大的大、小的小，可它们都是有佛性的，绝不伤人，所以你莫怕哉！"

果然，这猴子在前引路，唐僧一行小心前进，那些蛇不论是大蟒小蛇，统统都让开路给你走，决不伤你半根毫毛——可是唐僧总归是害怕，这一路便走了四十余里，都是这般情形。好歹过了蛇国，那猴又说了："师父啊，明天咱们又要过狮子林和树人国啰！"

瞧这猴，居然还有心说笑。可怜唐僧的腿都快哆嗦断了："别说了，总算是平安度过这里啦！"

脱下衣衫来看，早就被一身的冷汗给淋湿了。唐僧于是又作诗一首：

行过蛇乡数十里，

清朝寂莫号香山。

前程更有多魔难，

只为众生觅佛缘。

这诗实在比那蛇更让人流汗啊！

大变活人！早期的妖怪也曾与孙猴子比试法术

过了蛇国，下一站便是狮子林。要说这狮子林，中国自然也有，就是在《西游记》逐渐成形的元代，有个叫作天如禅师的和尚来到苏州，他的弟子便买下这块园地给他居住，因为园内有许多貌似狮子的怪石，所以叫作狮子林。另一个说法，是说那天如禅师是在浙江的天目山中一个叫作狮子岩的地方得道，所以取此名。

中国是没有本土狮子的，纵使曾经有过，但至少秦汉之际便已然无此物。即便是无所不有的中国皇帝，他所认识的狮子也是安息（伊朗）、月氏等国的贡品，而且估计难以驯养，存活率也不高。大多数国人，是伴随着佛教的传入才知晓世界上原来还有如此长着长头发的大猫。尤其是那位文殊菩萨，他的坐骑就是一头狮子。于是在动物园进入中国之前许多年，很多中国人便在庙里见识了什么叫作狮子。

正是因为少见多怪，所以《西游记》的作者很是喜欢这狮子。前前后后，这狮子居然出现三回，一次是在乌鸡国，将老国王推入井中自己做了国王的那个狮猁怪。第二次则是更大的作怪，居然占据了一座山，叫做狮驼岭，而出来作怪的，依旧是文殊菩萨的狮子，只是多了两个同伙，一个是普贤菩萨的坐骑白象，另一个更厉害，那便是如来的大鹏娘舅。第三次更惹了一群狮子，为首的妖怪，居然就是太乙救苦天尊的坐骑九头狮子，它也不用动什么兵器，只是把头摇一摇，左右八个头，一齐张开口，就把悟空和沙僧轻轻地衔于洞内，如此神通，简直在西游群魔中无人能比。

但在这早期版的西游故事里，狮子林里的群狮虽然面貌狰狞，却不咬人，而是摆尾摇头，出了林子来迎接唐僧，甚至还口衔香花，献给唐僧做供养之礼。唐僧一路行过，那狮子便抬起头来瞧着，好像恋恋不舍似的，直看到唐僧等人消失在路尽头为止。

走出狮子林，前面又是一个奇怪的国度，叫作树人国。唐僧来到这里，左顾右盼，只见到处是千年的老松柏，却不见有一家旅店。唐僧等人走了半天，直走到日头西斜，才看见一间小屋，一行人等便都住宿在这小屋之中。

早上起来，唐僧便叫小行者去买菜做饭，注意！这是小行者，不是猴行者，说白了就是一小跟班。他出去了半天，直到中午也没回来，唐僧便奇怪，说这小行者是不是被妖怪捉去啦？于是猴子便出去查探，一路行走好几里地，才看见有一户人家，门口挂着一件蓑衣，河边树上系着一条小船。

猴子四下张望，却不见有小行者，只是这户人家厅前有一头毛驴，可劲地朝猴子乱叫乱吼。猴子便问这家的主人：“我这边有个小行者出来买菜，好久未归来，先生见他否？”

这主人却也老实，大咧咧就回答说：“今天早上哪，还真有个小行者到这里来，被我施法变作一头驴子，呵呵，你瞧就绑在那呢？”

他这么口无遮拦，自然是有些本事，所以不怕猴子翻脸。要说这猴子也真有几分能耐，拿眼一瞥，瞥见这主人家的小媳妇，年纪大概只有十六七，长得很漂亮，就连西施也难跟她比。于是这顽皮的猴子就吹一口气，作法把这小媳妇变作了一捆青草，就在那驴子的嘴边上呢！

猴子施了神通，那主人居然还不发觉，只是奇怪自己的新媳妇怎么突然不见了。猴子哈哈大笑：“你瞧，驴子嘴边那一捆青草，就是你的漂亮媳妇哈！”

主人这时方才明白：“原来你这猴子也会变化啊？我还以为世上只有我一人会这个呢！”这人也算是个机灵的，立马就和缓了口气，叫猴子作“师兄”，求他放还自己的媳妇。猴子说，那个简单，你放了我的小行者，我自然也就放你的小媳妇。

于是主人只好服服帖帖，他这就含一口水，喷在驴子脸上，那驴在地上打个滚，起来便成了小行者。

原来如此，猴子却也与他真的同门，也是含一口水，喷在青草上，那草便化作了美丽的小媳妇。

接下来这猴子便勒令这主人，说我这边有七个和尚，这次要从此经过，你可不准要什么幺蛾子。一旦惹恼了我猴子，管教你这一家妖孽全都斩草除根！

猴子这话算是说到位了，主人连忙拜谢，说哪里敢违抗您的命令哪！说完了他还当场做一首打油诗：

> 行者今朝到此时，
> 偶将妖法变驴儿。
> 从今拱手阿罗汉，
> 免使家门祸及之。

这诗其实通俗得很，自然也没什么诗味。无非说猴啊，我知道你的厉害了，请你大人不记小人过，宽恕在下的无知吧！

猴子虽然说狠话，却也还了一首诗：

> 莫将妖法乱施呈，
> 我见黄河九度清。
> 相次我师经此过，
> 好将诚意至祗迎。

猴子的牛皮自然也就顺势要吹一吹，见了像我这样见过黄河九次变清的大神，你也的确该老实点了，待会我师父就要从此过，你可要好好招待，拿出点诚意啊！

白骨精！她的原型其实是只白虎

于是过了这树人国，又来到一个叫作火类坳的地方。这便是后来《西游记》中白骨精故事的源头了，只不过这妖精不是白骨，而是一只白虎。（白虎精、白骨精，听上去是不是很像？）

不过在与白虎精相遇之前，唐僧一行人等发现路前方有一个大坑，坑大且深，居然还有赫赫作响得貌似雷声的声音，怎么办呢？唐僧这回还算是机敏的，他立即想起了多闻天王送给他的金锡禅杖，当初天王不是说有事就叫他吗？当下唐僧立马拿出禅杖，指着天空大喊一声："天王救我啊！"

话音刚落，禅杖上方就起了五里长光，你说它是激光也行，总之是一道光射穿了前方的长坑。唐僧一行人，就踏着这光柱过了长坑。

过了这坑，便进入一个叫作大蛇岭的山脉地带，望见那长而粗的大蟒蛇，就好像传说中的龙一般。不过，它们虽然强壮可怕，却不来伤害唐僧等人。所以这一路还是有惊无险，安全度过。

这便来到了火类坳，这坳就是山和山之间较低的地方，也就是过路人翻山越岭的通道。可也就在这里，唐僧一众人等发现山坳里有一具已然枯烂的尸骸，可怕之处，在于他的长度，居然长达四十多里。唐僧这就奇怪了，忍不住问猴子："这白色枯骨究竟是什么啊？"

猴子果然是有神通的，什么都知道："这是明皇太子换骨的所在啊！"

可也就是这句话，暴露出话本作者不太高明的史学常识来，因为唐代的"明皇"，只有一人，那便是玄宗皇帝李隆基，他可是太宗皇帝的曾孙，按唐僧取经的年月，怎么可能知晓什么后世天子李隆基的太子换骨的事？

那么，这"换骨"又是什么呢？

东汉有本《列仙传》，是这么说的：有个姓王的人划着渔舟进了大江，看见有一只花舫停在江水中流，船上有七个道士在喝酒，王某便上去喝了一杯，结果就拉肚子了。道士便说："小王莫怕，这酒可是灵物，喝将下去，与你常换其骨！"

好嘛，这换骨的意思大家也该明白了，那就是变凡胎肉骨为仙风鹤骨，你成仙了！

至于所谓"明皇太子"换骨一事，则流传湮没不闻。玄宗时代被害死的那个太子叫作李瑛，不知是否与他有关？

好吧，反正唐僧听了这话也没什么言语，只是合掌顶礼而行。接下来便又向前走，这回不是遇见什么大坑，而是一片大火，连绵不断、烟雾缭绕。

唐僧能怎么办呢？依旧是拿出天王赐给他的法宝来，只不过这回用的是那个钵盂，拿起来往天上一照，嘴里念叨一声："天王！"

据说这连绵的大火便"嗤"一声给灭了，唐僧一行又顺利过了这火类坳——到这里才明白，原来这"火类坳"的意思，就是大火连绵不断的山坳。

可山坳虽然顺利地过去了，那猴行者凝重的表情却未曾缓和，他对唐僧说："师父啊，你可知这山里有白虎精吗？"

"什么白什么虎，你别平白无故来吓唬和尚我！"

"这白虎精自然是要吃人的，恐怕她已然要来了。"

唐僧心想你这猴头，说这些话的目的不就是要吓唬老和尚吗？好吧，我跟你讲，我确实被吓到了，你怎么办吧？

也就在这时节，山后面起了一层愁惨兮兮的云雾，又下起一阵小雨来。也就在这云雾中，慢慢地瞧见了一个女人，只见这女人：身穿白罗衣，腰系白罗裙，手里还捏着一枝白牡丹，脸上也雪雪白，好似一朵白莲花，手指细细，又像是玉雕冰砌。在这么个荒郊野外，平白无故出来这么一个妖艳女子，怎么不奇怪呢？

唐僧这就想上前去，问问这女子：家住哪里？什么缘故流落在此？要不要和尚我送你一程等等。可是猴子却一把拦住了他："师父不用去了，这女子一定是妖精！让我上去，问一问她的来龙去脉。"

这里的唐僧，倒也识趣，不像后来《西游记》里那个反复纠缠就是不肯相信猴子的判断。于是这猴子就跃身向前，大声高喝："呔！你是何方妖怪，哪里的精灵？既然是惯做妖的，何不早点退回洞府去，隐藏形迹，我也可饶你一死。"

可这猴子似乎也没有后来孙悟空的火眼金睛，话锋一转他又说："你若是人间的闺女，那就赶紧通报姓名！要是拖拖拉拉纠缠不清，休怪我像棒槌杵灭微尘一样粉碎你！"

听这话恶狠狠得厉害，偏偏那女人也不急不躁，慢慢向前踱了几步，风含情来水含笑，娇滴滴地问一声："高僧一行人等，你们要往哪里去啊？"

猴子这便恼了："不要问我们哪里去，我们出来也是为了东土众生。想你这家伙，必定就是那火类坳头的白虎精了！"

这女人听了这话，也就不再装娇嫩，张嘴大叫一声，那就不是女孩子的娇声软语了。紧接着面皮爆裂，唐僧一瞧这坏了，女孩子破相了那还得了？确实也不得了，眼瞅着这女人就张牙舞爪、摇头摆尾，身子一下子拔高到一丈五。

列位，一丈五又是多少呢？毛估估也有五米吧！此时娇滴滴的女孩子已然变成了狰狞的白虎，一跃就向唐僧一行人扑来。

猴子该怎么办呢？他还不曾演变为孙悟空，不要说金箍棒，连根烧火棍都没有。好在他有多闻天王送给唐僧的金杖，这时节拿出来，喊声变，这金杖就化身为一个夜叉！

这时又有人问了：夜叉又是哪一位？

那我就跟你讲了，这夜叉是位动作很敏捷的男子！因为快，所以能制服鬼怪。大家都知道有所谓天龙八部：一天众、二龙众、三夜叉、四乾达婆、五阿修罗、六迦楼罗、七紧那罗、八摩睺罗伽。夜叉就是天龙第三部，是能吃鬼的神。眼下猴子变出夜叉来，就头顶天、脚踩地，手举降魔杵，嘴巴里喷射出百丈火光来与这白虎精斗。

这夜叉大战白虎，打了半晌，猴子就问了："白虎啊，你服不服？"

白虎也硬气，说一声："不服！"

猴子便又出一招，他说："虎啊，你还不服帖的话，看看你自己的肚子里，那可有一个老猕猴在里头了！"

这话听上去没头没尾，好端端哪里来的老猕猴啊，白虎自然咆哮着继续来打。猴子可就叫了："老猕猴你快出来！"

话音刚落，白虎精的肚子里还真有一个猕猴回应了。白虎连忙张开嘴，吐出一个大猴子来，身高一丈二。这唐代的尺寸与现在自然有些不一样，一尺差不多三十厘米，而一丈二也就是十二尺，大概也就是三米有余、四米不足，这猴子可够巨大的！

可这白虎还是说不服，猴子也没新招："白阿姨啊，你肚子里还有一个呢！"

于是白虎又吐，嘴巴一张，再出来一个猴。可白虎还是不服，猴行者便说了："白阿姨啊，你的肚子里可是有千千万万个老狝猴呢，哪怕你今天吐来明天吐，直吐到下个月、明年乃至来生，那也吐不完啊！"

白虎精这个恨啊，你这猴子太狠毒，可其实猴子还是扯谎了，这时她的肚子里已然形成一块大石头，而且越胀越大，虎精想要吐出来吧，却是怎么也吐不出，终于崩破了肚皮，七窍流血，倒地而死。这时候猴子便喝令夜叉，一顿大砍连杀，将这虎精消灭得一干二净。

话说这猴子打杀了白虎精，唐僧有没有怪他杀生而乱念紧箍咒呢？自然是没有，一是当时的唐僧没这技能，二是唐僧此时不喜欢念咒而喜欢吟诗。

这不，他又留下打油诗一首：

> 火类坳头白火精，
> 浑群除灭永安宁。
> 此时行者神通显，
> 保全僧行过大坑。

作孽，有懂诗的人便说了，和尚你还是念紧箍咒吧，我受不了了！

第五章　戏谑！渐渐取代虔诚叙述

西游故事发展到宋代，市井说话艺术已然取代了以往的寺院叙事风格，说话人是为了赚钱谋生，自然与寺院的和尚不同。戏谑搞笑乃至于讽刺挖苦，渐渐成了西游的主要风格。唐僧越来越次要，而孙猴以及越来越多的妖怪，成了故事中的实际主角。

换句话说，西游，到了这个时候，才成了真正的《西游记》！

沙神出现！一把金桥送唐僧，却未曾做他徒弟

接下来唐僧一行人来到一个叫作九龙池的所在，既然叫作龙池，自然就是有龙。猴子便告诉唐僧，说这池里有九条馗头鼍龙。

《西游记》中有一回《黑河妖孽擒僧去，西洋龙子捉鼍回》，说的就是这鼍龙的故事。原来这鼍龙就是当年错行风雨而被魏征做梦斩杀的泾河龙王之子。见唐僧到河边，却变作一个艄公，假装摆渡，实则却怀了歹意，船到河中，便遁形把和尚捉下水去。劳累孙悟空，到西海龙宫找龙王敖闰，这才点起虾兵鱼将，拿了鼍龙。

这里说得热闹，其实这鼍龙倒不是虚构之物，它就是鳄鱼。而所谓馗头

鼍龙，其实就是长着好几个头的鳄鱼。在这九龙池边，唐僧遇到的妖怪正是它。那么猴子又该如何对付呢？他却没有金箍棒，只是用了三件法宝：第一件法宝所谓隐形帽，变化成所谓遮天阵，说得如此热闹，我估计其实就是变成一张大网而已；第二件法宝是那钵盂，这个更好理解些，钵盂扔下去自然是盛水，据说是一钵盂就盛了万里江水；第三件法宝便是那金环锡杖，变化成一条铁龙，于是就和那九头鳄鱼大战。

猴子在一边与鳄鱼大战，唐僧等一帮和尚就坐在池边看热闹，眼瞅着猴子骑在那鳄鱼身上，便把它的背脊筋给抽了出来，狠狠地抽了那鳄鱼八百下："从今往后，你要改邪归正，倘若依旧老模样，全部消灭！"

于是那被抽了筋的鳄鱼便潜下水去，我觉得它其实是死了，没了脊筋的鳄鱼还能活吗？但猴子可不管这个，拿着鳄鱼的背脊筋就送给唐僧。唐僧拿过来系在自己腰上，嘿！立马这和尚就灵活得跟猴子差不多，行步如飞。这话本就说，唐僧后来回到东土，这龙筋就飞上了天宫。唐宋时代和尚所用的类似物件，其实是用一种叫作水锦绦的面料做的。

于是唐僧看完猴子斗鳄鱼，又起来做了一首诗，这诗据说是散佚了。估计也就是与之前水准差不多的口水诗而已。

散佚的自然不仅仅是诗，接下来便是深沙神出场了，可惜大半截内容都已然失传。可以想象的是这深沙神大抵和后来《西游记》中的沙和尚差不多，也是和猴子打斗了半天，这才有个分晓。于是唐僧就出来审问深沙神，说以前取经的和尚哪里去了？老沙点点头，一指挂在脖子上那一串枯骨链珠说："在这里呢，前些年来了两个和尚，都说是去什么地方取经，我说你吃饱了饭跑哪里去干什么？既然无聊，就被我吃了算了！"

不过和《西游记》不同的是，此时的流沙似乎还不是大河滔滔，多少还有点沙漠的样子。所以深沙大将也不出骷髅做船，而是咆哮施法，一时间只见红尘滚滚、白雪纷纷。

其实这就是场沙尘暴的景象，与红尘、白雪又有何关系？只是古代环境好，所以大部分中国人不曾见什么是沙尘暴而已。

这时，地面上慢慢地就隐现出三五道冒着火光的裂缝，远远望去，出现了一座金桥，深沙神身体长到三丈，那就差不多十米了，伸出两条大胳膊，把这金桥托在手里。唐僧和猴子七个人，便悠悠从这桥踱过了。

既然过了流沙，唐僧是不是就该收这深沙神做徒弟，让他改名叫沙和尚了呢？看来是没有，唐僧只是告诫了老沙一番，一是感谢他的帮忙，二是劝他以后要改邪归正，莫再作恶。

老沙也是有点文化的，当即吟了一首诗：

> 一堕深沙五百春，
> 浑家眷属受灾殃。
> 金桥手托从师过，
> 乞荐幽神化却身。

唐僧一听，好嘛你也算改邪归正了，想我前生可是被你吃了两回啊，罢罢罢，这就去吧！于是他也回诗一首：

> 两度曾遭汝吃来，
> 更将枯骨问元才。
> 而今赦汝残生去，
> 东土专心次第排。

猴子一看你们这俩半文盲也尽念歪诗，那我也来念一首：

> 谢汝回心意不偏，
> 金桥银线步平安。
> 回归东土修功德，
> 荐拔深沙向佛前。

说到底还是猴子大方，说是要向佛祖推荐老沙。而且从后来的传说看，还真有那么一档子事。据说老沙后来成了毗沙门天手下一员大将，在七千夜叉大军中位居上等，那时他的形象，据说便是冒着火焰的脑袋，流着鲜血的大嘴，脖子里挂着一大串骷髅，穿着兽皮，肚脐上还有一个小孩模样，脚下则是踩着莲花，汗！这模样其实也够吓人的。

鬼子母！据说后来成了红孩儿她妈罗刹夫人

继续往前，这就来到了一个人烟稀少的所在。翻过一座山，更是恐怖，不但没有行人足迹，就连天空也不见一只飞鸟。唐僧和猴子都迷糊了，不知自己到了何处。即便是走到了官道上，也只见道路宽阔，却没有人在路上走。

如此空旷，大概只有青藏高原和西伯利亚接近这样吧！

这样走了许久，终于看到一座建筑，是个荒庙，庙里却没有和尚。走到街市上，倒是看见了几个人。唐僧就问他们："施主，借问一步，此为何处？"

问了半天，那人也只是呆呆看着，没一句言语。难道是唐僧运气不佳，遇见了个哑巴？可是换一个问，也是如此。

哎呀，莫不是进入了哑巴国？

此时就算是猴子也没招，于是七个人只好投宿在这荒庙之中。好容易熬到天亮，拿着钱出去买米，又无一个商铺，更无一个人来接应。唐僧等人只好饿着肚子向前，总算是找到了一座王宫模样的建筑，附近都是三岁小娃儿在四处闲逛，也不见大人去管他们。

唐僧此时也只顾得肚子，只管进宫殿里去，好，这便找到了国王。这国王倒是个能说话的，而且也信佛，当下十分虔诚地招待唐僧一席人，还照常例问了一句《西游记》里最常见的话："和尚你要前往何方啊？"

唐僧也回了一句说惯了的台词："贫僧为东土众生，前往天竺国求取真经！"

好，这就一切正常合理起来。国王请他们吃大餐，还送他们白米、珍珠、金钱、彩帛等物品。唐僧自然也感恩不尽。

这时国王便要揭开谜底了，他先问唐僧："和尚，你认识我们这个国家吗？"

唐僧很老实："不认识！"

国王微笑："这个地方啊，距离西天不远啦！"

唐僧见他和气，便忍不住发问了："大王啊，这个地方的百姓脾气咋那么硬呢？街上叫他们，居然没一个回答。到这边来呢，又不见一个大人，全是三岁小孩，太奇怪了，他们的父母呢？"

国王立马就乐了："和尚啊，你一路西来，怎么没听说过这里有个鬼子母国吗？"

唐僧心里一咯噔：好嘛，难道我们这七个人一路行来，是在跟鬼说话吗？

哎呀，这唐僧明白了，我们却如堕云雾中，这鬼子母又是哪位啊？原来，婆罗门教有位专喜欢吃人间小孩的恶神，就叫作鬼子母，她还有个别称叫作"母夜叉"——这下大家都明白了吧！

但在佛教兴起后，这鬼子母便被佛教所吸收，叫作欢喜母，成了小孩子的保护神。哎呀，这个又让人有点接受不了了，角色变换太快了啊！

其实这变化还不够快，《西游记》从宋代传到元代，鬼子母便多了一个小孩子叫作爱奴儿，这名字很诡异，他的身手更诡异，曾捉住唐僧要吃呢；后来又从元代递进至明清，爱奴儿便成了红孩儿，鬼子母呢？据说就成了牛魔王的老婆——铁扇公主！

变化虽快，唐僧却没忘了念打油诗：

谁知国是鬼祖母，
正当饥困得斋餐。
更蒙珠米充盘费，
愿取经回报答恩。

而这鬼子母国的国王也很有雅趣，当即回诗一首：

稀疏旅店路蹊跷，

借问行人不应招。

西国天竺看便到，

身心常把水清浇。

早起晚眠勤念佛，

晨昏祷祝备香烧。

取经回日须过此，

顶敬祇迎住数朝。

善哉！虽然有些奇遇，但这一国毕竟没什么危险，唐僧还得往前去，这一去，据说便到了女儿国！

女儿国！唐僧没私情，孙猴却曾真的娶亲

女儿国，在《西游记》里，叫作西梁女国。在这国里，只有女子。所以样貌尚属俊俏的唐僧一到西梁，便被那多情女王看中，演绎出一番故事来。

玄奘自己写的《大唐西域记》又怎么说呢？他说西方有个拂懔国，这国的西南海岛上有个西女国，都是女人而没有男人，专门拿些珍珠宝贝送给拂懔国。所以每年拂懔国王都会派遣男人去岛上与她们交配。自然，她们生小孩也有男有女，但若是生了男儿，这些男孩多数就会夭折。

玄奘这么说，西方人自己又怎么说呢？希腊神话乃至古希腊的历史学家希罗多德都说有女人国亚马逊的存在，位置就在希腊以东的黑海沿岸庞图斯地区，都城在铁尔莫东河畔的泰迷细拉，发源地则在小亚细亚的峡谷、森林之中。而且与斯巴达与罗马相似的一点是，亚马逊女国也有两个王，一同管理国家，具体而言则是一个负责对外作战，一个负责内政。她们据说是战神阿瑞斯的后代，每一个亚马逊女战士长大成人时都会烧掉或切去左边的乳房，据说是为了方便投掷标枪或拉弓射箭。

与玄奘的记载相似的是，希腊传说中男人也不能进入亚马逊人国度，后

裔继承的解决办法是亚马逊的女人会访问邻居加加里亚人。之后，若是生了女孩，就万事大吉，抱回家抚养起来；可若是男婴，那就只能无情地杀戮，或是送还给他们的父亲，自然这种情形比较少而已。

关于女人国的记载，见于荷马史诗，《伊利亚特》就曾提到，亚马逊女人国对特洛伊的援助。希罗多德的《历史》，则详尽描写了亚马逊人与希腊人的最后一场战争。打败亚马逊女人的希腊人准备把大量女俘虏运回雅典，可当船行至海上时，一场暴乱发生，剽悍的亚马逊女战士杀死了希腊人，却不会驾驶船只，只能任由船只漂流到黑海东北部的亚速海地区，与当地的塞西亚人发生遭遇战，可塞西亚人很快发现这些身穿男装、勇敢善战的入侵者居然都是女人，于是立即放下兵器向她们求爱，据说，她们也答应了。

哈哈，这真是一个大团圆结局，但因为早期的历史书也夹杂着大量神话与传奇故事，所以究竟如何？只能说不得而知了。

而在这早期的《西游记》中，唐僧一路西行，来到一个国度，只见城门上挂着一个牌子，上书"女人之国"四个大字。（这显然又是说书人的设计，试想：若真有女儿国，这国名又岂会用这四个字？）

于是唐僧便进城拜见女国之王，那女王问他："和尚为何会到我们女儿国来啊？"

唐僧便重复他那句台词："贫僧是奉了大唐天子的敕命，为了东土众生，所以前往西天取经！"

女王这就请他们吃斋，眼瞅着饭菜端上来，唐僧等人一瞧，却吃不得也，只好你瞧我、我瞧你，大家斗个对眼。

女王也纳闷了，这东土来的和尚，怎么还不吃饭啊，难道还挑食不成？

唐僧说，我等和尚哪敢挑食啊？只是你这粥饭里头，沙子也未免太多了点，实在是吃不下去。

女王惭愧："跟你和尚说实话吧，我们这个国家啊，根本就不种植五谷。只有些从东土来的佛家子弟和人家，这才去沙地上种植些五谷收割，所以不免沙多，见谅见谅啊！"

粥虽不好，唐僧还是作了一首诗：

女王专意设清斋，

盖为砂多不纳怀。

竺国取经归到日，

教令东士置生台。

　　诗歌写完，这便传给那西梁女王看。女王一看，便动了爱诗及人之心，传下一道旨意来，说要传法师一行人等入内宫领赏。

　　于是唐僧便被引入内宫，见到处是香花满座，更不用说两边都是些十六七岁的女孩子，一律是柳叶眉、丹凤眼、樱桃小嘴，长在那桃花般美丽的脸蛋上，说话又柔声细语，一看见唐僧进来，就立马含着笑、低着眉，走近前作揖："和尚啊，这里是女国，从来就没有丈夫。如今和尚你来到这里，我们这就打算起造寺庙，就请七位在此做住持。这满城的女人，早上起来入寺烧香，晚上过来闻经听法，种植善根，而且又能看见男人，这真是夙世的姻缘啊，不知和尚你以为如何？"

　　这便与《西游记》里女儿国王向唐僧献殷勤、致爱意的一出，颇为相似了。

　　唐僧又该如何回答呢？他老老实实地答话，说我是奉命为了东土百姓去西天取经的，使命未成，又如何能在这里住下呢？

　　这时女王便亲自出马了："哎呀，和尚师兄，你难道没有听说过古人的话吗？人过一生，不过两世。你即便是取经的和尚，不也过的是一辈子吗？留下来做个国主，那也是一桩风流韵事啊！"

　　可这唐僧，硬是不肯，坚决辞行。两边的女人们，都忍不住泪流满面："可怜啊我们这些女人，什么时候能再见这样的男人一面呢？"

　　《西游记》中描述到这里，便说那悟空想出一个法子来，让唐僧先假意答应了女王，而后在送行之际，使个定身法儿，教他君臣人等皆不能动，师徒四人，便可顺大路只管西行——这法子其实也还不错，只是人算不如天算，末了唐僧别了西梁女王，却被那蝎子精摄去。

　　在这个原始版的《西游记》中，没那么多花花绕绕，猴子始终没出手，完全是唐僧一人坚定不移，最后那女王也只好作罢，还送和尚五颗夜明珠、一匹白马，唐僧自然又作诗一首：

愿王存善好修持，

幻化浮生得几时？

一念凡心如不悟，

千生万劫落阿鼻。

休啫绿鬓桃红脸，

莫恋轻盈与翠眉。

大限到来无处避，

髑髅何处问因衣。

　　这无非又是说些佛理，色相种种，无非一场空而已。女王自然恋恋不
舍，可是也没有办法，只好相送法师出国门，临走之际，也吟了一首诗：

此中别是一家仙，

送汝前程往竺天。

要识女王姓名字，

便是文殊及普贤。

　　这诗歌可有些让人大吃一惊了：难道这女王种种，都是文殊与普贤两位
菩萨设下的考验不成？确实如此的话，两位菩萨在此变化，就与后来《西游
记》中观音与普贤、文殊三位菩萨变化成三姐妹，试探唐僧师徒取经决心那
段的内容差不多了！
　　其实说起来，其实就算玄奘真的与女王匹配为夫妻，那也不是什么了不
得的事。真实的历史上，就有吕光将龟兹名僧鸠摩罗什灌醉，让他与公主成
婚的事实。而鸠摩罗什娶了妻，甚至生了子，也依旧能做他的高僧不废。如
此想来，那《西游记》的早期作者能想出这等故事，也是与当年鸠摩罗什的
往事有所借鉴吧！
　　而在《西游记》的早期演变中，唐僧徒弟们对女性态度的变化也颇多
变化。就拿孙悟空来说，在这个最初版本里，猴子几乎没有任何表现。可到
了元代的杂剧《西游记》中，老孙可就成了个大大的"淫"猴，取经之前，

他就曾摄取金鼎国的公主做妻子，直到被压花果山下，已然对娘子念念不忘，之后取经路过金鼎国，他还半开玩笑半是真心地说，这是到了"丈人家里"。在女儿国里，主动请求代替师父留下做女王老公的，也是这猴子。甚至还有他看见八戒与宫女纠缠而怦然心动的情节，正因为凡心不灭，以至于头上的铁箍儿紧束起来。这般情形，其实在当代周星驰演绎的电影《大话西游》中也颇有体现，只是不读古典西游者不知而已。《大话西游》与元代杂剧《西游记》相比，前者表现的是情的煎熬，后者则不过是欲的考验而已，高下相距万里，给人观感自然也大不相同。

西王母池！猴子的偷桃往事

于是唐僧继续西行，走了数百里地，这便到了传说中的"西王母池"。这又是佛教神话与中国本身古老传奇的一种结合。

关于西王母的传奇，出自西晋时代在河南发现的战国魏墓中出土的竹简《竹书纪年》，后来就整理出《穆天子传》，说西周王朝的周穆王，曾向西巡狩，行程九万里，至"飞鸟之所解羽"的"西北大旷原"，会见豹尾、虎齿、善啸，且蓬头散发的西王母。唐代诗人李商隐有诗咏此事："瑶池阿母绮窗开，黄竹歌声动地哀。八骏日行三万里，穆王何事不重来？"

自然，随着佛道思想的慢慢发酵，西王母也渐渐斯文高贵起来，豹尾、虎齿这种野兽派的装扮被淘汰，头发也梳将起来。所以，在《西游记》中，西王母便成了《红楼梦》中贾母、《三国演义》中吴国太这般人物，原本养着许多虎豹牛羊的她，也改成了桃园的主宰。

眼下唐僧一行人便到了西王母池，那猴子便忆苦思甜，说起他的偷桃往事："那是我八百岁那年，因为嘴馋，到这里偷了几个桃吃了，如今已然二万七千岁，却再不曾来此？"

唐僧一听这话就有些不太信，什么八百岁二万七千岁，你干脆说自己与天齐寿得了。于是这和尚便戏他："既然如此，看这些蟠桃也慢慢熟了，你何不上去偷三五个来吃吃！"

一听这话，猴子便前所未有地害怕起来："不行不行，你可知那年我因为偷了桃，嗯，一共十颗桃子，被那王母娘娘捉起来，左边肋骨这里打了八百铁棒，右边肋骨那里打了三千棒，哎呀那个要命的痛哟！到现在我肋下面还常觉得有些隐隐作痛，哪里还敢动那偷桃的坏念头。"

猴子这些话大概是说得真切了，唐僧也有些触动，到这时他也终于看清楚了这猴子的能耐："他是真的大罗神仙啊！早先他说曾经九次见黄河清，我还以为他是吹牛皮呢！现在听他说往年曾来这边偷桃，阿弥陀佛，我觉得他是说真话了！"

于是这就往前走，先是看见高高的山壁，差不多有一万丈那么高，接着是一个大石盘，足足阔达四五里地。最后见两个大湖泊，方圆数十里，湖面广阔，估计连鸟儿都飞不过。唐僧一行七个人就在这湖边坐下歇息，一抬头，便望见万丈石壁之中，长着几棵桃树，枝叶茂盛，下面接着水，上面连着天。

唐僧这便又心动了："这，大概就是你所说的蟠桃树了吧！"

他这一说话，猴子立马就紧张起来："轻声说话，不要哇啦哇啦，这里可是西王母的池子，我小时候可在这吃过苦，到现在还怕着呢！"

猴子越紧张，这唐僧还越是撺掇不止："诶呀，干吗不去偷颗桃子来尝尝味道呢？"

猴子还真急了："这蟠桃，那可是种下去一千年才生长，三千年才发出一朵花，一万年才结一粒子，再过一万年才熟。人要是吃了一颗这蟠桃，延长寿命三千年哪！"

越是这么说，越发激起唐僧的兴趣来，他死劲缠着猴子要吃，那猴子还说树上虽然有十来颗桃，可专门有土地神在那把守着呢，没法偷啊！这唐僧偏偏就是不死心，正游说猴子呢，打上头"咚、咚、咚"掉下三颗蟠桃，直落入池子里去了。

唐僧这便惶恐起来，问猴子这是怎么一回事呢？猴子说巧了，这便是桃熟了，落下水来了！唐僧一听这个激动，那你快去捞起来啊。

于是猴子便举起金环杖，在那磐石上连敲三下，便出来一个小孩儿。只见这孩子脸还带着青，手就好像鹰爪那般细，咧着个嘴巴就从水中浮起来。

猴子也不啰唆，直接就问他："今年你几岁啦？"

小孩说："三千岁。"

猴子一听便摇头："我不用你。"于是这小孩便又沉下去。

猴子又拿起金环杖，在那磐石上连敲五下，再出来一小孩，比方才那个看上去稍微老成些，那脸就跟满月似的，身上还挂着丝绣带呢！

猴子这便又问他年纪，这小孩说是五千岁，猴子依然摇头，说不用他，于是这小孩也沉回去。

再敲几下，这回出来一个大小孩，说是七千岁了。猴子这就把他拿在手里，问唐僧吃也不吃。这是要吃人哪？唐僧当时就害怕了要走，却只见猴子手中旋转几下，那小孩就变成如一颗枣子大小，一口送入唐僧口中。据说后来唐僧回到东土，就把这蟠桃吐在四川地界上，传到现在便是所谓人参。

蟠桃也吃了，自然又要作诗，这次却不是唐僧与猴子写的歪诗，而是在场的一位无名见证者：

> 花果山中一子方，
> 小年曾此作场乖。
> 而今耳热空中见，
> 前次偷桃客又来。

好嘛，是不是比前面的好点？差不多吧！

初到西天！和尚冷笑：俺们都没经，拿什么给你？

过了这西王母池，唐僧又经几个国度，这时猴子便说："师父啊，我们这一路走来，约莫着已然过了三年了，眼前这地界，那便是西天竺国了！再往前去，那便就是鸡足山了。"

于是又走了三天，这便看见一座城门，门上和中国的规矩一样，也挂着个牌匾，上书"天竺国"字样（这自然又是说书简陋之处，把印度的城池想象得与中国一般）。唐僧一行人等走进城去一看，亭台楼阁，瑞烟袅袅。城里的百姓，都骑着马、坐着轿子在这街上来来往往。更有花果重重，总而言之是新奇百物、世间罕有。

自然，唐僧关心的还是佛寺。眼前便是一座叫作福仙寺的寺庙，唐僧走进寺去，先见了知客僧，再拜谒主事，又去参见厨头——奇怪，见知客僧和主事和尚都可以理解，为什么要专门见厨子，难道是饿了要问斋饭好没有？

下面果然是开饭了，用餐环境自然是好的，周围香花摇曳、蟠盖纷纭，但听得金铃一声响，立马上菜。

进了寺庙，不说佛经不拜菩萨，先吃饭用斋，这果然是平民市井版的《西游记》啊。当下唐僧便开动了，吃了几口饭菜，他觉得不太对劲，便问那猴子："哎呀，这个斋菜怎么一点味道也没有？"

唐僧的潜台词，大概是这厨子忘了放调味料。可猴子是见多识广的，当下告诉唐僧："什么没味道，休乱讲！这可是西天佛家专供的食谱，味道自然与凡俗不同，修行不够的人，岂能识此呢？"

唐僧被这猴子一顿抢白，脸上登时红一阵白一阵，再吃这斋饭时，感觉却完全不同了，这便是人所言的"概念"，再普通的玩意，被所谓的"专家"一忽悠，那便成了价值连城的奇珍异宝，这种场景，实在是太多了。

到了晚上，寺庙里的方丈就请唐僧过去喝喝茶、谈谈天。谈的内容，自然是唐朝来的和尚，你这么老远过来，究竟是为了什么？唐僧就说，我奉的是大唐皇帝的诏敕，因为东土众生没有见识真正的佛法，所以特地来到这里，请求大乘佛法。

听了这话，印度和尚便冷笑了。请注意，不是嬉笑，也不是微笑、窃笑、哈哈笑，而是冷冷地笑，这便很诡异了。

"唐朝来的和尚，你听好了：我们这福仙寺，少说也几千年了，可是你要求的佛法，我们自己也没有听说过，又从何处拿来给你？"

哎呀呀，这个话可刺激到唐僧了，这不开玩笑吗？我万里迢迢从那么老远地界来到这里，你们跟我来这个？我且问你们：这里没有佛教的话，为什么会有这寺庙？为什么有你们这些和尚？

印度和尚们答得也妙：我们这边的人满了岁数，就会"法性自通"，自个就懂了，还用得着求什么佛法？

这回答太玄妙了，唐僧不得不深表佩服，然而他还是恳求和尚们，一定要给他一点暗示，要不然都杀到最后一关了，见不到大BOSS，这算个怎么回事呢？

总算这些和尚还有些好心，唐僧求了半天，他们总算是给了一条线索：你看这寺庙西面，有座鸡足山，那就是佛所在处，但你要去是去不得，因为那山有八个字，叫作："人所不至，鸟不能飞！"

这意思，上鸡足山难得很，你就拉倒吧！

可这唐僧还是不放弃，使劲缠着问，于是印度和尚又说："从这里出去，走一千里路，看见一条溪。"

唐僧想过条溪水也不是什么难事啊，可和尚又说："那溪水宽阔，波浪雄伟，万重滔滔……"

唐僧心说你这歪嘴和尚，这不瞎掰吗？一条溪，你说波浪雄伟，还万重什么，那是溪吗，简直比江河还要江河啊！

"你淌过了这溪，又走五百多里地，那就望见一座山，山顶上瞅见一个门，那就是佛的居处入口。"

唐僧心想，你刚才说一千里路到那雄壮的"溪"，大约五百里之后才见山，那么上山又是多少路程呢？

和尚说，大概千余里吧！然后就到了那门，这之后才是厉害的！

唐僧说，刚才那么一算计，已经两千五百里路，过了门还有什么厉害的呢？难道佛门之内，还有妖孽吃人不成？

和尚笑，那倒不是，只是说大唐的僧人，除非你能飞，才能越过那门，到达彼处呢？

这一席话，登时就如往唐僧头上浇了一大桶冷水。他这就低下了头，闷闷不乐老半天，这便跟猴子嘀咕："猴啊，去那佛待的地方可老难啦，山高万里，水浪千里，怎么办哪？"

猴子也不多言："法师你且歇息，来日我自有办法！"

这便是《西游记》套路的先声了，唐僧取经，本人没一点办法，全靠猴子徒弟撑腰。可究竟孙猴能有什么办法呢？下回再讲。

鸡足山下一顿嚎！唐僧的经居然是这么来的

到这天黎明拂晓时分，猴子便跟唐僧嘀咕了："法师啊，这里的佛法呢，其实也不过自然二字，你呢，只要点多多的香，在地上铺好席子，面对西边的鸡足山祈祷便是。"

要说别的不行，这念经祈祷唐僧那就是行家了。这就把六个同伴一起叫过来。大家一起焚香祷告，朝着远处的鸡足山使劲地嚎，大概也就跟哭差不多了。甚至哭得十万八千里之外的唐朝皇帝、中国的百姓，也都与他唐僧同心同德，人人痛苦，这分贝便达到了极致，以至于天地都被哭黑了……

好嘛，这夸张手法用得有些没谱了，可结果却是："一时之间，雷声喊喊，万道毫光，只见耳伴钹声而响。良久，渐渐开光，只见坐具上堆一藏经卷。"

也就是说，唐三藏这么辛苦地跋涉万里来求经，最后还是靠号哭这一招得了如来的经卷。这究竟是个什么逻辑啊？

可不管是什么逻辑，唐僧毕竟是成功了。福仙寺的和尚们，这时便出来，合起手掌，向他祝贺："你这和尚，果然是有德行的！"

好嘛，原来这就是百姓心目中唐僧三藏的大德行。且不说他，只说这三藏清点卷文，数下来有经文五千四十八卷，只漏了一本《多心经》！佛祖这意思，是不是叫唐僧你不要多心，胡思乱想就不好了呢？

可问题就在于，《多心经》就是所谓的《般若波罗蜜多心经》，据说是一部提纲挈领、言简义丰、最为博大精深的经典，大乘佛教不论是出家还是在家修行的弟子，都要日常背诵这经文。而且眼下中国大乘佛教的《多心经》最流行的也正是当年玄奘的译本。

且不多说，只讲这唐僧取得佛经，这就打道回府了，天竺国的和尚们，也不知从何处来，四面八方从全城的各个寺庙里涌出来送唐僧。这个说："唐僧你要善为摄养、保护玄文啊！"那个讲："和尚你回到唐朝之后，要搞大我们佛教的影响啊！"甚至还有感动流眼泪的，真是尽责的群众演员。

这个关头，唐僧自然是要作诗一首的，这便是：

百万程途取得经，七人扶助即回程。

却应东土人多幸，唐朝明皇万岁膺。

建造经函兴寺院，塑成佛像七余身。

深沙幽暗并神众，乘此因缘出业津。

竺国西天都是佛，孩儿周岁便通经。

此回只少《心经》本，朝对龙颜别具呈。

　　唐僧还在挂念那《心经》呢。这便启程回国，又走了十个月，到了一个叫作盘律国的国家，在这国中一处名为香林市的地方住宿。也就在这三更半夜，那唐僧却忽然做了一个梦，梦见一个神人来相告："明天啊，就会有个人拿着《心经》来送给你，这样你就功德圆满，可以安心回国啦！"

　　这梦来得蹊跷，唐僧醒来就跟猴子嘀咕，说如此这般。也就在这时，唐僧忽然感觉自己眼睛湿润，耳朵发热，抬头往正前方那么一望，嘿！就瞧见祥云朵朵、瑞雾蒸腾。

　　来的又是哪位呢？

　　也就在这好大一团云雾中，来了一个和尚，看年纪也就十五六岁，却一本正经，毫无少年人顽皮的样子。这和尚手里拿着一根金杖，从衣袖里取出一本经书，正是唐僧念叨许久的《多心经》。

　　"你听好了，授予这《心经》，你回去之后一定要细心保护。这经书，上达天宫，下管地府，阴阳莫测，你可得小心啊，千万不可轻易外传，想那福分薄浅的普通人，也实在难以承受啊！"

　　唐僧也是大胆，这就问那和尚了："我是为了东土众生而来此取经，既然有幸得了经书，为什么又不能传呢？"

　　那和尚却也耐心，仔细跟唐僧解释："这《心经》一开，就会有光芒闪耀，令鬼哭神嚎。所以当日月不光亮的时候，就没办法传度！"

　　这解释还是太玄妙，听不懂。可意思其实还是那个意思，佛教的传播，自然需要你把经文取回去，可若是只有经文而没人研读讲解，那么对于普罗大众而言，有经书也就等同于无经书。

于是唐僧就向这奇妙的和尚告谢。这和尚自然是奇妙的，他随即就告诉唐僧自己的真实身份，乃是定光佛。

这定光佛又是哪位呢？

心经！传给唐僧经文的居然不是如来，而是燃灯

原来定光佛就是过去世界的佛首。相传释迦牟尼在那时还是个虔诚敬佛的善慧童子，曾花费重金买下一枝极其珍贵的五茎莲花，供养给定光佛。莲花是佛教的圣花，五茎莲花更是圣花之珍品。于是定光佛便高兴了，立即给了这童子一条预言，说他会在经历九十一劫之后，成为释迦牟尼佛。

佛教有所谓三世佛，分别主宰过去、现在、未来。释迦牟尼是现在佛，这定光佛就是过去佛，别名叫作燃灯古佛，而那未来佛便是弥勒。本书开头那些冲击宫廷之人，便是弥勒的信徒。

此时燃灯古佛就告诉唐僧，你回到唐朝之后，告诉唐王，要快快地造起寺院，多多度些和尚尼姑，兴盛佛法。他又说：眼下还是四月，我把《心经》传给你。到七月十五，你们就要回返天堂（自然，这天堂是佛教的天堂，不是基督教的那个）。你们要记住这些话，到十五那天，早早地起来，洗个澡，告别大唐天子。到正午时分，就会有一条采莲船来接你们，船上有金莲花座，十二个金玉童子，打着香花幡幢、七宝璎珞，迎接你们七个登天哪！

说完这燃灯古佛就化作一团云，向西天而去。唐僧七个人这就打道回府，自然少不了做一首诗。这诗便是：

> 竺国取经回东土，经今十月到香林。
> 三生功果当缘满，密授真言各谛听。
> 定光古佛云中现，速令装束急回程。
> 谓言七月十五日，七人僧行返天庭。

此后便不啰唆，唐僧这就回到大唐本土。按理说这时的皇帝该是唐太

宗，可这戏文毕竟是胡诌的，居然说是唐明皇，好嘛，一下子隔了好几代，也罢，毕竟没荡出唐朝去。于是便欢喜相迎。转眼便到了七月初七，唐僧便跟皇帝说明了燃灯古佛要在十五日那天接他们上天的道理，皇帝居然还落泪了，瞧这编剧啊，居然让你们几个上天，咋不考虑我呢？好歹我也是那真龙天子呢！

于是到十四日那天，皇帝便正式下了一道旨意，说这唐僧去印度整整花了三年，取了一藏经回来，想当年法师也曾两度授经（这大概就是把唐僧前身那两个被深沙大将吃了的都加上来），所以册封你做"三藏法师"——说书人眼里，三藏就是这么来的。

也罢，这宋朝版的《西游记》也接近尾声了，到了十五日那一天，定光佛便真的现身了，唐僧等七人这就匆匆告别皇帝，往正西乘空上仙去也。这个结果，倒是和后来的《西游记》相合的。

自然，不同的是末了还有一首诗：

> 法师今日上天宫，
> 足衬莲花步步通。
> 满国福田大利益，
> 免教东土堕尘笼。

值得一提的是，那伴随唐僧西行的猴子，最后得了一个称号，叫作钢筋铁骨大圣。这称号，也确实比后来的齐天大圣要实在得多了！

第六章　明朝制造！取经四人一马组合

大时代终于来临！

蒙古骑兵的蹂躏，将传统的中国古典文化系统扫除殆尽，即便是元朝覆亡之后，汉人也不再是以往的汉人。一个使用汉人姓名的蒙古人流亡到钱塘江边，据说，就是他把西游写入剧本，从此《西游记》走上舞台。而稍后，另一个南方人，自然也是据说，写成了真正不朽的小说版《西游记》。

也就是此时，四人一马组合，正式踏上了取经打怪之路。

究竟是谁写了小说《西游记》？

这西游故事传到元末明初，昔日雄霸大陆的蒙古骑兵已然退出中原，然而却有不少蒙古人留在了南国。钱塘江边，一个叫作杨讷的蒙古人便是如此。

他，其实并不姓杨，只是因为跟随姐夫流落到钱塘，所以才跟随姐夫的汉姓杨。据说这个杨讷，擅长演奏琵琶，又以风趣幽默而闻名，所以极受听众的热捧。以至于到了明朝初年，依然在江南一带颇有市场。

而《西游记》，实现从讲唱到杂剧的演变，正是发生在杨讷的手中。这部西游杂剧，从玄奘出世一直写到取经东归，而这唐僧，也有三个徒弟，老大孙行者、老二沙和尚、老三猪八戒，与后来吴版《西游记》的不同之处，大概就在于沙和尚与猪八戒的位置调换。从细节而言，也有女儿国、火焰山的情节，甚至也有猪八戒娶亲的情节，只不过那女子叫作裴海棠，与后来的高翠兰略有不同而已。

不过，老实说，这部杂剧毕竟只是杂剧而已，真正精彩的还是稍晚年代据说作者为吴承恩的小说《西游记》。

但小说《西游记》的作者是谁呢？其实却大有问题，因为整个明代保存下来的《西游记》上，根本就没有作者之名，现存最早的金陵世德堂本（明万历二十年），署名"华阳洞天主人校"——既然只是校对，也就不能说作者就是"华阳洞天主人"。

而到了清代，有个叫作汪象旭的道士刻下《西游证道书》之际，大笔一挥，说《西游记》的作者是丘处机，话说老丘确实也写过《长春真人西游记》。于是整个清初，丘处机是《西游记》作者的观点便成为一种主流观点。

可是今人为什么会说吴承恩是《西游记》作者呢？

这大概得归功一本书、两个人，这书便是天启年间《淮安府志》，两个人便是鲁迅与胡适。鲁迅明白无疑地说："实则作这《西游记》者，乃是江苏山阳人吴承恩。"事实上，也正是因为这两位大家的肯定，我们至今所见的《西游记》，便完全署名吴承恩。

关于这一点，其实也有问题，那就是所谓吴承恩是《西游记》作者的唯一证据，其实只有《淮安府志》中提到的舆地类书籍《西游记》而已。如果仔细一看的话，会发现这本书其实就是和《徐霞客游记》一样的地理志书，难道写着孙悟空大闹天宫的《西游记》会是这样一本书籍？或者说，吴承恩所写的《西游记》其实就是一本游记，与现在的这个完全是风马牛不相及？

虽然如此，质疑只是存在而已。在目前别无其他证据的情形之下，我们依旧认为，吴承恩就是《西游记》的作者。

八戒登场！直指大明皇帝朱元璋

《西游记》中三位徒弟的姓氏，分别是孙、猪、沙。孙，据说是取自"猢狲"的"狲"字，只不过去掉一个反犬旁而已。而沙呢，则与流沙河有莫大关系。可是猪八戒呢？为什么就不能取一个谐音用"朱"，而必须直接用猪呢？

凡事必有缘故，猢狲可以姓孙，老猪却万万不可姓朱，因为大明的皇帝，就姓朱。

《西游记》原本里，说老猪原是神仙界的高层人物，具体官职叫作"天蓬元帅"，其实说白了也就是负责天河的水利工作，并不是真正带兵打仗的军事干部。只是因为工作间隙不小心喝醉酒，乃至于动色心居然敢去调戏嫦娥，于是触怒了天庭的最高领导人，这被贬到凡间做基层工作，而恰恰在投胎的时候呢，又错投了猪胎，以至于成为一副猪模样的"猪刚鬣"。神话小说就是如此，可是老猪的原型究竟是谁呢？曾有这么一个传说，说吴承恩的老家淮安有个二流子，名字就叫作朱八，此人又懒又馋，又爱贪小便宜。吴承恩这便把他当作原型，设计出猪八戒这么个人物来。

这种传说，估摸着就是街谈巷议的水准，倘若吴承恩真是如此，那么他的构思水准如何能写出《西游记》这样的鸿篇巨制来呢？

可为什么笔者要说朱元璋会是"猪八戒"原型呢？

首先，你就要知道朱元璋的早期出身，他其实就是一个僧人，十七岁他便出家为僧，足足做了七年和尚。

这段经历，后来便成了朱元璋心中的大忌。据说杭州有个书生，写了篇文章，里头有"光天之下""天生圣人"等几个词，朱元璋居然就能看见且牵强附会，说"光"就是光头，"生"就是"僧"，你这是在骂我当过和尚啊！速速拉出去斩了。

好嘛，可见老朱真是当过和尚了，那么他的法号又是什么呢？

据说是叫如净，跟猪八戒的法号悟能似乎有些差距，倒是有点像沙和尚的法号悟净。可你又知否？朱元璋有个叔叔叫朱五六，他的法号就是悟空。

哈哈，这便有些名堂了。再想想，朱元璋有个小名，叫作"重八"，朱重八、猪八戒，这两个名字又有几分相似呢？

再提一句，我们如今在电视剧里看到的猪八戒显然是一头大白猪的喜庆模样，可若是一头野猪呢？苏东坡曾说过："（猪肉）富家不肯吃，贫家不解煮。"其实一直到宋代，汉人吃的主要肉食都是牛与羊，猪肉属于下层一般劳苦大众没法子才吃的食物，这与整个世界的吃肉习俗都是一致的（伊斯兰世界不吃猪肉，而基督教世界也以牛羊肉为主，佛教世界则干脆不吃肉）。宋朝的使节出使辽国，才看到辽人的酒席之上，居然有猪肉，一问才知道，因为辽人在草原之上，牛羊多而猪少，所谓物以稀为贵，他们这是拿难得的猪肉来招待贵宾。而中原呢？恰恰是以羊肉为美，所以辽宋互市一项最有特色的交易，就是宋朝的猪与辽国的肥羊互换，换完了双方还很高兴。

到大明万历年间，中国人依旧吃牛羊肉为主，猪肉少见，肉价自然也稍贵些。万历二十年，当时一千斤牛羊肉大概是十五两银子，而同等斤两的猪肉，却要二十两银子。猪肉比牛羊肉贵，本身就说明朝人的饮食，依旧是牛羊肉。

一直要到大清，中国人才不得已改吃猪肉，在当时的美食家袁枚笔下，便出现了"猪用最多，可称'广大教主'"这样的词句。

而在《西游记》成书的那个年代，猪还曾一度被禁养作家畜，理由很简单：皇帝姓朱，你居然还杀猪，岂不是要造反吗？

不许养家猪，那大明的"猪"岂不就是野猪吗？《西游记》中的猪八戒，最早的形象就是一头长着獠牙的野猪啊！不管是家猪还是野猪，长得都不容乐观，而偏偏大明的开国皇帝朱元璋，据说相貌也是极丑……

而且，就在大明开国的洪武年间，朱元璋也曾派和尚去南亚取经，其中有一个叫作慧昙，曾抵达今天的斯里兰卡并死在那里。而后一拨和尚，则成功返回，往返六年光阴，取回了。

更要命的是，还有另一桩事情也很巧合，《西游记》说猪八戒入赘高老庄，而朱元璋呢，也曾被郭子兴招为女婿，其实也算是某种形式的入赘。

还有一个细节，那就是《西游记》中，唐僧每到一个国家，都要去和国王交换外交度牒，还总要宣扬自己来自东土大国，你们有麻烦吗？我可以帮你们搞定——自然，《西游记》中真正的搞定者是他的徒弟孙悟空，唐僧只负责吹牛而已。

这是当年玄奘取经时干的事吗？不！这显然就是大明的官方逻辑。也就是因为这种逻辑，稍后的郑和下西洋，才会一不要你土地、二不要你钱，咱就是来显摆的！

在朱元璋时代，打印度还曾来了一个叫作"来复"的僧人，他给老朱讲了一大通佛理之后，据说便想回去，可偏偏在出发之际，他写了一首诗给老朱，据说有这么两句："殊域及自惭，无德颂陶唐。"

这其实是拍马屁的意思。好嘛，老朱立马就脑洞大开了，殊，那不就是"歹朱"吗？无德，这不就是骂我么？好嘞，来复你也甭回去了，小的们，立即把他给我拉出去砍啰！

据说，这位不远万里打印度来到大明的来复，就这么被砍了。而如此一来，江湖盛传《西游记》会成为大明禁书的缘故，想必你也该明白了吧！

不过，话又说回来，虽然《西游记》有这么些个讽刺大明皇帝的嫌疑，可实际上并未引起官方的太大注意，甚至在一些目录中，吴承恩的《西游记》是作为地理方志归类的，既然是方志故事，成为禁书的可能性也就很小了。所以，在已知的大明朝官方的禁书单子里，事实上并无《西游记》。

老猪前妻！天蓬元帅与霓裳仙子的情缘约定

咱接着说猪八戒，八戒的妻子自然是高老庄的高翠兰，可又有几人知，其实猪八戒还有个前妻，而且那段婚姻才是当初老猪宁愿放弃天蓬元帅的高薪待遇下凡的原因。

这就得说到老猪下凡那些事。话说天蓬元帅酒后调戏嫦娥被驱逐下天庭，投胎在猪圈之后，便从响当当的天庭高级武官一下子成了相貌丑陋、本领低下的猪妖，真可谓"从将军到土匪"，悲催至极了。若说旁人遭遇如此，多半要痛哭一顿，乃至于伤心低迷很久，可老猪毕竟不是凡人，他很快便收拾精神，来到一座山，叫作福陵山，发现一座洞府，叫作云栈洞。

《西游记》中，但凡是山，多半便有妖。这云栈洞也不例外，便有个女妖叫作"卵二姐"——妖怪的姓名大多与原型有关，譬如牛魔王便姓"牛"、齐天大圣便姓"孙"，这"卵二姐"从字面来看，似乎是个卵生动物，譬如鸡鸭禽鸟之类，感觉不是很上档次那种，法力也貌似不高，所以看见这变了形的天蓬元帅，虽然长得猪头猪脑，但好歹有点本事，于是就招他做了家长——这又是怎么回事呢？猪八戒跟观音解释那会儿，也怕人家菩萨听不懂，于是附注一条解释，说就是倒插门！

哈哈，这回大家是都明白了——合着老猪下凡之后，在这个方面至少是有所补偿的，想那天庭之上，老猪虽然是威风凛凛的天蓬元帅，却始终只能独守空房，所以才会有酒醉调戏嫦娥的事件发生。如此一来，老猪至少是圆满了一会儿。

可蹊跷就在这个"卵"字上，大家都知道，《西游记》最初也是手抄本问世，而后才慢慢走上印刷成文的正途。那么，会不会是抄写者在抄写之际，一时打马虎眼，写了个错别字呢？

"卵"，会不会是个"卯"字呢？

这就去翻看，查到印行于乾隆年间、号称清代唯一非删节本的《西游记》，赫然一看，哪里是什么"卵二姐"啊，分明就是"卯二姐"嘛！再往前翻查到《西游记》现存最早也最重要的刻本——明代万历年间的"世德堂本"，乖乖！居然也是个"卯二姐"。

所以，基本可以论定，现行《西游记》中猪八戒的前妻"卵二姐"，其实就是个错别字，真正的本相，是"卯二姐"。

那么，"卯二姐"又能给咱什么样的信息呢？

卯便是时辰的名字，十二时辰第四个，搁现在，也就是早晨五时至七时那会。那时节，太阳还是冉冉初升的状态，月亮还没走呢！所以这"卯"便与月亮有关，而月亮上呢，大家都以为有玉兔——嫦娥手里头常抱着呢！

所以结论也就出来了，猪八戒的前妻，就是个兔子精。

这又是什么说法呢？老猪在月宫里惹了是非，便大老远下凡，找个兔子精做伴侣，是巧合还是某种契合呢？若是咱回到《西游记》前文去看，猪八戒与孙悟空初次相会之际的那段唱词，是如此这般说的：

> 只因王母会蟠桃，开宴瑶池邀众客。
> 那时酒醉意昏沉，东倒西歪乱撒泼。
> 逞雄撞入广寒宫，风流仙子来相接。
> 见他容貌挟人魂，旧日凡心难得灭。
> 全无上下失尊卑，扯住嫦娥要陪歇。
> 再三再四不依从，东躲西藏心不悦。
> 色胆如天叫似雷，险些震倒天关阙。

这里说的自然是"嫦娥"，但按照《西游记》的神仙谱，其实月宫里头有"太阴星君"，似乎是做领班之人。而在"太阴星君"手下，有一群"霓裳仙子"，通俗而言她们都可以叫"嫦娥"。

所以，与猪八戒有情感纠纷的，很可能就是其中一位"霓裳仙子"。而后来，很可能就是这位"霓裳仙子"，下凡做了"卯二姐"，与老猪在人间做了一年夫妻。

自然，大家又会问：既然当初在天庭之上，"霓裳仙子"不愿意和"天蓬元帅"相好，何以又会下凡做兔子精与猪八戒结成夫妻呢？

这便是天庭的规矩了，倘若你是仙与仙之间发生暧昧，那就是天地难容。可若是下人间去，演绎一回人世情缘，那又是另当别论了。

情缘纠葛！嫦娥与老猪故事的历史源头

从掌管天河的天蓬元帅，到给唐僧挑行李一路吃不饱还总挨猴子骂，八戒哼哼唧唧的背后，其实是一段酸楚的往事记忆。

既然是说这个话题，那就不得不提到嫦娥上月宫之前的一些事，而记载此事最权威的史料，据说就是屈原写的那首《天问》："天帝派下后羿到人间，替夏人革除忧患。为什么又射瞎河伯眼，还把他的妻子洛女霸占？套上扳指拉满弓，大野猪应声中箭。为什么祭献肥美的肉，天帝也不享不喜欢？寒浞勾引羿妻，与她合谋设机关。为什么羿能把皮革射穿，却遭他们合谋命丧黄泉？"

这段《天问》固然只有几行而已，却讲到了许多流传在先秦那个年代的传说，第一个故事便是天帝派神射手后羿下到人间，帮夏朝人射落了多余的太阳。可事实上太阳又是天帝的孩子，本来只不过让后羿吓唬吓唬他们而已，你何必真射呢？所以便有了后面一问，后羿射死了一头大野猪，把肥美的野猪肉送给天帝，天帝根本就不理睬——果然是怒了，结果便是后羿失去神仙资格，留在人间，从神仙变成凡人。

而后羿的失落，终于令他失去理智，从此走向堕落——于是便有了第二个故事，他与河伯发生了冲突，而缘由据说就是一个女人——河伯之妻洛女。结果一场激烈的争斗发生，河伯失败，不但妻子被霸占，他自己的一只眼睛也被射瞎。

接着便是第三个故事，后羿终于众叛亲离，妻子嫦娥吞下不死药飞升上月宫，而徒弟寒浞则在背后施冷箭，最终射死了后羿。

那么，这三个流传已久的故事又与吴承恩写《西游记》有何关系呢？

显然，吴承恩在这些传说中得了几处灵感，第一是被后羿射死的大野猪，第二是被后羿射伤的河伯，第三是已然飞升入月宫的后羿妻子嫦娥。

首先，吴承恩让河伯（在古代传说中，河伯也是极好色的，譬如相传西门豹就曾遇到过河伯强娶民间女子这么一段）升级，成了天蓬元帅。实际上，天蓬依旧是个河伯，只不过他管的这条河，叫作天河，也就是今日我们所说的银河。

其次，吴承恩把故事颠倒过来，调戏者不再是后羿，往日的受害者河伯反而成了作案人天蓬元帅，而被调戏的，也不再是河伯的妻子洛女，而成了后羿的妻子嫦娥。

而结局呢？往日是后羿最终死于徒弟之手，而这一回，天蓬元帅同样是偷鸡不着反蚀把米，连嫦娥的手都没摸到，便被热心的"红袖章"抓到，一脚踹下天庭。哎哟！这下子连那个被后羿射死的大野猪也发挥作用了。吴承恩大笔一挥，堂堂天蓬元帅便投身人间，变形成一头野猪。

如此一来，按照明代人的因果报应理论而言，这便完满了。后羿调戏河伯的老婆，河伯转世成天蓬元帅便调戏后羿的老婆，而天蓬元帅最终也没好结果，被打下人间，变成了后羿当年曾射过的那头大肥猪。

阿弥陀佛，有道是："因缘会遇时，果报还自受！"《西游记》讲的正是这么一个理啊！

沙僧老实？这就从他脖颈上那串念珠说起

老猪登场，唐僧手底下便有了三个徒弟。往日的深沙大神，也成了其中之一的沙僧。

沙僧，《西游记》里顶老实一人，话不多，还总是那么几句："大师兄！师父被妖怪抓走了""大师兄！二师兄被妖怪抓走了""大师兄！师父和二师兄都被妖怪抓走了！"甚至他还不如那匹偶尔变身的白龙马，能出来和妖怪过几招，好歹也留下个印象。

好吧！沙僧确实比较低调，可事实上，低调绝不等同于没本事。这里，咱就从他脖颈上那串念珠说起。

先看电视剧里的沙僧，那就是一大串黑色念珠。要说佛教里头这念珠，还真有点不寻常，据说多达108颗，代表108种烦恼，每天念叨念叨，就能消除这些烦恼。

如此说来，老沙的烦恼还不少。为什么这么多烦恼呢？依旧是没本事的缘故吗？

好吧，司马不妨在这里告诉大家，《西游记》里从来就没讲过老沙戴什么念珠，尤其是在流沙河刚登场那时候，老沙脖颈上那串硕大无比的"项链"，实际上就是九颗人头骷髅。

红头发、白骷髅，老沙最初的造型是相当异域风情的！可为什么老沙会把骷髅戴在脖颈之上呢？这样一副形象的老沙，你还会认为他老实没啥厉害吗？事实上，沙僧的出现，远早于猪八戒，甚至在孙悟空的猴子造型尚未完善之际，他便已然以"深沙神"的面目出现在唐僧取经的路上。

而且，这个时候，流沙也不曾变成河，那分明就是西北的大沙漠，只不过后世《西游记》的故事是在南方慢慢成熟，最终的定稿者吴承恩显然也没去过甘肃与新疆，如他这般非体制内的作者估计也拿不到"大明作协"发给的巨额创作经费，所以也无法前往西北漫游采风。于是思来想去，老吴的心目中，八百里流沙便是一条极为宽广且湍急的河流，或许水面上有些沙漂浮而已。所以你看小说也罢，电视也罢，沙和尚都是从河里一跃而出，和猪八戒打，孙猴子一上前帮忙，他立即就隐身波涛中。

　　作孽！眼睨着这陆上的深沙大神，就这样跳槽做了水军。可究其缘由，他其实与什么大河大浪毫无半点联系，而是隐匿在沙漠中的拦截者——拦截谁呢？据说便是前往西天取经的和尚们，宋代的《大唐三藏取经诗话》里，深沙就对唐僧说："和尚，你瞧见没？俺头颈里这串枯骨，哈哈！那就是上辈子和上上辈子你两次西天取经，都在这里被我给吃了，只剩下骷髅在此！"

　　看见没，这是早期版本，说老沙吃了两回。而到元人《西游记》杂剧中，骷髅数目便成了九个，也就是说先后有九个取经人都被他给吃了，倘这回再把唐僧也给吃了，那便筹齐十全十美了。

　　各位，你不妨想想，一个能吃掉九个取经人的妖魔，他能是忠厚的主吗？更何况不但是吃，他还把这九个取经人的骷髅，"将索儿穿在一处，闲时拿来玩耍"，这样的沙僧，能是老实人吗？

　　更有说法，说被沙僧吃了九回的取经高僧，其实就是唐僧本人的前九次投胎。打个比方，就好比是游戏闯关，唐僧连闯九次，都被这"流沙大怪"给灭了，到第十次，才终于通关而过。

　　阿弥陀佛！想唐僧，孙悟空连打三回白骨精，就被他念紧箍咒念得无法容身。可他的身边，居然就站着一位曾吃他九回的沙僧——难怪沙僧只是笑笑，小儿科罢了，我老沙岂能与你们这种见习生当真。

　　所以，西行路上，沙僧几乎从不出手，其实原因很简单，打怪游戏太幼稚，没兴趣跟你们玩而已。即便难得上场，也随便糊弄几下，被妖怪抓了也很淡定，因为待会儿就有一个姓孙的小朋友来演救俺的戏。

　　而以骷髅做装饰品的习俗又是从何而来呢？其实就是佛教与印度旧有

的婆罗门教结合而来，它的主要特点就在于一个"密"字，从入门到修炼，都神秘莫测，而在装束上，更以骷髅做装饰品。不论是金刚、明王、乃至护法，要么把骷髅放在头顶做帽子，要么做项链，就如这沙僧。

那么，佩戴骷髅究竟又有何含义呢？自然就是生死无常，而你若是看破了生死，想必也就能战胜一切恶魔，也就是大家常说的无敌境界。

还有一点，那就是《西游记》里妖怪们常挂在嘴边的一句话，那就是吃唐僧一块肉就可长生不老。哎呦喂，你自个想想，老沙可是世界上唯一吃了九回唐僧肉的家伙，那可是何等造化。难怪每次妖怪要吃唐僧之际，老沙就默不出声，其实人家心里想着呢："就凭尔等小妖小怪，也想吃他？呵呵，吃了他九回的老爷，就在这杵着呢！"

那么，有人便问了，佩戴骷髅习俗的兴起是在印度，如何会影响到中国南方人撰写的《西游记》呢？这便不得不说到唐明皇时代，密宗正是在那个年代，这种习俗大规模地在中国传播开来。而深沙神也就是沙和尚的前身，便在此时愈发神物威风起来。公元9世纪曾有一位日本和尚，将这深沙神王像带去东瀛，而那时的深沙神，就挂着与沙僧一模一样的骷髅串。

可岁月流转，到了吴承恩的年代，令人恐怖的死人头骨装饰品已经不可能被驱逐鞑虏的明朝汉人所接受，加上在明代形成的猪八戒背景深厚，不可能做老三的位置，于是渐渐失去依靠的沙僧便只能从老二退居老三，甚至脖子上的骷髅串珠也只能换成了寻常念珠。

阿弥陀佛，这个时候的老沙，也只能充数做个跟班，沉默寡言，遇事也不会有显威风的可能，好吧，那就做个复读机吧！

"哎呀！大师兄，师父和二师兄又被妖怪抓走了！"

西游那么多年，忽然发现沙僧的兵器被调包了，是电视剧出错了吗？

本篇要聊聊《西游记》中三个徒弟的手中兵器，首先是老孙的金箍棒，其次是老猪的九齿钉耙，这两样都没问题，关键在第三样上，也就是沙和尚的家伙。

首先我们来看电视剧《西游记》中的沙僧。这兵刃叫什么呢？月牙铲。

月牙铲又是什么呢？其实说白了就是禅杖，佛教僧人的常用武器，两头都有刀，一头为新月牙形，另一头则形如倒挂之钟，《水浒传》中花和尚鲁智深，使的就是这种兵器。

初看电视连续剧《西游记》时，觉得老沙使这铲子很威猛，就好比是少林寺的一首拳谱歌诀说得那般："少林月牙铲，大开方便门；魔鬼皆退避，英雄敬三分！"

而且，这铲子不单是造型古朴典雅，平时也大有用处，那就是可以当作扁担挑行李，一旦遇到危急便可用作兵刃，很是方便啊！

所以一直以为，月牙铲配沙和尚，那简直就是无上绝配！

可问题便来了：司马分明记得书中说沙和尚的本职是在天上做"卷帘大将"，难道那时他就用这根月牙铲挑帘子吗？又或者说他有天生预感，将来会跟一个和尚去取经，且他一路负责挑担，所以预先准备了这根文武两用的月牙铲？

于是去细读西游，这一读便不得了，哎呀！打小时候便读的《西游记》，竟然从未写过沙僧用的兵刃是什么月牙铲！

我们被骗了！

被谁骗了呢？

被电视剧《西游记》，也被连环画《西游记》骗了。

为什么这么说呢？因为吴承恩的《西游记》中分明写着：沙僧的兵刃，是一根宝杖，全名叫作降妖宝杖。

在流沙河那回，老沙就曾介绍过自己的兵器，说它："本是月里梭罗派。吴刚伐下一枝来，鲁班制造工夫盖。里边一条金趁心，外边万道珠丝玠。名称宝杖善降妖，永镇灵霄能伏怪。只因官拜大将军，玉皇赐我随身带。或长或短任吾心，要细要粗凭意态。"

细看才知道，原来我们一直当作月牙铲的沙僧兵刃，是由月宫梭罗仙木打造而成——哈哈，梭罗树俺是晓得的，那就是一种热带树木，在佛的创始传说中，佛祖的母亲摩耶夫人就是手扶着梭罗树生下了释迦牟尼，所以，至今此树尚有"仙树"之名，而沙僧的兵器，大概就是用这种树木制作而成吧！

既然是木头，那为什么又会"万道珠丝玠"呢？原来鲁班打造这兵刃之际，将一根金条打入木杖之中（或者说是金条外面裹木料），而在表面之上又镶嵌了光芒四射的珠、丝、玉三种素材——这似乎又不像是件兵器，倒像是件礼器了。

自然，以上都是描述这武器的样貌，关键是这"降妖宝杖"有何神通呢？

书中却也说得分明，这兵刃重五千零四十八斤，大小如意——换句话说，沙僧的这件宝杖，其实也是和孙猴子的金箍棒一样，可大可小、可长可短！

这么说吧！老沙的兵器，其实更像是孙猴子的金箍棒，虽然通常可见的样式更短小些，可以捏在手里，像什么呢？《西游记》中沙和尚与灵感大王打斗时，那妖怪便说，你这模样，像一个磨博士，因为你会使擀面杖——哈哈！答案便在此处揭晓了，事实上老沙的宝杖，就完全像一根老百姓喜闻乐见的擀面杖。

而月牙铲，在《西游记》中是有主人的，那便是九头虫，书中写得分明："好妖怪（九头虫），急纵身披挂了，使一般兵器，叫作月牙铲。"

看西游那么多年，忽然发现沙僧的兵器被调包了，是电视出错了？事实上，真正的《西游记》中，沙僧不但用的兵器不是月牙铲，甚至连行李也不是他挑的，那就是老猪的活，老沙干吗的呢？人家是牵马的。

所以，到书的最后，如来佛祖也说，八戒，你虽然打妖怪不卖力，但挑担有功，所以让你做净坛使者。沙僧呢，你保护圣僧，登山牵马有功，让你做金身罗汉。

呵呵，何以牵马拿降妖宝杖的沙僧，到了现代电视剧中会成了挑担拿月牙铲的模样呢？是电视剧道具的不识数，还是传播久远的误读？

金箍棒与九齿钉耙，原来出自一人之手！那么究竟哪一个更强呢？

　　《西游记》第八十九回，说的是黄狮精虚设钉耙宴，原来那孙猴师兄弟三个到了玉华州，炫耀自己的本事，这便收了该处的三个王子做徒弟，又拿出三样兵刃给他们照样打造，结果引来一个黄狮精，将这三样兵刃都收了去，这便在自家洞府里开起钉耙会来。

　　由此问题也就来了：在我们的心目之中，三样兵器中最牛的自然是金箍棒，黄狮精若是开会赏宝，那也该开个箍棒会，何以会把如意棒子扔一边，反而把老猪的钉耙做宝贝，开什么钉耙会呢？

　　咱不妨先看看这九齿钉耙，究竟有何稀奇。《西游记》第十九回"云栈洞悟空收八戒"有这么一段词，唱的就是老猪这件兵刃：

> 此是锻炼神镔铁，磨琢成工光皎洁。
> 老君自己动钤锤，荧惑亲身添炭屑。
> 五方五帝用心机，六丁六甲费周折。
> 造成九齿玉垂牙，铸就双环金坠叶。
> 身妆六曜排五星，体按四时依八节。
> 短长上下定乾坤，左右阴阳分日月。
> 六爻神将按天条，八卦星辰依斗列。
> 名为上宝沁金钯，进与玉皇镇丹阙。

　　正因为这件钉耙，是太上老君出品，五帝与六甲协同制作，所以特别珍贵，当年猪八戒修炼成大罗神仙上天庭受封天蓬元帅之际，就接受了这件钉耙作为他的专用兵刃。

　　"举起烈焰并毫光，落下猛风飘瑞雪。天曹神将尽皆惊，地府阎罗心胆怯。人间那有这般兵，世上更无此等铁。"

　　而且，这钉耙也有变化功能，据说是"随身变化可心怀，任意翻腾依口诀"，所以，老猪不管上天入地，都"相携数载未曾离，伴我几年无日别。日食三餐并不丢，夜眠一宿浑无撇"。

因为有这个自信，所以老猪才会夸下海口，说："诸般兵刃且休题，惟有吾当钯最切。相持取胜有何难，赌斗求功不用说。何怕你铜头铁脑一身钢，钯到魂消神气泄！"

可问题是遇见了孙猴这个不怕死的神通，当时就把脖子亮出来，叫老猪来一钯。结果八戒真个举起钯，着气力筑将来，扑的一下，钻起钯的火光焰焰，更不曾筑动一些儿头皮。唬得他手麻脚软，道声："好头，好头！"

但事实上，老猪这钉钯对孙猴子无效，并不证明钉钯本身质量有问题，因为早先孙猴子大闹天宫之际，就曾被天兵天将押到斩妖台下，绑在降妖柱上，用刀砍、斧剁、枪刺、剑刳，乃至于火烧、雷劈，都试过且不能伤他半根毫毛。当时老君就曾说过，猴子吃了蟠桃，又喝了御酒，更关键是偷吃了老君的五壶夹生夹熟的仙丹，用三昧真火炼成了一块金刚之躯，打是打不破的。

所以钉钯不能伤孙猴，不能说明钉钯不厉害，只是因为猴子的头颈太硬而已。

而孙猴的金箍棒又如何呢？同样有一首歌，说的是：

> 棒是九转镔铁炼，老君亲手炉中煅。
> 禹王求得号神珍，四海八河为定验。
> 中间星斗暗铺陈，两头箍裹黄金片。
> 花纹密布鬼神惊，上造龙纹与凤篆。
> 名号灵阳棒一条，深藏海藏人难见。

这歌来自《西游记》，说的是这棒的来历：它与钉钯一样，也来自"老君制造"，可除此之外差别这就出来了，原来这太上老君打造这金箍棒，完全不是拿来做兵器，而是当时大禹治水之际所用的一根"定海神针"。

大家都知晓，这金箍棒是可大可小、可长可短的，为什么要这样呢？似乎寻常武器根本就不需要这种配置，根本而言这就是为了测量江河长短深浅而用的，能变化，是工作需要，而不是打架需要，只不过这个功能，恰好被孙猴很好地利用，缩成一根绣花针，便能藏在耳朵里，放大成擎天玉柱，便能扫天荡地。

也正是因为这个缘故，这定海神针当初便安放在东海之中，几乎没人当它是一件兵器，直到孙猴入水来求合手的兵刃，龙王左右为难之际，才有人对他说："咱这里不是有一根当年大舜治水用剩下的废铁吗？一直杵在那里也没人用它，而今这猴子来闹，咱不如就把这废铁给他，权当是废物利用，不是挺好吗？"

这也是孙猴的造化，在龙王乃至后来的黄狮眼中，这金箍棒实在都算不上是一件兵器，可就是到了猴子手里这么一耍，嘿！那就成了绝配了。

这么说吧，有大神通，才能使唤大神器。定海神针，也只有到了孙猴手里，那才是兵器。

玉树临风的小白龙，做唐僧的正常徒弟不好吗？难道是英俊惹的祸

这一回司马要与大家一起来聊聊唐僧那匹白龙马。诸位皆知，那小白龙是西海龙王的儿子，按理说这种身份还真不算低，好歹是龙子龙孙，就算不如猪八戒的天蓬元帅之位，好歹也比沙和尚的卷帘大将不差吧，可为什么偏偏他就成了唐僧的坐骑呢？

咱依旧翻开那《西游记》来看，小说里说的是唐僧与猴子来到一个叫作鹰愁涧的所在，正在那边看风景呢，"剌溜"一声从涧里头窜出一条龙来，它要干吗？这龙就是出来觅食的。

问题是吃什么呢？龙的面前，此刻有三个选择：人、马、猴——这里要请大家伙注意了，这龙头一个目标，是奔唐僧来的，也就是说，龙爱吃人，而不是吃马吃猴，若是唐僧依旧是一个人，恐怕这就便被龙给吃了，幸亏那猴子反应机敏，一把抢下唐僧，那龙见和尚吃不着，这才委屈一点，把那受惊在那儿抽搐的马儿给吞了。

好嘛，此后的故事大家便晓得了，龙因为吃了唐僧的马，所以便只好自己变作马儿来代替。因为是龙马，自然也就比一般的马儿强壮有力，能胜任十万八千里的长途奔波，所以就连素来不识货的唐僧一见这马儿，居然也看出苗头，喜出望外，说徒弟啊，这马儿啊，简直比以前那匹胜百倍啊。

好吧，唐僧高兴了。可其实这里有个问题，龙把马儿吃了便成马，可若是把唐僧吃了呢，是不是龙就该变作唐僧来代替呢？

我们不妨往前来个情节回放，回到观音菩萨出发寻找西天取经人选之时，据说那时观音就曾见到这条在空中叫天喊地的龙，细问之下，才知道他居然是那西海龙王的儿子，因为放火烧了殿上的明珠，所以被玉皇大帝吊在空中，足足打了三百鞭子，接下来原本是要杀掉的。可偏叫他遇见观音，一番苦求搭救，观音便我佛慈悲了，跟玉帝嘀咕，说这小白龙虽然有错，可毕竟是条龙，眼下有个和尚要去西天取经，正好让他来个将功补过。

"让他变身做一匹白龙马，驮着唐僧去西天如何？"

也就是说，不管小白龙吃没吃唐僧的马，他的结局，都是变形成马儿。

诶呦，为什么不让八戒变形成野猪驮着唐僧前进呢？为何又不能让猪八戒变成赤兔马，或是沙僧变形成乌骓马呢？要说小白龙放火烧明珠（注意是自家龙宫殿上的明珠）这桩过错，相比猪八戒调戏嫦娥、沙和尚打破琉璃盏，其实不算太严重啊。

关于这个问题，还真有典故来解答，譬如有一本同样写成于明代的笔记便说："龙性最淫，故与豕交，则生象；与马交，则生龙马。"

好嘛，原来明人的观念之中，那非洲大象居然都是龙与野猪的杂交产物，不得不大吃一惊。若是如此，小白龙变身做龙马倒也不是什么不可思议之事了。而稍后写于明清交替之际的《龙马记》，更是点出"龙马"的至高地位："龙马者，天地之精，其为形也，马身而龙鳞，故谓之龙马。"

再往前推，《尚书》《礼记》中便有"伏羲氏有天下，龙马负图出于河"的记载，所以在中国人看来，龙马那就是顶级的坐骑，唐僧去西天，要走十万八千里路程，那就该弄匹龙马来骑才行。所以，唐僧坐骑这个差使，八戒你抢不得，沙僧他也干不了，非得这小白龙才行。

回想起宋代版本的《西游记》，也就是那本《大唐三藏取经诗话》，说到唐僧西行之中，也曾发生过猴行者与九龙池的"馗龙"大战斗法的情节，这似乎就该是《西游记》白龙吞马又与孙悟空大战的故事前身。只不过在宋代版本中，猴子比较暴力，他从白龙身上抽出了一条龙背筋，送给唐僧做腰带而已，不过据说有了这个龙腰带，唐僧此后一路行走便"行步如飞"，哈哈，这应该就是后来白龙马的原始状态了。

PART 3

第三篇 ｜ **精读西游**

PART 3

第七章　西游新主角！猴子为什么那么猛？

与以往的西游故事不同，《西游记》的故事开始之处，不在大唐，而在傲来国，出现的第一主人公也不是唐僧，而是石猴，所以这段故事，便就从傲来国说起。

傲来国：猴子的老家究竟在哪里？

有道是金窝银窝，不如咱自己的草窝。孙猴子的祖国傲来国究竟在何处呢？咱不妨看看《西游记》第一回，那说的便是这孙猴子的诞生。

孙猴子的祖国傲来国究竟在何处？日本？韩国？美洲？哈哈都不对！"（东胜神洲）海外有一国土，名曰傲来国。国近大海，海中有一座名山，唤为花果山。此山乃十洲之祖脉，三岛之来龙，自开清浊而立，鸿蒙判后而成。真个好山！"

原文就这么简单几句而已。基本上也就那么几条线索，第一是在东方的大海之外，第二呢这就是个沿海国家或者干脆就是岛国。

明代的中国之东方海外，无非也就这几个国家，第一是李氏朝鲜，第二是诸侯混战中的日本，第三则是琉球国，再往外推，大洋茫茫之东，则是中国人当时尚未知晓的美洲大陆。

会不会是朝鲜呢？不可能！因为朝鲜自从战国年代以来便已与中原有密切的往来，吴承恩若是把花果山放在彼处，朝鲜、高丽、百济乃至韩国这些名词都可以用，没必要再生造一个。

会不会是日本呢？倭寇的小矮人形象，在明代人的心目中大概也确实和猴子差不多吧！且日本的富士山，也真就离海不远。话说那木下藤吉郎，当年就因为生活艰辛而营养不良，以至于身材矮小，酷似一只猿猴，在织田家做提鞋的下人之际，便常被织田信长称呼为"猿"，到后来大家便都叫他"猴子"。

木下藤吉郎会不会就是傲来国的猴子呢？不会，因为木下的出生年代，比吴承恩还要晚许多年，老吴再有本事，也无法预测到若干年后会有一只"猿"在日本搞得风生火起。更何况这厮，后来还曾侵略朝鲜，与大明为敌呢！

不是日韩，难不成是美洲墨西哥吗？

我们且看《西游记》中的这么一段记载："连日东南风紧，将他送到西北岸前，乃是南瞻部洲地界。"

大唐就在南瞻部洲，换而言之，傲来国也就在大唐的东南方，好嘛！这个方位，还真是极靠谱了。大唐的东南方，也就是东海稍微往南点，那就是琉球国。早在大明的洪武年代，也就是朱元璋还在位那会儿，明的使臣便曾前往琉球，据说这个国名就是大明为他们所定。

诏书说得好："朕为臣民推戴，即位皇帝，定有天下之号曰大明……惟尔琉球，在中国东南，远据海外，未及报知。兹特遣使往谕，尔其知之。"这意思就是说大明王朝建立了，你们琉球在东南海外，大概还不曾知晓，所以派个使臣过来，让你们知道知道。

那么琉球有没有山呢？这个你单看那几位国王的名号就知道了——中山王、山南王、山北王，这是琉球的三个王，据说本来还是战争状态，朱元璋专门写信过去帮他们调停，这便罢战息兵。

方位固然是对了，问题就在于家住南直隶（今江苏）的吴承恩，又如何知道远在海外的琉球是何等模样呢？其实只是个粗浅概念而已，具体的描写，实际上还是以老吴的近邻之处，也就是连云港外的云台山作为一个对象，而今江苏省东北海外，曾有一个郁洲岛，直到清康熙年间，才渐渐与大陆连成一片，唤作云台山。

所以，这个问题其实已然解决，老吴是以从未去过的琉球国做远景，江苏海外的郁洲岛（云台山）做近景，两者相互参照结合，最终写成了傲来国花果山，也因此有了孙猴子的种种传奇。

菩提：孙猴的真正师父究竟是什么来头？

话说那孙悟空，本身不过是花果山的一个石猴，虽然与普通猴子的来历不同，却也谈不上有什么出众之处，若是留在花果山，依旧要读猴界的书，考猴界的试，恐怕长大之后，没什么门路，也难以进入猴界上层，做什么公务猿云云。

所以他的唯一出路，便是弄一条木筏，漂洋过海去求艺。

《西游记》中，这便说他来到南赡部洲地界，剥了某人的衣裳，学人穿在身上，摇摇摆摆，穿州过府，学人礼，学人话。一直晃了八九年光景，这才来到了西海边，于是做个竹筏，又飘过西海，到了西牛贺洲。

这西牛贺洲又是什么所在呢？其实便是所谓"西天"，如来佛便在那里。这猴子，便在这西洲寻到一个樵夫，得知不远处有个灵台方寸山，山中有座斜月三星洞，那洞中有一个神仙，叫作须菩提祖师。

于是猴子便投在这须菩提祖师门下，做了他第十辈的弟子。要说这一门的规矩，是用十二字来做分派起名的排行，所以就给猴子起名，叫作悟空，更用猢狲的一个"孙"字，作了他的姓。

有了姓名，便要学本事，孙猴子这又在山上住了整整七年，终于得到了祖师的提问，说要教他些本事。可是学点什么好呢？须菩提便说了，第一是个"术"字，也就是东方道士算命、占卜、请仙那一套，猴子学了这个，便可做个孙大仙，回去帮东方大国的官员们算算仕途几何，倒也是有饭吃的。

可猴子不愿学这个，于是须菩提又说要教他"流"字，其实就是中国古代的诸子百家，念书考"公务员"的路数，猴子哪能干这个啊，依旧不学。再来一个"静"字，那就是参禅打坐、清静无为的那些，猴子自然就更不行了。"动"呢？也不学。

于是须菩提这便恼了，打了猴子三记头，便走了。

按说被打，这猴子便该急了，可事实上猴子却一点不急，说这三下，其实就是约定了半夜三更。

此后，便果然是学七十二变各种本事了。《西游记》全书，也就这里提到这须菩提。而在电视剧中，在日后人参果树剧情中又加了一段，说悟空曾去寻找祖师，却是踪迹全无。

那么，这个须菩提究竟是何方神圣呢？

看他教孙悟空的这些法术，简直就是一个全能神，什么东方的儒、西方的佛，但凡当时中国人知晓的内容，悉数都在他的教授课程之列。

再看他的地址，则明确无疑，就是西牛贺洲，那么这西牛贺洲又有什么特点呢？那便是以牛、羊、摩尼宝作为货币而行买卖交易之处，所谓的"摩尼宝"也就是梵语"珍珠宝贝"。所以，这便是游牧民族的世界。事实上也就是当时的大唐之西如大食、突厥、天竺等国。

那么在这块土地上又有何宗教存在呢？佛教在西牛贺洲，伊斯兰教也在西牛贺洲，乃至基督教也在西牛贺洲。

菩提就是一个印度名词。据说当年的释迦牟尼，在一棵树下静坐七天七夜，大彻大悟，终成佛陀，而这树便是菩提树，所以佛教便以此树为圣树。

如此说来，这菩提就该是佛教中人，对吗？

这倒也未必了，因为孙悟空若是佛门中人，那就该吃斋念佛了，怎么还可能占山为王乃至于后来大闹天宫呢？

事实上，孙悟空的这位师父，倒很可能是印度的另一宗教——婆罗门教之神。依据该教教义，三大主神之一毗湿奴就常以菩提树之化身出现。甚至说毗湿奴和妻子每月初一的黑夜就会出现在菩提树上。修行的人要保证在寺庙的范围内至少有一棵菩提树。乃至于在他们的眼里，砍伐或毁坏菩提树就等同于谋杀婆罗门。

所以，孙悟空的这个师父，很大程度上，就是一个婆罗门教之神，或许，就该是毗湿奴。

顺便说一句，印度史诗《罗摩衍那》中，猴子为了王子罗摩与罗刹恶魔大战，而罗摩，其实就是大神毗湿奴的化身。

若真是如此的话，那么后来一系列情节就可以理解了，源自婆罗门教的孙猴子与来自道教的猪天蓬、沙卷帘都被佛教转化，《西游记》鼓吹佛教法力如何如何的意图，也就昭然若揭了。

但，又或者不是呢？

菩提：更可能就是太上老君

菩提老祖更可能是谁呢？司马以为很可能是太上老君。

为何如此说？且听司马慢慢道来，先说《西游记》的故事开头，孙猴子是如何诞生的呢？书上说得分明，那就是花果山上的一块石头，受天真地秀、日精月华，孕育而成。

那么，这石头又是从何而来？书中并未明说，却点了一句，说这石头是"自开辟以来"，也就是说，开天辟地之后便有了它。

我们眼下，自然都以为开天辟地就与盘古有关，可是《西游记》作者又是如何一个想法呢？

翻到第三十四回《魔王巧算困心猿》，银角大王说："有位太上道祖解化女娲之名，炼石补天。"这自然是妖精说的话，有些颠三倒四，那意思居然是说太上老君曾化身女娲，拿石头去补天。我们也不能全信，但《西游记》作者这么写，其实有他的用意，那就是说：孙猴子诞生的那块石头就是太上老君补天用剩下来的石头——不论你是否愿意相信，这就是小说《西游记》的内在逻辑。

如此一来，《西游记》的许多不解之谜便可以一一说清楚了。

首先便是这菩提老祖，单是读字面意思，很多人都不明白，为什么本事这么大的菩提老祖，收了孙悟空做徒弟之后便杳无音信，好似从此销声匿迹了一般。

要解决这个问题，我们便要细细审看关于菩提的文字，一看下来我们其实便能明白：菩提看名字想是个佛门中人，实际上却是个道家神仙，或者说是融通了道、佛两门学问的神仙。

为什么？咱不妨看看当年菩提传授给孙悟空的那道长生之道口诀："显密圆通真妙诀，惜修生命无他说。都来总是精气神，谨固牢藏休漏泄。休漏泄，体中藏，汝受吾传道自昌。口诀记来多有益，屏除邪欲得清凉。得清凉，光皎洁，好向丹台赏明月。月藏玉兔日藏乌，自有龟蛇相盘结。相盘结，性命坚，却能火里种金莲。攒簇五行颠倒用，功完随作佛和仙。"

自然这口诀太过深奥，司马最初读西游之际不过是个小学生，如何领会得了？只能略过不看，但数十年后，而今回头再看，似乎看出点门道来。

什么门道呢？那就是这所谓的"菩提"绝不是什么真的菩提老祖，也不是什么单一的佛门中人，因为这些话，完全是道家密语。

正是因为这个缘故，所以菩提老祖教给孙悟空的本领，居然没有半点念佛吃斋的意思，完全是实用路线：长生，是猴子求学的愿望，也是道教的第一要义；而七十二番变化，也是道教的地煞数（《水浒》中一百零八好汉，三十六人位列天罡，七十二人名为地煞，就是这个意思），什么飞举腾云筋斗云，更是道家修仙才有的神通，佛教里是没有这个的。

所以，事实上菩提老祖就是个道家大仙，而且辈分非凡，很可能就是太上老君本人。

而这一点，在后文里也大有验证之处。譬如大闹天宫，孙猴子和二郎神单挑之际，在旁观看的观音就要拿净瓶杨柳下去砸猴子，这时老君便说话了，观音啊你不能这么干，你那瓶子是个瓷器，扔下去万一撞到他的棒，岂不是粉碎了，且莫动手！

观音这便问老君，说你有什么办法，老君这便拿出他的金刚琢来。诸位，这金刚琢就是后来老君的青牛下界作怪拿来套孙猴子金箍棒的法宝啊，这时候老君若是真要置孙猴子于死地，随便一套把猴子的棒子给收了，孙猴可就真的完蛋啦！

可这老君却不收孙猴的金箍棒，这棒本身就是他的呀！他随手一扔，便砸晕了孙猴。一时之间狗咬绳绑，勾刀穿琵琶骨，把猴子送到老君的兜率宫。

这便看出真实来了，老君真要猴子的命，直接把勾刀串着猴子往炉子里一烧烤，那就真的一了百了，后面的故事全没了。偏偏这老君又把穿孙猴琵琶骨的勾刀给放了，而后这才推入八卦炉中，这是干什么？实际上根本就不是要猴子的命，而是要来个升级版本，让孙猴更强大啊！

果然！七七四十九天之后，开炉放猴，这孙猴可就真成了疯狂的独角龙。太上老君还很仔细，要上前看看这会试验究竟成功了没有，结果被猴子摔了个倒栽葱，这究竟是假摔还是真摔就不清楚了，总之接下来孙猴就真的无敌一时，直到如来出面。

如此看来，太上老君打造孙猴的第一个目的，就是要引诱出如来，瞧瞧他究竟有几分真本事。

但老君还是失算了，为什么呢？因为孙猴子毕竟头脑太简单，居然信了如来的诳言，在他手掌心里跳来跳去，而后一掌压下，还贴了六个金字，叫作："俺把你哄了！"（明代人对梵语莲花珠译音"唵嘛呢叭咪吽"的讽刺）

虽然如此，孙猴子后来总算是慢慢懂了老君对自己的栽培之意，他对天地之间大多数神仙都不屑一顾，唯独对这老君恭敬有加，而且那是真的恭敬。对如来、对观音，那是因为受制于人，不得不恭敬。而老君呢？恐怕就是人们常说的师徒间的真爱了。

话到此间，老君其实还有一个佛教界的朋友，此人便是燃灯古佛。想来是老子化胡之际，与他结下的交情（老子化胡说，其实是佛教初入中国之时，为了取得国人认可，假托道家名义的一种传播之术，等到佛教繁盛之后，又指称其为虚构，但本文只谈西游，不说那些个），据说孙悟空当初误入兜率宫偷吃老君的丹药，结果宫中不见一人，原来是老君把全部弟子带走，和燃灯古佛一块讲道去了。但这事其实也很不靠谱，就算是带弟子去讲课，也没有全部带走、不留一人看家的道理，这一点可参看五庄观那回，镇元大仙出去听课，也留下两个弟子看守家园来着。

而到故事结尾处，当唐僧四人众取了空白无一字的经书却兴高采烈要回国之际，也是这燃灯古佛——老君的朋友，派人出来相助，揭破真相。要不然，这西游可就真白游了。

菩提：为何要与孙猴一刀两断？

实际上，须菩提究竟是什么来路并不要紧。《西游记》不过是借他这张嘴，来给孙悟空安排一场开场白，借他这个人，对孙悟空未来的命运做一番铺垫而已。

为何如此说？因为你且看《西游记》这本书，须菩提用的是佛家的名号，行的却是道家的本领，他的法力无边，弟子也不少，按说完全可以与西天的如来、天庭的玉帝平起平坐，可他却完全没有抗衡之心、竞争之念。

这是与世无争，也是一种悲哀与无奈。

而矛盾的是，偏偏他又教出了孙悟空这么一个徒弟，那样一般一个猴子，放纵下山而去，会有怎样的结局？难道他真的不明白？

实际上，祖师明白得很。

可为什么他又要收孙猴做徒弟，教他那么多本事呢？

这就好比一个父亲，在一生中经历了太多曲折之后，抚摸着伤痛回到家中，把毕生本领传授给自己的儿女。之后，难道他会因为自己的伤痛，而禁止儿女外出闯荡？

明知山有虎，偏向虎山行，其实就是这个道理！

听上去雄赳赳气昂昂，其实却是无可奈何的真实人生写照而已。

所以，他要赶走孙悟空，让他去为自己的人生而打拼。

孙悟空似乎有些不舍，他说："我也离家有二十年矣，虽是回顾旧日儿孙，但念师父厚恩未报，不敢去。"

但须菩提却是一口回绝："那里什么恩义？你只是不惹祸不牵带我就罢了！"还有一句，说的是："你这去，定生不良。凭你怎么惹祸行凶，却不许说是我的徒弟。你说出半个字来，我就知之，把你这猢狲剥皮锉骨，将神魂贬在九幽之处，教你万劫不得翻身！"

这话说得极是果决，可是有什么道理吗？其实道理无非就是一句话，孙悟空，你离开之后便是走自己的路，任你遇到何等艰难险阻，都只能自己解决，拿学到的本领解决，绝无回来求救的道理。

电视剧《西游记》里有一段导演增加的情节，说孙猴在五庄观推翻了人参果树，便曾回来寻找他的祖师，只是人去楼空，一无所见。这虽然是想象的叠加，却也是符合小说的本义："走了，那便是忘了。忘了，便不必再想起！"

从《西游记》后来的文字看，孙猴还真是完全忘却了这位祖师，同样是这本书，第三十四回便有这么一句："我为人做了一场好汉，止拜了三个人：西天拜佛祖，南海拜观音，两界山师父救了我，我拜了他四拜。为他使碎六叶连肝肺，用尽三毛七孔心。"

可若是往回翻到第一回，又分明写着孙悟空见到菩提祖师之际，倒身下拜，磕头不计其数，口中只道："师父！师父！我弟子志心朝礼！志心朝礼！"

这是怎么回事？孙猴子得健忘症了吗？呵呵，得了又何妨？

混世魔王：霸占花果山的妖怪究竟是个什么来路？

孙猴子从祖师那里学成归来，回到花果山，便重聚起那班猴子猴孙，到这时，他才获悉：原来自己离开花果山的这段日子里，一个魔头前来袭击花果山，抢了他们的家伙，捉了许多小猴，这魔头便是混世魔王。

于是孙猴这便腾云驾雾，探寻这混世魔王的下落。果然遇见这混世魔王在那坎源山的水脏洞，穿着甲胄，抄一把大刀，来与他厮杀——结果自然是被孙猴给灭了。

可问题就在于：这混世魔王究竟是个什么魔头？虎豹蛇虫，全无说法。唯一可知的就是他比孙悟空要身材高大许多，武器也是大规格的钢刀。除此之外，再无一字提及。

事实上，不说也是一种说法。整部《西游记》中，几乎所有妖怪都会在死后现出原形，为何这个妖怪不会？答案却也简单！这混世魔王不是其他类别，那就与孙悟空一样也是灵长类，但不是猴，或许是比人更高大的猩猩类别。再看文中，反复强调魔王的身材要比孙悟空高大许多，那么看来也就再无疑问，想来就是一种大猩猩无疑了。

正因为这混世魔王是大猩猩，所以他才会抓去三五十个小猴做跟班而不是食物，才会住在与孙悟空的水帘洞相似的水脏洞里。

也因为这混世魔王是大猩猩，所以书中无需再多啰唆文字，只需强调他的高大即可。

可为什么作者要在这里设置这样一个武力平平、绰号却极其傲娇的角色呢？这就得去看这一回合的标题，叫作"悟彻菩提真妙理，断魔归本合元神"。前一句说的自然是孙悟空拜菩提祖师为师，修成绝世武功；而后一句，其实对应的就是这段孙悟空斩杀混世魔王的故事。

"断魔归本合元神"，按这句话的字面意思，就是孙悟空杀死了混世魔王，可"合元神"是什么意思呢？难道说魔王虽死，他的元神却和孙悟空合二为一？

似乎不能这么理解。

回过头来看原文，孙悟空在花果山，之前其实是个不甚好斗的猴子，他之所以有心出去求仙，唯一的目的也就是长生。

然而学成本事之后呢？很明显，孙悟空变得勇敢了，也好斗了。

而好斗的第一个理由，就是这混世魔王的来袭，虽然这家伙实际上很次，孙悟空在外期间，他对花果山的几次进攻，也只是抓几十个小猴子，根本没有攻占水帘洞的本事。现如今孙悟空回来了，便以为是奇耻大辱。他如今已不是当日的孙悟空，一个筋斗云翻过去，便寻见了魔王，一番肉搏，便夺得魔王的刀，反过来将他砍死。

这，便是学成下山之后孙猴子的第一番武力冲突，过程简单得很，结果也很清楚：他胜得很轻松。

但也就是这样一次冲突，引发了猴子的暴力欲望。

这欲望，之前是没有的。二十年中他的心中就是"修仙"二字，穿人的衣服，学人的言行，修成仙的道行。在菩提祖师身边，他完全就是个谦虚、恭敬、好学的小学生。

问题就在于：而今他已然学成归来，既然有一身本事，为何还要向旁人低头呢，尤其是向恶人低头？

而在打败混世魔王之后，孙猴子便意识到，他必须有自己的兵、自己的国。

兵是现成的，满山的猴子现在都听他的号令，而兵器呢？似乎得去傲来国买——但问题是，孙猴子觉得自己本领这么大，何必费这个本钱呢？于是吹口气，平地起了一阵妖风，把人群吹散。他便大模大样进入傲来国府库，看见各种兵器，要什么，那就搬什么！

但那是小猴子们用的兵器，孙悟空自己自然不能用那些个，到龙宫去，说是借宝，其实就是来打劫的。龙王看他凶狠，都不敢拒绝，直到他寻见金箍棒，又问四海龙王筹齐了全套装备。

可就是这样，孙猴子依然没对龙宫客气，看小说原文，他可是"使动金箍棒，一路打出去"的，自然把那些海里的虾蟹水族吓得不轻，而四海龙王更是因为他拿走了金箍棒以及全套披挂却没付一毛钱作为补偿，心里个个不平。

能平衡吗？换成你，平白无故闯进来了个人，把你家里宝贝给拿走了却不留几个铜板，你能干吗？

不但是对龙王如此，对花果山及其附近的其他妖怪，孙悟空其实也是如此。只是因为那虎豹狼虫、满山群怪，都明白这魔头不好惹，个个前来服输参拜，这才好歹风平浪静。

甚至，猴子也吃人。看《尸魔三戏唐三藏》那一回，猴子自己就曾交代："老孙在水帘洞里做妖魔时，若想人肉吃，便是这等。或变金银，或变庄台，或变醉人，或变女色。有那等痴心的，爱上我，我就迷他到洞里，尽意随心，或蒸或煮受用；吃不了，还要晒干了防天阴哩！"

原来后世那些妖怪变化来欺骗唐僧的把戏，孙猴子也都曾经干过。想必是除了水果之外，猴王也需要弄些荤腥来搭配。所以做妖怪的悟空，便也吃人，甚至还变化成美女引诱年轻男子入山洞，蒸煮晒干等等。

哎呀！这么一说，还真是毁童年啊！

东海龙王：孙猴初登门访问龙宫，他为何那样客气？

这一回且说说龙王。

其实，在唐僧西游的那个时代，尚无四海龙王之说。直到宋代，宋徽宗册封的龙王，也不是四位而是五位，是什么青龙广仁王、赤龙嘉泽王、黄龙孚应王、白龙义济王与黑龙灵泽王。

所以，所谓的四海龙王，其实也非官方说法，他的权力，来自佛道两教。

先说这佛教之龙，或者说龙王。佛经中有一种叫作"那迦"的怪物，身子很长，占水为王——实际上这就是热带雨林中的蟒。而在佛教传说中，这"那迦"便是佛的护卫，打佛一诞生就在左右，还曾吐出一种温水、一种凉水为佛洗浴，在空中则更是能吐云布雨。

当这种佛教之龙的说法传入中原之际，恰好与道教传说中的"龙"有机地结合到了一处。在此之前，中国的龙是修道成仙之人的"交通工具"，但凡要上天，就要召唤来神龙，就拿那个做飞行器上天（古人的神话概念还是很质朴的，他们觉得上天总归要有一种媒介，起初是龙，后来便是云，而龙与云往往又结合在一处）。

可是现在佛教的龙来了，道教便不免来了个中西合璧，龙王不但能上天，也能下海了，而且逐渐成了大海的主人，于是这便有了四海龙王：东海敖广、南海敖钦、西海敖闰、北海敖顺。

不但是海空双绝，龙王还兼了许多种角色，下雨之外还兼职救火，甚至还管人的福气凶吉、长生不老乃至做官生病住宅风水等等，简直就是个总务主任。

所以，《西游记》里孙悟空没有称手的兵器之际，群猴便跟他说：找龙王去！为什么找他呢？因为这家伙什么角色都玩一把，他的仓库里也必定藏了许多珍宝，而其中便有许多人间没有的神奇兵刃。

于是猴子便"扑"的一声，钻入了汪洋大海——花果山在傲来国，傲来国又在东边，所以这海必然就是东海。说来也奇，这东海的神灵见了这突兀出现的猴子，居然个个慷慨讲道理。第一个你看那夜叉，就很客气地问猴子是何方神圣，说个明白，我好跟你去通报迎接。而那龙王，一听说是花果山的孙猴子，立马就带着子孙虾蟹出来迎接——按理说他不该如此客气，要知道孙悟空此时毕竟只是个猴子，没有任何官方身份，老龙王完全可以说声传他进来，这便傲气十足地坐在宝座上。

可是龙王偏就这么客气，亲自出来迎接孙猴子，叫他上仙，还请他喝茶。猴子说要借兵器，他毫不推脱，立马就让人拿出大刀一把，孙猴说轻，他更拿出3600斤的叉和7200斤的方天画戟来，可是孙猴还是嫌轻。

这"嫌轻"二字，竟惹出一根大禹治水之际充当定海测量器的神铁来，那便是如意金箍棒，足足有13500斤，大小长短又能随意变化——有了这物，才有了日后的孙猴传奇。

于是孙猴张嘴就要这根神铁做兵器，按说这是定海神针，价值非凡，可老龙王居然一毛不要，就这么送给了孙猴子。孙猴还要什么盔甲披挂，东海龙王又找来其他三家亲戚，筹齐一整套装备，让孙猴高兴而来、满意而归。

哎呦！问题这就来了——龙王怎么这么好说话呢？

第一，显然这金箍棒在东海龙王手里没啥大用处，虽然号称是定海神针，可没了它，鱼照样游，虾照样爬，显然所谓"定海"，已然是很久远的历史记忆了。而龙王也过了许多年太平日子，无须打仗，所以也不需要这棍子做什么兵器。简单说，这玩意就是个摆设，既然只是摆设而已，猴子拿去那就拿去吧！

第二，龙王很客气，猴子却很嚣张，这笔账还是要算的。可是这算账的事也用不着劳烦龙王自己，有管天管地管江河湖海的玉皇大帝在，龙王只需向他报告一下就可以了。

所以龙王不着急，猴子你且玩去，会有人跟你算账！

学成仙术的孙猴子，为什么还有阴差拿着链条来勾他下阴间？

《西游记》第三回，说到孙猴子吃醉老酒在松树底下睡着，朦朦胧胧间就看见两人拿着一张批文过来，上面写着几个字，孙猴别的都不认得，只识得自己名字：孙悟空！

这时节俩阴差把绳索往猴子颈上一套，就拉着他往幽冥界里头带。孙猴这便醒过来了，他说这是死人去的地方，我已经超出三界外、不在五行中（这意思就是他已经炼成仙了），怎么还来拉我呢？

于是掏出金箍棒，这便大闹一回阎王殿！

话说此时的阎王殿上，足足有十位冥王，头一个叫作秦广王，但凡亡魂下来，第一步就是接受他的审判，至善的送往生天或是西方极乐世界，至恶的则发配到地狱受应得酷刑，而那些功过参半的，便按照具体详情安排做男人、女人、穷人、富人等等。此后第二个直至第九个冥王，其实都是干如何按照罪行折磨那些罪人的活。似乎也只有最后一个冥王，叫作转轮王，他的活才略有些不同，他是管分配的。所有鬼魂，最后都会到他这边，按照善恶罪福，来个大判决，前方有六座桥，金桥、银桥、玉桥、石桥、木板桥、奈何桥，自然是越往前的越好，若是踏上最后的奈何桥，那便惨了，沦为畜生、饿鬼，尽是无量无边的苦痛轮回。

按理说孙猴子下了地狱，似乎就该听冥王的摆布，可这猴子居然又来了精神，说自个不该死。而那十个冥王，居然也怕他起来，满口"上仙息怒"，这就把生死簿拿来给猴子看。孙猴也不管别家，只顾自己猴子那一页，把上头有猴子名字的，统统大笔一挥勾掉了事。

问题这便来了：按说孙猴子下了地狱，就该是失了魂魄，如何还能这么猛呢？

其实这答案就得去他的师父须菩提那里找——当初学法之际，祖师曾言，说猴子你已经粗通了法性，只是要防备着"三灾利害"，哪三灾呢？五百年后天降雷打你，再过五百年降火烧你，第三个五百年之后，则是降风来吹你！

可是菩提老祖没有说的是，猴子不满五百岁，就会有一道劫数，在三百四十二岁之际，会来鬼来勾你的魂！

菩提为什么不说呢？因为他的"三灾说"，是建立在孙猴完成炼成法性之上——而事实上，大家去看《西游记》，这猴子实际上分明是中途辍学，换句话说，孙悟空其实并没有领到"须菩提大学"的"毕业证书"，所以阎王爷不认你猴子是神仙，才会派人来勾你的魂。

菩提这便又笑了，为什么笑呢？猴子虽然辍学，本事却还是学了点的，你阎王爷派人勾他的魂，他便要用师父教他的本事与你斗，而这一斗，便惊动了天界，孙悟空的名气，顿时升入云霄，要到天庭去斗量了！

第八章　弼马温！孙猴毕业第一季

既然《西游记》不再是唐僧取经的老故事，那么新主角孙猴子就必须有属于他自己的新传奇，正如现实生活中在大学里修成学历后到社会间初试锋芒的年轻人一般，孙猴也在天庭找到了属于他的第一份工作：弼马温！

太白金星：在东方是老头儿，到西方便成了维纳斯

这《西游记》中正式登场的首位天朝神仙，或者说孙猴的职业介绍人，那便是太白金星。

说起啦，这金星可不是什么寻常神仙，在道教神仙谱中，他的地位仅次于三清（太上老君、元始天尊和另一位不太知名的灵宝天尊）。

这神仙，不光中国有，西方也有，容貌自然大不一样，就连性别也不同，哈哈，想不到吧，在希腊和罗马，金星就是那美神阿芙洛狄忒（希腊名），更为大众所熟知的名字则是维纳斯（罗马名）。

所以你不妨可以这么理解，太白金星爱玩，在东方他就变化成童颜鹤发的老神仙，而在西方呢，他就成了她，现身为容颜与身材都堪称完美的女神。

这话题颇有意思，但现如今我说的是西游神仙，所以且就回到那东方版的太白金星去。先说点高雅斯文的，如《诗经》就云："东有启明，西有长庚。"

中国人喜欢起名号，其实启明、长庚是一回事，都是金星。

于是有人就问了：为什么叫金星，而不是银星、铜星、铁星？难道古人到那星球上勘探过，知晓那里有富裕的金矿不成？

好吧，古人如何回答这个问题呢？

"太白者，西方金之精！"

原来中国人有所谓五行，又有五个方向，彼此对应起来，金木水火土，东西南北中，于是东对木，西对金，南对火，北对水，中对土。且说这西对金，为什么偏偏就拿这两项对应呢？原因就在于古人在西方发现了更多的金矿，而相对而言东方就比较少，现在也是如此，不信你去找矿务局。

所以古人就大悟了："啊哈，原来金星的地望，就在西方吧！"矿是如此，人也是如此啊，你瞅瞅西方的白种人，不也多是金发碧眼吗？

好嘛，这就完了？不！太白金星还有一份差事，那就是"主杀伐"，换句话说，他就是五星之中主管军事的，所以古人写诗作文，多数就以金星比兵戎。

眼下，玉皇大帝听说下方出了个石猴子，便拿眼睛瞟太白了，老李啊！你给说句话吧。这里又涉及太白的姓氏了，太白金星还真姓李，名长庚，按民间传说，那就是一个姓李的，如何修仙得道成了金星？这个实在太没谱，就不多说了。

在《西游记》中，太白金星多次出场，先是提议让孙猴子做个管马的弼马温，后来呢？当孙猴子发飙不干之际，又出面劝和，说封他做个齐天大圣，从管马晋升为管桃子（老实说这个很难讲是晋升啊，原来猴子管马，那好歹还是个畜牧局的小干部，这么一闹，反而成了桃农，真不知这猴子怎么琢磨的）；再后来，打黄风怪、扫荡狮驼洞，也都有他出来帮忙。

老实说，太白金星这神仙，还真是行得正、站得稳，最起码一点，那些菩萨神仙多有故意走漏个什么坐骑宠物或是童子下凡做妖怪的，唯独他是干干净净、一尘不染。

在第一场戏中，他的招安实在也颇有道理。这猴子是天地孕育的，你玉皇大帝是管天的，说到底也就是你的猴子，天生之物就该为天所用，所以招安他做个小官，理所应当。而一到花果山，他也不似巨灵神那种官僚习气浓重的神仙那般拿架子，而是立马角色转换，专拣猴子爱听的话来说，结果没几句，那猴子便高兴地要和太白一起上天庭。

老实说，这样的神仙，在整部《西游记》里还真不多见呢！

最后要说一句的是，那位唐代的"诗仙"李白，他的名字就与李长庚有关。据说他的母亲曾梦见一颗星辰落入自己怀中，于是便有了孩子。后来一问，那星辰便是太白金星，于是孩子的名字也有了，名白字太白，哈哈，好个通俗易懂的名号啊！

弼马温：初上天庭的孙猴为什么就该管马？

初上天庭，孙猴子便做了一个官，叫作弼马温。若按现实而言，这已然是很不错了，估计是太白金星这个介绍人的功劳。各位张大自己的眼睛看看，若没有天大的关系给你罩着，初到一个衙门里，哪怕你有天大本事，还不得跟个丫鬟似的先伺候几年那里的大爷再谈别的。

自然，《西游记》不是现实题材小说，所以孙猴的新生起点设置得还是比较高的，一上天，人家就说了，要给他个弼马温当当！

什么是弼马温呢？翻译成白话，那就是"天庭交通事务局局长"，你听听，这得有多大油水！

所以孙悟空当弼马温，完全不屈才。

可问题是天庭那几位，咋就看中孙猴能管好马呢？原来这其中大有讲究，翻翻古代几本有名的医书农书，成书于唐僧取经之前数百年的《齐民要术》就说，马厩里养猴，能消百病。而同样是写成于明代的《本草纲目》，也有类似的表达。甚至在许多地方，马厩的拴马桩桩头，还特意塑上一个猴像，这难道是看《西游记》带出来的毛病吗？

翻翻史书，原来这里头还真有故事，《晋书》，那是大唐的宰相房玄龄领衔编著的，其中有一篇《郭璞传》，说的是东晋时代有个人叫郭璞，某日他去拜会一位将军，恰好遇上那将军的心爱坐骑突然死了。这老郭就去看马，看完了就跟那下人说："去告诉你们家主人，俺能把这死马救活！"

可是如何能将死马复活呢？老郭的办法就是去山林抓来一猕猴，放入马厩。说来也奇怪，这猴子一进马厩，就跳到马首位置，嘘吸马的鼻子，那样子简直就是医生护士给病人做人工呼吸一般。没多久，这马还真就站起来了，"奋迅嘶鸣，饮食如常"。

这历史故事，在明代还真成为现实，当时养马的人家里多数会顺便再养只猴子，据说就是为了让马儿少生病。

如此看来，玉皇大帝让孙悟空做弼马温也算是应才而用喽？

可问题是，《马经》里的话是这么说的："马厩畜母猴辟马瘟疫，逐月有天癸流草上，马食之永无疾病矣。"

咱把这话翻成白话，那也就是说母猴来月经的时候，经常流到草料上，马吃了带有月经的材料就能避开瘟疫。

弼马温，恰好与"避马瘟"同音，玉帝封此官职，嘲笑孙猴子虽是公的，却干上了母猴子的工作，事实上是变着法子戏弄孙悟空。

但是，孙猴子还是还在乎这份工作，看书中便如此写道："（孙悟空）昼夜不睡，滋养马匹。日间舞弄犹可，夜间看管殷勤，但是马睡的，赶起来吃草；走的，捉将来靠槽。"

所以，实际上初当弼马温的孙猴子，干活很是卖力。为什么呢？其实猴子心里也有个小算盘，俺初上天庭，在这第一份工作上表现好点，兴许就有机会再进一步呢！

这便是：若有前程，孙猴子也愿暂时伏小！弼马温好歹也是个国家干部，许多人羡慕还羡慕不过来呢。

孙悟空为何抛弃"公务员"这份有前途的职业?

要知道，之前孙猴可是大闹了龙宫与地府，当时的他何等嚣张。可如今在这天庭之上，他居然也任劳任怨，勤勤恳恳，屁颠屁颠地把一匹匹天马养得膘肥体壮。

所有的一切，目的就是要让天庭诸位看到他孙猴子的能力，养马这种小事能干好，别的大事交代过来，也绝无问题。

可干事归干事，孙猴子还是关心自己的职级问题。一次喝酒的时候，孙猴子便问他的下属们："我这弼马温是个几品官衔?"

一帮属下这便笑了："弼马温啊，那还能有什么品级啊?"

猴子也笑，领会的却是另一层意思："没品，那就是说大到没边了（大之极也）?"

属下更乐了："大什么呀，这个级别，就叫作未入流，是最低最小的职位，只能叫来看马。"

这话够刺激了，可实际上孙悟空并未生气——当官要从基层做起，这个道理孙悟空也不是不明白，他在花果山管理团队的时候，也是让底下的猴子从底层做起，谁有能力提拔谁。

对孙悟空来说，真正令人苦恼的是属下对他说的这番话："这等殷勤，喂得马肥，只落得道声好字；如稍有些尪羸，还要见责；再十分伤损，还要罚赎问罪。"

这话什么意思呢? 就是说你再努力也是没有用的，顶多别人顺口夸赞你一句。可若是做差了，那可就是一身麻烦了。

哎哟! 本来悟空想好好养马，证明自己的能力，以后能升职加薪，可这句话，却彻彻底底让悟空断了这个念头。

若如此下去，你这花果山美猴王就永远在此嗅着马屁股，给人喂马，你愿意吗?

凭啥啊! 孙悟空这下立马就火了，我在底下好好地做美猴王有啥不开心，非要上天来给人家养马，最后还落一个臭名声。

登时间，猴子便变了颜色，一脚蹬翻了公案，耳朵里掏出根金箍棒，便打出南天门去。

这一出天庭，据说他就扯起了齐天大圣旗号，俨然要与天庭对抗，于是惊动天庭，派下托塔天王李靖与三太子哪吒，向擅自离职的"小科长"孙悟空兴师问罪。

问什么罪呢？第一是孙悟空下天庭的时候没打离职报告，属于旷工。而即便你打了离职报告，天庭都还没批准呢，猴子你怎么能私自跑路呢？完全不符合天庭政府的相关规定啊。要知道，玉皇大帝那也是按照规定来办事的，猴子你真的要辞去弼马温的职务，那就得以书面通知他的上司。

那么弼马温的上司究竟又是谁呢？古代养马的目的无非就是骑兵作战或是巡游狩猎，所以这差事就该归武曲星君管。猴子偏偏还就招惹了这顶头上司，接下来的剧情大家也就都知道了。

巨灵神：身为先锋官，他究竟有何能耐？

很快天庭便派兵下来了，说是要捉拿潜逃在案的前弼马温孙某某，而打头开路的先锋官，派头果然够"大"，以至于必须以更高数量级的"巨"字来形容，那便是巨灵神。

这家伙在《西游记》里的出场，是在孙悟空嫌官小奔下天庭之后，托塔李天王便点起天兵天将，就让这巨灵神做了先锋。按说这天庭大小神仙多得是，巨灵神能得李天王的看重，让他来做打第一仗的先锋官，也算是有些能耐了。

可事实上怎么讲呢？打个比方吧，就好比是打牌，没人一出手便上大怪，第一张牌总归是要试探对手的深浅。

巨灵神，实际上就是这么一张试手牌。

正是因为如此，当巨灵神摇摇摆摆下花果山之际，满天的神仙都拿眼睛瞄着，看这猴子究竟有何神通。

好吧，于是巨灵神这便抡着宣花斧，到了水帘洞外。只见那洞门外，许多妖魔，都是些狼虫虎豹之类，抢枪舞剑，在那里跳斗咆哮。这巨灵神喝道："那业畜！快早去报与弼马温知道，吾乃上天大将，奉玉帝旨意，到此收伏。教他早早出来受降，免致汝等皆伤残也。"

这一声吼，果然非比寻常，登时就把那些个狼虫虎豹给吓得跟小白兔似的乱跑，连叫带嚷："哎呀，不好了！祸事到了！"

于是孙猴子便拎着金箍棒出来了，彼此大呼小叫一番，巨灵神便冷笑三声，劈头就拿斧头砍将去。

诸位，这用斧头做兵刃，哪怕你是神仙，也显露出你的神通并不怎么样！打一比方，这就好比是梁山的李逵、说唐的程咬金，架势虽大，其实杀伤力有限。所以战场之上，很少拿斧头来做常规武器的。

结果这斧和棒，左右交加。云彩上诸多神仙看时，那身躯庞大的巨灵神已然被孙悟空"呔"一声，把斧柄都打做了两截，这巨灵神就只能急撤身败阵逃生。

自然这是神话故事，可是许多人读完之后忍不住便会问：这世上可真有巨人否？

神话里说有，譬如某国的巨人，便因为在东海边钓鱼，不小心把撑着地面的大海龟给钓起来吃啰，搞得这地面，到眼下依旧是西高东低。

史书上也说有——是真有，并非戏说。正儿八经的史书上就记载着王莽时代，有一个身高三米多、腰围达十围的巨人自己报名，说愿意帮王莽打仗。你问他是谁？他便是来自山东蓬莱的巨毋霸，一般车他坐不下，三匹马都拉不动他，没有办法，甚至要用四匹马拉着特制的大战车，这才总算拉到了京城。可是城门还太小，他进不来……

令人称奇的是，这巨毋霸不但个头大，还能控制虎、豹、犀、象等猛兽，估摸着也是这些动物看他如此巨大，也被吓着了。

可结果如何呢？这么一个巨人，到了战场上，面对刘秀的三千敢死队，居然就耸了。刘秀军队一冲，这老虎啊、豹子啊、犀牛啊，全"哧溜"跑得那个快啊，大象跑得略微慢些，加上身形又大，基本上就中乱箭，大叫大喊践踏死了好些士兵。至于那个巨毋霸，也不知所终。

实际上，巨毋霸就算是真，也起不了太大的作用，反正刘秀部队有的是刀枪箭弩，千百枝枪刺、千万枝箭射，任你是巨毋霸还是巨灵神，都是死路一条，反而因为目标大，躲都没处躲去！

中国如此，世界上的巨人痕迹就更多了。南美洲有巨大岩石人像，你必须从天空俯视才能瞅明白。英国也有长人石像，据说身高达80米，如巨神般凝视着大不列颠。尤其是那些史前巨石柱群，简直就是"巨人之舞"，很多英国人认为，就是当初的巨人，建造了这些巨大石柱。

老实说，人类的演变过程中，还真存在有一种巨大人种出现的可能。只不过难以适应地球环境，最终如恐龙一般消逝了而已。

中国人最推崇的孔子，也曾说巨人那些事。譬如《史记》便记载说：吴越大战那会，吴军得到了一根老大的骨节。吴国人说这世上哪有这样长的骨节呢？就去请教孔子。孔子说："当年大禹召集部落首领在会稽山开会那会，防风氏迟到，大禹便杀他以立威。而这防风氏有多高呢？单说他的大腿骨节，那就与车一样长啊！"

显然，这骨头就是防风氏部落的遗物了。那么，这巨灵神是不是就是防风氏的后代呢？哈哈，按神话的传承而言，似乎便是了！

哪吒：他居然不是中国小孩！他爹也不是李靖

话说天宫的花果山"维和行动"，第一天便遭遇挫败，偌大个巨灵神，居然被孙猴子三回合就打得落花流水。于是上头的"军事观察团"便发话了："老李，上哪吒！"

为什么上哪吒？因为巨灵神是以庞大面目吓人，归结起来就是个威慑作用，实际没啥本事。而哪吒却是个小孩模样，猴子见了他，自然不会放在眼里，可真打起来，猴子便知道了，这才是玩命的来了！

所以这哪吒，恐怕是《西游记》开篇以来，孙悟空遇到的最强敌人。一上场，他便化身三头六臂，好在孙悟空也会这一招，同样是三头六臂，两个便厮杀起来。

实际上，这一仗很难分胜负，因为孙悟空有七十二变与金箍棒，哪吒则有法宝——风火轮、乾坤圈、混天绫，但问题就在于这是悟空做主角的戏，哪吒不过是个配角而已。所以最后，自然是悟空偷拔毫毛化为本相，真身却绕到哪吒身后，偷袭得手。

这便来说哪吒了，小时候看这段故事，一直觉得很奇怪，因为李靖分明姓"李"，为什么他的孩子就姓"哪"？哈哈，这自然是小孩子的问题。可后来仔细琢磨琢磨，还真琢磨出问题来了。

好吧，那么咱就来说说，哪吒究竟是什么来头？

说哪吒是托塔天王李靖的第三子，源头其实在元代，一本《三教搜神大全》，说哪吒姓李，出生时，左手掌有个"哪"字，右手掌有个"吒"字，所以起名"哪吒"。因为下海捉龙抽筋刮鳞，惹下如此大祸，李靖就想杀了他以绝后患。于是哪吒割肉还母、剔骨还父。一缕灵魂却得了太乙真人收留，拿荷藕做骨骼，荷叶做肌肉，从而得以起死回生。

可这故事的诞生，已然是元代。更往前呢？其实唐代的《开天传信记》便已然提到了"哪吒"这个名字，只不过这个版本里，哪吒与李靖没半毛钱关系，在那个故事里，哪吒的父亲，居然是佛教里的毗沙门天王——也就是我们现在常说的多闻天王！

换句话说，哪吒根本就是什么中国小孩，他根本就是印度神话传说中的神明。

在佛教传说中，毗沙门天王与哪吒都是军中的护法神。甚至在唐玄宗时代，唐人作战前还曾祈求毗沙门天护持，作法之后，果然有金甲神将在城东北云层中打着鼓吹着号角出现，一连三天地动山摇，而敌军营中的弓弩，也都被老鼠咬断弓弦，再也无法作战，唯有悄悄溃走。

不过，毗沙门天王的第三子哪吒太子，只是常捧塔侍立在天王身边，却没说有什么能耐。

而在日本战国之世，在日本历史爱好者中颇有声誉的上杉谦信，他的战旗便是一面毘字旗，"毘"其实就是毗沙门天王的"毗"，上杉谦信被称为毗沙门天的化身，在当时的日本有"战神"之誉，一时之间，"毘字旗到，所向披靡"。

所以，长期以来，毗沙门天王都被视为军人的保护神。直到元明，才终于被托塔李天王李靖取而代之。而真正的毗沙门天王，便只好跻身在四大天王之列，被安排去掌管什么风调雨顺之职。

李靖为何能做托塔天王？这里头大有玄妙

那么问题便来了：这个李靖究竟有何神通？居然能做托塔天王，看上去在天宫的地位还颇高呢！而且最妙的是，老李一直托着那塔，以当时尚为小孩子的我而言，总觉得剧情紧张时刻他就会把那塔扔下来罩住花果山，包括孙猴子在内——可事实上一直没见着这场面！

那他为什么要拿一座塔呢？原来在印度人眼中，李天王的原型毗沙门天王其实又是财神爷，所以别名施财天。又是罗刹和夜叉的主管，谁要不服，就拿手里那舍利塔去罩住它，由此便来了个新名号，叫作托塔天王。

唐宋几百年，军队都把他当作保护神，专门造天王堂来祭祀他，遇到战事就祈求他的保佑。西夏、金也是如此，一直到元代，还把他的画像画在四个方向的旗帜之上呢！

可这些信仰，到了明代就不同了，为什么？你想啊，朱元璋把蒙古人都赶到草原上去了，你们神界还搞一个外来神仙做什么天王，甚至是军界保护神，这岂不是丢咱大明朝的脸吗？再说了，印度人打仗那可是稀里糊涂，从来没见他们胜过，他们的武神能靠谱吗？唐代随便去个小小使者，就把人家一国给荡平了。所以托塔天王，要么换个华夏军神来做，要么就干脆消失。

于是中国人便开始在历代武将中寻找托塔天王的最佳人选。姜子牙行不？按理说他挺靠谱。可事实是不行，因为他已然干了封神的勾当，后来又做了诸侯，忙得不行，没空管天兵天将这活。那么，关公和岳武穆行不？首先说关云长，明朝皇帝已然封他做了三界伏魔大帝神威远镇天尊关圣帝君，听听这职位，显然不可能屈尊下来做什么元帅。而岳飞呢，也做了三界靖魔大帝，和关羽属于同一级别。

所以这么一来，托塔天王的名位，最终便落在了唐初名将李靖的头上。

为嘛是他呢？这就得说说一个颇有意思的故事。隋朝权臣杨素府里头，有个丫鬟因为负责拿红色的拂尘，所以被称作"红拂女"。而那一天李靖便来到杨府，与杨素畅谈国家大势。红拂女恰在身旁，拿眼睛一瞄，这便和李靖对上眼了。当天夜里，她便找到李靖的住所，以身相许云云，这便相约私奔去也。

但李靖的故事，也就到此为止了。历史推转到宋元时代，《西游记》的最早作者群体便寻思了，这么多天兵天将，总归要有人来做元帅管着他们啊。而说神佛小说的人，往往又是兼说历史的，反正这两个行业都挺火，于是一凑合，得！就让红拂女的老公李靖来做这托塔天王吧，至于那毗沙门天王，你就专职做多闻天王，不要分心管那么多。至于原本是多闻天王的儿子哪吒，也一并划归李靖门下，做了李天王的儿子。只不过名字没改，依旧叫哪吒，要说他姓李叫李哪吒，那就是后世吃饱饭闲得没事做的文人干的事了。

可问题就出在封神榜那里，到许仲琳写《封神演义》那会，《西游记》的最后定稿作者吴承恩都已然过世了，老许该怎么写呢！说李靖就是托塔天王？可李靖是唐朝人，封神演义可说的是殷商的事，这里头差上千年呢！于是老许又发挥神奇的文学虚构能力，把李靖搬到殷商末年去，成了所谓陈塘关守将，如此一来，哪吒闹海的故事也一并搬去了商代。

所以，最终的托塔天王，便从一个印度护法神变成了中华好男儿，他的界别，也慢慢从原本的佛界人士过渡到了道教神仙界，成了玉皇大帝旗下的天兵元帅，而与如来无关矣！

但无论是《西游记》还是《封神演义》，托塔天王都失去了佛教传说中的威猛，也丧失了历史原型李靖的睿智，事实上，那便成了凡世间太多享受高官厚禄却无半点真本领的权贵之写照。

齐天大圣：名堂响亮，可实际上也就是从养马的换成管桃园的，能算提拔吗？

孙悟空闹下花果山之后，托塔天王和哪吒三太子虽然兴师动众，其实也没能将他搞定。也就是说不稳定因素依旧存在，那么怎么办呢？这时候太白金星便出现了，他的职权又是什么呢？其实就是奉玉皇大帝之命监察人间善恶，说白了，也就管着这人事的部分工作。如今他便对玉帝说了，你跟一猴子计较个啥，他不是要做齐天大圣吗？你给他做就是嘛！

玉帝挠耳朵啊，他说俺们天庭没这个职位啊，你叫我怎么给？太白金星这便乐了，猴子懂什么呢？它压根就不知道什么叫编制，你糊弄一个信封，随便写张非正式的委任状，再给他在天庭上造一座齐天大圣府邸，这不就结了嘛！

好！当下玉皇大帝便同意了，依旧派金星下去，出了南天门，降落到花果山下，说上层领导已经知道了，只不过做"公务员"那就是要层层考验的，从"办事员科员"开始，慢慢才升到"科长""主任""局长""部长"，你为何要这么急呢？好在我金星面子大，在玉帝那里为你解释了半天，终于说服了玉帝，这就授予你"齐天大圣"称号。

好嘛！瞧把这猴子乐得，当下就和太白金星又上了天。

按说这回还真了不得，玉帝这就派了张班和鲁班两个知名的"市政公司"，给猴子造了一座齐天大圣府，还拨了一堆人做相关工作人员，你说猴子那职位是虚的，这些工作人员可都是实实在在的"公务员"，一个叫安静司，一个叫宁神司，都是全额拨款的公务员单位，做"司长"的待遇。于是借孙悟空这个题目，天庭里的许多大小神仙又解决了待遇职级问题。

但问题是齐天大圣究竟是个什么级别、什么职位的官呢？

实际上，起初只是一个虚职，什么都不是。可后来有人便说了，这猴子没啥事就到处乱闯，恐怕要出乱子，还是给他安排点事做比较好。于是玉帝又让相关部门给猴子安排工作，什么工作呢？那就是管理桃园。

嘿！这其实就露出底子来了，孙悟空初上天庭，武曲星让他管马，现如今换了个名号，叫什么"齐天大圣"，可实际呢，是个管桃园的差使——从管天马变成管蟠桃，诸位想想，这能算是提拔吗？有人说，嘿！这蟠桃那可不是寻常的人间蟠桃啊，废话！那天马难道是寻常的人间小马驹吗？

所以，实际上猴子闹了半天，还是没获得任何提拔，在职位表上，无非只是个"科级干部"而已，甚至此前做弼马温还算是"公务员"编制，现如今都整成"临时工"了，只不过大家也学乖了，再没人跟他提这事而已。

好吗，自然是管马，现在是管桃子。实际上孙猴子折腾半天，不过是从"畜牧局"调到了"林业局"而已，而且依旧不是"正式工"，不过是临时安排的无编制、无薪水、无级别的"三无人员"而已。

于是孙悟空又来到蟠桃园，要说这桃园，正式工作人员也是有的，譬如土地公，那便是"房地局"的"公务员"，至于什么锄树力士、运水力士、修桃力士、打扫力士，那自然不是"公务员"，可毕竟也是"事业单位人员"，再不济也是个"正式工"，谁都比你猴子这临时工强许多啊。

不过，猴子还是挺高兴，为什么呢？此前养马，得闻马屁、清理马屎、给马儿洗澡，那多耗费体力啊！现如今呢？顶多给果树施点肥、杀杀虫而已，而且更重要的是，猴子最爱吃的，不就是这桃子吗！

那么猴子在这蟠桃园又做些什么呢？无非就是点点一共有几棵树，巡游一番看看有没有虫咬贼偷这种特殊情况而已。

所以孙悟空在这桃园究竟是什么角色呢？其实无非也就是个"门卫"或"保安"性质的"临时工"而已——要不然你以为呢？

正是因为顶着"齐天大圣"的旗号，干的却是"临时工""保安"的行当，所以王母娘娘开天界的神仙大会之际，也就没你孙猴子什么事了！

若是不问，孙猴子也就继续在这桃园做"保安"，可也是巧合，偏偏叫他遇上了王母娘娘派出来的大会工作人员七仙女，七仙女这便告诉他，神代会请的人可都不寻常，有来自西部地区的佛教界代表、东方的崇恩圣帝界代表、北方的玄灵界代表和南方的观音、中央的黄角大仙诸多高层人士。自然为了表现代表的广泛性，上头的八洞三清、四帝这些人，中层的八洞、九垒人士，底下的幽冥教主等等，也都会来参加。

好嘛，这事就来了。猴子心想，这么多人都参加，为嘛俺就没份了？——理由其实很简单，你压根就不是天宫的正式编制人员……

很显然，不管有没有想明白这件事，孙猴子都恼了，他要发飙了！

呵呵，可见孙猴子这时候的志向还真是很低浅。一直要到他跟随唐僧走了十万八千里取经路，见多了人情世故，这才慢慢领悟到什么叫作前程。所以，《西游记》的最终，他是在如来佛那里获得了一个"斗战胜佛"的职位，那才是真正的实职——"国防部部长"啊！

王母娘娘究竟是什么来头？玉帝的老婆还是老妈？

从前看《西游记》，最眼热的就是王母娘娘的蟠桃会，话说这蟠桃三千年一成熟，每一熟，王母娘娘便会大开寿宴。邀请各路神仙一块来聚首，打着是祝寿的旗号，行的是送礼的勾当，而这蟠桃，便是王母娘娘的回礼。

要说这蟠桃也确实神奇，普及款三千年一熟，人吃了体健身轻、成仙得道；中等款六千年一熟，人吃了白日飞升、长生不老；至尊版九千年一熟，人吃了与天地齐寿、日月同庚。

而那孙猴子，便是因为王母娘娘不请他，所以发了脾气，这就潜入蟠桃会会场，大吃大喝乱搅一通……之后，便有了天宫二度清剿花果山的剧情。

当年看这西游之际，司马就觉得好奇，常寻思这王母与那玉帝究竟是什么关系？有人说王母就是玉帝他妈，你瞅瞅"王母"二字，王就是玉皇大帝嘛，母就是妈，合起来答案不就有了吗！

嘿！这话听上去好像还颇有点道理。

可又有人说了，王母若是玉帝他妈，那就该叫"皇母"，如今叫"王"分明是小了一层，皇帝的大儿子立作太子，其余儿子便封王，所以王那妈，其实就是玉帝的老婆。

仔细一想，貌似又是这个说法有道理。

可真相究竟是什么呢？

首先来说王母娘娘究竟长什么样。据说周天子西游昆仑曾见过。而这周天子就是周穆王，自然那实在是个太过遥远的时代，许多记载都奇妙不可言。就拿这穆王来说，当年出土《竹书纪年》那会，还一块出来一本书，就是他的个人传记《穆天子传》。

《穆天子传》说的是什么呢？原来这周穆王还做过一次了不起的西域漫游，堪称最早的《西游记》。书中说他得到八匹好马，让造父做御者，驾着这豪华马车一路向西而去，行程九万里，越过漳水，北绝流沙。路漫漫其修远兮，一直来到昆仑山，见到了西王母。

有人说，连西王母都出来，这还能是真的吗？好吧，姑且当他是胡说。可是历代的学者，还都认真地研究，到了现代，历史学家还考证说，这个传说并不完全是虚构，主体来自西方一个叫"河宗氏"的少数民族传说，只不过后来被魏国的史官整理成一册完整的书而已。

至于里面的记载，有真有假，可谓历史与神话混杂。至少不妨可以这么说，周穆王或许真的有过一次不近的西游经历，他也许真的见到了西王母，只是这女人不是神话传说里那个不老仙姬，她，只是一个母系氏族部落的首领而已。

说透了，这事，其实就这么简单！

也就是说，王母娘娘既不是玉帝他妈，也不是他老婆，甚至连一点花边新闻都没传过。王母娘娘，正式的称呼是"西王母"，最早都不在天界，而是住在昆仑山上，长得也全然不是电视剧中和蔼慈祥的老奶奶模样，而是"其状如人，豹尾虎齿而善啸"，一口老虎牙，还喜欢嚎叫。

而与西王母相对应的，便是东王公，据说他与西王母"共理二气而育养天地"，但这是不是就说他们是夫妻呢？哈哈，自个理解吧。

那么，西王母究竟又居于何处呢？《三国志》的《东夷传》里引用《魏略》一段文字，如是说："大秦西有海水，海水西有河水，河水西南北行有大山，西有赤水，赤水西有白玉山，白玉山有西王母，西王母西有脩流沙。"

大秦，我们现在一般都认为是罗马或是东罗马帝国，罗马西边的海那自然就是地中海，河水难道是底格里斯河吗？赤水难道是尼罗河？流沙莫非就是撒哈拉大沙漠？

倘若真的如此，那么西王母就该是埃及女王了？

不敢胡思乱想了。

在周穆王驾着车子去昆仑山见西王母的时候，连道教都不曾有，更别提什么玉皇大帝了。所以，以资历而论，西王母真的要比玉皇大帝老出许多世纪，或许玉帝见了王母娘娘，称一声"前辈"倒是真的！

所以，当孙猴子偷吃了王母的菜肴之后，玉皇大帝这便真的怒了：你偷几个我家园子里的桃子吃，那也就罢了，毕竟你是猴，猴岂有见桃不动心的道理？可这是前辈西王母的寿宴，你也去搅了，那就不只是不给俺玉帝面子，而是不给整个天庭乃至于神仙界颜面了，好了，这一回，便真的要打花果山了！

第九章　蟠桃会！猴子真的被耍了

蟠桃！实际上是一个诱饵——引发孙猴子惹道佛两界众怒的预设事件。而这场事件的布局，从孙猴子被册封为齐天大圣那一刻便开始了！所以，猴子会大闹天宫，玉帝一点都不慌张，一环扣着一环，他全有安排。

看守蟠桃园！玉帝与王母联手设置的一场局

话说孙悟空打败了天兵天将，天界的诸神算是对花果山孙猴子的实力有了一定程度的理解，依旧是太白金星下去，来个二度招安，说是费尽口舌，终于说服玉帝，给了孙悟空一个"齐天大圣"的头衔。

于是猴子又上天去，这一回还真是搞大了，玉帝跟他说得好，今天就让你做个齐天大圣，官品级别已经到顶了，以后不许胡闹了。接着又找来张班和鲁班，造一座齐天大圣府给他住——可问题就在这齐天大圣府的选址上，那就在蟠桃园的右边。

大家伙都晓得猴子爱吃桃，你把猴子老家安在桃园隔壁，这是什么意思啊？大家都晓得有一种司法用语叫作"犯罪引诱"，这算不算？

可孙猴子还真是个好同学，上天做了齐天大圣，便整天里云游四海，见过三清、遇过四帝，更与那二十八宿四大天王混吃混喝，整日里以兄弟相称。

玉帝这便纳闷了：瞧你这猴子，桃园就在隔壁，你不去偷桃，整日和那些个闲散人员费什么劲？于是出动某真人，推举孙猴去做个桃园的管事。嘿！这不是愣要将老鼠往米缸里推吗？

孙悟空显然没想这么多，他毕竟是很实诚的一只猴子，还真以为玉帝对自己格外看重呢！这就欢喜谢恩，跑到园子里来接管。

要说猴子还真是很认真的管理人员，一进蟠桃园，他便查问桃树数量，获知总数是三千六百株，三千年一熟、六千年一熟、九千年一熟各占三分之一。

但这只是开头，没多久桃园的桃子便熟了，猴子毕竟是猴子，看了这么多桃子在鼻子底下，岂有不动心的道理？于是他便动了偷吃的心眼，书中说得分明："猴王脱了冠服，爬上树，拣那熟透的大桃，摘了许多，就在树枝上自在受用。吃了一饱，却才跳下树来……迟三二日，又去设法偷桃，尽他享用。"

从这些话中，我们也可明白，猴子一次是吃一棵树上的大桃，而频率是两三天偷一次，换句话说，园子里有一千两百棵九千年一熟的大桃树，猴子若是要把这些大桃全吃光，至少得花两千四百天以上。

再看后文，却分明说七仙女去采仙桃之际，几乎没看到有大熟桃，唯有一个半红半白，那还是孙猴子变的？难道说这孙猴，已然在这园子里待足了两千四百天以上？

别逗了！要知道，蟠桃园里可不是只有孙猴一人，还有那么多的土地、锄树力士、运水力士、修桃力士、打扫力士等等，难道这些人不会抬头看看，桃子哪里去了？

这里头必然有鬼。

而且，正是因为这个原因，玉帝才非要把这猴子弄来看园子不可，理由很简单，桃子没了，总归要有个罪魁祸首，而孙悟空恰好就是最合适的背锅侠！

那么这大蟠桃究竟哪里去了呢？咱往后翻，看到第七回《五行山下定心猿》这里，王母娘娘带着一班仙女出来，说要庆贺如来的"安天大会"，呦呵！大蟠桃立马又现身了，大家且看书中原文：

（王母）："前被妖猴搅乱蟠桃嘉会，请众仙众佛，俱未成功。今蒙如来大法链锁顽猴，喜庆安天大会，无物可谢，今是我净手亲摘大株蟠桃数颗奉献。"

真个是：

半红半绿喷甘香，艳丽仙根万载长。堪笑武陵源上种，争如天府更奇强。紫纹娇嫩寰中少，细核清甜世莫双。延寿延年能易体，有缘食者自非常。

好吧！大家瞧明白了，之前孙猴看园子那会儿一个都不见的大个蟠桃，现在又出现了。

王母笑了，七仙女也笑了，哭的唯有孙猴，但此刻他已然被压在了五行山下，不可能为自己辩解。

所以事实上《西游记》文字里已然说得清清楚楚，孙猴其实只是偷吃了一小部分，更多的，实际上依旧在王母娘娘手中，具体而言，可能是在孙猴下口之前，便已经摘取，或是用了什么隐身法儿，将大部分蟠桃隐没而已。

结果，便导演出如此一幕：孙猴被派去看桃（此时桃子应该还在）——孙猴偷桃（偷了一小部分）——大部分桃被隐没（孙猴打瞌睡，显然对发生的一切完全不知）——七仙女假装去摘桃——桃园没桃，孙猴偷桃事件暴露！

而这个时候，王母娘娘以及玉帝，便可以打着孙猴偷桃事件的旗号，通知天下各界神灵，譬如观音，譬如杨戬，又譬如如来，这些各界神灵，都是应邀来吃桃子的，但结果却是桃子没吃到，反而成了玉帝用来打猴子的免费义勇军。

但是，有一件事玉帝还是算漏了，那便是太上老君。如我们前文所述，孙猴子其实是老君制造，他自然比其他诸神更关心孙猴的安危，而玉皇与王母搞的这一个连环套，其实老君完全明白，只是不好说破而已。

那么怎么办？

老君自有办法。

大闹天宫其实不是你们想象那样——那是一场太上老君的局

话说道教兴起之初，最尊崇的就是太上老君，而且这太上老君也确有历史原型，说就是道家始祖李耳。他所写的《道德经》，虽然篇幅不长，却意味深远。以至于汉代道教兴起之际，他与他的《道德经》，便成了道教最重要的圣人与典籍。

而在唐僧取经的那个时代，道教更是因为太上老君的缘故，成为大唐的国教，老君被尊奉为"太上玄元皇帝"，甚至有这样的传闻，说武则天企图篡夺李唐之际，老君曾显灵降世，说武家娘子不可乱来，据传素来胆大妄为的武媚娘也因为这个缘故，不敢立武三思做自己的接班人，最后还是还政李氏。

自然，随着道教的演变，又出来元始天尊与灵宝天尊，与太上老君并为三清。所以到吴承恩写《西游记》那会儿，太上老君已然不再是独一无二的道教至尊。在孙悟空大闹天宫之际，他俨然成了天庭里的一个"离退休老干部"，什么事也不管，只是没事炼炼丹、抽空讲讲道而已。

孙悟空吃醉仙酒在天宫里胡兜乱闯那会儿，太上老君据说便不在家里，甚至满洞府的仙童仙将，也没一个在，走得那个干净，干吗去了呢？说是与佛教的燃灯古佛聊天去了，燃灯又是哪一位呢？便是佛教的三大主宰，如来主现在，弥勒主未来，燃灯便主过往。要说太上老君不在家里待着，去跟一个一般过去时的佛聊什么天呢？还居然不留一个人在家守着——不会是故意的吧？

猴子却不想那么多，七兜八转便来到了丹房，瞅见了五个装满金丹的葫芦，这猴子也不客气，拿起葫芦就往自己嘴巴里倒，跟炒豆子似的吃了个饱。

然而问题就来了，太上老君为何会不留一人在此看守，况且以他能知过去未来的修为，又何至于被猴子偷吃个正着。会不会是老君预先设下的一个局，就是大开门户，留着那几葫芦丹药给猴子吃呢？

　　看后文咱就知晓了，原来这些金丹的正经用场，是老君要给玉皇大帝开什么丹元大会准备的丹药，玉皇大帝又是什么人物呢？论起来，老君是三清之一，玉帝却是五帝之首，

　　老君若是对玉帝不满，那又会如何呢？搞只猴子来戏弄戏弄他，似乎也不错啊！

　　往下看便知道了，玉帝发兵二打花果山，让杨戬带着"梅山六怪"与孙悟空一场恶斗，这时佛界观战使观音便来了，瞅见猴子在底下还战斗不止，她便要拿瓶子去扔他——老君一看这女人忒狠了，瓶子砸猴子头上，猴子还不得头破血流啊。于是老君便提溜出一件法宝，叫作金刚琢，说这玩意啊，是俺当年化胡为佛时候用的。

　　诸位说话听音啊，老君面前就是观音，他却提起自己以前出函谷关，变化成佛祖模样教化域外之人那件事，这可是中国历史上佛道大战的一桩公案啊，可老君却就在观音面前显摆出来，那观音也只好装耳聋没听见。（佛祖要真是你老君随便一摇身变的，那这观音菩萨众人算什么呢？岂不是也是你的弟子吗？）

　　老君把金刚琢往下一丢，猴子脑袋上便被敲一下，满天神将折腾半天都搞不定的孙悟空，居然就在这一瞬间倒了（要说这一下老君可真是显身手了，后来佛祖摆平这猴子可费老大劲了）。

　　于是孙猴子便被五花大绑，拿斧头砍、用火烧、用雷劈，都无济于事。玉帝登时头大了，依旧是老君出来，说是交给他来办。

　　怎么办呢？那就是松绑推入八卦炉里头来个烧烤，可这炉子又与别的不同，有个位置叫作"巽"，是有风无火的位置，猴子就往那钻，结果风搅烟熏，搞出一对火眼金睛来。

　　老君能不知道这个理吗？他一天到晚就干这八卦营生，门儿清啊！一瞅猴子已然升级完毕，他便打开炉子，放猴子出来，哎呦！被猴子推一跟斗，这算不算是个苦肉计呢？看着远去的碳烤猴子，老君微笑："这下看你们如

何收拾这升级版的悟空！"

好嘛，这才有了孙悟空大闹凌霄宝殿乃至于电视剧镜头里出现玉帝在桌子底下穷极无奈的精彩戏份，而将这戏推到最高潮的，实际上正是老君。

"嘿嘿，瞧你们这帮怂人！"

这时候太上老君还有招收拾猴子不？哈哈，其实有的是办法，要知道老君手里自然有这几样法宝，刚才使过的金刚琢行不？行啊，要知道也就是在《西游记》里，后来便有一集，那独角兕大王（其实就是老君的青牛）拿这金刚琢，一下便把猴子的金箍棒收纳其中，就连五百罗汉一起出阵，扔了大把金丹砂，也全被他照收不误。试想眼下老君若是再拿这玩意出来，晃一下把猴子的金箍棒给收了，猴子还闹什么天宫啊？

不过金刚琢已然用过了，老君再拿出来似乎有些老套，可他手里道具还多着呢，什么七星剑、芭蕉扇、幌金绳、紫金红葫芦、玉净瓶，不说别的，单拿个葫芦出来，喊声"孙悟空"，猴子一答应，可不立马就被装进去了吗？

所以说，玉帝真有些心慌，可老君丝毫没有乱的道理。他之所以旁观，只有一个缘故，那就是要让那如来出来，让猴子试试他的深浅。

于是，玉帝真的去把如来叫来了。

好吧，这就是所谓大闹天宫的真相！

二郎出手！他为何与孙猴本领相似，原来系出同门

天兵天将围剿孙悟空，阵势看似大得不得了，可实际上也是个空摆的阵势，因为那二十八星宿五岳四渎实际上都是老君的人，所以只出工不出力，要不然随便出几个星宿，孙猴这便挡不住了。不信你看后面第二十回，那下界的奎木狼变化成黄袍怪，就能与孙猴打个平手，加上他那几个兄弟，岂有收拾不了猴子的道理。

二十八星宿显然是道教神仙，受了太上老君的吩咐，岂有为个有官爵无神通的李靖卖力的道理？所以大家卖力吆喝，却不会真的卖力打架。二十八

星宿如此，五岳四渎、普天星相其实都是这般，李靖能指挥得动的，便只有职级较低的九曜星官而已。

可是九曜星官为什么愿意卖命呢？原来他们也是佛界派来的，所谓"九曜"，其实是古印度天文历法的说法，直到唐代才传入中国——既然不是本土神仙，太上老君对他们的影响力自然要逊了许多。

但"九曜"虽然卖力，却神通有限，打不过已然吃了仙丹、法力升级的孙猴，结果一顿拼杀，被猴子打个七零八落。

老君这便笑了，这些印度神仙果然不中用（到此时为止，被孙猴子打败的托塔天王、哪吒、九曜俱为印度传入的神灵，只有一个巨灵神是本土出品）。

话说此时佛界代表观音已然到了，看到蟠桃会上居然没一个桃子与仙丹可吃，观音这就急了，为什么？如来马上就要来了，这无桃也无仙丹可吃的会算是什么会？

听说是猴子搞怪，观音立马就恼了，招呼她手下惠岸，其实也就是托塔天王的第二个儿子木吒（也叫木叉）下去摆平花果山。

这木吒自然也是来自印度佛教中的神灵，与太上老君无关。所以他这一出手，便使出了真本事了。

可究竟如何呢？事实却是印度人木吒也打不过孙悟空，五六十个回合之后，这惠岸便臂膊酸麻，不能迎敌了。连叫："好大圣！好大圣！着实神通广大！孩儿战不过！"这便结束了新一轮的厮杀。

报告到观音那里，观音毕竟是个见过大世面的，这便明白过来了。她明白什么呢？那就是这猴子有点真本事，而放诸这东西方，无非道、佛二字。既然猴子不是佛家的弟子，那就必然与道有关，何不以道驭道呢？

于是观音合掌启奏说，陛下啊，有个人你怎么忘了呀，那就是你的外甥二郎神啊！他可也算得上神通广大啊！

二郎神又是谁呢？《西游记》中却有一首诗，说他的来历：

斧劈桃山曾救母，弹打鈤罗双凤凰。

力诛八怪声名远，义结梅山七圣行。

心高不认天家眷，性傲归神住灌江。

赤城昭惠英灵圣，显化无边号二郎。

原来二郎神也是个傲气的人物，虽然论起来是玉帝的外甥，但实际上也没把天庭当回事，而是独自住在灌江口。

那么，他是佛是道呢？师父又是谁呢？

这就不得不去看《封神演义》，那里头倒是说清楚了，二郎的师父是玉鼎真人，而玉鼎真人又是元始天尊门下。那么元始天尊又是什么神灵呢？五斗米道的经典《老子想尔注》说得分明，老子一气化三清，也就是说，元始天尊、灵宝天尊、道德天尊这所谓的"三清"，其实就是太上老君一人所化。

若是按这个来讲，二郎神就是太上老君的徒孙，实际上与孙猴子完全出自同一门派。

事实上也真是如此，你看接下来这两人的战斗，几乎是如出一辙。二郎变身高万丈的巨人，孙猴也变成与他一般高，这法术便叫作"法天象地"，典型的老君派功夫。

接着呢，两人又玩变化，孙猴变麻雀，二郎就变饿鹰，孙猴变鸬鹚，二郎再变海鹤（海鸥）……总之是同门弟子，玩的都是差不多的花样。

之后的细节司马就不多说了。但讲一点，那就是这道门两弟子的来历，早在吴承恩的《西游记》正式诞生之前，便已经初现于元代杂剧之中。

那时，孙悟空演的也是二郎神的对手戏，而且还不是孤军作战，他还有兄弟帮忙，组成一个齐天大圣、通天大圣等人的"大圣组合"。

而更早而言，其实二郎神故事中的"梅山七圣"有个大头领袁洪，很可能就是孙悟空的原型。为什么这么说呢？因为这俩猴，都是补天石变化而成，用的兵刃也都是铁棍，而且都擅长七十二变，有不死之身。唯一的区别，大概就在于一个是猿，而另一个是猢狲。

《封神演义》中，有杨戬大战袁洪的剧情，说袁洪变一块怪石站在路边。杨戬运神光，定睛观看，这才发现袁洪化为怪石，于是马上变成一名石匠，手执锤钻，要上前锤那猴子。袁洪便化阵清风逃走。直赶上梅山，杨戬忽听得崖下一声响，又窜出千百小猴儿，手执棍棒，齐来乱打杨戬——这显然就是孙猴子常用的分身法，或是捏几根汗毛变的。

杨戬居然搞不过这群猴，只好化道金光下山，好在女娲娘娘及时降临，赐给他一幅《山河社稷图》。杨戬再回去找袁洪厮杀，大战一番，杨戬逃下山，袁洪紧紧追赶，不知不觉竟跟着他进入了《山河社稷图》，显出白猿原型来，看见树上仙桃，居然就跑过去大嚼，结果吃撑了肚子，等到杨戬再来找他算账之际，已然起不了身，就此束手就擒。

而到了姜子牙阵前，大刀砍下，猴子落下一颗猴头，脖子上便开一朵白莲花，一收一放又变出一个猴头来，其实这与《西游记》中孙悟空的神通也有点相似了。没办法，只好请姜子牙出来，拿红葫芦宝贝现身，钉住白猿身形，那宝物再一转身，白猿这才头落地。

在《二郎宝卷》中，孙悟空更与二郎神结下一番恩怨。话说天上的金童下凡，变成了书生杨天佑，云华仙女下凡与他私配成婚，生下杨戬。于是玉皇大帝便派人来镇压这一场私犯天条的事件，而奇妙的是，他居然不派天兵天将，而让花果山的孙行者来干这份差事（大概是要招安老孙，条件是老孙得先帮玉帝掩盖这个家族丑闻吧）。

结果后面的剧情便热闹了，孙猴子居然把云华仙女压在了太行山下，乖乖！不是说孙猴子你被压在五行山下吗？

末了，二郎神便寻得斗牛宫西王母，原来王母娘娘和玉皇大帝也不是一条战线。在西王母的帮助下，二郎神便劈开太行山，将老妈救出来，一转手，反而将孙猴子压在了太行山下！可这里还有疑问，玉皇大帝为什么要找孙悟空做这勾当，真是他闲得没事做，或者是要寻招安吗？再往前去，翻看晋代的《博物志》，这里又有故事了，说蜀山的南边高山上有长得像猕猴一样的怪物，身高七尺，能像人一样快步行走。而且这怪物还很色（像猪八戒），山下女人长得好看点的，就被他偷去，生下孩子就送到外公外婆家，但这些孩子没姓氏怎么办呢？就说姓杨吧，所以那个地方很多姓杨的人家。

啊呀！这个线索真叫人脑洞大开了。想起一件事，二郎神的外号叫"小圣"，孙悟空则是"大圣"，哎哟喂！这个世界可真奇妙啊。

宦官杨戬如何与二郎神扯上关系？

在这《西游记》中，二郎神其实并无姓名，我们今天之所以知道二郎神姓杨名戬，完全是因为后来的《封神演义》。而这杨戬，若是查究历史中的真实人物，只有一个，那便是北宋的那一位。

话说北宋末年，有两个太监一文一武，把持了朝政许多年，这两人，一个叫作童贯，另一个便是杨戬。所以，许多小说里都有杨戬的影子。譬如《水浒传》中，他便是害死宋江、卢俊义的幕后主凶之一。而到了《金瓶梅》里，他又成了西门庆的幕后老板。甚至在《二刻拍案惊奇》里，还有一个与杨戬相关的桃色故事。

许多人说，此杨戬非彼杨戬，这话是对的。可是真的没有一点关联吗？且听司马为君慢慢道来。

依旧是在北宋那会，宋仁宗曾封了四川某庙的"郎君神"作侯爵，他又是谁呢？官方文件里说得明白，那是秦国蜀郡守李冰的第二个儿子"李二郎"，想当年修建都江堰之际，就是这位李二郎，开凿江堰，据说是立下了大功。于是百姓为表示感恩，就将他作为神灵来祭拜。

而到了南宋，记载朱熹与其弟子问答的《朱子语类》还写着："蜀中灌口二郎庙，当时是李冰因开离堆有功立庙。今来许多灵怪，乃是他第二儿子。"

整个宋代，官方口径中的"二郎神"，其实就是李冰的儿子李二郎，没杨戬什么事。直到清朝雍正年间，当局还寻思儿子做神而老爸依旧是凡人，似乎有些不妥，于是把二郎神庙扩建为二王庙，李冰也做了个"敷泽兴济通佑王"。

按理说以治水英雄李二郎的功绩与地位，本不该有什么变故。可偏偏四川的老百姓又说，隋朝那会，有个赵二郎，正式姓名是赵昱，当年蛟龙在江中作怪，是他跳入水中与蛟龙大战，解救了四川百姓——据说这故事的作者就是大诗人柳宗元，可是细究下来，柳宗元压根就没干过这事，开先河者其实是宋代某"王先生"——所以这事，其实也就是宋朝人的奇妙幻想而已。

而这位赵二郎，也有官方认证。北宋的真宗皇帝，就曾封他做"清源妙道真君"。问题是这位"二郎神"姓赵，如何又会跟姓杨的搭上关系呢？这便与宋代的民间流传过程中出现的白字先生有关，证据是河南人也曾建过一座二郎神庙，说好就是祭祀隋朝的那位二郎，可是姓名却完全写错，成了"杨煜"。

怎么会这样呢？其实当时全国境内涌现了许多二郎神庙，都说是位治水英雄，能保证地方安宁、不受洪水侵害。可问题是二郎神究竟姓李、姓赵、姓杨？大家寻思反正也差不多，将就着办不就行了吗？

可是"二郎神"最终为何又会成了杨戬呢？

明代有一本《醒世恒言》，其中有一个故事叫作"勘皮靴单证二郎神"，说宋徽宗后宫有位美丽的韩夫人，因为身体欠佳，皇帝便让杨戬的家眷陪着散散心。据说这日便来到了二郎神的庙里，结果这一拈香朝拜，居然就出大事了！

什么大事呢？二郎神居然显灵了，说本神与你有仙缘，今夜某某时分，你在府中等候，本神会降临云云……

杨戬很快便知晓了此事，一想坏了，这是个江湖骗子啊，居然骗上了皇帝的女人，这胆子也忒肥了，于是立即设计将他捉拿。按说这故事到这里也就了结，无非是个儿童不宜的情色故事而已，可是在传抄流转之中就变化了，有人说那杨戬其实就是二郎神啊——这个变化实在是没谱啊！

可是不管有谱没谱，事实就是如此。在说书人的传抄中，大宋权宦杨戬从此就和大秦的灌口李二郎、大隋的赵二郎三合为一，最终走进《西游记》与《封神演义》，成了玉皇大帝的亲外甥"二郎神"杨戬。

西游背后佛道大比拼：究竟佛强还是道盛？老君拿出一个圈：试试？

　　这里且跳至《西游记》第五十回，此时故事已然说了一箩筐，唐僧师徒又到一座山下，依旧是唐僧肚饿难忍，叫猴子去化斋，而猴子也依旧画一个圈，让唐僧三人一马在圈子里候命——结果是唐僧耐不住饿，老猪也扛不住寂寞，于是三个人又闯出圈去，进入一座宅邸，看见几件纳锦的背心，老猪和沙僧一上身，便被捆住了手脚，一时间惊扰起来，魔王现身，问他们一个偷盗衣服之罪，将三个都捆起来，只等拿了猴头，一齐刷洗上笼子里蒸着吃。

　　孙猴子这时便回来了，与以往的剧情相似，这便找寻见魔王的洞穴，找那魔头算账——这一集的不同之处便显现了，魔头现身，拿出亮灼灼白森森一个圈子，"呼啦"一声，便把猴子的棒给收了去！

　　这自然是孙猴子从未见过的，他想的第一个应对之术就是上天找玉帝，发派下天王哪吒雷公一干人等去帮他擒妖，失败之后又找那火德星君与黄河水伯，可是热闹半天，也是无济于事。

　　猴子这下可真有些迷糊了，想了半天只想到"佛法无边"四个字，于是去灵山找那如来，这如来却笑笑，说这妖怪的神通我已知晓，只是不能说，若是说破了，你猴子说话没顾虑，到时候满世界乱传，反是把祸事惹到我这边来。

　　这里便让人看得迷惑，难道这如来也怕妖精搅扰他不成？显然不是，事实上，如来怕的是惹到了这妖精背后的人，也就是这圈子的主人太上老君。

　　为什么如来会如此说话呢？这实际上是有前因的。

　　咱往前翻到第四十五回，车迟国那一回，讲的便是和尚与道士的相争，孙猴子帮着和尚一边，灭了虎力、羊力、鹿力三个大仙（你固然可以说虎羊鹿三个是妖，但唐僧这边的猴与猪，又岂不是妖？所以，不论除妖平怪，只是佛道之争而已）。

　　再往前到第三十九回，乌鸡国那一回，主题就更是明确了，那国本不信佛，如来叫文殊菩萨去传教，按说你传归传，也不必污毁别教的清誉，可好个文殊菩萨，被国王捆起来丢在河水浸泡了三天三夜，便恼怒起来，派出自家的狮子变形成一个道士，把国王推落下井，足足泡了三年——好嘛！瞧瞧这佛家的小气劲，可小气也罢了，你家那狮子为什么要变形成道士来作怪呢？显然是抱着毁坏道家的声誉而来。

这些情节，老君自然明白了，这一回，派下自己的坐骑，拿了个圈子来套猴子的兵器，就是让你们晓得：道家不是好欺负的！别仗着你们是外国人就敢乱来！

于是，圈子一晃，如来佛那五百罗汉手里的金刚砂又全没了。

这是给如来看的，也有给猴子看的——圈子一晃，猴子你的金箍棒都没了，你自个回忆回忆，当初你大闹天宫那会，我可没拿圈子套你的棒子，要不然你的小命早没了。我只是轻轻一丢，把你后脑勺砸了一下。

这也是给天宫里玉皇大帝这一拨人看的，别以为在《西游记》里你是玉皇大帝，就真把自个当成道教世界的主宰了，要知道道教诸仙之中，历来就是把太上老君当作其最高神灵的，只不过后来才加上了元始天尊和灵宝天尊这两位，合起来叫作"三清"。前面更提到一种说法是这"三清"其实都是老子的化身，所谓"老子一气化三清"。

尤其在这唐僧取经的唐代，因为皇帝也姓李，老子更成了皇室的始祖，甚至有传言，说那武则天篡位之后，老君还曾显灵，不许武媚娘立武三思做后人，所以武周最后，依旧把皇位归还到李氏手中。

假如《西游记》真是以玄奘取经的唐代为蓝本，太上老君简直就是不可违逆的上帝。直到宋代，还有"太上老君混元上德皇帝"的尊号呢！

可问题是《西游记》的定稿是在明代，这个时候，印度本土的佛教实际上已然荡然无存，可在东亚却方兴未艾，明亡清兴之后更是如此，不论是蒙藏，还是东洋日本，佛教在这个区域之内的传播力显然超过了道教。

最典型的案例，便是元代全真教与佛教竞争的失败。这种关系反映在《西游记》中，便是道教世界的颓败，太上老君隐退，凭空捏出个什么都不是的玉皇大帝在前头乱搞，佛教的"四大金刚"摇身一变成了《西游记》的四大天王，还有同样来自佛教神话传说中的托塔天王，借了个中国人名叫李靖。

可虽然颓败，但《西游记》毕竟是中国人吴承恩写的，他的脑子里，多少混杂着道教的许多术语名词，与同样半通不通的佛理混合在一起，便组成了《西游记》中的佛道世界。

所以，《西游记》金兜洞这一集，实际上便是显摆太上老君的金刚琢有多少威风，以至于五百罗汉的金刚砂也全然无可奈何，最终孙猴还是得到三十三天外离恨天兜率宫，找见太上老君，老君这才哈哈一笑，说，哎呦！我的牛儿不见了，我的金刚琢也不见了。

孙猴子连忙诉苦，说你的金刚琢可厉害，把我的棒儿、罗汉的砂儿都给套了。老君更是得意，你以为这金刚琢就往日敲你脑壳那点本领吗？记住了，那时是俺放你一条生路，现如今，也还是俺放你一条生路。

于是结局便清朗了，老君在山峰上喊一声："那牛儿还不归家，更待何时？"这便收了金兜山的独角兕，那"金刚琢"便化了本身，居然就是穿牛鼻子的钩环——猴子，你可瞧好了，把你那金箍棒收去的就是俺家牛儿的这玩意，那能算个宝贝吗？

西游居然也穿越，有个宋朝人穿越到大闹天宫现场干了件大事

吴承恩写《西游记》那会儿，大概是在大明嘉靖年间。那时自然没有当下流行的穿越文学，可司马今天却要说一句，老吴也是会玩穿越的，而且玩得极为高超，几乎达到了大象无形的境界。

是否如此呢？咱且说《西游记》原文第十四回，题曰"心猿归正，六贼无踪"，这一回中讲唐僧在五指山下，听有人在山上乱喊，这便奇怪了，忙问身边的太保。太保说，哎呀，你别去管他，他就是一老猿，没事做喜欢吆喝两句"信天游"，唱得不好你就将就听听算了。没想到这便勾动了唐僧的好奇心，说这究竟是什么老猿？于是太保只好念台词，说这山旧名"五行山"，因我大唐王征西定国，改名"两界山"。先年间曾闻得老人家说：

"王莽篡汉之时，天降此山，下压着一个神猴……这叫必定是他。"

好！其实大伙都知道山上这神猴便是孙悟空，这里便有几条信息透露出来，第一是孙悟空大闹天宫最终被压在五指山的人间岁月，乃是公元12年左右，大概而言也就是西汉末年王莽篡夺帝位，建立了所谓"新朝"。

这里司马便要说个奥妙了。

那是在孙悟空大闹天宫的紧要关头，有个在天界不算太出名、现实中也少有人知的神仙出场，因为名号不大，所以大家甚至都忘记了他的存在，这个神仙，虽然名望低微、地位更不高，可一出手，居然就扛住了孙悟空的发疯乱打——要知道此前巨灵神、哪吒这些大腕级别的神仙都扛不住老孙这一棍子呢！更何况猴子在炉子里几乎被烤昏了头，正处癫狂之中呢——按理说战斗指数该是翻了几个跟斗呢！

所以灵霄宝殿里各位大神上仙都躲起来了，可就是这个不出名的家伙，硬是在这个关节上，跳出来扛住了孙猴子的金箍棒！

哎呀！这个真不得了！也正是因为他的硬扛，才给玉皇大帝争取到了宝贵时间，赶紧搬了西天如来佛祖过来帮忙。

问题就在于：这神奇的硬汉是谁呢？他又是如何炼成这无上功夫的呢——现在司马就来为大家揭晓这答案：这硬汉，乃是从宋朝穿越到王莽时代的王某某！

有人这便笑了，《西游记》岂是穿越小说，不要乱扯。

司马这便拿出证据来，先是《西游记》第七回《八卦炉中逃大圣　五行山下定心猿》原文：

那猴王不分上下，使铁棒东打西敌，更无一神可挡。只打到通明殿里，灵霄殿外。幸有佑圣真君的佐使王灵官执殿，他看大圣纵横，掣金鞭近前挡住道："泼猴何往！有吾在此，切莫猖狂！"

后面还有一段词讲他们的恶斗：

今日在灵霄宝殿弄威风，各展雄才真可爱。一个欺心要夺斗牛宫，一个竭力 匡扶玄圣界。苦争不让显神通，鞭棒往来无胜败。他两个斗在一处，胜败未分。

　　看见没，一个小小佐使，居然就挡住了齐天大圣孙悟空，他是谁呢？《西游记》说他是王灵官，那么老王究竟又是哪个呢？

　　司马这就搬出记录明朝历史的正式史书《明史》来，其中有这么几个字，说这老王，全称叫作"玉枢火府天将王灵官"，详细简历还是要看那时候的神仙传记，那个就说得一清二楚了，老王原来叫王恶，曾经是个吞吃童男童女的恶神——诶呦，这个就令司马想起《西游记》里说过的一个妖怪，叫作灵感大王，专门在通天河作怪，以至于当地百姓不得不拿童男童女去献给他。

　　但王恶毕竟不是灵感大王，或许是灵感大王的原型，因为与灵感最后被观音收服相似的是，老王到最后也是被一个道家子弟（据说是第三十代天师的弟子萨真人，详细咱不去说他了）收服，用的是一种飞符火焚的手法，结果就把老王烤成了火眼金睛——这会不会就是孙悟空火眼金睛的来源？

　　而后来呢？据说这老王就改邪归正了，萨真人再来瞧他，嗨呦，这就真好了，整整十二年，竟没犯一件错事。萨真人这便说了，老王你既然改好了，那就不能再叫王恶，叫王善吧！而且推荐他做天庭的雷部灵官，这也就是《西游记》中王灵官的由来。

　　可问题是，这老王究竟是何时改邪归正的呢？

　　《明史》便又一本正经说了，这老王，曾在宋徽宗那时代做了萨真人的弟子，而那萨真人呢，又是宋代道教名人林灵素的弟子。

　　这就得又说一说林灵素了，他又是何等神通呢？原来他是温州人，小时候做过和尚，还曾在苏轼门下做过书童——哎呦喂！苏东坡实在是不得了啊，门下的书童都不是一般人啊，高俅那家伙也曾做过苏东坡的书童啊！

　　据说苏东坡还曾问过林书童的志向，小林说："那些个人整日里想着生封侯、死立庙那种事，感觉很了不起似的，算什么呢？我就是想做神仙……"

　　看来这又是一个有志者事竟成的例子，因为很多人说，林灵素后来真成神仙了。宋徽宗把他当活神仙，某日，他和皇帝在太清楼喝茶，看见刻着苏东坡名字的元祐奸党碑，林神仙立马就下拜了。皇帝奇怪了，说道长你做甚？林神仙说，诶呀，陛下你不知啊，这几人都是天上星宿下凡啊，据说他这就作诗一首，云："苏黄不作文章客，童蔡翻为社稷臣。三十年来无定论，不知奸党是何人。"

自然，这样的态度，使他与蔡京结下了大仇。所以后来林神仙就跟皇帝说要回山炼丹去了，甚至还曾发出预言，说："国难将至，请迁都避之。"

这样一来蔡京就得意了，说林某人危言耸听，结果林灵素也不再多言，辞职回温州山中修道。

据说他死于1119年，八年后预言实现，金国南下，徽宗被俘，北宋灭亡！

末尾再说一句，孙悟空五百年前大闹天宫那会儿，人间王莽篡权，有个汉朝将领自杀身亡，他的儿子便是后来的东汉大将吴汉，而更令人吃惊的是，这名自杀的将领的名字就叫作吴承恩，天哪！信息量真的好大，快hold不住了……古人有云：天机不可泄露，司马不能再多说了，就这样吧！

如来佛的五指山！究竟有多厉害？

好了！话到这时，太上老君便把惺忪的睡眼睁开了，因为解开一个问题的时刻到了，那就是打他西去化胡归来之后这些年，佛教的实力究竟增长到了什么程度？

这，就是老君最关心的问题。自然，要解开这个问题，最简单粗暴的解决办法就是老君卷起袖子和如来佛玩一回相扑——但显然这种形式不雅，那就看看如来佛如何对付这猴子吧！

眼瞅着，如来这便来到了孙猴子闹事的现场。

如来：悟空，你究竟为什么来闹事啊？

孙猴：玉帝住这个房子已经很久了，我现在没房子，想在这里也住住。

如来：悟空啊！你这个要求很过分呀——要知道玉帝也是等了

十二万九千六百年、苦历过一千七百五十劫，那才解决住房问题的！岂有马上搬出来给你住的道理？

于是最终，如来就和孙猴达成某个协议：如来摊开右手掌，孙猴若能一筋斗翻出去，就算孙猴成功；可若是翻不过，一切就此免谈。

后来的情节，大家便都知晓了，猴子一个筋斗云翻出去十万八千里，直至天边，他看见五根肉红柱子，便在柱子上写了"齐天大圣到此一游"的字样，又撒了泡尿做印记，自以为大功告成——没想到回来一看，自己依旧在如来手里，急着纵身要再来一遍时，如来便翻掌一扑，把他推出西天门外，五指化作金木水火土五座联山，也就是所谓"五行山"，轻轻把他压住。

过一会，也就是巡视灵官来报，说孙猴子把头伸出来了，如来又拿出一张帖子，上面写着"唵嘛呢叭咪吽"六字真言，什么意思呢？其实就是谐音："俺把你哄了！"贴在山上，哎呦！这下猴子可真动不了了。

但这究竟是怎么回事呢？为什么如来的五个手指头就能压住孙猴子？还有，如来既然用五指压住孙猴，之后的他不就该是个独臂神尼了吗？

事实上，这如来佛祖用的不是佛家神通，而是道家的力量，那就是五行，实际上压住猴子的五指，不是如来的五个手指头，而是天地之间的五行力量——金、木、水、火、土相生相克的力量，将孙猴按入地面之后，更能从土地之中绵延不断地吸取五行之力，形成一种自动循环的系统。而此时，如来真身的五指便从容收回，该吃吃、该喝喝！

而这么一来，在远处旁观的太上老君也不好说什么，因为如来用的不是佛家的本领，而是道家五行的原理，制服了孙猴。严格说起来，如来是在向老君示好。

好个如来！实际上，他也知道孙猴还没服帖，所以此后的五百年中，他找来一帮毛神，如土地山神、五方揭谛。山神土地实际上是道教中的"基层干部"，而五方揭谛却是佛教中五方守护的大力神。实际上，这便构成了佛道联合的监视团队。

接下来五百年中，这个联合团队对孙猴做了些什么呢？书中说得分明，那就是给猴子喂丸子与汤汁，貌似听上去还不错，但实际上，这丸子是铁做的，这汤汁就是熔化的铜汁，说实在的，这其实就是在折磨孙猴，要他早日放弃抵抗的意念。

可实际上，当初孙猴子质问如来：为何那个人能做玉帝他却不能？这样一个问题尚未解答，于是，咱来下一篇。

猴子问为啥他能做玉帝？如来说这个要从三叠纪恐龙那会儿说起

这回司马就与大家说说这玉皇大帝，为什么说他呢？这就源自小时候看《西游记》萌发的一个问题："托塔天王、哪吒、巨灵神都得听这玉皇的，甚至太上老君、如来佛都很给他面子，究竟这玉皇大帝是什么来路啊？"

而人世间的帝王领袖，多半会有一部书写他的由来。譬如刘邦，据说就是他妈某次单独外出，在一个"大泽之陂"小睡片刻，结果梦见一男人过来，说自己是神仙下凡，然后一阵云雨，便有了刘邦。

那么，玉皇究竟又是如何来历呢？据说猴子也曾问过这个问题，而如来的回答是这样的："你这猴子太不知好歹，玉皇他打小就修炼，整整历练了一千七百五十劫，每劫该十二万九千六百年。你算，他该多少年数，方能享受此无极大道？"

好嘛，这个数字有点大，容我慢慢算，哎呀，毛估估也有2亿年吧，那就是中生代的三叠纪，三叠纪是爬行动物和裸子植物的崛起时代，那时已然有一些恐龙诞生，玉皇大帝既然最早出现在那个时代，在空中，那就该是条翼龙了。

这里头又来新故事了，说的是许多个世纪之后，这翼龙便转世投胎做了一个人，叫作张友人。那时节，估摸着他已经完成了一千七百五十劫的修炼，出现在那个时代，便成了姜子牙身边的一个小跟班。

哎呀，话说这个时候姜子牙正在封神，张友人以及一大票人等了半天也没等来封他做什么神仙，就有些着急了，出来问这老姜："这玉皇大帝是封谁做的呀？"一大票人就在那里穷嚷嚷。

姜子牙这就不高兴了，他说：玉皇大帝谁来做，那自然是有人做的，着什么急啊？

姜子牙的意思是有人做的，其实就是指自己要做。可台底下一众人胡乱寻思，说是"友人"做玉皇大帝，好嘛！这就把翼龙投胎转化而成的张友人推上了舞台。等姜子牙反应过来，那张友人已经正襟危坐，升天为君了。

话说这"玉皇大帝"自然是道教的神仙，在唐僧取经那时代，道教的首席神仙还不是玉帝，而是老子（也就是太上老君），可发展到宋代，那宋真宗说是做了一个梦，说有玉皇大帝的使者下凡，嘱咐他"善为抚育苍生"，于是宋真宗便尊奉"玉皇"做"太上开天执符御历含真体道玉皇大天帝"。换而言之，到这个时候，玉皇大帝才正式上台，成为天庭的主宰。

自然，为了听上去合理，某些道教方士还编造了一个故事，话说光严妙乐国的王后，梦见太上道君驾五色龙舆从天而降，手抱一婴儿，婴儿身上毛孔放出百亿光，照耀宫殿。王后满心欢喜，长跪迎接。醒后便觉有孕，正月初九日午时生下王子。这王子后来便潜心修道，经历劫难后，炼成神仙，叫"清净自然觉王如来"——这个真没谱啊——再修炼一番，便成了玉皇大帝。

好吧，不论如何，到明清这个时候，玉皇大帝便已然君临天庭许多年，所以在此时写成的《西游记》，也就很自然地把他当作了孙悟空大闹天宫的苦主。就《西游记》这本书而言，玉皇大帝实际上不仅仅是道教界的至尊，而更看上去像是道佛两界都认可的神界至尊。正因为这个缘故，他的天庭编制里，既有道教的星宿、天师，也有佛教的金刚、天王。而道家的真正主人太上老君，住在三十三天离恨天兜率宫，佛家的如来，则住在西天灵山雷音寺。

如来佛为何不杀死孙悟空？原来猴子与佛亦有渊源

如来与孙猴子的这一场大战，固然有欺骗的因素存在，可是纯以神力论，猴子显然与如来不是一个等级，佛要灭猴，那简直就是分分秒的事。可为什么如来不杀死这猴子呢？

答案便是猴子与佛亦有渊源——在这一回里，且听司马为大家说说猴子与佛的故事。

且说这佛经中，有一种《本生经》，那是个什么经呢？其实就是佛和弟子们在过往岁月中，转世修行的故事。

其中，便有释迦牟尼做猴子的故事，书名便叫作《猕猴王本生经》。猴子在梵语里，念作"沫迦咤"。大家也都知道，猴子这动物玩心重，所谓轻浮躁动，常干出捡了西瓜丢芝麻的勾当，所以在佛经中，就常用猴来比喻凡人的妄动。

佛家又常说人有六根，所谓眼、耳、鼻、舌、身、意，而在佛经之中，又常用狗、鸟、蛇等东西来比喻这六根。而其中的"意"，又常用猴子来比喻。

所以，猴在佛经中常常出现。更有所谓"六窗一猿"一词，说的是众生的心啊，就好像猴子那样一歇不停。

印度神话中，有一只叫作"哈奴曼"的猴子，据说也是神通广大。一些人据此认为，它便是孙悟空的原型。

小时候我们曾听过一个再熟悉不过的故事，叫作"猴子捞月亮"，其实也来自佛经。佛陀跟诸比丘说，其实你们这些比丘，前世就是那些猴啊！猴王看见月影，就以为月亮掉入井中，招呼猴子们一起去救出月亮，以免长夜黑暗。于是用尾巴彼此相连，下井捞月，可是如何呢？结果无非是全部落入井中而已。

而这猴王，据说便是释迦牟尼的对头提婆达多，而与它一起落水的猴群，便是曾经对提婆达多奉信不已的罗汉们。

佛经中还有关于猴王的一个故事，说有一猴王，曾带着五百猴子在山中过日子。可这一年，天气实在是太干旱了，以至于山中无果，猴子们眼看就要饿死。猴王便带着一群猴子去国王的园林里偷吃王家水果。

哎呀，国王的水果岂是几个野猴子能吃的？立马就有人来包围，要把猴子一网打尽。这时猴王便说了："我是你们的王，事先未曾考虑清楚，便领着你们到这里来，终于有此困局，这是我的责任，所以我一定会负责！"

于是让猴子们分头找来一大把藤须，这就捏拢成一条长绳，一端拴在果园的大树枝上，一端则绑在猴王的腰间，而后猴王飞跃到河对岸的大树上，两手紧紧抓住树枝，架起一座藤桥，让猴群得以逃生。

但这猴群拢总有五百只猴，全部逃生之后，神勇的猴王自然筋疲力尽，这就松手坠落。国王带着侍卫来看时，只见这大猴子倒在地上，已然是奄奄一息，登时大吃一惊；查明缘由之后，更深为感动，说这猴王只是一只畜生而已，居然能为了同伴而牺牲自己，如此胸怀，人何以堪？

而这舍生取义的猴王又是谁呢？其实，据说那便是释迦牟尼的前世，这国王便是阿难，而那五百只猴，便是五百罗汉。

佛与猴既然有此因缘，那么当如来看见这敢于大闹天宫的孙猴，显然就有了收为己用的念头。所以，才会采取变化五指山压你五百年的手段，压，是一种手法，目的就是杀杀你的傲气，让你知道天外有天，你那几下子不过是初级水准而已，甭以为真有多厉害。

如此看来，佛的收人本事确实是高出玉帝一截。玉帝收人，那是直接给官做。结果孙悟空便嫌这官小，闹将起来。而佛呢，先压你五百年，再让你走十万八千里，打怪除魔好不辛苦，最后才给你个斗战胜佛来做。事实上，这斗战胜佛能比齐天大圣大多少呢？可是猴子偏偏就安稳了，为什么？这是千辛万苦换来的呀！

第十章 出发！老老实实打怪除妖去

被压在五指山下的孙猴子，到此时方才明白天有多高、地有多厚、如来有多么会耍手段，可这时的他已然没有后悔的余地。好在五百年后，机会来了，唐僧去西天取经，需要一个打怪除妖的徒弟（实际上就是保镖），于是，猴子便重出江湖了。

问题是，这西行路上的妖精，却也不是那么好打的！

紧箍咒：猴子究竟在害怕什么？

话说这孙悟空，自五百年前大闹了天宫，便被压在这五指山下，这一天听闻远处有人在嘀咕什么长老取经话语，他便欢喜起来，大叫："我师父来也！"他这一声叫喊如雷，登时便吓得唐僧痴呆惊慌，好在帮他带路的刘太保是识货的，他说曾听老人家说过，王莽篡汉之际，天上降落下这座山来，底下就压着这个神猴。

于是刘太保带唐僧到山底下，就看见这"五百年前孙大圣，今朝难满脱天罗"，而后唐僧便到山顶，将那如来的六字真言揭下。这便地裂山崩，猴子脱身出来，这便对唐僧拜了四拜，成了唐僧的第一个徒弟。

自然，这便是那大闹天宫的孙悟空，谁都知道这是个天不怕地不怕的主。你一个手无寸铁之力的凡人，又如何拿捏得了他？结果，没多久这猴子便与那和尚争执起来，一气之下，便使个筋斗云，奔东海龙宫去也。

　　这时候观音便出现了，她变化成一个老妈妈，送给唐僧三件礼物：一领绵布直裰，一顶嵌金花帽，最关键的则是第三样，那便是一篇咒儿，唤作"定心真言"，又名"紧箍儿咒"。

　　"你可暗暗的念熟，牢记心头，再莫泄漏一人知道。我去赶上他，叫他还来跟你，你却将此衣帽与他穿戴。他若不服你使唤，你就默念此咒，他再不敢行凶，也再不敢去了。"

　　这便是佛界赐给唐僧的一张王牌，孙悟空纵然本事再大，你一念这咒儿，他便会头痛，自然也就服从了。

　　后来的剧情果然如此，孙猴子出去晃荡一圈，回来看见唐僧这绵布直裰与嵌金花帽，便喜欢上了，这就穿戴整齐。于是唐僧便开念了——孙猴子自然头痛起来，他用手抓、用金箍棒变个针儿挑，居然都无济于事。

　　这下唐僧便发威了，他说猴儿你还敢不敢再胡闹了。猴子口里答应说不敢了，心里却恼火得很，把那针儿晃一晃，碗来粗细，望唐僧就欲下手，慌得长老口中又念了两三遍，这猴子跌倒在地，丢了铁棒，不能举手。

　　猴子这下明白了，唐僧一定是得了某位神佛的赐宝，所以才有这咒儿来念。于是他这便问唐僧：是哪个多事的家伙来教了你这玩意？唐僧毕竟是个好和尚，老老实实说是个老妈子教我的。

　　天底下岂有这等老妈子？孙猴子随便一想，就料定是那个观音了，在猴子想来，你叫我保唐僧去西天，我已然答应你了，你居然还不声不响弄个紧箍咒来为难我，这未免也太过分了。

　　于是，猴子便扬言要上南海打观音——自然，这也只是说说而已，唐僧都说明白了，这咒语本身就是她教我的，她又如何会不知，你还犯傻，自个送上门去，到那会儿她念将起来，你这猴子还能活得了吗？

　　这话，就点中了猴子的命脉了。为什么这么说？此时唐僧虽然念经把猴子给制服了，但猴子要真有心害他，寻个他打瞌睡没防备的时刻，掏个金箍棒出来便能把这和尚给打没了。可问题是会念紧箍咒的不是唐僧一人，你把唐僧害了，到时候观音来找你算账，一顿紧箍咒乱念，你猴子可就惨啰！

孙悟空明白：这下可真是铆牢了，没别的选择，只能老老实实、安安稳稳地扶持唐僧去西天，帮他一路打怪，千万不能有怨言，要不然，准没你的好。

可道理虽然明白了，猴子的情绪却难平，所以在接下来龙马那一回，他便扯住了前来解难的观音菩萨不放，说俺实在是不想去了，去西方的路这样崎岖多难，你让俺保这个凡人和尚，要什么时候才能到达啊？像这样多危难多折磨，连俺老孙也受不了啊，不去了，俺实在是不想去了！

这哪里行呢？可观音似乎也不能纯拿紧箍咒来压制他，只好跟他说好话，说你现在护送唐僧去西天，就好比你当年尽心修炼道法一样，那无非就是一种修行。况且，这一路上，若是真遇上了危险难以解决的时候，我也有办法帮你。

什么办法呢？观音这便到自家那瓶子里，摘下三个杨柳叶，变做三根救命的毫毛，放在猴子恼后，说是无济无主的时节，可以随机应变，救得你急苦之灾。

好嘛，给唐僧一套衣帽加一串紧箍咒，给猴子呢，三根救命猴毛。这就算搞定了——可这猴毛后来孙悟空究竟用了没有呢？还真是用了。就在金角银角大王那一集，孙悟空被装在阴阳二气瓶里头，无法逃脱，连孤拐都被火烧软，落泪伤心之际——要说这猴子掉眼泪还是难得一见，也就在这危难时刻，他想起那三根救命毫毛来了，拔下来一根即变作金刚钻，一根变作竹片，一根变作绵绳。扳张篾片弓儿，牵着那钻，照瓶底下飕飕地一顿钻，钻成一个眼孔，透进光亮，喜道："造化，造化！却好出去也！"才变化出身。

所以，这小小三根毛，实际上作用也绝不小于那紧箍咒语。

论武力与孙悟空单挑打平，论品味根本就不屑唐僧肉，这妖怪是谁？

《西游记》上的妖怪，要么贪图唐僧肉，说是吃了可以长生不老；要么便是看中唐僧的一表人才，想要留他在洞中，来一场人妖情未了。这两种妖怪，其实都是想要唐僧的肉身，那么有没有第三种妖怪，既对唐僧的肉和人都不感兴趣的呢？

今个就来说一个爱收藏的妖怪，此怪在《西游记》中没什么特殊名号，无非就是一头黑熊怪而已，他的巢穴在那黑风山黑风洞，若按地望，那就该叫黑风大王。可偏偏人黑熊又典雅得很，不用这俗气名字，在书中写给另一妖怪的信中，他自称"侍生熊罴"，"侍生"又是什么呢？原来就是明清时代官场晚辈对前辈的自称，那时候翰林院里头新入馆的，都自称"侍生"，甚至地方官去拜访一些素有名望的乡绅，也会用"侍生"的谦称。

说这些什么意思呢？那就是这熊怪，绝非什么贪吃贪色的寻常妖怪，他是有知识有能力的，也懂规矩知文雅，用一句流行语来说，这黑熊是个有品位、有气质的优雅妖怪，虽然长得黑且丑。

不但是有品位，这黑熊怪能力也颇强，你看孙悟空初次找他之时，很是费力地把自己吹嘘了一通，说自己如何求师问道学到一身本领，又如何大闹天宫，而今保护唐僧去西天取经，你知道我厉害，那就该老老实实交出袈裟以免挨打云云。

可未曾想黑熊不听还好，一听倒笑了，原来你就是那弼马温啊！言辞之中完全不把孙猴子放在眼里。登时便惹恼了猴子，当下舞起金箍棒与他厮打。

按理说你猴子既然如此厉害，那就该三两棒把这黑熊打个稀巴烂，验证你确实是了不起。可事实又如何呢？事实就是无名的黑熊拿一支无名的红缨枪挡住了不得了的孙悟空手中那了不起的金箍棒，十几回合下来，就是不分胜负。而且打到一半，黑熊说，小孙，俺要吃饭去了，立马便虚晃一枪走人，孙猴子想不放人都不行。

事实上黑熊真没拿猴子当回事，回到洞府，一边安排宴席，他一边写起了请帖——这简直就是目中无猴啊。

按说这黑熊精也是妖怪，他所住的地方应该是阴风凄雨，就好比这山名黑风山一样，可是在《西游记》中，这山却"是座好山"。吴承恩还写了如下诗词：

万壑争流，千崖竞秀。鸟啼人不见，花落树犹香。雨过天连青壁润，风来松卷翠屏张。山草发，野花开，悬崖峭嶂；薜萝生，佳木丽，峻岭平岗。不遇幽人，那寻樵子？涧边双鹤饮，石上野猿狂。蠢蠢堆螺排黛色，巍巍拥翠弄岚光。

待孙悟空打上门去之际，看见门上有一副对联，上写："静隐深山无俗虑，幽居仙洞乐天真。"于是老孙也忍不住夸赞了一句，说这妖怪其实"也是个脱垢离尘、知命的怪物"。后来观音菩萨下凡来帮老孙捉妖，居然也赞这地方好，说这孽畜占了这座山洞，实在是也有些道分。

《西游记》中但凡景色的描写，大抵都与人物有关，似后来的白骨精那种妖精，便十足阴森，没这般好山好水。所以在这边称王的黑熊精，似乎也很有一股仙气，与庙里的老和尚是好朋友，见他着火还赶急着要上去救一把。对放在眼前的唐僧，似乎也没什么大兴趣，至少没一点要吃唐僧肉的意思。

而当变化成金池长老的孙悟空上门探底，结果身份暴露之后，这猴子与黑熊又大战一场，从洞口打上山头，从山头杀在云霄，一直打到日落西山。这一回可不是短兵相接，而是真正的棋逢对手，可依然不分胜负。

遇上这样的实力派对手，孙悟空真是没辙了，他只好去找观音。而那观音也不硬来，而是变化成黑熊的道友，让猴子变作仙丹，骗黑熊吞下，这才将他制服——黑熊肚子痛，自然无法动手。于是观音立即拿出一个禁箍儿，给他戴上，到这个时候，观音才真正制服了老熊，其实就和当初让唐僧拿紧箍儿给猴子戴上是一个缘故——对手太强，不戴箍儿不念经没办法制服。

好嘛！到这个时候，黑熊终于没辙了，观音也有自家的小算盘，她算计着珞珈山后还没有看管，想让这熊怪去做个守山大神。要说这黑熊本事不小，结局其实也真是《西游记》里最好的妖怪了，不但不死，还得了份观音后山负责人的工作，好歹也是个"科级干部"了，如此好造化，也难怪许多妖怪要羡慕这老黑。

可为什么观音会相中这黑熊呢？实在是因为这老黑根基好，唐僧肉摆在他面前他不吃，却一眼瞅中这袈裟，这就是与佛有缘啊，而他自身的修为也实在不错，连大闹天宫的孙猴子都只能与他打成平手，这样的妖怪，在《西游记》中能有几个呢！要知道后来许多妖精能与猴子抗衡，都是凭借手中的宝贝，敢于直接与猴子单挑而不落败的，貌似也只有这熊与后来的牛魔王吧！

神怪社会也现实！白骨精这样的底层妖精简直就没路可走

《西游记》说到第二十七回，便是我们儿时最为熟稔的"三打白骨精"，司马今个就来说说这妖怪的事——那么，白骨精又有甚稀奇的呢？

其实在这《西游记》中，大小妖怪，不管是星宿下凡的黄袍怪，还是自学成才的牛魔王，都各有各的路数。首先就是"官派妖怪"，这类妖怪在整部《西游记》中其实谱最大，从黄袍怪、金角大王、银角大王一直到如来佛的亲戚大鹏怪，个个神通高强，这还不算，多数都有神佛故意不小心漏下以至于被妖怪偷下来做法宝的玩意，譬如金、银二角，就有七星宝剑加上红葫芦、玉净瓶、芭蕉扇、幌金绳等五件套。

第二类则是"自学成才的妖怪"，打头的就是牛魔王，别看他五大三粗，学习成绩真是不错，所以最初的孙猴子是他结拜兄弟，后来的如意真仙也是他兄弟，碧波潭万圣龙王是他朋友……

其实说白了，"官派妖怪"靠的就是手里的法宝，没法宝一毛不值。而自学成才的妖怪就得靠本事吃饭，没本事谁来理你啊？所以牛魔王神通广大，几乎就能和孙猴子打个平手。

可这一回里的白骨精，却很糟糕，既无官方派遣资格，又不幸未能通过自学考试，没牛魔王那般本事，怎么办呢？

办法还是有的，据说就是偷偷地吃了唐僧，便能长生不老，在白骨精这边，还有一个由骨生肉的功效，据说那是极好的。

所以白骨精，尽管既打不过孙悟空，也斗不过猪八戒，甚至也拼不过沙和尚，但她还就得冒这把险。自然不能蛮干，于是乎这就变化而成"衫领露酥胸"的裙钗女郎，居然也忽悠过了老猪和沙僧，就在老猪去拱食罐子里的菜饭之际，她这便可以下手，摄了唐僧而去。

可是呢，恰就在那一会，孙猴子回来了，一眼就瞅出她的本相，举棒就打——倘是别的妖精，好歹都能抵挡十几个回合，可她显然没这能耐，怎么办呢？唯有一招叫作"解尸法"，丢下一具假尸首，她却先给跑了。

按理而言，白骨精到这时，计划已然破产，她若是识相，就该明白这笔买卖她做不得，识怯退去的话，孙悟空也没闲工夫去找她。可偏偏她不罢休，又变化成老婆婆一个，依旧被孙猴子一棒打杀。她却还不死心，又化成老翁一个，这便惹怒了孙猴子（自然真正原因是孙猴子受不了唐僧的紧箍咒），叫来山神土地——这是神仙界里最低微的角色，可是也能把白骨精逼住不许她遁逃，可见她的本领实在是低微了——最终，她便被打死在了白虎岭上，依旧化作一堆粉骷髅。

白骨夫人的毙命，实际便给西游路上的大小妖怪一个警告，没真本事大关系，莫打唐僧的主意。所以日后那些找孙猴子麻烦的妖怪，便只剩下了此前讲的那两类。你去读读《西游记》，那些妖怪，个个吃人吞血，也真拿住了唐僧，可最终孙悟空忙活半天，也只能求神仙菩萨帮忙，解救出自己的师父而已，大结局中，往往是有背景的依旧回归原位，譬如通天河里的那条金鱼，居然敢吃童男童女，可观音捉回去依旧还是养在鱼缸而已。青牛精更是敢打天兵天将，可露馅了也无非就是回去做太上老君的坐骑而已，大鹏更是了不得，如来都得管他叫舅舅，你能咋的？紧跟白骨精这集出现的黄袍怪，则依旧回到天庭，做他的"科级干部"——星宿局白虎处奎木狼科"科长"。

而第二类中自学成才的妖怪们呢，也看各自的造化：红孩儿居然因祸得福混上了"公务员"，做了善财童子；黑熊怪也被收编做了巡山员，好歹是个"事业编制"。据说牛魔王最终是被拿回西天了，可是如何呢？大家都知道西天便是印度，印度人是最敬牛的，印度教徒压根就不吃牛肉，只允许喝牛奶，但牛魔王显然无奶给他们喝，所以他的最终结局，看来是被送进了"圣牛养老院"——《西游记》中真正被彻底了结的妖怪还真不多，白骨精便是其中一个。另一个悲惨的例子是杏仙，她只是一棵杏树成的妖怪而已，甚至都没说要吃唐僧，只是对唐僧有好感而已，结果也被猪八戒一顿耙，彻底了结！

星宿玉女为情共下凡间，为何最终会成绑架？究竟是谁变心

黄袍怪的爱情故事，大概是所有古装戏中最具有现实意义的，为什么这么说呢？因为太多爱情故事中，男女主角都会抛弃自己所处的优势地位，为了爱而付诸一切。而在这部《西游记》中，黄袍怪的本身，是天庭的二十八星宿之一奎木狼，位列正班，他是如假包换的正牌神仙。百花羞的原身，则是披香殿的玉女，说是玉女，实际上就是一名侍女，因为她的职责，正是侍香，也就是捧着香火而已。

据奎木狼回忆说，两人相爱了，而且是玉女追的奎木狼，这奎星在天上是主宰文章兴衰的神仙，号称才子中的才子，想必颇有文采，而不仅仅是个五大三粗的狼人，所以，在奎木狼想来，这玉女大概是爱慕他的文采。自然，奎木狼既然是神仙，变成人形也有可能。或者按《封神演义》的说法，他本身也就是个人，只不过后来给他安排了奎木狼的身份而已。但不论是什么，显然玉女压根就不在乎那个。

可实际上，玉女也可能是爱慕他的地位，因为他是星宿正仙，显然远在这披香殿侍女之上。又或者文采、地位两种因素皆有吧！

无论如何，这奎星便与那玉女达成了下界投胎做夫妻的约定。

可下界之后，问题便来了。在这人间，奎星居然不做状元才子，也不是武将元帅，而是做了一个妖怪，连个名号都没有，只是因为穿件黄衣裳，被人叫作黄袍怪而已。

而玉女呢，投在人间，却生在富贵人家，高人一等做公主。

　　现在想来，倘若奎木狼下界不变妖怪，而是以某国王子、将军什么的面目出现，百花羞大概就愿意实现当初的约定了。可问题就在于下凡这种事，谁能说得准呢？要知道，奎木狼变黄袍怪那还算是中上签，万一要是和天蓬元帅一样，投胎进了猪圈，那又如何是好呢？

　　于是这约定便出纰漏了，黄袍怪根本就无法正大光明地去见玉女，而百花羞呢？也不愿意下嫁已成妖怪的奎木狼——结果，便是黄袍怪出手，绑架了百花羞做夫妻！

　　此后十三年，据说黄袍怪对百花羞那是极好的，你看她一说要放唐僧，黄袍怪立马就下令释放，一说不能打沙僧，黄袍便不打沙僧。言听计从，没有比他做得更到位的了。

　　为什么会这样呢？因为黄袍怪与别的妖怪不同，别人图的是吃唐僧肉长生不老，而他本身就是长生不老的星宿，他不稀罕什么唐僧肉，只稀罕百花羞。

　　倘若百花羞愿意与小黄白头偕老，他们本可以幸福长久。可是因为唐僧的出现，百花羞便活动开了心眼，她不想和妖怪厮守，哪怕这妖怪是曾经与她约定终身的奎木狼，私放唐僧，为的是让父王派兵来解救自己——而所谓的解救，事实上是要以杀死黄袍怪为代价的。

　　一场爱情约定，实际上已然就此破裂。

　　所以，当最终奎木狼被验明身份，"收了金牌，贬他去兜率宫与太上老君烧火"，他便再无怨言，为什么？因为此情已灭！原本说爱慕他的玉女已然嫌弃他，他又有何牵挂？于是，不久他便在天上官复原位，后来的四星捉犀牛大战中，他便以正牌星宿的面目出现。

　　而那玉女呢？书中再无半字提及，大概继续做她的百花羞公主，只是再无可能回天庭了吧！

法宝好又多的妖怪组合，为何还是输给孙猴？

《西游记》演绎到第三十二回，孙悟空这才面临有史以来的最大考验，为什么这么说呢？因为这一次的对头，既非平地起身的人间魔怪，也不是思凡下界的星宿仙女，而是俩上头派来的人物，他们既有道家神仙的脉络，又得了观音菩萨的派遣，道佛两家通吃，本身功夫就了得，加上五大法宝，更是如虎添翼。

这俩，便是金角大王和银角大王。他们又有哪五件法宝呢？头一件便是太上老君盛丹的紫金红葫芦，第二件则是太上老君装水的净瓶，这两样的功能似乎都差不多。据说只要叫上名字，孙猴子应一声，就会被装进里面，随即贴上"太上老君急急如律令奉敕"的帖儿，一时三刻化为脓水。第三样据说则是一条幌金绳，平日里老君用来勒道袍的。据说念起紧绳咒，便能将猴子捆住，怎么也动弹不得，若是被猴子使坏捆住了自己，念串松绳咒则可解脱。

还有一把芭蕉扇，却不是铁扇公主那把，这是把平白无故就能扇出火来的宝物，想来太上老君炼丹就拿这个扇来着。至于七星剑，则是老君炼魔之物，能与孙悟空的金箍棒相抗衡，大战数十回合不分胜负的兵刃。

要说老君随便拿样东西出来都这么厉害，当初孙猴子大闹天宫那会儿，直接甩根绳子出来，或是拿葫芦一装，不就一了百了了吗？可见太上老君当年确实没对猴子真下手，留着他纯粹闹个乐子，让资格明显不如自己却叫什么玉皇大帝的家伙烦烦心而已。

可这会儿，两个童子下凡来，便拿着这些法宝来对付猴子了——自然是奉了观音菩萨的差遣，给唐僧师徒加一番苦难历练而已。

孙猴子靠啥过关？所以，孙猴子等人一出现在平顶山下，便有功曹过去做节目预告。之后猪八戒打前哨去巡山，三两下就被银角大王捉了去，接着又变化成一个跌伤了腿的老道人，骗孙猴子来背他，随即又来一招移山倒海，把须弥山、峨眉山、泰山都移动过来，直压得孙猴子七窍喷红。之后便用七星剑打得沙和尚腰膝酸软，一把捉了，连同那唐僧，带回洞里去。

这样看来，金银童儿是大获全胜了，眼看孙猴子跌停无望，可这时孙猴子还是有招，为什么呢？须弥山、峨眉山、泰山这三座山的山神土地知道自个压的是齐天大圣，登时就被吓坏了——也是，你们京城来的权贵子弟与地方上的大腕斗法，这小小芝麻官是谁也得罪不起，嘀咕一番便把猴子给放了。

这一放孙猴子便打开了跌停，但对手如此强大，他又能如何呢？既然斗法宝斗不过人家，斗出身斗蛮力也不是办法，那就只能使诈耍点小无赖了——这便是底层出身的优势，天上来的权贵子弟大抵是不知道的。

就凭着这点手法，孙猴子变化成蓬莱道人，从两个名为精细鬼、伶俐虫实则糊涂无知的小妖手里骗到了葫芦与净瓶，又通过窃听得到了幌金绳在压龙洞老狐狸那里的情报，当下一顺手，又打死了老狐狸，得了幌金绳——要说这些勾当，猴子都是干惯的，三下五除二，这便解决清爽。

按说猴子这便有了点底子，可实际上还是斗不过金银二角，为什么呢？原来他不是圈子里人，压根就不知道幌金绳的妙处，没几下就被银角童儿又轻松捉拿回去。待得松了绳儿，他再变化逃走，以者行孙的名义来闹场，却又被葫芦装了进去。

当猴子又从葫芦里遁逃出来之际，又以行者孙的名义来闹场，此时葫芦在他手里，这就把银角装入葫芦，化作乌有。

而到这时候，那金角才出来与猴子正面对战，一把芭蕉扇，这就把战场扇得一片火海——可你只顾烧得热闹，猴子早遁入你后方洞府，清剿了诸多小妖，可怜金角大王刚没了师弟，一转眼手下又被清空。他正在那哀伤入昏睡的状况之中，猴子又下来，偷走了他的扇子。金角没办法，这就去招来狐狸阿七大王等与猴子算账，但这时五样宝贝都已经使过，且四样在猴子手里。猴子笑笑，老猪便上前钯倒了狐狸阿七。金角则被装入净瓶，也化作了气体。

这一场戏演绎下来，孙悟空终于赢得了胜利，考试顺利过关。可他究竟是凭什么PASS的呢？实际上大家看前文已然明白了，对付全套法宝配置的金银二角，"官二代"的高层配置，底层出身的孙悟空，已然无法用正大光明的办法来战胜，他使得什么招呢？说白了其实就是坑、蒙、拐、骗、偷五个字，对于俩小妖，用一个骗字便可了结，用一根毫毛变的假葫芦，把真葫芦和玉瓶骗到手。而对于银角金角，则是五字齐上，什么调包计、调虎离山、声东击西，两个童子虽然有法力也有法宝，可怎奈何社会经验太短缺，如何搞得过历经人间沧桑、饱尝冷暖的猴子，借山来压，山神怕猴子，用绳子捆猴子，则猴子拿根毫毛变根锉就搞定了，用葫芦装猴子呢？猴子又变作小虫儿，你耐不住性子打开葫芦一看，他便轻易飞走。用扇子扇火？猴子干脆转入你后方阵地，任你前方火势燎人，他只顾在后面杀你的手下。

怎么说呢？金银二角法宝和功夫都还不错，输就输在头脑简单上，而猴子呢？既然斗法宝斗不过你，那就只能斗智了。问题就在这里，金银二角能上天做太上老君的道童，应该说是也经过千挑万选了，为什么智商会这么低呢？无非就是两条，第一是挑选之时便走了后门的路数，所以有路子却无智力。第二呢？官场上混得久了，喝酒应酬的能力上去了，吹牛拍马屁的本事也有了，可这下基层解决问题的真功夫，那就只能呵呵了。

水很深啊：菩萨的狮子下凡作怪，不变和尚却变道士，为何？

《西游记》第三十九回《一粒金丹天上得　三年故主世间生》，说的是乌鸡国国王被妖怪夺去王位之事。这一集看似依旧是悟空打怪，其实内幕是两大宗教的隐形战争：文殊菩萨的狮子变身到乌鸡国作怪，按理说他是佛界的怪物，该变个和尚才是，可事实上却变成了道士，这是什么意思？

先说这乌鸡国，这又是哪里呢？西域诸国中有个焉支国，又叫乌耆国，为什么叫这个名字呢？据说是因为一种叫乌市黄耆的植物——可是在大明的百姓听来，似乎不明其所以然，既然如此，说书人便来一招简明快捷的办法，就叫乌鸡国吧！嘿，这个好懂。而"耆"音"齐"，与"鸡"这个音听上去也蛮接近。

国名如此，该国的国教又是哪个呢？眼下诸位去那边一逛，立马就能看出来那是伊斯兰教的地，可在唐僧取经那会儿，那里可明明白白是佛教的地盘。

　　况且写《西游记》的吴承恩，压根儿就不关心发生在遥远西域的事，他看到是眼前的和尚与道士，经常为了争夺香火信徒而来那么一番口舌之争。甚至在元、明两代，佛道之争还一度演绎到了皇帝的宫廷：《射雕英雄传》里，成吉思汗貌似很欣赏丘处机，看上去好像道教的代表全真教很占上风，但实际上蒙古人多数信的还是佛教（至今依旧如此）。而到了明朝，虽然朱元璋曾做过和尚，貌似与佛教有那么一点根源，但显然道教这就压过了佛教一头，许多皇帝都信道，为什么？能长生不老啊！这是表面的原因，而根本的，则是因为道教是唯一的本土宗教，丢了道教去信奉佛教，唐朝不可能，明朝也不可能。

　　所以，《西游记》里的乌鸡国故事，实际上便成了佛道大战的一个现场。自然《西游记》写得还是遮遮掩掩，有些文字故意设下疑阵、欲遮还休。而真相，其实就是在这佛道竞争的关节眼上，如来佛祖便派了文殊菩萨来找乌鸡国王，说只要你信我，我便给你特殊身份，让你"早证金身罗汉"。

　　可是万万没想到，乌鸡国王登时就发了怒，把文殊菩萨用绳子捆了扔河里浸泡了三天三夜，文殊赶紧跑回去告诉如来。如来这便发令，让文殊的坐骑青毛狮子变化成一个道士（这不就是以其人之道还制其身的招数吗？既毁坏了道教声誉，又霸占了乌鸡国的王权），骗取国王信任之后一把将他推入井去，然后这狮子便变化成了国王，大张旗鼓地推广佛教。

　　可是井里的龙王，实际上却是道教的神灵。他这就保护下了国王，当孙悟空来到这边时，又从太上老君那里讨得了九转还魂丹，这才把国王救活。而后大张旗鼓打上朝堂去，直打得假国王无处招架。也就在这个关头，假国王背后的支持者文殊菩萨便现身了。

　　"莫打莫打，那是俺的坐骑，他是佛旨差来的！"

　　到这里，这场佛道之争才见结局，可是道教也没全胜，因为孙悟空本来就是个佛道混杂的弟子，他不可能让乌鸡国王弃佛从道。所以，最终的结局便是佛道调和，实际上，这也是明代中国的最终结局，说的是神话，其实还是历史。

各位，《西游记》虽然是部讲和尚取经的书，可实际上真正的取经和尚唐玄奘却没半毛钱用，发挥作用的完全是三个道教人物：孙悟空是玉帝册封的齐天大圣，猪八戒则是天蓬元帅，沙和尚也是卷帘大将。为什么唐僧一定要三个信道教的人护送才能取到真经呢？其实这便是明代人吴承恩等一大批说书者的逻辑，外来的佛教必须与本土的道教合作，才能顺利传播。你若是想彻底打倒道教吃独食，那是万万不能的。此后数百年，果然如此，不论是佛教还是基督教，不论是唐、元、明、清，中国始终也没有变成一个单一宗教的信仰国度。

圣婴之谜：红孩儿究竟从何而来，真是牛魔王生的吗？

《西游记》里有个小妖怪，在司马看来那是最奇妙的。此妖便是那六百里钻头号山的山大王，人称"圣婴大王"的红孩儿。

为什么说这红孩儿奇妙呢？第一便是这红孩儿的本领奇妙，那就是嘴巴能喷火，鼻子能冒烟，这本事又是从何而来呢？若说是父辈遗传，貌似牛魔王和铁扇公主也没这本事，若说是师父教授，又会是哪个呢？

第二呢？那便是红孩儿的外貌，按说他是牛魔王的儿子，那就该多少有点牛的模样，可是你看那《西游记》上，分明写的是："面如傅粉三分白，唇若涂朱一表才。"哪里有小牛的样子？后面还有一比方，就是拿哪吒和他相提并论。

好嘛！问题这就来了：既然是牛魔王的儿子，为何没有丝毫牛模样？就算是儿子像妈，多少也该有点老爸的特点啊，何至于分毫没有呢？而看那吐火喷烟的本事，又好像是天生的，可老牛完全没这技能啊！铁扇公主也只会拿扇子灭火而已！

若只是这么一点疑问倒也算了，再看下去，观音来收这妖怪那情节就更让人奇怪了：红孩儿之前变化成观音模样骗了猪八戒，菩萨一听便恼了，可真见了红孩儿，却一不施法二不念咒语，相反那红孩儿倒是态度嚣张，压根儿就没拿观音当回事。甚至观音用金箍儿制住了他，却也不杀他，而是拿如来赐给她的三个箍儿收服了他，做个善财童子（这待遇，不但比之前的黑熊好，事实上也比猴子舒服，要知道孙悟空可是历经千辛万苦，那才修成正果，而这红孩儿，简直就是随便一转悠，便进了"公务员"的大门）。

其实，我们不妨从红孩儿的独门绝技三昧真火这边寻找线索，这技术究竟是佛界还是道界的呢？

有人说是佛教，而且还有个梵语原文，音译便是"山摩谛"，佛经《大智度论》便说："心注一处不动，是名三昧。"可大家伙想想：这跟红孩儿的三昧真火能是一回事吗？红孩儿要是讲什么心注一处、息虑凝心，那还至于跟猴子闹那些花样吗？

所以，红孩儿这三昧真火还是来自道教，更直接点说，就是道教的内丹修炼，道经有云，"三元混一为圣胎"，《封神演义》里，把三昧真火定义为只能用真水扑灭的火，所以到《西游记》里龙王降下的雨水便搞不定红孩儿的火。

要说这天地间玩火的行家，那其实是太上老君。当初在天庭之上，就是老君，把孙悟空放在八卦炉中，用文武火来煅烧。这文武火其实不是火名，小火叫文火，大火叫武火，无非是个火候而已。八卦炉火，真正的名称是"六丁神火"。

老君的神火有多厉害呢？据说能把观音的杨柳叶烤焦（观音自己就说过，老君曾把他的杨柳枝拔去，放在炼丹炉里烧烤，炙得焦干）；还能把神冰铁烤制、磨琢成九齿钉耙，就连孙悟空手中的金箍棒，据说也是"老君亲手炉中煅"。

而老君这火，便是八卦炉的火，当初差点要把猴子煅烧，多亏他躲在有风的巽位，这才逃得性命，只是风搅烟来，弄出一对"火眼金睛"来。

这火究竟又与那红孩儿有什么关系呢？其实《西游记》里也提到了，就是当年孙悟空大闹天宫，把老君的八卦炉打翻，火下到人间，便成了火焰山，更由这火生出一个生灵来，这便是红孩儿。至于这三昧真火，便是红孩儿在火焰山修炼而成。

除了这一样，实际上还有一款证据，那便是铁扇公主的铁扇。据说火焰山生成之后，铁扇公主便出现了，她手里有芭蕉扇，拿出来比画两下，火便灭了。那么这芭蕉扇的原主人又是谁呢？《西游记》其实说得再清楚不过，扇子产于昆仑山混沌开辟之地，那便是太上老君的五大法宝之一（不过，虽然是宝扇，可太上老君手里却不止一把，单是这《西游记》中便出现了三回，金角银角那边便有一把，铁扇公主这里一把，后来老君出来降怪又把这扇子拿出来一回，想来至少该有两把，一把至阳，可以生火，另一把则是至阴，可以灭火）。

样样线索、种种证据，均指向太上老君，毫无疑问，红孩儿的诞生、三昧真火的习得、芭蕉扇的授予，均来自此。在这里，牛魔王反而只是一个靠边站的角色而已，与红孩儿并无真正的血缘关系，所以红孩儿没有半点牛的特征，也就顺理成章了。

红孩儿被度化为善财童子，连孙悟空都羡慕，可为啥亲戚都不领情呢？

红孩儿被观音度化为善财童子，据说连孙猴子都深表羡慕，他自个也曾表示感谢，可他的那些个亲戚却都不领情，这是咋回事呢？

于是便有人问了：红孩儿的亲戚都有谁啊？这便有他叔如意真仙、他妈铁扇公主、他爸牛魔王等等——且听司马慢慢说来。

话说《西游记》演绎到火云洞那回，最终的结果自然是红孩儿被观音菩萨剃了头，那发型便名叫"泰山压顶式"，又挽起三个窝角揪儿，又拿甘露做百得胶水把他的双手给合上。于是按书上的说法，红孩儿这便归了正果，一步一拜到珞珈山去了。

如此结局，自然与《西游记》中诸多妖怪大不同，后来演绎到通天河那回，据说孙悟空到观音那儿求救之际，还曾遇见这红孩儿，说那时他已经得了正果，所以看见猴子过来，既不喷火也不耍枪，还向他道谢——如此看来，红孩儿真是转性了。

可问题是他的家人后来次第出来，却完全不认为这是件好事。譬如在落胎泉那回，孙悟空便遇见了红孩儿的叔叔如意真仙——我们曾讲牛魔王未必是红孩儿的真爹爹，因为红孩儿是人而非牛，可这如意却似乎是他的真叔叔，他也是人，且是个道士。

所以，见孙猴子上门，他便咬牙切齿了："你们可曾会着一个圣婴大王吗？"

孙猴子要求他的泉水，况且似乎也有些理亏，所以被骂了也不恼，居然还赔笑一番，说红孩儿虽然不做什么大王，可毕竟是"得了好处"，如今已经从"个体户"进入"公务员"序列，做了"国家干部"善财童子了，就算我这个曾经做过齐天大圣的，如今都羡慕他呢！

哈哈，猴子这话倒也不假，红孩儿原本做的是山寨买卖，就算生意不错，那也比不上衣食无忧的菩萨身边人来得吃香啊！

可如意真仙却不这么看，他觉得红孩儿以往是自由职业，赚了赔了那都是自个的，再怎么着也比拘束在领导身边强。

于是只能开打！

而到了火焰山那回，红孩儿他妈罗刹女便更是一听"孙悟空"这三个字，立马就"撮盐入火、火上浇油"，拿起青锋宝剑就要和猴子拼命。孙悟空连忙解释，说的依旧是那些话——可上回遇见的是人舅舅，尚且说不通，这回遇见亲妈，那还能有反转吗？

其实罗刹女的话也有几分道理，她说这红孩儿虽不曾伤命，可如何能再到娘的跟前，几时能叙叙家常享受天伦之乐？

好嘛！结果只能又是两字：开打！

接着又到摩云洞，遇见那牛魔王，按说老牛是红孩儿亲爹，更是要与孙猴子拼命了，可三言两语，其实依旧是上面那句话，却被猴子给说过了。按牛魔王那意思，根本就不想找猴子的麻烦（这便是离奇的伏笔之处，所以司马曾言，老牛不是红孩儿的真老爸）。

所以不论是孩子他妈还是他舅，都不乐意红孩儿变成善财童子，在他们眼中，显然这不是好事。

但这事还真不能局限在这私情局面来论，你看托塔李天王，人家有三个儿子，老大据说跟随如来，老二则在观音身边，只有老三哪吒跟着自个，可人家也没说就不乐意啊。

这似乎也是大众的逻辑，红孩儿跟了观音，确实比做怪要有前途一些。所以到了通天河这一集，才会有善财童子向猴子表示感谢的情节。

不过，据说善财童子的双手，就这样一直合十不能打开很久，直到另一部书叫作《女仙外史》，说王母娘娘的又一轮蟠桃盛会，连孙猴子都以斗战胜佛的身份来吃桃子了，可这红孩儿还是只能在观音身后眼馋，观音却也给他一枚，可双手合十如何接得？于是观音手一指，小红这才分开双手，吃了桃子，却依旧合十，作孽啊！观音你这也太不人道了，难道这么久还没把红孩儿教育好吗？

红孩儿被度化为善财童子，连孙悟空都羡慕，可为啥亲戚都不领情呢？观音老师这便回答了，她说这个小红同学很聪明，可坏就坏在脾气太犟（看来多少受到点牛魔王的后天遗传），到如今也没能定下心来，所以啊，手还箍着呢！

红孩儿这课程，居然比孙猴子的《西游记》还长呢！

车迟国的三个妖怪，原型竟是灭佛的三个皇帝

《西游记》说到第四十四回，这便讲到了车迟国，这车迟国又叫车师国，若是按真实的历史地理而言，那便得回溯到汉代。那时汉朝曾与匈奴在此反复争夺。但到唐僧取经这回，其实车师已经并入高昌国境内，所以玄奘取经，是不会遭遇什么车迟国王与国师的。

吴承恩写《西游记》，自然不考虑这些，车迟国的三个妖怪，实际上与汉代的车师国没半毛钱关系，那只不过是历史上三个曾经灭佛的皇帝，在小说里做个投影罢了。

第一个虎力大仙，那便是北魏太武帝拓跋焘，他的字是佛狸，可对佛教却全无好感。而当他镇压完某次叛乱之际，居然发现关中地区的一些佛寺之内居然藏匿武器——按理说乱世之中，寺庙里为了自卫备点刀棍也不过分，可拓跋焘这就对佛教产生了极大的猜忌。

为什么呢？凡事都有因果，要知道，乱世之中最短缺的就是人力，有了

人力，在后方可以耕种提供军粮，在前线则可以直接训练上战场。可是但凡是个人，都畏惧乱世的刀兵，在家种田会被兵抢，上战场更有没命的风险。既然如此，为何不去当和尚呢？既有寺庙的保护，又避免了当兵的厄运。如此想来，当时便有大量男子去寺庙出家，女子则入尼姑庵，也是情理之中了。

这北魏皇帝原本也是敬重佛教的，拓跋焘在最初也曾没事便找几个和尚聊人生，但问题是战事绵延，手底下兵力与劳力都不足，这便麻烦了。于是他只能疏远佛教。公元438年，他颁布诏令，宣布境内所有寺庙，但凡五十岁以下的和尚都要还俗——直接原因就是他接下来就要西征北凉（当时在西北的割据政权）。

这一开场便收不住脚，为什么呢？拓跋焘发现让和尚还俗居然大为不易，这便触怒了皇帝的自尊。到444年，他再下一份诏书，这回来个彻底的，那就是要灭佛，理由更是光明正大——"西戎虚诞，生致妖孽"，翻译成白话文就是说：佛教纯属外邦人的迷信，和尚嘴里没一句真话。而具体措施，也更为严厉，下令所有人家私藏的和尚都要出来自首，要不然一旦查实，和尚自然要送命，就连收留他的人家也要满门抄斩。

北魏的灭佛使当时中国北方的佛教遭受毁灭性打击，而在这其中，两个人又起了很大的助推作用。一个便是北魏的司徒崔浩，他是当时中国北方的汉文化代表人。另一个则是北魏的道士寇谦之。崔浩对佛教不屑一顾，却欣赏道教。而寇谦之呢？据说曾得到太上老君的传授，身为道教天师，他自然希望道教压过佛教一头。

所以，实际上，这一场灭佛运动，是当时中国北方的知识界、道教界与帝王联手而为之。

那么为什么拓跋焘会变成虎力大仙呢？理由却也简单，他是胡人（鲜卑），"胡"的音近"虎"。在《西游记》里，他也是最先送命的一个，与孙猴子的砍头再生大赛中，他的头一砍下，便有黄狗过来把他的头叼走。

第二个怪，便是鹿力大仙。

这便要说到中国史上一个很是出名的皇帝，那便是北周武帝宇文邕，这是个极为杰出的君主，北周在他手里强大起来。而后来的隋朝，实际上就是借助北周的力量基础，成功统一全国。

可宇文邕为什么也要灭佛呢？这便与他做皇帝的最初岁月有关，那时他虽是天子，权力却都在堂哥宇文护手里。宇文护据说很是推崇佛教，这便埋下了伏笔——当宇文邕诛杀宇文护之后，灭佛便成为可能。

于是在此后，一场三教大会便在长安举行，宇文邕宣布：儒教第一，道教第二，佛教第三。很多和尚还在喋喋不休，觉得自己吃亏了，但事实是，这只是开始而已。宇文邕是个实干家，他不但灭佛，事实上也灭道教，所谓"融佛焚经，驱僧破塔"就是他干的。而在灭了北齐之后，他又毁山东、河北一带（北齐地域）的寺庙。据说多达三百万的和尚尼姑都被勒令还俗。

那个时代，据说十个人中就有一人是和尚尼姑，所以北周的这一次灭佛运动，被时人称为"强国富民之上策"，事实也证明，北周因而强盛，北朝因此胜南朝（南方此时依旧推崇佛教）。

可是宇文邕怎么就成了鹿力大仙呢？原来他的鲜卑名叫作"祢罗突"，读得快一点，那其实就是"麋鹿茺"，好吧！在吴承恩笔下，他便成了鹿力大仙，与孙猴子比剖腹，结果肚子一剖开，便有饿鹰扑下将他的五脏六腑叼走。

第三个怪，是羊力大仙。

历史上更大的一次，也是真正达到全国规模的禁佛运动，则发生在唐僧取经之后200年的唐武宗时期（巧合的是，三个灭佛的皇帝谥号都有一个"武"字）。这位皇帝在位时期，也是唐朝中后期难得的好时代，反对藩镇的斗争取得不错的成绩。而他遇到的问题，首先便是一个"钱"字。做什么都得花钱，而佛教寺院享有免除赋税的权力，不交税，这便成了灭佛的最大动力。

同时，唐武宗最崇信的还是道教，道士与和尚的竞争始终是一个矛盾，这也成了灭佛的一个动力。

可他为什么是羊力大仙呢？原来毛病在他的名字上，他姓李名炎。《西游记》这一回说到羊力大仙的死，就是在滚油锅之中，来了回油炸——他，正是死于"炎"！

第十一章　妖怪！原来这民间真的多高手

　　要说那孙猴子，本来心气傲得狠，心想这天底下的妖怪，也就我敢大闹天宫，谁能比我狠呢？可事实偏偏就是：这西行路上，唐僧师徒遇见的一众妖怪，一个甚是一个狠。不论是神佛家养的，还是民间野生的，孙猴子居然一个也制服不了。

　　如果说当年在天宫胡搅蛮缠的猴子，还意识不到天上诸仙神佛的真正实力的话，那么这一回，猴子终于看清楚了自己，也明白了真相：原来自己的实力，只能说是中上水准而已。

　　独有这一次，观音来不及梳妆打扮就跑出来，出啥事了？

　　《西游记》里出现的妖怪，大多是恶形恶状，可这一回，咱说到通天河这一集，却发现一个异样，那就是这回的妖，据说居然是一条金鱼。而且这回的剧情还有一个极大疑点，那就是妖怪其实并不算太牛，可居然让观音菩萨都慌了神，以至于梳妆打扮都来不及就跑了出来。而这，据说与剧情中某位扮演无间道角色的鱼精有关。

　　要说金鱼作怪能有多大神通？可依旧是把唐僧摄了去，而后虽然打孙猴子不过，可搬石头、塞泥块，封住了洞穴，哪管你八戒沙僧在外乱叫，只是不与你啰唆便罢了。

于是孙猴子便去找菩萨帮忙，可到了珞珈山，那菩萨也奇怪得很，说是一大清早进了竹林，只让黑熊、木叉、善财、龙女一干人等缠住猴子不许他入内搅扰。

猴子等得不免着急，这就往里张望，却发现菩萨连头发也不梳理，正经制服也不穿，只穿了件贴身小袄，也不打披肩，光着脚，赤着胳膊，在那削竹片呢？直等了半晌，才编成一个紫竹篮出来。

为什么这么写呢？无非是说观音未卜先知，晓得她的宠物金鱼把唐僧给抓了，所以急着要去收怪呢！以至于衣服都没穿整齐、梳妆都来不及，她便急着编竹篮，而后便不需猴子说何方有怪，她便自动来到了通天河上，把篮子抛下，念了一串咒语，这灵感大王就化为原形，居然就是一条小金鱼而已。

故事其实很简单，但这里头潜台词却颇复杂，为什么这么说呢？首先咱们来看这灵感大王，他无非就是观音的一条小金鱼而已，为什么游出莲花池成精作怪那么些时日，吃了那么些个童男童女，观音居然完全不理会，直到他对唐僧下手，观音这才着了急？

更奇妙的是，灵感大王身边居然还有一个经验丰富的军师"鳜婆"，她据说来自东海龙宫，曾听东海龙王说过齐天大圣的威名，只是不知猴子已经做了唐僧的徒弟。所以之前灵感要捉唐僧之际，却也是用的他的主意，下一场大雪，来个冰锁河面诱骗唐僧师徒到河中央，而后迸开冰冻，直把那陈玄奘弄下水去。

好嘛！这里咱便理出几条线索来，首先是观音、灵感大王这条线。可以看出，灵感大王在通天河的最初使命，其实并不是要吃唐僧，而是每年在此保佑河边居民风调雨顺五谷丰登——听这话儿感觉这灵感真是菩萨弟子的作风了，可是后面还有一条件：那就是要陈家庄交出一对童男童女与他来吃（而且照书中描写，还真有胆大的人，偷看见灵感先吃掉童男，再吃童女），要说这是观音指令如此，未免太恐怖，应该是他私自的作为了。

接着是东海龙王、鳜婆、灵感大王这条线。

鳜婆是东海的人，她在这个故事里一出现，就引导灵感大王抓唐僧，抓到之后却又劝他且不着急吃。灵感被孙猴子打败之后，她又出主意来个封锁洞府——实际上更好的主意，是赶紧吃了唐僧，而后跑路才是啊！

　　事实上，这个故事的奥妙，就在这鳜婆身上。她是东海龙王那边的人，也就是说属于玉皇大帝那个道教系列。若是灵感大王不吃唐僧，孙悟空便护着师父过河去了，金鱼便可以继续做他的灵感大王，观音也可以继续放纵不问。

　　可在东海龙王这边看来，这事不能这样搞下去！为什么呢？这水族原本是属于龙王管辖的，现如今观音放纵出一条金鱼，便扰乱了水界秩序，原本这通天河的地方官（老鼋）被挤到一边，换句话说，那就是佛界的金鱼抢了道界的地盘。

　　龙王其实也是想管的，可碍着金鱼的背景观音势大，有心无力。所以唯有派出这鳜婆——她正是这东海的特工，来到灵感大王身边，引诱灵感抓唐僧。好嘛，唐僧一抓，观音便急了，自家的金鱼把自己请来的取经人给抓了，这不自己打自己的耳光吗？

　　正是因为这个缘故，便有了之前的情节，观音慌了神，连梳妆也来不及，便急着去竹林里削了个竹篮，火急火燎地赶来通天河收了金鱼，为什么？若是再这样搞下去，猴子一旦把事捅到玉帝或是如来那里去，自己这话还怎么说？

　　事实上这一回的潜台词就是：观音纵容金鱼作怪，入侵通天河（河水本是龙王的领地，此时便被观音给占了）。龙王不敢跟观音公开宣战，于是派出鳜鱼特工，引导金鱼怪与孙悟空作对，结果便是孙猴子找到观音，观音这才慌了神，赶紧收回金鱼，龙王微笑，不动声色便收复了通天河的主权。哎呀！老龙王神机妙算啊！

真假美猴王：六耳猕猴这玩意纯属虚构，被打死的是齐天大圣？

　　《西游记》推进到下半部，出现的妖怪一个猛似一个，但无论是哪一个，都没有本回司马所言的这个猛，这货便是六耳猕猴。

　　六耳猕猴为什么猛？因为他的神通，几乎与孙悟空一般广大，他也有金箍棒，也会七十二变。据《西游记》第五十七回所言，当孙悟空被唐僧赶走，猪八戒与沙僧都去化斋取水之际，这六耳便以孙悟空的模样出现，先是劝唐僧回心转意（请注意，这是六耳的第一目标：取代孙悟空做真唐僧的徒弟），被拒绝之后，这才发怒，打晕了唐僧，抢了包裹而去（这便开始实施他的第二目标：自己组织团队去西天取经！）。

　　之后，便是沙僧去寻他，他这时便笑了，说不用你们辛苦了，俺自己另组了一支取经团队。以至于沙僧气急，赶去观音那里告状，却遇上真孙猴，一番争吵，结果便是真孙猴回到花果山，与假猴王大战。因为俩猴几乎一模一样，天下诸仙都分辨不出，以至于最终不得不闹到如来那里，才分出了真伪。

　　然而对于这个结局，很多人不以为然，甚至有人云：被打死的那个猴子，才是真猴子，留下的那个，倒是个假的。理由就是：《西游记》从这一章节开始，孙猴与唐僧的矛盾便基本归零，因为此猴已非彼猴。

　　哈哈，司马今个就想说说这个话题，而答案，且抛出来与大家看："被打死的，确实就是孙悟空。但留下的，也是孙悟空。"

　　为什么这么说？咱先来看这《西游记》第五十八回的标题，叫作"二心搅乱大乾坤　一体难修真寂灭"，请注意，是"真寂灭"！什么意思？咱待会儿再来解释。

　　依旧是这一回，咱再看结局，如来识破猕猴真相之际，说了这么一句："六耳猕猴，能知前后，万物皆明——我观'假悟空'乃六耳猕猴也！"

　　一般想来，如来说这是假悟空，那就该没错，他就是个假的。可是大家再仔细看如来这句话，其实是自我矛盾的，他说六耳猕猴能预知未来，既然能知未来事，他为何又愿意到如来面前受死？这不瞎掰吗？

再往回翻，两个猴子跑到地府大闹，那时节地藏王菩萨出来，让他的谛听兽来辨个真伪，听了半天，说是知道了真相，可不敢说，为什么呢？怕有所得罪，从此地府不安！

究竟是什么真相呢？

若真的一个是孙悟空，一个是六耳猴，谛听说出来，六耳猴其实也是死路一条，因为以孙悟空的武力与他可以打平，加上地藏王之力，岂有拿不下的道理？

可是谛听不敢说，为什么不敢说？因为它有辨别真假的能力，却没有如来的手段。

再往前说，这六耳猕猴若是真想自己编队去取经，抢东西那会儿一棍打死了唐僧，甚至吃了都没问题，又何必留下是非？

实际上，真相就是那猴根本就不是什么六耳猕猴，分明就是孙悟空自己。或者这么说，这是孙悟空的两面：一面，是愿意保护唐僧、一心取经；而另一面，就是恨透了唐僧的唧唧歪歪、无事生非，想要摆脱束缚，自己组团取经。

老实说，很难说这一面就是善的，那一面就是恶的！

且容司马从头道来。

故事依旧从孙猴子与唐僧的那场争吵说起，打死几个恶贼，便遭唐僧的紧箍咒儿乱念，不得不起在空中。这便是第五十七回的开头，事实上也就是从这时起，猴子便出现了"猴"格分裂，你且看这书中文字："孙大圣恼恼闷闷，起在空中，欲待回花果山水帘洞，恐本洞小妖见笑；欲待要投奔天宫，又恐不容久住……"

书中字面上，看似猴子最终的选择是去了南海观音那里。可实际上，去南海的，只是猴子的一面而已——而另一面，或者说是猴子性格中比较顽劣不愿受束缚的一面，这便依旧在唐僧附近。且看和尚又气又饥又渴，指派八戒去取水，不一会又让沙僧去找八戒——好吧，这时节，猴子的这一面便下来了，我们姑且称它作"孙猴的反抗面"，简称"反抗猴"。

"反抗猴"一见唐僧，起初也是求情，说师父你闹了这么久气也该消了，俺给你打水来了。可未曾想唐僧气劲实在大，居然一口回绝。"反抗猴"这便火了，心想俺老孙自从五指山下出来，一路帮你除妖平魔，你个死鱼脑子咋没一点改进啊，就算不改进也该记恩啊！于是恶向胆边生，一棒打晕了唐僧（请注意，他是拿金箍棒打的，若真是妖怪，一棒下去唐僧还能活么？就是因为是真悟空，只是发怒而已，所以才棒下留命）。

打晕之后，"反抗猴"便寻思了，我在五指山下，可是答应了观音要带个和尚去西天的——于是一转念，他便带了唐僧的包裹回花果山去也！

什么意思呢？"反抗猴"的打算就是重组西游团队，不要这唧唧歪歪的唐僧，反正西游的根本目的就是取经，你把经取回长安不就行了，管他是不是原来的唐僧呢！

从根本上说，孙猴的这一面，才是当年大闹天宫的那个孙猴，才是敢于推翻旧秩序的那个齐天大圣。而留在观音菩萨的那边的孙猴另一面，则是服从于权威、服从于现实、不敢抗争的奴性一面，那个，实在不是我们所喜爱的孙悟空。

简单说，一面是自我，一面则是社会。

结果，闹到最后，孙猴的"猴"格分裂终于到了彼此面对的时刻，无论如何，你必须舍弃一面！

也正是因为都是孙猴，所以满天神仙都无法辨别，照妖镜照不出，地藏王的谛听也不好说：都是你自己，让我怎么说？

这个难题，最终便到了如来面前。

如来笑：这是什么难题啊？对于我而言，我需要的是那个乖乖听话、完成我交付使命的孙猴子，而不是那个大闹天宫、敢打敢闹的孙猴子——自然，想是这么想，话却不好这么说。于是，如来便扯了一个六耳猕猴的幌子，说这两个孙猴，只有一个是真的，另一个却是假的！

如来这么说，便是给孙猴一个警告：你必须解决你的矛盾面，把你那些反抗啊、独立啊什么的都消灭掉——这是警告，也是现实，现实呈现在大家面前，便是其中一个分身被盖在了金钵盂下，把钵盂揭开，孙猴便只能接受现实：保守的猴子，一棒打死了自由的猴子！

对于整部《西游记》来说，这也是孙猴子"猴生观"的重大转变，就如同《大话西游》的结尾一般，心中尚有"情欲"二字的孙猴不见了，屏幕上只有一个唐僧取经的武装护卫，只不过他的名字，也叫作孙悟空而已！

这么说吧，打这集起，齐天大圣死了，只留下一个孙行者。

牛魔王为何不肯把扇子借孙猴：原因居然得追溯到五百年前

话说这《西游记》演绎到第六十回，唐僧一班人等来到火焰山下，这回倒是没有妖怪来寻唐僧的麻烦，既没有要吃唐僧肉的白骨精，也没有非要嫁给唐僧不可的蝎子精——可是唐僧依旧有麻烦，因为山上的火焰阻拦了取经之路，他必须借一把能扇去火的扇子。

换句话说，这便是唐僧与孙猴子找妖精的麻烦了。而这妖精，便是牛魔王与他的黄脸婆铁扇公主。

在孙猴子想来，这个忙牛魔王该帮，也一定会帮，因为五百年前，他曾与老牛结拜，有这份交情在，老牛就该把扇子借给他。最初他有些犹豫，也完全是因为顾虑铁扇公主会因为红孩儿的缘故，不顾大局。但老牛，他觉得应不会拿这个当回事——孙猴的这个判断大体上还是有谱的！

所以老孙见到牛魔王，前所未有地很讲礼数，且看原文：

这大圣整衣上前，深深地唱个大喏道："长兄，还认得小弟么？"

想当初，孙悟空在花果山做妖怪之际，曾会了个七弟兄，乃牛魔王、蛟魔王、鹏魔王、狮驼王等，连自家美猴王七个。老牛看来年龄最长，所以排名首席，孙悟空叫他长兄，那是对的。

不但礼数周到，孙猴接下来还拍了一记马屁，说老牛你"丰采果胜常，真可贺也"，那意思就是说大哥你风采更胜往日，更英俊潇洒，实在让人羡慕。

哈哈，这马屁拍得十分明显，老牛登时就回应了，说，你个猴头，不要跟我花言巧语，你先跟我说说火云洞那件事，你怎么把我小儿牛圣婴给害了呢？

猴子这便笑了，说，大哥你原来有所不知，令郎现在做了观音菩萨的善财童子，那可是"国家公务员"编制，比兄台你的地位还高着呢！你怎么还能怪我呢？该谢我才是啊！

要说这话，在铁扇公主面前说便要挨打，可在牛魔王这边，还真有用！为什么呢？老牛固然自称魔王，可这称号也就是自封而已，没有正式的编制，更没有法定官位，基本上就是一个"个体户"。

所以这么一想，老牛还真有点接受这个事实了。于是这时他的"骂"其实便成了一种"笑骂"，好你个猴子，这件事算被你糊弄过去了，可你方才欺负我的小妾又是怎么回事呢？

嘿嘿！猴子这就立马借坡下驴，说不知那是二嫂嫂，一时粗鲁，望长兄宽恕，这话其实就是服软。老牛这便算了，可猴子的事还没完，这又叨咕起了借扇子的事——牛魔王这便明白了，我说你个两度受招安、先做马倌后做和尚徒弟的家伙，怎么突然之间想起当日的兄弟情谊来着，原来是另有所图啊！

老牛这便火了，发起牛脾气来了。

为什么？原来老牛也是有理由的——你说你是俺的兄弟，所以让俺把扇子借给你！可你这个家伙，何尝讲过兄弟的情义？

这便有缘由了。说是这孙猴子当初做妖怪的时候，便不十分仗义。拿今人的话来说，就是个只顾自己、不顾兄弟的货。

第一桩事，便是他闹地府的时候，在判官那里把所有的猴子名字都在簿子上给勾掉了。可却忘记了自己的几个结拜兄弟，这老牛的名字，可依旧在那文册上写着呢！（自然，牛魔王最终也得了长命百岁的待遇，到猴子来找他之际，老牛也该有近千年的寿数了，但这待遇显然是他自己弄来的，与孙猴无关。）

第二桩事，则是他反抗天庭之际，自称齐天大圣，而老牛则是平天大圣，按理说这便组成了反抗天庭的统一战线，可事实上这猴子，却又把统一战线中的猴子与其他妖怪分作两类来看。典型案例便是花果山与天庭的大战过后，孙悟空发现独角鬼王与七十二洞妖怪都被天兵天将抓走，而本家猴子却得以逃生，居然开怀得很，说："我同类者未伤一个，何须烦恼？"

如果说上一件姑且可以放过的话，猴子的这个态度便令诸位兄弟都寒心了，所以结果就是不论牛魔王、蛟魔王，或是鹏魔王、狮驼王，他们都不再出现，猴子你闹你的天宫，与我等再无半点干系。

倘若再说得明白点的话，孙悟空对待结义兄弟以及独角魔王等各路妖怪同党的态度就是：俺用得着你的时候就招呼，倘若是用不着，那就自个到一边找凉快去吧！

仔细看《西游记》，孙悟空的态度，就是如此。

而这种态度，显然就让牛魔王等结义兄弟恼了，所以你个猴头被压在五指山下五百年，也休怪兄弟们不来看你，而五百年后你为了自己的前程护拥唐僧去西天，也甭指望我们会来帮你的忙！

干吗帮你啊？俺是牛魔王，可不是活雷锋啊！

"86版"《西游记》小白龙的新婚之痛：夺妻的九头虫究竟是个什么神通？

"86版"《西游记》中，小白龙竟遭遇第三者插足，更离奇的是，插足者竟是条虫子。这便要说起那一段关于碧波潭的恩怨情仇，理一理电视剧《西游记》中白龙马与九头虫、万圣公主的三角关系。

白龙马，原本是西海龙王的三太子，当初因为一桩突发事件，居然触犯天条，送上断头台，好在运气不算太差，正好观音路过，说情救下，让他做唐僧的脚力（坐骑）——所以后来就算他不吃唐僧的白马，他也依旧要锯角退鳞成龙马。

究竟是什么突发事件呢？书中说，那便是因为这家伙不识好歹，居然乱玩火，烧了他爹最喜爱的殿上明珠，结果西海龙王敖闰告上天庭去，说这娃忤逆。结果玉帝震怒，下令把这白龙吊在半空，鞭打三百，而后便要处死。

老实说这个事件真让人看不懂，孙猴子大闹天宫，也不过是压在五行山下，算是五百年有期徒刑；天蓬元帅酒后调戏嫦娥未遂，从元帅的高位上直接掀下世俗做猪；卷帘大将在蟠桃会上失手打碎了琉璃盏，鞭打八百，按数量而言比白龙要重，可也没说要处死，而是贬下界去，每七天拿飞剑扎他老沙胸胁百余下……

怎么说呢？相比较而言，反倒是闯祸最大的孙悟空最自在，既没有变形成猪，也没有飞剑来扎他。倒是那无意打碎玻璃的老沙最惨，每天受这苦楚——不过，再苦楚那也活着啊，不至于像这龙子，居然玩火灭了一珠子，就被老爹告上天去，竟然要处以死刑。

天界的法律，实在令我等凡夫俗子看不懂。

可问题在于：小白龙究竟是为了什么而要玩火烧珠子呢？

上个世纪的"电视剧"，给出这么个答案来，原来这小白龙遭遇了一场情变，本来已定下婚约要嫁给他的新娘，居然移情别恋，爱上了九头虫。一时之下，白龙暴怒，这便干出了火烧明珠的蠢事。

且按这个思路继续下去，话说万圣公主爱上九头虫，其实也不算什么新闻，那都属于个人选择，旁人只能旁观而已。

可小白龙接受不了，第三者若是个什么上档次的神仙倒也罢了，偏偏是个虫子，这简直就是对他"龙格"的贬低。

或许，正是因为这个，小白龙才会火烧明珠，把自个儿送上断头台。

但问题还是没解决：九头虫究竟有哪些优胜之处，令这龙女舍此爱彼？

这便探究九头虫的真相去！

好嘛！这一探究便不得了，原来九头虫根本就不是虫子，而是一只九头大鸟。他生得——

毛羽铺锦，团身结絮；方圆有丈二规模，长短似鼋鼍样致；两只脚尖利如钩，九个头攒环一处；展开翅极善飞扬，纵大鹏无他力气；发起声远振天涯，比仙鹤还能高唳；眼多闪灼幌金光，气傲不同凡鸟类。

这是书中原文，想来不会有假了。所以我们一直以为他是个虫子，原来是受了电视的误导。而电视剧之所以会搞成这样，也实在是因为不读书——拍西游却不愿意认认真真读西游，就是这个样子。

如来曾说过："周天之内有五仙，乃天地神人鬼；有五虫，乃嬴、鳞、毛、羽、昆。"九头虫实际上属于五虫之中的羽虫，真正确切的叫法其实该是"九头鸟"——如来把昆虫、爬行类、鸟类统统归并于虫类，想来是看了关于恐龙的科教片，那里头常说鸟是恐龙中的一支进化而来，而恐龙呢，归根结底又是虫子进化而来，如此说来，说九头虫也不算大错。

看书中，说这九头虫如何稀奇，居然连做过天蓬元帅的猪八戒也看见心惊，说我自为人，也不曾见这等个恶物，甚至活了那么长年头的孙猴子都叫真个罕有——大概也是因为珍稀动物的缘故，最终的结局竟是《西游记》中唯一的例外，他不曾被孙悟空打死，而是逃了。

那怪物负痛逃生，径投北海而去，八戒便要赶去，行者止住……

黄眉怪为何如此胆大？整部《西游记》里唯有他敢冒充如来

《西游记》到第六十五回，说的便是唐僧师徒来到一座小雷音寺，庙里也有那如来佛祖高坐殿堂，于是唐僧等三个就忙不迭下拜，结果这如来便现了原形，竟是个黄眉小怪，扔出来一个金铙，便把孙猴子给收了，唐僧和沙僧八戒，自然也就束手就擒了。

话说这个黄眉怪，实在是整部《西游记》里胆子最大的妖怪，因为他居然敢冒充佛教界的老大如来佛祖（貌似道教界的老大太上老君和天界老大玉皇大帝，就没有人敢冒充）。

但说起来黄眉怪本身其实也没什么特别的本领，包括他手中的兵器狼牙棒，其实也寻常得很。关键在于他有两件法宝，第一件是此刻收了孙猴子的金铙，而另一件，则是一个旧白布搭包儿。

咱先来说说这金铙，这玩意儿究竟有什么神奇呢？那便是外硬内柔，孙猴子在里面，居然怎么也出不来，非得二十八星宿下来帮忙，亢金龙拿角从外头扎进去，孙猴才得以借着这角，从里头脱身出来——但龙角都能从外头扎进去，可见这玩意的外表并不抗击打，所以孙猴子一出来，便一棒砸下，金铙便粉粉碎了。

可这是什么意思呢？为什么孙猴在金铙里头就毫无办法，而一到外头就能一棒把它打碎？咱先搁下这个问题，看第二个问题，就是那个旧白布搭包儿，要说这袋子可真是厉害，任你多大的英雄，"哗"的一声响亮，便把孙猴子和什么二十八星宿全都装进去。

法宝已然亮相，咱们再说说这黄眉，实际上他不是什么凡间妖怪，而是弥勒佛的司磬童子，那狼牙棒便是敲磬的小木棍。

虽然只是个童子，他自身其实没什么本事，可因为有未来佛祖的法宝，这便摇身一变，简直比主人还招摇，做起现世佛祖来了（他的主人弥勒佛是未来佛，而他变化来骗孙猴上当的佛，却是现世佛祖如来）。也唯有这一个，敢于变化成假如来，为什么他敢？理由很简单！他家主人是未来之佛，他先借用你这现在之佛的脸面遮挡着点，怎么不行吗？

所以你看《西游记》中，黄眉的法力其实很一般，他之所以胆大，完全就因为主人的那两件宝，别看只是个铙和旧布袋，可俨然就是尚方宝剑。说到底，那铙其实就是个铙，那布袋更只是个寻常布袋，可因为是弥勒佛的，功能便颇不寻常起来，以至于孙悟空遇到这两件法宝，几乎没一点反抗的能力。

再看孙悟空请来的那些援兵，什么二十八星宿、武当山的龟蛇神龙、淮河的小张太子，虽然也是神仙，但毕竟级别比弥勒佛逊色许多。在黄眉怪面前，他们就好像是科长遇见了局长的秘书，又怎敢冒犯？只能乖乖地束手就擒而已——实际上不是打不过，只不过是不敢打而已！

所以最后能把黄眉童子收回去的，也只有他的主人而已。

而那旧白布搭包儿究竟是什么玩意呢？原来就是弥勒的人种袋，大概是说未来有世界毁灭的那一天，犯下罪恶的人类将被毁灭一大半，只有少数能到这弥勒佛的袋子里存活，作为未来世界的人种——如此想来，这人种袋也真的是很了不起的法宝。

狮驼岭前，为何是太白金星来报信？又为何这些怪闹那么老大，满天神佛也不管？

《西游记》第七十四回，说唐僧师徒四人来到一座高山底下，刚上得山来，便有一个白发飘逸的老头在山坡上大喊，说，你们不要再往前了，这山上有一伙妖魔，吃尽了阎浮世上人，厉害得很啊！

咱先来解释一下这"阎浮"是什么东西。原来这就是梵语中的一种大树，在佛教的世界观中，这种大树生长在南瞻部洲，而后来，便用来泛指人间世界。

再来说一说这老头儿，他其实便是《西游记》一开始就登场的太白金星。

这金星，在整部书里其实是孙猴子的老朋友了，当初他闹龙宫地府，玉帝要讨伐他，是这金星出面，帮猴子讨了个弼马温来做。而后猴子反上天宫，又是他提议封猴子做个空头的齐天大圣。再后来，取经路上遇到黄风怪，也是他来帮忙。

可这一回，他的话却听上去太过夸张，几乎给人以没谱的感觉。为什么？咱且听听他的台词：

那妖精一封书到灵山，五百阿罗都来迎接；一纸简上天宫，十一大曜个个相钦，四海龙曾与他为友，八洞仙常与它会酒，十地阎君以兄弟相称，社令城隍以宾朋相爱。

虽然是没谱，可确实里头有线索，什么线索呢？你看着话里头，佛教的五百罗汉，道教的星曜、八仙等等都出现了，貌似这妖怪佛道两界通吃，可重点却是第一句："妖精一封书到灵山，五百阿罗都来迎接！"

什么样的妖精会写信去灵山，又是什么样的妖精，会让五百罗汉来相迎？

表面看起来，太白的一摊大话全是瞎扯，可实际上，真话只有一句，也只需一句：猴子你注意啰，这一回的妖怪，可与往日不同，他是有后台的，而且这后台就在灵山！

可孙猴子显然没听懂，完全搞不清重点的他只会扯着太白吹牛，说自个有多么能！于是太白所变化而成的老头儿只好假装耳聋，不说话了。

猴子这便回去了，好在猴子不长心，唐僧还是有些明白事，这就让猪八戒再去打听。于是老猪又找到太白变化而成的老头，这回太白便说了："这山叫作狮驼岭，有三个魔头，手下有四万七八千，专在此吃人。"

八戒这便吓坏了，为什么他吃惊？因为他明白：第一，妖是要吃人的，这里居然有几万妖精，占据了这么大一块地盘，按一个妖每天吃一个人算，那得吃多少？第二，这里距离西天其实已然不算太远，妖精却在此处大张旗鼓吃人，这简直就是不把西天佛祖放在眼里。那么问题便来了：究竟是妖精不把佛祖放在眼里，还是佛祖有意纵容？

第一个问题，后来一个名叫小钻风的妖精便回答了："那厢有座城，唤作狮驼国，他五百年前吃了这城国王及文武官僚，满城大小男女也被他吃了干净。"

这句话，同样有两个值得注意的信息，第一是呼应上一个问题，那就是吃了多少人？答案是吃了一国的大小男女包括国王文武官僚在内。

第二是呼应一个时间，那就是五百年前——那是个什么光景呢？咱且放一放，回头再说。

那么这妖精究竟是个什么来历呢？大家看过《西游记》都知道，一个是文殊菩萨的坐骑青狮，一个是普贤菩萨的坐骑白象，而最后一个，也就是吃了狮驼国全国之人的妖怪，谱自然也最大，也就是如来的亲戚大鹏（按《西游记》原文来讲，如来便是这大鹏妖精的外甥）。

若按前头两个妖怪来说，文殊、普贤两个，那简直就是放纵下属为非作歹，按后头而言，如来更是纵亲吃人，且案情严重，足足吃了一国人呢！那还谈什么我佛慈悲呢？

既然危害如此之大——天上诸仙，譬如玉帝怎么不派兵捉拿呢？这便又是小钻风来回答了，他说想当年，玉皇也曾差十万天兵下来（听上去这感觉就跟当年孙猴在花果山时闹腾的一般光景啊），结果呢？狮子精张开大口，便好似城门一般，唬得天兵关上南天门，再不敢出来招摇！

这话自然也有真有假，但至少有一点是真的，那就是道教那方面确实派人来查这一国人口失踪之谜，也查清了是这三个妖怪所为，可是不敢招惹。之所以不敢惹，一方面是妖怪神通广大，另一方面，更重要的，显然是这妖怪的幕后元凶招惹不起。

既然道教不敢惹，那么佛教这边呢？如来佛的外甥在外吃人，文殊和普贤的坐骑在山中作怪，何以满天的佛祖、菩萨、罗汉，个个如聋做哑装不知情呢？

实际上，兴许这还就是佛的一种手法，让世间人知道有大作恶大危险，才愿意做忠实信徒来上香膜拜，要不然呢？就被什么狮啊象啊大鹏啊作怪吃掉——唯有这个答案，才能解释《西游记》中神佛菩萨，何以非要等到孙猴子上门来求救，才肯出手相救。

是否这样呢？你看故事结尾便知道了，狮子、大象，一见主人到来，立马伏身现出原形，不当大王当坐骑，是劫数到了吗？不！只是一桩下放基层张扬佛威的任务完成，重新回到做"领导"司机的位置上去而已。唯有那大鹏还不乐意，可是如来也满口好话，说，你呀，只管跟我去，一定有你的好处，以后无数众生瞻仰，一定先祭汝口。因为有了这个条件，大鹏才愿意皈依。

但，这是除恶务尽的结局吗？吃了一国人，那大鹏受到什么惩戒了吗？没有！在这一点上，貌似如来佛比玉帝还纵容呢？要知道那私下天界作怪的黄袍怪，实际上可是没太大恶绩，但结果黄袍怪是受到天界的惩处的，《西游记》第三十一回说他被收去金牌（意为罢免官职）、贬去兜率宫烧火（算是劳动改造吧）——这种惩处，自然谈不上有多少严厉，但毕竟是有的，而这一次佛界对这三个作怪大妖的惩处呢？那就只能呵呵了。

纵欲皇帝求长生，比丘国故事竟是揭露当时的明朝天子

这一回说到《西游记》第七十八回《比丘怜子遣阴神　金殿识魔谈道德》，讲的是唐僧师徒来到比丘国，见满城家家门口放一个鹅笼，笼子里养的却不是鹅，而是五六岁的小孩子。而原因，竟是当地国王要用小孩子的心

肝来煎药服用，据说有千年不老之功。

自然，这说的是比丘国。比丘国又在何处呢？那便是今日喜马拉雅山脚下的尼泊尔。这个山脚下的国度，历史上曾是释迦牟尼的祖国迦毗罗卫国所在地。当大唐兴起之际，当时的尼泊尔正与吐蕃联姻，松赞干布就曾迎娶了尼国的尺尊公主。而在贞观九年，玄奘便来到此国，参谒佛祖诞生地。随后，尼国便曾遣使入朝长安，据说菠菜就在那时候传入中国。

千年之后，当明亡清兴，廓尔喀人也在尼泊尔兴起。乾隆年间，廓尔喀人甚至两度入侵西藏。自然，他们的意图在于夺财而不是掠地，据说喇嘛们收藏了不小的财富，所以才吸引了他们的关注。最终，福康安领兵入藏，并节节胜利，长驱直入到加德满都城下。这一仗令廓尔喀人对中华武力印象深刻，从此之后，其对中国的藩属地位一直维系至大清覆亡前夕。

正因如此，大明时节的江苏人吴承恩无法获悉比丘国的真实情形，他的书中情节完全来自现实——换句话说，《西游记》中的比丘国并非尼泊尔，而是中国的明朝政治现实。

为什么这么说呢？因为大明的嘉靖皇帝，恰好也和书中的比丘国王一样，因为好色而虚淘了身子，以至于大量服用药物。而众所周知，中国的房中术是道教的所长，于是嘉靖一代，便有道士和大臣们纷纷献上诸如含真饼、红铅、秋石、百花药酒之类的神奇"补药"。

那么这究竟是些什么玩意呢？

这含真饼，据说那是初生婴儿尚未啼哭时口中含的血块；秋石，则是用男童小便炼成的一种无机盐。而有个姓杨的方士，更奉上一款神药叫作"天葵"，据说那就是所谓处女初潮经血。而用天葵提炼出的粉剂，便是"红铅"——这"红铅"有什么用呢？据说可以长命百岁，自然这个有点虚，但它还有一款现实用途，那便是所谓壮阳。

这一用途，便与《西游记》中比丘国王的毛病如出一辙了。且看书中，那国丈进贡美女之后，"陛下爱其色美……不分昼夜，贪欢不已。如今弄得精神疲倦，身体汪羸，饮食少进，命在须臾"。实际上，这没什么妖精作怪的道理，就是纵欲过度了。比丘国王如此，嘉靖皇帝更是这般。

而为了这些红铅，嘉靖皇帝便下诏从各地选取女童入宫，目的唯有一个，那就是牟取天葵，结果致使许多女童血崩而死，而即便是未死者，在获取天葵之后，据说也会统统被处死，以免走漏风声。

《西游记》书中有这么一句话，说孙猴大战国丈之后，下来寻那国君，"见四五个太监，搀着那昏君自谨身殿后面而来"。为什么又要特别点出谨身殿呢？原来这里又是藏笔锋的所在，大明王朝就在这嘉靖时代，有一个大大出名的"谨身殿大学士"，那不是别人，就是严嵩！

严嵩在明朝，自然也是奸佞权臣一类的人物，但他擅长写青词，嘉靖皇帝要追求长生不老，就要斋醮祷祀，就要找人写青词——据说严嵩就是因为善写青词而得宠。整个嘉靖时代，严嵩是皇帝求长生、玩房中术的最佳助手，也因此成为一时的宠臣——换句话说，严嵩，就是《西游记》中"国丈"的原型。

在嘉靖之后的万历年间，浙江嘉兴有个姓沈的读书人，功名不就，却见闻不少，最终写成一部《万历野获编》，其中就明白无疑地写着：为了取用女童的红铅，仅在嘉靖三十一年至三十四年间，大明天子就曾从民间选取四百多名八至十四岁的女孩进宫——吴承恩写《西游记》之际，估计是为了避祸，故意将女孩写成男孩，八至十四岁改成五六岁。虽然如此，取小女孩的"天葵"做"红铅"，与取小男孩的心肝做"千年不老之药"，又有多少分别呢？

事实上，在明朝历史上，这一幕为"天葵而祸害少女性命"的丑恶勾当，也终于激发了宫女的反抗，一些有志气的宫女觉得既然是死路一条，倒不如与这狗皇帝拼一记。最终便上演了"宫女谋杀天子"这历史上鲜有的一幕。

可惜，小说只是小说，宫女们也只是宫女，真实的场景之下，是宫女的反抗失败，嘉靖继续做皇帝，严嵩继续做首辅，而另一个叫作陶仲文的道士，甚至一身兼少师、少傅、少保数职。

扳倒严嵩的，实际上是他的同僚徐阶与另一个道士蓝道行，据说在某次扶乩之际，蓝道士前言刚说完："今日有奸臣奏事。"随后便进来了严嵩，嘉靖皇帝因此对他开始有了怀疑——最终，是严嵩被削官还乡，死的时候连块棺材板都没有。

而能将嘉靖皇帝扳倒的，则唯有阎王，不得不说，诸神都泛泛而已，唯有他才是最牛的。而那时，六十多岁的吴承恩，正在杭州"贫病交加"。

《西游记》中那神通广大的九头狮子，主人是哪吒的师父吗？

《西游记》演绎到第八十八回，说那唐僧师徒来到了一个叫作玉华州的所在，这里已然是天竺国界，却也有妖精，虽然不吃唐僧，却喜欢上他们的兵器，偷了去办什么"钉耙嘉会"！

自然，这一回已然到西天佛界，所以这妖精也与别处不同，不但不吃唐僧，还颇讲道理，譬如那小妖刁钻古怪与古怪刁钻，居然还拿了二十两银子上集市去，做什么呢？买办猪羊——可见这西天果然不一般，连妖怪也颇讲礼数。

可礼数虽然讲一点，妖精偷人武器却是真的，以至于猴子要与他们算账，而这一来，便惹出《西游记》中前所未有的一个大妖怪来！

这便是九头狮子精，《西游记》中，他把那九张口一张，便噙走了唐僧、八戒和国王父子，再一张，又把孙悟空和沙僧轻轻衔于洞内，可见神通广大。

这便说到这九头狮子，在《西游记》中，他的正式名号叫作九灵元圣。以孙悟空大闹天宫的本事，居然也对他无可奈何，不得不找寻这狮子的主人，这便引出一个大神来。

这大神，住在东极妙严宫，唤作太乙救苦天尊，他的座驾，正是这九头狮子。

可这太乙天尊究竟是什么来历呢？仔细一看，才发现他其实就是哪吒的授业恩师太乙真人。中国的道教神仙中很少有名号雷同现象，不可能存在一个太乙真人，又同时出来一个太乙天尊，很显然，他们就是同一个神仙，只不过是西游与封神两部书的风格不同，在名号上略有差异而已。

话说《封神演义》这部书，和《西游记》一样，也完成于明代。作者许仲琳，和吴承恩一样，都是南直隶也就是如今江苏的人士，只不过老吴在江北的淮安，而老许在江南的应天府也就是南京。就时间而言，老许应该是略晚于老吴。老吴生活在16世纪，而老许却从16世纪一直活到了17世纪。

因为在后，老许便在老吴的《西游记》基础之上，又为哪吒增添了许多内容。其中便是将他与这位九头狮子的主人太乙天尊拉上了关系，而因为封神故事发生的年代在久远的商末，所以"太乙天尊"的称号也就相应有所调低，叫作"太乙真人"。居住场地也从妙严宫调整到了四川乾元山金光洞，座驾也从威猛的九灵元圣调整成了俭朴的仙鹤，似乎这也符合中国人的生活常理，在考上"公务员"之前，先去四川打工，交通工具自然也只能是"永久自行车"。而一旦踏入公门尤其是当上"领导"，那就入住宫殿，自行车也抛到一边，立马换成挂着狮子标识的"法国原装标致车"，哈哈，这完全是可以让中国读者所领会的！

那么，太乙天尊在《西游记》中地位究竟多高呢？实际上你看九头狮子就知道了，孙悟空连他的宠物都搞不过，何况是主人呢？他所居住的地点，更叫作"东天门"，几乎是与玉皇大帝的"南天门"属于同一阶层了。

这就带出一个问题来了，倘若玉帝的某个宠物也遁逃下界，拦住孙猴子——恐怕到那个时候，孙猴子就能真正明白，昔日自己的大闹天宫还真只是"闹"，人家都没把你当回事而已。

最后说一句，这里的太乙天尊或是太乙真人，只是文学意义上的人物，与宗教信仰中的太乙天尊并不等同勿混淆为一。

西游居然还是消灭草根妖怪的A计划，吃唐僧肉长生？妖怪你上当了

回头看这《西游记》中，大大小小据说有一百多个有名号的妖怪。不过，就和现实中的国人一样，虽然都是妖怪，出身本身就大不相同。有的是天上星辰下凡，譬如那黄袍怪，有的则是神仙家的坐骑或是下人，譬如金、银二角，就是太上老君的看守炉子的童子，而九灵元圣，就是太乙天尊的

坐骑。

可也有那一拨妖怪，纯属草根出身，既没有神仙身份，也没有主人在关键时刻来救护他。如这样一般妖怪，是否就只有死路一条了呢？

本事卑微但知名度最高的妖怪——结局：灭亡！

她本是白虎岭上的一具化为白骨的女尸，只因采天地灵气、受日月精华，居然变幻成了人形，可是却不彻底，本事也不济，若是硬来，不要说孙悟空，恐怕连猪八戒和沙和尚她都打不过！所以唯有变形，第一次变形，变成个漂亮女子，倒也迷过了老猪，骗倒了唐僧，可一旦孙猴子出现，火眼金睛之下立马露馅，结果连招架都不敢，便被孙猴子一棒打倒。之后变成老太太和老头也是如此，最终结局竟是被一伙山神土地包围，便无法遁逃，死在了金箍棒下，可见她本事之卑微。

可虽然如此，她的知名度却不小，众多电影，都以她做女主角或是重要的配角。到《大话西游》里，更衍生出个孙悟空的女友白晶晶来——这也算是她的造化了！

本事卑微却最富智慧的妖怪——结局：灭亡！

这便是隐雾山折岳连环洞的南山大王了。这家伙是只修炼数百年成妖的豹子精，武力只能说很烂，因为他居然是整部《西游记》中唯一被猪八戒打死的妖王；法力也几乎为零，兵器居然只是一根铁杵，也没有任何特殊功能，既不能喷火，也不能吐水。

可这一无所有的妖怪，竟然还很有智慧，使出一招"分瓣梅花计"来，从强大的孙悟空手下轻松擒走了唐僧，又用几个假人头，差点就骗过了三个徒弟。

法力不错却不知进退的妖怪——结局：灭亡！

车迟国的虎力大仙、鹿力大仙、羊力大仙，这三个家伙虽然自称大仙，却也是与神仙没半毛钱的草根，估计是到太上老君的玄学班进修却没拿到文凭，以至于沦落到车迟国。后来遇见孙猴子来比法，结果虎力砍下自己脑袋，孙猴便拔根毫毛出来变条黄狗将虎头叼走；鹿力剖开腹部，又被猴子拔毛化作饿鹰将五脏六腑叼走；最有办法的还是那羊力大仙，居然拿了条冷龙跳入热油锅，可惜最终还是搞不过孙悟空，冷龙被没收，羊力便只能被煎熟成了羊排。

这是三个悲催的妖怪，别忘了在送命之前，他们三个还曾捧着孙猴子三兄弟的尿壶牛饮了一番，哈哈！

拥有独门特技却不幸遭遇克星的妖怪——结局：灭亡！

他是盘丝岭上七个蜘蛛精的师兄，也是个道家妖怪，与孙悟空交手五六十个回合便玩起了脱衣舞，两肋亮出那一千只眼来，迸放金光，这便把那孙猴子连天兵天将刀砍斧剁都莫能伤损的皮肉给撞软了。最后无可奈何的老孙只能变形成一只穿山甲，往地下一钻，方才得以逃命。

自然，蜈蚣的金光厉害，便有昴日星君他妈毗蓝婆来克制他，拿根针一挑，便现出原形来。

在佛祖眼皮子底下装大仙骗油吃的妖怪——结局：灭亡！

辟寒、辟暑与辟尘，这三只犀牛精，就在那佛祖所居的西天，招摇撞骗做起了大仙，虽然目的只是偷油吃，却无意中撞见了唐僧，一把捞走，祸事从此上门。最终是孙猴子上天宫借来援兵，二十八星宿中的四木禽一现身，这三头犀牛便只能落荒而逃，最终老大被井木犴咬断头颈，其余两个则束手就擒。

能连续打败孙猴与八戒的女妖精——结局：灭亡！

毒敌山琵琶洞的蝎女妖，她也是个女妖精，却比白骨精的道行要深出许多。论功夫，她在这《西游记》里，却是唯一能以一敌二（孙悟空与猪八戒）的妖精，打了许多时候居然还是不分胜负。于是来一招倒马毒桩，把孙猴的头皮上扎一下，让猴子叫疼不已。改日再来，又把猪嘴上扎一下，老猪更是疼痛难忍。不过，蝎子精最终还是被昴日星君收服。

事实上，整部《西游记》中，出身凡尘的妖精大多是死路一条，除了以上事例，还有那六耳猕猴等。能幸免于一死，似乎只有两例。一个是黑风山的黑熊精，被观音看中去做了守山大神，另一个例子便是牛魔王一家人，儿子红孩儿做了观音的善财童子，老婆罗刹女经历此事后隐姓埋名，后来也得了正果，似乎只有老牛本人被托塔天王和哪吒牵走，再无下文交代。

为什么这些妖怪会灭得如此干净？似乎这便验证了司马的一个猜想，那便是西游路上的一则传言：吃唐僧肉会得长生，对于这些草根妖精而言，这便是最大的利好，因此下到白骨精，上到红孩儿，个个千方百计要来算计唐僧的性命，结果算计来算计去，最终无非是被一网打尽。如此说来，这不就是一招引蛇出洞的计吗？说白了，就是拿唐僧做诱饵，把这些不肯归顺玉帝或是佛祖的民间力量逐一剿灭而已。这一计划的执行人，就是孙悟空！

而所谓唐僧肉，根本就是一个谎言而已。沙僧便是见证人，身在流沙河的他曾吃了八回唐僧肉，可是长生了吗？哈哈，老沙这便笑了："逗你玩的，你也信？"

事实上，这就好比是今日股市里常见的利好消息。当主力即将撤退之际，市面上反而会有大量貌似利好一味唱多的声音密集出现，呵呵，你若信了，那便和本文的那些妖怪一样，惨啰！

第十二章　西天！如来居然还打小算盘，你们带小费没有？

　　眼瞅着唐僧师徒这就抵达了西天，在读者想来，之前经历了那么多磨难的师徒四人，这就该刀枪入库享安乐了。可实际上，故事尚未结束。

　　唐僧抵达西天第一惊奇：灵山脚下居然有个道观，出来个道士笑眯眯

　　话说这《西游记》，说到第九十八回，唐僧师徒便终于到了大雷音寺，眼见得灵山就在眼前，却跑出一个道童来，在那边哇啦哇啦喊："那边的朋友，是从东土大唐来的取经人吗？"

　　唐僧这下可是真吃了一惊，为什么呢？他是从大唐来的，大唐此时的国教是道教，太上老君李耳，甚至还被大唐皇帝奉为自家祖先。而这边是天竺，天竺自然是佛教的所在，怎么会有个道童在此乱叫呢？

　　想当年，拍摄《西游记》之际，那编剧与道具看这段剧情，也实在不懂，所以随便一想，大概是传写之际给搞错了，又或者中国人的文字博大精深得很，有时候也会把和尚写作道人，于是来个想当然，随手一搞，就把这接引唐僧师徒的大仙（书中叫作金顶大仙），易容成了一个和尚，而且镀了个黄金脑袋，附会"金顶大仙"一说。

我们不妨重新打开《西游记》原本，把这些文字再念一遍：

> 只见一个道童，斜立山门之前叫道："那来的莫非东土取经人么？"长老急整衣，抬头观看。见他——身披锦衣，手摇玉麈。身披锦衣，宝阁瑶池常赴宴；手摇玉麈，丹台紫府每挥尘。肘悬仙箓，足踏履鞋。飘然真羽士，秀丽实奇哉。炼就长生居胜境，修成永寿脱尘埃。圣僧不识灵山客，当年金顶大仙来。孙大圣认得他，即叫："师父，此乃是灵山脚下玉真观金顶大仙，他来接我们哩。"

显然，吴承恩笔下的"金顶大仙"，就是一个"飘然真羽士"，如假包换的道士。因为他是道士，所以他的楼阁，也叫作"玉真观"，那是典型的道观之名。而"玉真"二字，则更多见道家仙灵或者干脆就是美女之名号，就在唐朝，白居易的《长恨歌》里头，还有这么一句："楼阁玲珑五云起，其中绰约多仙子。中有一人字玉真，雪肤花貌参差是。"

所以，灵山脚下的玉真观，说白了就是道教驻灵山的大使馆，而金顶大仙就是一个大使级人物。

正因如此，他说起观音也毫不客气："我被观音菩萨哄了……原说二三年就到我处，年年等候，渺无消息。"

实际上，从书中文字来看，金顶大仙就是一个佛道两界的交接人。固然取经四人组合中，唐僧本身就是和尚不错，但其他三个都显然是道不是僧。所以金顶大仙在这边，把唐僧一行按"本路"送上山，实际上就意味着孙悟空、猪八戒、沙悟净这三个原本的道教世界人物，从此真正脱离道家仙籍，进入佛家僧籍。

正因为不再是神仙，所以他们看见前方有个凌云渡，渡口上有一座独木桥，他们便不敢行路，尤其是猪八戒，连叫："哥啊，佛做不成也罢，实是走不得！"

诸位应该都记得老猪的本身，是天河的天蓬元帅，而沙和尚也是卷帘大将，如此一座桥，又岂能真走不得？关键在于这其实是蕴含着道家意味的桥，他们不能从这桥上走——他们要寻一条新路来走，那便是去往佛家世界的路。

果然，接下来便来个人，撑着船来了，那可真是佛教之人了，他便是接引佛祖，正式称号是"南无宝幢光王佛"，到这边厢，唐僧师徒上了他的无底渡船，才真正进入佛的世界。

唐僧取经到西天，如来给他三藏经，内容居然是谈天说地谈鬼？吴承恩你是在说笑话吗？

话说这《西游记》演绎到末尾章节，唐僧取经已然到达西天大雷音寺，按理说这佛祖圣地，那就该和谐完满，可不知为何，在吴承恩笔下，《西游记》中的佛祖世界却颇有些奇怪，为何如此说，且听司马——道来。

首先是如来佛的开场白，其中有一段他是这么说的：

我今有经三藏，可以超脱苦恼，解释灾愆。三藏：有《法》一藏，谈天；有《论》一藏，说地；有《经》一藏，度鬼。共计三十五部，该一万五千一百四十四卷。真是修真之径，正善之门，凡天下四大部洲之天文、地理、人物、鸟兽、花木、器用、人事，无般不载。

哈哈，这话便十分有趣了。为什么这么说？你且听听这三藏是哪三个？一个谈天，一个说地，第三个则是度鬼，这连起来不就是谈天说地扯鬼（话）吗？

还有，既然说是佛经，那就好好地谈佛，偏偏说什么天文、地理、人物、鸟兽、花木、器用、人事，无般不载——难道这是印度版的百科全书吗？唐僧拿这书去研究花鸟鱼虫，还是讲说天文地理呢？

看《西游记》到这里，真的感觉吴承恩这是在讽刺佛教了。

为什么？因为真正的佛教三藏，完全不是这些内容。

所谓"三藏"，其实就是佛教圣典的分类，指经、律、论三种圣典。而以教派论，又可分为小乘三藏与大乘三藏两大类。

法，其实就是"佛所说的教法"，其实也就是理论经典，你可以理解为佛教的《乔达摩选集》。而律，就是佛教出家教团日常生活的规则。

早期的经、律，实际上是只用口传而未形诸文字的，这也就是《西游记》中的无字佛经——所以阿难和迦叶最初给唐僧师徒的佛经，便是这种早期的经典（但实际而论，没有字，也没有口传，唐僧取到的只是一纸空文而已）。

随后，经历了数次所谓"结集"，而目的就是形成书面文字：法与律。尤其是律藏，逐渐形成止持戒（禁止事项）与作持戒（遵守事项）两种。出家教团该做什么，不该做什么，都有严格的说明与规定。

而之后，便有了"论"。论又是什么呢？

其实就是对法与律的解释说明。

佛教自然也有分类，《西游记》中，说中国原本流传的是小乘佛教，而唐僧去取的则是大乘佛教的教义。可实际上这里又有问题，因为所谓的"三藏"，根本上就是小乘佛教的理念。譬如《法华经》中便曾有"贪着小乘三藏学者"的语句。

而在唐代那个时期的印度，印度的大乘佛教根本就没有什么"三藏"，理由也很简单，大乘有经与论，可是不会有律，因为这时候的大乘还没有出家教团，压根儿就没必要制定什么教团规律的律藏。

不过也有例外，譬如那烂陀寺，当时有数千位僧侣聚集此处，律藏就不可或缺了。于是把小乘佛教的戒律拿过来，当作自己的律藏。

那么，历史上的玄奘，为什么会被称为三藏法师呢？这其实就是一种美称，说这和尚通晓一切佛经圣典的意思。

但无论如何，三藏都不可能是什么谈天说地讲鬼，这难道是搞笑版的如来佛吗？

不给人事就给白字经，佛祖还说这是规矩，什么意思？原来要个钵盂也有深意啊

老实说《西游记》到了末尾处，没有了妖怪，佛祖便暴露出一副现实的嘴脸来，而其中最典型的案例，便是索要人事。

小时候看西游，一直以为那阿难、迦叶是贪财的"小秘书"，扣着佛经问唐僧要好处，那好处是给自己的。就好像某些公公，出来办事总归要拿一点捞一把。

可后来看西游，才发现不是这样，原来这是一贯以来的佛界规则，阿难、迦叶其实是如来佛的管账先生，他们是替佛祖要的。

典型案例便是如来佛祖自行交代的一件事，说以前曾派一帮比丘圣僧下山，把经书在舍卫国赵长者家里给他念了一遍，说是能保他家生者安全、亡者超脱，就这样空口白话，实际上什么都没干，就赚取了老赵家三斗三升米粒黄金，这简直就是空手套白狼，比股市里胡扯的股评家还牛，但佛祖还说：哎呀！他们忒卖贱了，教后代儿孙没钱使用。

可这话，唐僧便不服了，为什么啊？因为在《西游记》里，唐僧取经不是自个要来的，而是你如来佛派观音菩萨跑到长安去，招募来的取经人（包括孙猴子、猪八戒、沙和尚与白龙马，也是观音选定的）。既然取经使命是你们佛祖的主意，取经班子也是你们选定，在师徒四人抵达之后，又为什么偏要什么人事好处呢？

若放从前，孙猴子可能便恼了，而猪八戒也会叫嚷一声"散伙"，拆行李各自回家，他好去高老庄找自己媳妇去——可眼下显然不行，为什么？你都到佛祖面前了，要是还来这一招，佛祖很可能就再来两座五行山，一座压住猴子，另一座便压住了唐僧猪八戒与沙和尚，到时候谁也跑不掉。

所以其实猴子和猪是敢怒不敢言。

佛祖似乎也明白他们的心思，继续跟他们解释，说那白本，其实叫作"无字真经"，倒也是好的——就是你们不懂罢了。罢了，那个阿难啊迦叶啊，你们还是拿有字的给他们吧！

可是到了珍楼宝阁之下，阿难和迦叶依旧问唐僧要人事。师徒四人这时候也明白了，佛祖不是省油的灯，取经就好像去新华书店买书，十万八千里只是去书店的路程而已，到了书店依旧要花钱，才能买到书——你总不可能说俺跑了那么远你免费送我几本吧！

所以唐僧这便到行李箱里翻找，终于找到一件算是值几个钱的玩意：紫金钵盂！

不过，虽然叫作紫金钵盂，实际上也就是个木头做的钵盂，只不过表面上镀了点紫金线纹而已，并不是说真的就是个金子做的饭碗。倘若真是金子做的，西游途中唐僧师徒遇见过几拨强盗，早把这个给打劫走了。

可是说到底，这钵盂毕竟是大唐皇帝给的，有御赐这层意思在，所以唐僧对此格外看重也是情有可原的。

但，阿难和迦叶的目的，显然就是要断绝你这最后的世俗瓜葛。

为什么？大家不妨想一想：在唐僧出发之际，观音可是送来了锦襕袈裟、九环锡杖，锡杖固然不值几个钱，那袈裟可是曾吸引了黑熊怪的视线，视为珍宝的！阿难两人若是真要好东西，该是扒了唐僧的衣服才对。

如此看来，要人事其实只是个托词而已，关键是要让你唐僧明白：今后你就是佛的人，佛给你的（譬如袈裟、锡杖、旃檀功德佛的称号）那才是你的，别人给你的（譬如"御弟"称号、这个钵盂），从今往后，那就统统与你无关。

也正是因为这个缘故，阿难接了这钵盂之后，便是淡淡的微笑，那是有含义的笑啊！

七颠八倒的西天诸佛，吴承恩是有意讽佛吗？

话说唐僧师徒送了钵盂之后，终于拿到了有字的真经，这便启程回国。自然这番回国的路便不用再走十几年，更不用骑马打怪，而是由八大金刚驾云护送。

也就在唐僧起步之后，那观音菩萨却想起了一件要紧的事，什么事呢？

那便是唐僧师徒一共经历了多少磨难。

嘿嘿！要说这佛界的管事还真是七颠八倒，你非要说凑满了磨难数字才能给经书，那你就该在唐僧上山之前就把八十一难给整齐全了，何必至于师徒四人都取经完工了才想起要考核他们的八十一难是否完整。

唯一的解答，只能说是观音算术不好，记账也不认真，以至于到此时才翻开作业本来做加法。

那么之前唐僧究竟经历了多少难呢？

《西游记》是这么说的：金蝉遭贬第一难，出胎几杀第二难，满月抛江第三难，寻亲报冤第四难，出城逢虎第五难，落坑折从第六难，双叉岭上第七难，两界山头第八难，陡涧换马第九难，夜被火烧第十难，失却袈裟十一难，收降八戒十二难，黄风怪阻十三难，请求灵吉十四难……失落兵器七十三难，会庆钉耙七十四难，竹节山遭难七十五难，玄英洞受苦七十六难，赶捉犀牛七十七难，天竺招婚七十八难，铜台府监禁七十九难，凌云渡脱胎八十难。

但这八十难仔细看的话，其实大有问题。譬如说，金蝉遭贬、出胎几杀、满月抛江是难可以理解，但寻亲报冤为什么也是难？黄风怪阻是难，可请求灵吉分明就是找到了解决办法，为什么也成了难？又譬如说，失落兵器与那钉耙会，分明就是同一件事，为什么要分成两难？

要寻求个答案的话，只能说观音工作没做好（或是作者江郎才尽，没辙了只好拼凑）——而难就难在，尽管七拼八凑，也只能凑出八十难，达不到八十一难的标准数字。

这时候观音便出馊主意了，叫来揭谛，让他们赶上护送唐僧师徒的八大金刚，中途抛锚——乖乖！要知道护送唐僧回家是如来佛的命令，按说老大的命令，你观音不过是个"中层干部"，岂有改变的道理？可事实上老大的命令就是不如中层实际管事干部说的管用，八大金刚一听说是观音的密令，立马就把唐僧一帮人，连马带经书，一把扔下"豪华班车"！

说到底，在这吴承恩的笔下，佛教世界就是七颠八倒的一套逻辑——可为什么是这样呢？

其实我们该知晓，吴承恩所写的，只是一部神话小说，而不是颂扬佛教伦理的文字。在明代，印度的佛教本身，已然在伊斯兰教与印度教的两面夹攻中，失去了立足之地。换句话说，在吴承恩这个时代，西天真的只是一种奇思妙想而已。

那么印度如此，中国的佛教又如何呢？就元明时代而言，佛教其实是在中国经历了一个相对繁荣的时代。可正是因为繁荣，更滋生出种种怪象来。明代佛教文化便有一个奇特的现象：一方面一切由国家包办，规定严格的考试制度，考试合格者，"方许为僧"；取消"免丁钱"制度，免费发给度牒。另一方面，民间私自度僧现象激增，国家集中管理的规定往往落空，反而为僧尼泛滥开了方便之门。后来因为救济饥荒，收费发牒的制度又卷土重来，私度的变为公开，僧侣和寺院大量增加，到明宪宗成化年间仅京城内外官立的寺观（包括道观）就有六百多所。

寺庙如此多，僧人修行又如何？我们不妨看《水浒传》中，那些和尚是如何一种形象？《水浒传》第四十五回便这样写的："原来但凡世上的人，惟有和尚色情最紧……缘何见得和尚家色情最紧？惟有和尚家第一闲。一日三餐，吃了檀越施主的好斋好供，住了那高堂大屋，又无俗事所烦，房里好床好铺睡着，没得寻思，只是想着此一件事。"至于那大户人家，日夜有钱物挂念，一般小百姓们，白天劳累，晚间忧虑生活艰难，"因此输与这和尚们一心情静专一理会这勾当"。

所以，在《水浒传》中，便有崔道成这样酒肉女色皆不耽误的"生铁佛"，也有裴如海那般嘴里唱着一口好梵音肚里却想着一夜情色经的"阿阇黎"。

和尚在施耐庵眼中是这般形象，而在吴承恩笔下其实亦是如此。也正因为平日里的所见所闻，他其实并不相信唐代的玄奘会是如何一个智勇双全的得道高僧，更不会认为他就是为了追慕佛法而去西天取经。

也正是因为这个缘故，所以《西游记》中的唐僧，始终是个遇事畏首畏尾、见妖不能识别的庸僧。在吴承恩笔下，若不是孙猴子的保护，他早已被那妖精吃了几回又骗了几回。

也正是因为这个缘故，所以《西游记》中，有偷袈裟不成而被害的金池长老，更有如来忽悠孙猴子，更有阿难与迦叶贪一个紫金钵盂，也有观音算错账——呵呵，这些故事在寻常僧人看来，简直就是对佛教的大不敬，可是偏偏就深入了人心。

唐僧前身据说是如来徒弟金蝉子？谎言！佛界从来就没有这个人

《西游记》演绎到末了，千辛万苦到西天取经的唐僧师徒终于功德完满——真实的玄奘，这就回国传教，而小说中的唐僧，却只需把取来的经书交给唐朝，而后便有八大金刚在云头现身，召唤一声，这四人一马便平地而起，又转回灵山。

这时的故事便到了终结的时刻，唐僧四人一马取经辛苦，按照老百姓的想法，就算没有加官晋爵，佛祖怎么着也得意思意思——果然，如来这便叫唐僧等近前受职了。

首先自然还是唐僧，虽然这十万八千里路上他实在没啥本事，基本上就是个累赘。但经还是他取的，所以论功劳还得数他第一。且如来又说了：你虽然顶着唐僧的名号，表面上看起来是大唐的僧人，其实是俺的二徒弟金蝉子转世投胎而成，话说这家伙以前听我念经讲法的时候就不认真，所以贬他下界去东土，经历了这一番锻炼，好歹也知道世间之苦了，好吧！这就给你晋升个"高级职称"，做个"旃檀功德佛"。

这话，听上去好像还蛮像回事的，有道是"出家人不打诳语"，可在这里，吴承恩笔下的"如来"实际是打了诳语，因为"金蝉子"这个名号一听便不是佛家用语。也就是说，什么金蝉子以前是如来弟子，纯属胡诌。

那么金蝉子究竟是什么来历呢？

咱不妨先来考究一番"金蝉"是什么。金蝉实际上就是知了猴，就是马吱啦猴，就是杜拉猴，就是蛹蛹，就是蚱蝉。哈哈！听听这些名号，原来唐僧早就与猴有缘，难怪要收孙悟空做徒弟呢！

每年的夏至到立秋前后，中原大地如皖北、苏北、鲁南、豫东这些地方，据说就会有人拿着手电灯，到林子或是果园里逮金蝉。而逮到的金蝉往往还不少，一半自个吃，另一半就卖给收购的人，赚点零花钱。

那么为什么吴承恩会设计唐僧的前身是金蝉子呢？原来金蝉会脱壳变身，在常人看来，这就是一种"金蝉脱壳"，有长生或是再生的意思。而《西游记》中的唐僧，前世被设定为佛的弟子，再生于大唐为高僧去取经，这何尝不是一种"金蝉脱壳"呢？

也正是因为这个缘故，金蝉子这个听上去很有道家意味的名号，便被安在了如来门下，成了佛门弟子。

那么这"旃檀功德佛"究竟是个什么佛呢？佛经里说他在三十五佛中，位于佛陀的西北方，其身蓝色，右手触地印、左手定印，持诵此佛名号的功德，能消过去生中，阻止斋僧的罪业——这些其实都不要紧，关键在于吴承恩如何会想起给唐僧安这么个佛号呢？有人便去考证了，考证下来原来吴承恩的老家附近在唐代有个塔，专门供奉旃檀佛——于是老吴在写《西游记》那会，便想到了这个佛号，得了，就给唐僧安上吧！

其次是孙猴，虽然你之前大闹天宫，给玉帝惹了不小麻烦，可好在后来我出手，把你压在五行山下思过五百载，然后做唐僧的徒弟，一路上打怪除魔，好歹也算是将功赎罪，这就也给你晋升个"高级职称"，做个"斗战胜佛"。

这又是个什么佛呢？据说其身蓝色，双手持盔甲置于胸前，持诵佛号的功德，能消过去生中，由傲慢所造作的罪业。哈哈，自然这是佛经的正解，吴承恩显然没看这些，在他看来，整部《西游记》，都在说孙猴子如何能打，而这满天的神佛里头，又唯有这么一个佛号搭到点猴子打架好胜的意思，所以，这个佛号，实在非孙悟空莫属了。

第三是八戒，你其实本来是天河里的水神，偏不改那好色的毛病，居然敢在蟠桃会上调戏嫦娥，所以这才贬你下界做猪。这西游路上你别的且不说，总算是一路挑担有功，就给你个"中级职称"，做"净坛使者"吧！

嘿嘿！也难怪老猪不服气，师父和师兄都封了个佛，到老猪这里居然成了"使者"，貌似还不如后头老沙的"罗汉"职位呢！按理说佛界的序列，佛之下便该是菩萨，八戒为何就不能做个猪头菩萨呢？难道是形象问题吗？——不过如来对这一点也有他的解释，你老猪食肠宽大，做个净坛使者可以到处享受佛事的供奉（既然成佛了，老猪此后对食物便没什么欲望了，只要闻闻香火这肚皮似乎就饱了）。而这使者的具体级别，实际上就是菩萨。所以文末大众念经时，也念："南无净坛使者菩萨。"

第四是沙僧，你本是天庭里的卷帘大将，却非要没事找事打碎什么琉璃盏，结果贬下界成了流沙河里的妖怪——哎呀，打碎个琉璃盏就跟老猪调戏嫦娥同罪，老沙你一定是得罪什么人了，好在西行取经缺个牵马的马夫。而今你也算得了正果，也给你个"中级职称"，做"金身罗汉"吧！

第五是白马，你本是西海龙王的儿子，当初青春期冲动，一时犯下忤逆大过，差点就问斩了——你们西海龙族的内部恩怨也很深啊，我且不管那些，这一路上你变成龙马驮了唐僧一路，也是一桩功劳，就让你做个八部天龙马吧！

"金身罗汉"和"天马"没啥特别的，关键在前三个封号上，其实大有意思——吴承恩是有他的潜台词的。

唐僧，你是"旃檀功德佛"，旃檀是什么呢？就是一种香木。唐僧跑了十万八千里，可实际上全无半点本事，所以最后也只能做个香木佛，纯粹给人闻闻气味而已。孙猴则是"斗战胜佛"，听上去很威猛的样子，可这佛的佛意，其实是要消解傲气，别以为你打谁都能赢，好好地听佛祖念经，你就知道傲慢，才是你真正的敌人（听上去还蛮有哲理性的，孙猴且到一边反思去）。至于老猪的净坛使者，那其实就是个搞剩菜剩饭剩汤处理的，你寻思寻思，那会儿中国人后院养头猪，吃不完的菜饭汤都给猪做饲料——这不就是个净坛使者的本义吗？

吴承恩，你好机智啊！

为什么唐僧悟空都成了佛，观音却依旧还是菩萨？

可是，还有一个问题，那便是关于佛界这些神佛菩萨的。众所周知，整部《西游记》中其实与唐僧师徒最密切的便是那观音菩萨，如今唐僧与孙猴居然都成佛了，岂非高过观音一头了吗？

事实上是这样的，观音，其实不是如来佛这边的人。她的真正身份，是另一尊佛——极乐世界阿弥陀佛座前的左胁侍。

　　而所谓如来佛，其实真正的称呼应该是释迦牟尼佛。在佛教教义中，有以空间计算的横三世佛，也有以时间计算的纵三世佛。

　　这横三世佛便是释迦牟尼佛、药师佛和阿弥陀佛。药师佛主管的是东方净琉璃世界，他有两位助手（胁侍）——日光普照菩萨和月光普照菩萨，两个菩萨加一个佛，号称"东方三圣"。世人若是拜药师佛，便可以去病、消灾、延寿。

　　释迦牟尼佛主管的是中央娑婆世界，他也有两位助手——大智文殊菩萨和大行普贤菩萨，三者号称"华严三圣"。因为如来就是释迦牟尼，所以本来他的"秘书"就该是文殊和普贤两位，可《西游记》，因为观音更有人缘的关系，所以直接把观音借来，做了如来的"秘书"。

　　就佛教本身理论而言，观音是阿弥陀佛的助手。而阿弥陀佛才是西方极乐世界的主管，他也有两位助手（胁侍），除观音外，另一个便是大勇大势至菩萨，他们三人合起来号称"西方三圣"。

　　而观音呢，又说是阿弥陀佛的接班人，一旦阿弥陀佛入灭，观音就要接替他的西方极乐世界佛位。更有一种说法，说观音实际上在过去无量劫中已然成佛，佛名正法明如来，她是为了广度众生，也就是说，她宁愿不做佛，低评个菩萨"职称"，先把事干好再说。正是因为这个缘故，她依旧以菩萨身份出现。

　　这是横三世佛，而要论纵三世佛，那便又是这三位：过去佛是燃灯佛，现在佛是释迦牟尼佛，未来佛是弥勒佛。燃灯佛实际上是已经退休的佛界老师，许多佛和菩萨都是他的弟子，而且他和太上老君的关系也很不一般。

　　而弥勒佛呢，就是未来世界的主宰者，只不过他的时代尚未来到，只能暂且在兜率内院实习做菩萨。

　　这便回到本书的开头，说到隋唐时代，当时中国人群体中的弥勒净土信仰依旧很猛烈，就连白居易都是弥勒信徒，甚至还成立了一个组织叫作"一时上升会"，那意思自然是说这个会的成员都能往生兜率净土。白居易晚年还有一首诗："吾学空门非学仙，恐君说吾是虚传。海山不是吾归处，归即应归兜率天。"说的便是这个意思。

　　然而，在整个隋唐时代，中国人中信弥勒的信徒居然和信阿弥陀佛的信徒分成了所谓两大流派，一度曾相持不下。末了还是朝廷出手，这才分出胜负：原因就是许多民间信仰信徒都打着弥勒降世的旗号造反，于是朝廷便出手对弥勒信徒大力打压。于是到了明清乃至现代，念"弥勒"的人便渐渐稀少，绝大部分佛教信徒都念"阿弥陀佛"了。

　　为什么都念"阿弥陀佛"呢？因为这个佛能以其愿力，引渡众生到极乐世界，脱离苦难的轮回——可是又有人问了：既然他这么厉害，为什么整部《西游记》对他都一字不提呢？事实上还是提到了的，你看《西游记》第九十八回中，那摇船帮唐僧师徒登彼岸极乐世界的接引佛，其实就是他啊！

第十三章　后西游！唐僧取经的故事居然没有终结，再来一拨？取着取着，印度干脆就没佛了

想当年司马读中学之际，读完《西游记》之一百回，却是意犹未尽，心中总想着故事不该就这么完了，于是在图书馆里胡乱寻找，未曾想还真找到一部《后西游记》。原来，在吴承恩之后数十年间，大明朝尚在，李自成暂未起事，关外的满洲也未成气候之际，又有某君，写成《后西游记》四十回。

历史真实的唐僧徒弟居然与李世民的女儿好上了！这不是戏说，而是正史

西游之后又来了个后西游，那自然是要有原因的。话说这唐僧取经，原是为了度化世人，用现在的话说，那就是用从印度引入的大乘佛教真理来解救世人。但《西游记》显然只讲了唐僧取经，至于取来的经是否为唐人所接受呢，是否真的解救了世间疾苦则并未提及。

若按事实而言，这个答案是明确的，那就是一个"不"字！

据说历史上真实的玄奘极是刻苦，回国之后他基本上就是在翻译佛经，总计翻译的经论有七十五部一千三百三十五卷之多。就他自身而言，他确实是为佛教事业而献身了。

可问题是唐人接受效果如何呢？

我们且不说普通信徒，就说玄奘的弟子辩机和尚，他曾帮玄奘翻译经文，最终完成了《大唐西域记》的撰写。按理说以他与玄奘的关系，那一定是个深通佛理、明辨是非的高僧了。可事实上他却与唐太宗的女儿高阳公主私通，演绎了一段天蓬元帅的故事——结果不久大唐皇宫里居然失窃，自然窃贼不久便被活捉，而关键剧情，是在赃物里发现了一枚皇家至宝"金宝神枕"。贼人说，这枕头是从一个和尚的卧室里偷来的——最后查明：这和尚便是辩机。

辩机的卧室里为什么会有"金宝神枕"这么名贵的物品呢？"调查组"很快发现，这个枕头的主人其实是高阳公主。难道说，玄奘的徒弟居然是个江洋大盗，偷盗公主之物？实际上，事实是高阳公主与辩机私通，这枕头便是公主送给辩机的定情之物。

"皇帝的女儿居然看上一个和尚？唐僧的弟子居然是个淫僧"——当时若有报纸，想必这样标题的文章一定会出现在头版头条。

辩机很快被逮捕归案，不需严刑拷打，他便已然招供，承认自己确实与公主发生了那种关系。至于是谁主动，似乎不是重点，但从历史叙述来看，以个性张扬跋扈的高阳公主而言，她采取强势主动的可能性较大。

接下来的剧情便简单了，公主占有辩机之后，便送他这枚"金宝神枕"以及许多珍奇之物。所以，两人之间很快便演化成一种情人关系。

那么，这些剧情——唐僧知否？

似乎可以理解为不知，因为即便是知道，唐僧也做不了什么。要知道和他徒弟私通的，那可是大唐公主！绝不是什么蜘蛛精白骨精。

所以，唐僧只能默默看着徒弟被禁卫军带走并秘密处死——具体而言，是死于腰斩。由此也可见唐太宗对此事的愤怒。

虽然情夫被杀，唐太宗却不愿治自己女儿的罪。但高阳公主依旧怨恨自己的父亲，后来李世民去世之际，这女子据说没有流一滴眼泪。

不知这段史实，是否就是吴承恩撰写《西游记》之际为唐僧设计一位花和尚猪悟能做徒弟的原因所在？

此事在当时自然是一桩宫廷秘密，但包裹得再严实的秘闻，也终有成为街头巷尾轶事的一天。百姓皆云：那个叫什么悬藏的和尚整日里说些听不懂的高深佛理，可他的徒弟却出来偷女人。而且这色胆还极大，居然偷到了皇帝家里。诶呦喂！你这念的究竟是什么经啊？

再次出发去西天！原来唐僧取来的旧经被念歪了

虽然说爱徒辩机牵扯上"桃色新闻"并最终遇害，但玄奘毕竟还是唐太宗所看中的佛学大师，唐太宗依然选择了对玄奘的支持。

而真正继承并将玄奘的佛教理论发扬光大之人，是他的另两个徒弟。一个叫作窥基，另一个则叫作圆测——不知算不算巧合，他这两个徒弟都不是纯汉人：窥基出自尉迟家族，是鲜卑后裔；而圆测呢，则是来自朝鲜半岛之上新罗国的僧人（据说是该国王室成员）。

窥基的这一派，后来叫作"慈恩宗"，长期以玄奘正宗弟子自居。至于圆测，则住在西明寺，似乎与慈恩宗长期不睦，甚至互相攻击。曾有一种传说，说圆测盗听师说并抢先在窥基开讲之前开说云云。

无论如何，有一点是肯定的，那就是唐僧的这两个徒弟相处不和睦。而新罗国的神文王，也曾数次派出使者敦促圆测回国传教，但据说最终都被武则天所阻拦（那时已然是女皇时代了）。最终据说圆测便老死于中华，未能回归新罗故国。

而玄奘的这一番佛教理论，便在这两个徒弟的卖力宣讲之下，以"法相宗"的名字传播下来。据说窥基的讲课内容，后来传去日本，而圆测的呢，则流传在朝鲜半岛。至于中国，到宋代，法相宗还是佛学徒的必修课。元代的佛教三大派别，天台、贤首之外，便是这法相宗。

虽然如此，但玄奘所带来的佛教理论，毕竟有些深奥。对于普罗大众而言，似乎难以理解。这便有了《后西游记》的故事源头，说唐僧取来真经之后，佛教一时兴旺发达起来，乃至于人人崇信佛法、处处创立寺宇、家家诵念经文，为的都是一件事，那就是：舍财可以获福，布施得能增寿。

中国人果然是讲究实际的，你甭跟我扯什么大乘小乘，你只要能保我家富贵安康，我就施舍钱财给你们这些和尚，能帮我延长点寿命岁数，也施舍钱财给你——至于你的佛经说的那些弯弯绕，我听不懂，也不想听。

所以，唐僧和孙悟空以游行僧人的身份回到长安之际，看到的是法门寺中，僧人拿"佛骨佛牙"做招财的招牌，用唐僧当年取来的大乘佛法做揽财进宝的道具。以至于唐僧与孙悟空听完了讲经出来，连声叹息："我佛一片度世慈悲，却被愚僧如此败坏，则我求取此经来不是度世，转是害世了！"

于是唐僧转头去见佛祖，说明所见所闻，那如来便说了："我这个三藏真经啊，实在是义理微妙得很，那些愚昧蠢笨的百姓自然不明白了，所以真经一定要有真解来配合，才能让他们明白！"

嘿！瞧这如来说得轻巧，既有真解，为何当初不一块交给唐僧师徒呢？如来这便打哈哈了，说是当时太匆忙了，"不及令汝将真解一并流传，故以讹传讹，渐渐失真"。

怎么办呢？如来便说了，你到东土去，再搭建一个四人取经小组，到俺这里再把真解取回去便好了。

这话听上去已然有些奇怪了，可随即又有那阿难和迦叶两个跟出来，说你们几个啊实在不懂事，之前取经来只拿了一个紫金钵盂给我们，太不值钱了，所以才取了度不得世、救不得人的真经回来，这回再找人来取真解，可一定要多带点人事才行。

孙猪沙马，依旧是旧日规格取经队伍

于是这唐僧与悟空又到东土来寻求真解之人，可大唐和尚虽多，却个个贪财好利，哪有半个真心的。而大唐的皇帝，也在搞什么迎佛骨典礼，结果更惹出著名文人韩愈写了篇《谏迎佛骨》表文，惹恼了皇帝，一下子被贬到岭南潮州地方——韩愈却在这潮州遇见了一位作风俭朴无为的真和尚，叫作大颠——他便是这《后西游记》的取真解之人！

另一边，唐僧和孙悟空也在长安城中大显神通，封了所有佛经，让皇帝一定要再派人去西天求取真解。两条线索这便在此汇合，而这一次担当唐僧角色的大颠和尚，便有了个新法号，叫作"唐半偈"。

可是唐半偈虽然愿意去西天走这一趟，谁又来做他的保镖，如同当年的孙悟空、猪八戒、沙和尚一般呢？

第一个便是孙悟空。恰好在此时，花果山也出了一个新石猴，叫作"孙履真"。这孙履真处处学当年的孙大圣，修成道法之后，便闯阎王殿，又撞入王母娘娘的瑶池，讨要仙桃和仙酒，引得玉皇大帝再发一拨天兵天将，只是这一回没有托塔天王与哪吒三太子，只不过是什么三界五行神而已，可是也打不过孙履真。最后还是找孙悟空出面，拿一个金箍儿套在了孙履真的头上，还留下一句话，说什么："这虽是你的魔头，你的正果却也在这个箍儿上。"

结果这时唐半偈从唐僧那里学了紧箍咒，念将起来，便把那小孙从花果山一直勾引到了长安城中，做了大弟子。

第二件事则是马匹，上一回《西游记》中是龙马，而这一回，小行者孙履真依旧到东海龙宫去找老龙王要龙马，直闹得老龙王没法子，又把三兄弟都叫来。四个龙王合计半天，终于找出一匹龙马，那倒也是有来历的，据说是伏羲时代背负河图出水的龙马。又配上据说是西周昭王时代淹死在汉水里的宝马鞍辔，一起配套送给小行者做见面礼。

配套齐全，这西行新组合便踏上了取经之路。而第一个阻塞，便是当年把孙悟空压在其下五百年的五行山余脉，如今叫作"五行余气山"。此时这山上，却有一个妖怪出现，此妖何等模样呢？据说是长嘴猪形、丑恶异常——说起一个"猪"字，想必大家都想起那猪八戒来，不错，这妖怪便是当年猪八戒在高老庄留下的遗腹子，虽然手里没有九齿钉耙，却力大无穷，将寺门前一根铁幡拔起来，就把一千多和尚打得东逃西散。他便霸占一座万善丛林，弄作一个猪寨。

这下子，小行者便去找这猪妖算账。两下交手，猪妖便说出自己的来历，原来他也受了唐僧的指引，要做这西行新组合的一员。可唯有一点，他手里居然没有当年猪八戒的那杆九齿钉耙。

那么又要到哪里去寻这钉耙呢？显然这就要找净坛使者猪八戒。老猪自从西天取经之后，便成了各种佛事香火的享受大师，所以要找老猪却也方便，寻一处香火旺盛的便是。可没想到的是，猪八戒虽然来了，手里却没有钉耙。

钉耙哪里去了呢？老猪吐真言，说成佛之后这兵器就无用了，如今借给一个法号叫作"自利"的和尚做"文物陈列"去了。

于是小行者便和这猪八戒的儿子猪一戒去问那自利和尚讨还钉耙。而这和尚果然也名副其实，真个自私自利，听这猴猪二人要讨钉耙，满口否认，先是不承认有钉耙，承认了却又说非得猪八戒自己来取，总之说了半天也不肯拿出来。

自利和尚不肯还，小行者只能变成米虫潜入米仓，这才从自利和尚口中听到真实，原来自利要拿这九齿钉耙耕田，只是没有大力气之人，所以特地从远方约请了一个苦禅和尚来帮忙。

这下可是极好的。小行者立即变形成苦禅和尚，让猪一戒变成一个鹗化道人，一同来到自利和尚寺庙中。自利和尚自然没有怀疑，这就拿出九齿钉耙来，登时猪一戒抓耙在手，这就舞将起来——终于从赖账的和尚手中夺回了兵器。

这一段对贪财好利的和尚之讽刺，也真是很到位了。

第三个徒弟自然就是沙和尚的接班人。此时这唐半偈一行便到了流沙河边，果然有一个死眉瞪眼、枯枯焦焦的和尚出来，说自己是金身罗汉的徒弟沙弥在此等候新的取经人。

唐半偈自然信以为真，这就跟随他，踩着一个旧蒲团这便踏水而去——可这实际上有诈，小行者和猪一戒都觉得有些古怪，但一眨眼，这唐半偈便已在河上消逝得无影无踪。

一出来便弄丢了师父，当下猪一戒便恼了，拿起钉耙在河面上一阵乱打，引得河神出来问是非，这才得知这妖精假扮沙僧弟子，他的真身其实就是当年沙僧遗落下来的九个不沉骷髅。

可是这骷髅要唐半偈又有何用呢？原来他就和当年的白骨精一样，枯骨修行不得血肉，所以要取高僧的肉体做个生骨长肉的器具。

此时猪一戒得河神引路，直杀奔假沙弥的府邸，却被他一口寒气，吹得冷透心窝，两手俱僵，连钉耙也提不起——只能一路奔回。

正当小行者与猪一戒束手无策之际，真沙弥却出现了，拿出一副金身罗汉的图像来对着河中一照，一道金光便如烈火一般直射入水底，将假沙弥的阴气销铄殆尽，那骷髅精几乎身体俱裂，只得伏在唐半偈膝前连连叩头求皈依，背着他重新上岸。于是骷髅精又现出原形，载着一行人过了流沙河，却也算是立下一桩功劳，于是唐半偈便咬破自家手指，淌血在那妖精顶门之上，登时一道热气，直贯丹田。

到此时，这四人一马组合，终于齐全。四人：唐半偈和孙、猪、沙三个徒弟；一马：虽不是真龙所变，却也算是好马。西游新故事，就此拉开序幕！

后西游第一个妖怪：他叫作"缺陷大王"

话说这《后西游记》，既然是讲再度西游的故事，那便必然又有妖怪出来阻挠。只是这后西游中的妖怪，却对这新一代的唐僧肉没什么兴趣。这回且讲这第一个妖怪，名号叫作"缺陷大王"，他却最不喜欢这和尚，为什么呢？因为他觉得和尚全无半点实际用处，只会张开嘴巴说什么佛和菩萨来骗人钱财而已。所以和尚专讲如何圆满，他便讲这世界如何不圆满。

"你佛教果是异端，不知天道。岂不闻天不满东南，地不满西北。缺陷乃天道当然，我不过替天行道，你怎么怨我？"

这话，便是小行者去寻他时他的回答。

话是这么说，可这怪又有什么神通呢？据说是一种弹指神功，只需手往下一指，地上便出现一个千万丈的大深坑。就因为这种弹指神功，他便称霸这方圆之地，村里的百姓都向他贡献牛羊，于是便有一个响亮的大名，叫

"缺陷大王"。

这显然是要与佛教做对了——小行者便起了好胜之心，找他一番恶斗。要说这缺陷大王的特长，显然就是制造地坑，可猴子却能腾云驾雾，弄不到他。结果这妖怪便只能找来一对藤鞭，与小行者对阵。打不到十个回合，又撑不住猴子那金箍棒的分量，于是只好钻入地面——嘿！这倒是个应对猴子的绝技。

但这么一来，小行者倒是明白过来了，原来按中国的五行学说来论，这个妖怪是个木属性，木能克土，所以他能往地下钻。而金又能克木，于是小行者这便去天上，寻找那太白金星，问他讨了一颗金母，埋到土里。当天色渐亮，金气便溢满大地，缺陷大王和他的部下在地下再也无法躲藏，只好暴露在地面之上。小行者便与猪一戒两个，拿着金箍棒和九齿钉耙，将这些妖精一一歼灭。

到这个时候，缺陷大王便无法抵抗，他只能化成一阵风往东南而去，这倒也好，唐半偈正和两个老头在东南方向的村口翘首以盼呢！结果一只手伸下来，抓起唐半偈便走。

小行者、猪一戒两个赶来之时，师父已然被抓走（这一集在真假沙弥之前，沙僧的接班人沙弥还没来报到），束手无策的猴子只好又找土地爷来问，这才知晓妖怪另有一个去处，就是葛藤的原生地无定岭。于是孙猴和小猪又往这无定岭追去，寻到葛藤之根，棒打耙筑，果然发现了妖怪的藏身之处。于是猴子拿棒子乱捅，妖怪现出原形，却是一只獾子，往洞后方逃窜之际，那猪一戒已然守住后路，一耙下来，这獾子便呜呼哀哉！

打完了缺陷大王，随后又是一个解脱大王，又将新唐僧捉去。话说这妖精倒也是个会讲经说佛的，他的意思，也不必啰里吧唆，最终无非两个字，叫作"解脱"——世间如此苦难，就让我一刀帮你解脱了也好！

这妖怪会说解脱，可被他捉去的唐半偈也说得一口好理由。他却说，大王你这解脱不对，还是佛的解脱好。

"佛的解脱比大王的解脱更捷径。大王只消回过心来，将宝刀放下，不独这三十六坑、七十二堑一时消失，即大王万劫牵缠缚束，亦回头尽解矣！"

这时孙猴和猪一戒、沙弥又来要人。解脱大王自然打不过他们三个，这便派个妖精与他们谈判，说："这山在西方路上从来平坦，不碍人行；后来生人生物过多，渐渐牵缠孽障。我大王见了不忍，因发宏誓大愿，逢人杀人，逢兽杀兽，将这些孽障解脱，以还出此山的清净面目。因将此山改名解脱山，自称解脱大王，日日在此解脱。不期今日遇了四位神僧过此，大王只认凡僧，误将令师拿了，绑吊在后洞石上，要一例与他解脱。今见三位神僧法力高强，方知不是寻常之辈，故遣小将出来与三位神僧讲和。两家俱不许用兵器，只请一位神师空手进洞。若有本事解脱出来，我大王情愿将白马、行李一并交还，听凭西行，再不敢阻滞；若是解脱不开，又自取缚束，却莫怪我大王无情。"

于是猪一戒先进去领教这七十二堑的功夫，其实无非就是一顿马屁而已，结果居然说得小猪神魂颠倒、束手就擒。之后沙弥进去，也是一样被捉。于是这便剩下小行者一人，好在这猴子机灵得很，他找块石头变成自己的模样在前，自己却变作苍蝇儿在后相随。结果一帮妖精围着石头拍马屁吹牛皮，自然全无半点作用。那解脱大王自己上前，更是被石头当场压断了腰。

正所谓"心生种种魔生，心灭种种魔灭"，实际上这一集的种种妖精，无非是人的种种情绪心结而已。人若是多欲望而不能达到，便容易生心魔——后西游解脱大王的这个情节，无非就是说这些而已！

后西游的鬼话：罗刹国

这一回里，唐半偈师徒四人在渡河的时候，船遇上大风，竟被吹到一个奇怪的国度。为何说这国家奇怪呢？因为这一国的国民，居然都不是正常人类，也不是普通妖怪，而是不入阴间轮回的孤魂野鬼；这一国的国王，更是当年与小行者的先辈孙悟空恩怨情仇演绎出不少故事的大力牛魔王，他的王后便是被猪八戒打死的玉面狐狸，而且还生出一个不输红孩儿的太子来，叫作"黑孩儿"。

这鬼国之中，还有一处罗刹女行宫——这罗刹女自然就是牛魔王的前任正妻铁扇公主，只不过《西游记》里说她最终结局是隐姓埋名去修行，最终得了正果。所以此时的她，已然比昔日的丈夫身份高出一截去。这鬼国虽然以她的名字而命名，实际上她却不在此间住，只有一座行宫，看来也只是偶尔前来光顾而已。

此时，唐半偈师徒一行人便在这行宫住下，虽然没有什么上好的招待，但有米粥喝、有房子给你住，已然是极好的了。可问题就在于那猪一戒，喝多了粥汤便要去解手，而解完手呢，看见街上热闹便又忍不住要去逛逛，这一逛，那便逛出事情来了。

什么事呢？他瞅见一卖包子的，便忍不住上前讨要施舍。这街市上人声繁杂，他说："化我两个。"卖包子的便听作"卖我两个"，当时就揭开笼屉给了他两个。结果两个不够吃，他连吃了四个依旧不饱，但问题是卖包子的问他要钱了，猪一戒却一文不名，于是在这集市之中，双方便拉扯吵骂起来。

猪八戒的后代有的是蛮劲，卖包子的自然拽不住他，被他一溜烟逃回行宫去。可这时候这一国的太子黑孩儿便巡街来了，听说有个猪头猪脑的家伙赖账不给钱，立马带着兵就循迹追来。

这一追查倒是好的，那猪一戒正吃饱了躺着睡呢，便被五花大绑带回宫中去鞭打——这便惊扰了宫中娘娘，那玉面狐狸就出来询问，待问清楚这猪精原来就是当年的仇人猪八戒后人之际，黑太子母子便动了复仇的念头。

于是一队鬼兵，便包围了行宫，要捉这唐半偈。先是变化成美女引诱他，后来又变成凶恶丑陋的魔鬼来吓唬他，怎奈和尚一心打坐，喧闹起来便惊动了小行者和沙弥，结果一场混乱，鬼兵们占不到优势，只能退去。

这时，小行者便发现了端倪，那猪一戒哪里去了？师徒三人，唯有到大力鬼王那里要人。鬼王既然是牛魔王，自然不乐意向孙猴子的后人屈服，一番交兵，虽然打不过孙小行者，可满天的阴风云雾，倒也让小猴子束手无策。

怎么办呢？自然还是得去找援兵。最初他想这鬼国阴暗无日照，那就得去找昂日星君。可星君却说没法子，那个地方就该没阳光。于是又转去找阎王，阎王则说那地方阴不阴阳不阳，既不属人间也不算阴曹。

最后，还是地藏王菩萨出计，让唐半偈念观音经，好嘛！这经文一念，登时便有佛光照入罗刹国。被绑在宫中的猪一戒被佛光一照，松了绑绳，反而捉住了落荒而逃的黑孩儿。到这个时候，大力鬼王便只能向小行者求饶——唐半偈一行四人，得以轻松过关。

弦歌村的正义：孙猴师徒居然都被说得哑口无言，最终只能以武力取胜！

鬼国之后，唐半偈一行继续西行，却来到一处地方。这地方倒也人丁兴旺，可是小行者一拿着钵盂进去，说是要化斋，村民们便都散开了，为什么呢？且听一位村民的回答："化斋想是要饭吃了！饭乃粮米所为，粮米乃耕种所出，耕种乃精力所成。一家老小费尽精力，赖此度日，怎么无缘无故轻易斋人？岂不是奇闻！"

这话其实是大有深意的。所谓佛教僧侣，云游四方是不带钱粮的，所以他们都得去化斋。可在这村民看来，化斋岂不就是要饭，这饭米我们可是花了力气与时日才播种得以收割而成，你要吃饭，那就得花钱来买啊，怎么平白无故就要人家白给你饭吃呢？

而在另一个老院公那里，这话说得就更明白了："若要执迷往西，饿死是不必说了；倒不如依我说回过头来，原到东土，那边人贪痴心重，往往以实转虚，以真易假，你们这教说些鬼话哄他哄，便有生机了！"

在这位老院公看来：原来东方人为什么会信佛呢？原因就是那边的人贪心重，因为贪心重，所以容易被人骗。而结果就是你们（和尚）吹牛说说鬼话，连哄带骗，钱米寺院这就都来了。

嘿！原来如此，所以照他们看来，佛教就是忽悠人的把戏而已。

所以小行者兜了半天，都没一人给他饭吃。没办法，最后他便以隐身术取了人家一碟酱瓜一碗饭回来，实际上，那便是偷了。

徒弟吃瘪，师父可是不信。接下来到了相对繁盛的弦歌村，唐半偈便自己出马去化斋。

结果又如何呢？事实是和尚听见有人吟诵一首诗歌："唐虞孝弟是真传，周道之兴在力田。一自金人阑入梦，异端贻害已千年。焉能扫尽诸天佛，安得焚完三藏篇。幸喜文明逢圣主，重扶尧日到中天。"

什么意思呢？中国之前是没有佛教的，大家都卖力种田，可是自从汉明帝梦见了一个什么金人之后，佛教就传进来了，结果如何呢？是贻害千年。这诗人的意思，就是要驱逐佛教，把那些白吃白喝不干活的淫僧都赶出去。

于是唐半偈又到别处去化斋，但别一处的人家居然也在吟诗（哎呀，这个村子还真是个个诗仙啊）："不耕而食是贼民，不织而衣是盗人，眼前君父既不认，陌路相逢谁肯亲？满口前言都是假，一心贪妄却为真；幸然痛扫妖魔尽，快睹山河大地新。"

不用说了，这家也是不肯斋僧的。

好不容易找到一个学堂，唐长老终于忍不住了，高叫一声道："过往僧人化斋！"

这便热闹了，这里有个老师带着十几个小学生在那里上课，恰好这时候是课间午休时间，老师正在弹琴呢，听见有人叫唤就找个学生去看看。

好嘛！这小孩子跑出来一看，不得了！一个光头。登时就吃了一惊，立刻赶回去向老师报告。

老师：是谁啊？

学生：不是人！

老师：不是人，难道是鬼吗？

学生：看上去倒也像人，可是有些不同寻常，所以不敢说他是人。

老师：有什么不同寻常啊？

学生：头上光光没半根毛，就好像日月照在顶上一般。

老师：哎呀！那就是和尚吗？

学生：和尚是人还是鬼？

老师：是人，可是却信奉鬼的道理。

学生：为什么这么说呢？

老师：西方有个教主，说他好的人叫他佛，说他不好的人叫他夷鬼。

要说这和尚也是爹妈养的，怎么就不算人呢？就是因为他们抛弃了做人的道理，剃去头发去侍奉什么佛。要说这个佛啊，谁又真见过呢？几乎就跟鬼一样。所以这就是人奉鬼道啊！

于是这老师就出来和唐朝来的和尚见面了，要说这一开口，和尚便输了一大截，为什么呢？人家说了，我们都不信你们这个什么佛，你干吗非要到我们来讨什么饭呢？要是乞丐我们还愿意施舍，可你不是，那就别闹了。有手有脚，那就干活去，自个儿养活自个儿！

一席话，直说得唐长老是满面通红，只好说佛理太深奥，你理解不了那也就算了，但至少你给我口饭吃啊！

先生这便又笑了："有付出才有回报。你一个和尚，不耕不种不劳动，闲得没事做去求什么真解，跟我们这边有毛关系？我拿自个儿的粮米填你那贪得无厌的肚皮，你当我傻啊？"

一席话，居然说得唐半偈哑口无言，回去之后，也只好苦叹。在他看来，化斋没化到还是小事，可这教书先生的一席话，一味毁僧谤佛，几将佛门面皮都剥尽，却是奈何？

其实倒也简单，你有理，你跟人家辩论啊！可是小行者便说了，辩论咱辩不过他，可咱有招，什么招呢？那就是拔出毫毛来，变做百千万亿个韦驮尊者，手执降魔宝杵，每家分散一个，立在堂中高声大叫道："活佛过，快备香花灯烛与素斋迎接，如若迟延，不诚心供奉，我将降魔杵一筑，叫你全家都成齑粉！"

看见没有，说理说不过，便只有武力威胁了。书中这便说，小行者自己也变了一尊韦驮菩萨，寻到学堂里来，将先生一把捉住，提到当街心里叫他跪下，又用降魔杵压在他头上，威胁他说："你小子居然敢毁僧谤佛，当得何罪？且押到阿鼻地狱，先拔舌、后敲牙，叫你万劫不得翻身。"

如此一来，弦歌村的百姓果然害怕了，这就纷纷备斋饭、送汤饼过来了——但这能真算是佛教的功劳吗？所以唐半偈这就叹息了："作此伎俩，实于心有愧！"

为什么说有愧呢？原因就在于唐半偈觉得自个在道理上就是讲不过那些村民啊！

文明天王三件宝：威力巨大的春秋笔与金元宝组合究竟是何寓意？

话说上一回，讲到唐半偈师徒在弦歌村装神弄鬼，搞了个假韦驮显灵、金刚开路，逼得村民无奈，只好拿着香炉斋供，拜伏路旁迎来送往——这一番情景，不久便传到了玉架山的文明天王耳中，这就派出两个将军，一个叫作"石将军"，一个叫作"黑将军"，前来拦截孙小圣四人。

可这两个怪，显然只是龙套而已，压根儿就不是孙猴子的对手。所以最终还是文明天王出阵，骑着楚霸王项羽当年遗留下来的乌骓马，出来与猴子对阵。而他手中的兵刃，就是一支文笔，叫作"文明笔"（实际上就是春秋笔，详见后文）。

一时间自然是不分胜负，于是天王便要个回马计，也就是假装战败后撤，趁孙猴追杀之际，一转身便扔出一件暗器来——什么暗器呢？那便是一枚金钱镖。

也就是说，这文明天王不但有笔，还有钱。当下眼瞅着他扔出大把金钱镖，可这猴子就是一毛不要，金棒挥舞，将这些钱全部打落在地。

虽然金钱镖没用，文明天王的真正兵刃却尚未发威，那便是他手中的笔。所以这时他便笑了，说，孙悟空那会儿俺还没出世，所以便宜了他，今天该你晦气，要在我的笔下永世不得翻身了！说着把手中文明笔一抛，那孙猴子初始还觉得好玩，将头一顶，把笔顶在头上，"虽也觉有千万斤重，只因小行者有力量，顶在头上毫不吃力"。

可这文明笔显然不是以重量压人的，随着天王一声大叫，说什么："至圣先师道通天地，文昌帝主才贯古今，岂可容异端作横，不显威灵？"那笔就如泰山一般压将下来，孙猴子登时就被压得力软筋麻，挫倒在地。

为什么神通广大的孙猴居然扛不住这一支笔呢？原来孙猴子虽然有些本事，却欠缺文字上的功夫，在孔孟面前自然就显得微不足道——这听上去像是神话虚构，可实际上却颇有历史与现实的验证。

可这文明天王，为什么就选中了这两样兵器呢？首先说这笔，那还好理解些，他主张的是文明教，自然要文笔做主。可是金钱呢？道理却也简单。古代的儒生，自然有为治国平天下而读书的，可是更多的显然就是为了以后能当官发财，光耀门楣。所以文明天王光有一支笔不行，那就必须有钱。

接下来这钱的威力便显现出来了，那猪一戒和小沙弥，被几个金钱镖就打得落花流水、束手就擒。而唐长老，虽然从小读过些诗书，所以还能挨得住这文笔，可文明天王又拿出一个金锭来，和尚便不行了："哎呦！你个妖怪，拿文笔压人也就算了，居然还拿元宝压我，嘿嘿！还有吗？再给几个成不？"

自然后来，小孙还是查出了这文明天王与文明笔的渊源。原来就是当初孔子拿来写《春秋》的那支笔，当时写到鲁昭公十四年，有一只麒麟出现，说是孔子的瑞兆，可上山砍柴的樵夫不识货，竟一刀将这珍稀神兽给砍死了。结果是孔子大哭一场，说自个生不逢时，写了"西狩获麟"四个字就置笔罢写——结果呢？这麒麟就托生成了文明天王，捡起孔子这支春秋笔，在西方做起了文明教的事业。

那么说到底，又是谁来收了这文明笔与麒麟怪呢？孙猴子这便上天，请来了"文魁"魁星——按理说他是文曲第一星，怎么着也该有点文人墨客的样子，可全然看上去就是个唱戏要宝的模样，孙猴子这便叹息了："嘴脸行状，也与小孙（行者）差不多，不像个文章之士！"

这叹息其实是有潜台词的，天庭其实也就等同于地方上的官府，朝廷里管文章的大官，居然跟个猴子差不多，说白了这就是一种暗讽，只要有上苍关照，哪怕你就是个鬼，也能做首席文官。而最终，这魁星便跳着大秧歌，从和尚头上捡走了春秋笔与金元宝——全部纳入私囊。而文明天王，终究只能现出麒麟原型，寂寞地隐退而去！

故事这就终结了，可其中的意义却是深远无穷。笔头加元宝，这是多么强势而可怕的组合啊！倘若在现实中，相信绝大部分人都难以抵抗此等组合的威力吧！

造化小儿的圈套！孙猴居然也跳不出这好胜的摆布

之后几回，无论是摆美人局来算计的麝妖，还是绑架皇太后的九尾狐，其实都有些平淡。这一回，司马就和大家一起来聊聊《后西游记》的造化小儿。

而要说这造化小儿，就必要先扯扯唐半偈师徒遇到的那一阴一阳两个极品妖怪。原来这阴大王与那阳大王，在这一座阴阳两气山上各占一边，一边尽是阴气森森，所以取经组合在这边是越走越冷；而另一边则是热气腾腾，唐半偈师徒没走几步，便受不了那烤炉般的高温，只能退回来。

怎么办呢？一头太冷、一头则太热，显然是因为气流不通，在孙猴想来，只要打通了脉络，让这两股气流交汇在一处便妥了。于是他和猪一戒在山上兜转半天，终于找到了一块黑白交错之地，推翻了那所谓的阴阳二气碑，一时间这两股气流便合在一处，不冷不热，师徒过此地便没问题了。

可是他们没问题了，这山上的阴阳两个大王却有问题了。这就来找唐半偈师徒的晦气，第一仗是硬碰硬，他们便输了。可第二仗，两个大王便动起脑子来了，这计便叫作诱敌深入。果然"咣当"一声，猪一戒便掉进陷阱，沙弥虽然和猴子逃走，那半偈和尚却实实在在成了他们的俘虏。

然而捉住和尚，却是更大烦恼的开端。孙猴子时而变作蜈蚣，时而变作苍蝇，惊扰得阴阳两处洞府人心惶惶，最后两个大王识时务为俊杰，他们不和这猴子闹，投奔造化小儿去了。好嘛！孙猴子这便找到了造化小儿的府邸。

那么这造化小儿又是什么来头呢？说起来也大有典故，原来以往春秋时代曾有个与孔子辩论太阳究竟是什么时候远、什么时候近的小孩，日后便是这造化小儿。他以往能难住孔老夫子，如今想要摆弄这孙猴子岂不简单？说白了也就是拿出一摆圈来套这猴子。

猴子却也不怕他，什么名啊利啊的，俺统统都不在意，你能奈我何？可就在这时，那小儿拿出了一个圈子叫作好胜圈，一下子便套住了孙猴子的要害。猴子无论如何上窜下跳，就是跳不出这好胜圈——气急败坏之下，他居然往天上乱撞，这便撞见了在云霄之上闲逛的太上老君。还是老君，为他识破这圈子的道理，你啊就是好胜心太重，什么都要比个高低，争个输赢，有必要吗？

正所谓一句话点破迷局，孙猴子终于明白了这个道理，散去争强好胜的念头，果然这圈也就套不住他了。降落在山头，造化小儿便笑了，说你既然已经明白其中奥妙，我也就不为难你了，当下释放取经四人组，让他们重上西天路。

《后西游记》中，这个圈子的故事，恐怕是最为精彩的一节。若是当年《西游记》里的孙悟空来走这一遭，恐怕也会重蹈后辈的覆辙吧！其实这好胜心，实在是人人都有的。而越是阅历浅薄的人，好胜心还越来得个重，相反倒是见历人世间种种风雨之人，会慢慢舍弃当初的好胜心，学会恬淡。这倒也算不上是什么深奥的道理，只是实在难以忍耐罢了，尤其是许多血气方刚的年轻人，以为学会了一身本领就可以仗剑走天涯，可是到处飞来的飞镖暗箭来伤人，你又怎么躲呢？从上头压下来的五指山，你又怎么躲呢？

竟有个妖怪，捉唐僧不是为了吃唐僧，而是为了孙猴子

这回说到《后西游记》第三十三回，唐半偈在松树下打坐，而孙猴子师兄弟三人却东歪西倒在草坡上睡得呼呼打鼾。有个妖怪，转到唐半偈身背后，拦腰轻轻一夹，也不待他开口吆喝，竟弄一阵狂风回山洞中。

这情节看似普通其实又不普通。普通的是唐朝和尚又被捉去了，不普通之处则是：这妖怪捉唐僧居然不是为了吃唐僧肉，而是为了孙猴子。

哎呦！听这意思，感觉这妖怪的品位可真是与众不同。

这妖精究竟是谁呢？

她便叫作"不老婆婆"，住在大剥山，至于她的本身，说实在的，书中却不曾讲明白是谁。只说这婆婆有三个特点：第一便是长生，说不知她有多少年纪；第二则是貌美长存，说是肌肤润如美玉、颜色艳似桃花，又有个绰号叫作"长颜姐姐"；而第三，那便是风风要要，不爱别的，单爱这兵刃上

的对阵厮杀。

怎么个对阵厮杀法呢？没别的意思，莫胡思乱想，只是比试武器，单挑厮杀而已，就如那叶问、李小龙一般，只不过叶、李爱的是拳脚过招，而不老婆婆喜欢的，却是这兵刃上的单挑。

这不老婆婆用的又是一件什么兵刃呢？据说这是一把了不得的玉火钳，说是女娲氏炼五色石补天时炉火中用的，后来补完了天，这把钳火气未熄，就放在山腰背阴处晾冷，不道忘记收拾，遂失落在阴山洞里，不知几时，被这婆婆寻着了，取回来终日运精修炼，竟炼成一件贴身着肉的至宝。

也正为有了这件兵刃，不老婆婆从此便有了生活的乐趣——大家试想一下，要不然这长生不老的老太太还能搞点啥呢？广场舞显然是她这种上等人士所不喜欢的。

可岁月漫长，与婆婆比试的人多了去了，竟没有一个能与她匹敌的。甚至说就连那韦驮的降魔杵，也甘拜下风（自然这一节是虚构的，显然韦陀并未与不老婆婆比武，这只是旁人的猜测而已）。

也正因为这个缘故，不老婆婆到处寻访能与自己匹敌的对手，她也曾听说孙悟空的金箍棒之威名，只是不巧没赶上，现如今听闻孙行者有了新的接班人，依旧使那根金箍棒，这便来了兴致，非要与这猴子大战三百回合不可。

要这般说起来，这话却也符合"棋逢对手、将遇良才"的意思。可问题就在于孙猴子的使命是护送唐朝的和尚去西天取经，老大圣如此，孙小圣也是这般！所以当孙猴与不老婆婆的初战结束之后，婆婆虽然恋战，猴子却不愿意与她多纠缠。

结果，不老婆婆便想出来这个馊主意：绑架唐半偈，让他们西行不成，如此一来，孙猴子不就能在此长久逗留，终日使棒与她过招了吗？

这，便有了本文开头的绑架唐朝和尚事件。

可这样一弄，事实上却开启了不老婆婆的走向死亡之路。因为这四人组必是要去西天的，当孙猴子醒来发现师父不见踪影，必然就怀疑到了不老婆婆头上，由此便拉开了之后的剧情序幕。猪一戒这就去见婆婆，说愿意留下孙猴与你耍棒，只求放我师父且去西天。

要说这婆婆还真是四肢发达头脑简单，这就信以为真，居然还扯了一段情丝，说是能系住猴子。于是猪、沙两个，这便带着和尚远去。而那婆婆，满心想着要和孙猴子棒来钳往对阵一番。但事实就是这等无情，一转眼，孙猴便已经将情丝扯断，大棒子砸将过来，老婆婆实在是招架不住，只能求饶，眼看着孙猴扬长而去。

孙猴虽然远去，这婆婆的好战之心却难以平静，在她看来，手里这对玉火钳好容易找到了对手，可那对手却对自己不屑一顾，正所谓："自古有情不如无情，多欲不如无欲，惺惺抱恨，不如漠漠无知；若使孤生不乐，要此长颜何用？不老何为？莫若将此灵明仍还了天地，倒得个干净。"

她大叫一声，居然提起玉火钳在山石上摔个粉碎，而后便照山崖一头撞去，登时万片冰魂飞白雪，一头热血溅桃花。

那猴子虽然一口拒绝，却似乎也有点牵挂，一回头看见这婆婆撞死山崖，心里却有些不忍，又见那些女子，都忙着拾取玉火钳的碎片，却无半个来埋葬婆婆。最终还是猴子回头，叫来山神与土地，埋了婆婆尸首，这才纵云赶上取经人群。

《后西游记》背后的历史：古典佛教！最终在印度消亡

不老婆婆之后，唐半偈师徒又经历多处磨难，最终抵达西天。然而当进入印度本土的莲花乡之际，却遭遇一个名为冥报和尚的"东正"学说。

什么是"东正"学说呢？简单而论，那就是一句话：佛法庄严富丽，当以东土为正。

这话在前来西天取经的唐朝和尚一行听来，简直就是大吃一惊、仿若隔世。众人皆知佛教兴起于印度，也就是这里所说的西天。而今唐朝和尚从东土来到西天，你怎么反而说应该以东土为佛教正宗了呢？

但在这《后西游记》中，冥报和尚所建立的从东佛教，还真就在这西天世界立足，不但将莲化西村的居民都哄骗得心摇情动，妄想富贵繁华，不肯自甘冷淡，更将教法渐渐行开，用小说中人物的说法："就连我东村也立脚不定，也有人道他说得有理。"

所以，冥报和尚朝夕与许多弟子诵经拜忏，望生东土。

这只是小说家言吗？

且放一边，咱继续往下看，唐半偈师徒继续往前行，到了灵山，遂一齐都拥上山来。不期到了二山门下，竟不见金刚守护；又到了三山门下，也不见金刚守护，一发惊讶。小行者道："不要惊讶，且走到大殿上去，自有分晓。"一齐走到大雄宝殿上，也是静悄悄不见一人。唐半偈惊得默默无言，只瞪着眼看小行者。

这里又大有奇趣了，师徒四人一马，千辛万苦抵达灵山，居然看不见金刚，更不见什么菩萨罗汉，直到那笑和尚出来，这才笑嘻嘻引着唐半偈师徒四人，东一转，西一趸，直走到一个去处。又不是山，又不是水，又不是寺，又不是院；也有树木，也有禽鱼，也有楼阁，也有烟霞，远远望去，但见一道白光罩定。笑和尚又笑嘻嘻用手指定道："那白毫光内有一个须弥园芥子庵，即世尊的极乐世界。"

为何《西游记》中华丽隆重的佛家天地，到了《后西游记》中便如此冷清落魄呢？

这，实际上就不是西游故事的虚构问题，而是佛教兴衰的事实问题了。单就印度而言，佛教的兴盛维持到后半段，问题便一个个出现了。

若是回顾佛教的兴起，我们发现的是：佛教在不断的裂变中。事实上在佛陀也就是佛教的创始人释迦牟尼逝世后的百年间，因为戒律和教义理解上的种种问题，慢慢出现了第一波分裂，那就是所谓大众部和上座部。之后又慢慢演变为大乘佛教与小乘佛教。

从对安置佛陀舍利的佛塔崇拜开始，大乘佛教的最初教团，即所谓"菩萨众"便已经出现。而到公元4—5世纪，因为强调瑜伽的修行方法，并以瑜伽行总括全部佛教教义，又出现了所谓"瑜伽行派"。

而与佛教不断分裂的同时，原本就早于佛教在印度存在的婆罗门教却有了新生的机会。原本在阿育王时代，佛教俨然已经成为印度的第一宗教，婆罗门教几乎进入衰微的境地。然而到了公元4世纪，也就是中原的"五胡乱华"时代，一个名为笈多的王朝开始在印度重新扶植婆罗门教复兴，而在随后的几个世纪里，这一宗教便慢慢演变成了印度教。

然而，直到大唐和尚玄奘来到印度之时，佛教在此仍旧占有主体地位，印度教的更大影响似乎是在民间。但佛教也不是丝毫未受影响，实际上，佛教开始不断地吸收印度教的仪式与理念，一种后来被冠以密教名号的思想逐渐渗入佛教世界。

就在玄奘之后的唐玄宗开元年间，一个叫作"无畏三藏"的印度僧人来到了中国，将密教的根本法典《大日经》带入此间。据说这就是汉地密教的开端。密教自然是与玄奘所带来的佛教理论大有不同的，他主张修"三密"，手结印契（身密）、口诵真言（语密）和心作观想（意密），三密相应，即身成佛。

这种密教思潮，在《后西游记》中也有反映。说的是："至长庆三年，忽来了一个胡僧，生得浑身墨黑，自称为乌漆禅师。知道封了经讲不得，就另立一个教叫作宗门，与人谈佛，只吐一言半语，要人参对。有人参对了，投着机便以为是，合不着意便以为非。今日东三，明日西四，糊糊涂涂，到底不知参对了些什么！争奈东土的愚夫愚妇偏喜在他乌漆桶子里讨生活，他宗门一教又沸沸扬扬兴于天下。"

而事实就是，《后西游记》在末尾说，虽然唐半偈取来了真解，实际上却未能起到太大作用。后来兴盛的，不是唐僧的这一派，而是乌漆禅师的那一派。

自然这其实有点腹诽密教的意思，密教毕竟还是佛教的一种流派，虽然你不认可它，但它依旧存在，而且很兴旺发达。

但密教也未能奠定统治地位，因为以往的婆罗门，这时又复兴起来——身为印度本土根基最为深厚的婆罗门教，即便是在佛教最兴盛的时候，也未失去它的影响力。民间固然不提，即便是印度的各邦国当政之人，也多有婆罗门信徒。换而言之，佛教在印度的根基，本身就不如婆罗门教那般深厚。

况且，大家也都能理解，佛教所主张的非暴力，实在很难让那些外来的游牧民族接受。游牧人征服农耕文明，本身就靠的是暴力，你让他放弃暴力，这不是在说笑吗？也正是因为这个缘故，游牧人若要接受佛教，必须是在进入文明社会之后，就好像宋代的吐蕃、元清时代的蒙古一般。

而在印度，征服者们显然更青睐婆罗门教，因为此时的婆教，已经成为印度教，不但拥有原本就强大深耕的根基，在许多方面也吸纳了那些佛教的主张。征服者若是信赖印度教，既有利于巩固他在印度的统治，也有助于他的享乐。

　　佛教这边呢，因为密宗的流行，实际上也掺杂了大量的印度教教义。所以这两种宗教，在印度大陆上越来越相似。而我们都知道，两种教义若是越来越相似，必然是强大、本土的一方兼并弱势的一方。

　　打个比方，此时的佛教，就好像是火炉之上的一个冰淇淋，融化只是个时间问题而已。

　　回过头去看西游，实际上玄奘所抵达的天竺，已然是印度教占据优势地位，玄奘的记录中，便可见湿婆、毗湿奴、梵天崇拜的种种痕迹，而这些神灵，自然都是印度教而非佛教的。

　　于是，事实就是从公元8—9世纪以后，印度的佛教僧团便走上日益衰败之路，一方面是内部派系纷争不已，另一方面则是君王百姓的离弃。而在经历了几个世纪的衰败之后，来自西北方向的伊斯兰教的重重一击，终于将佛教在印度的最后一点痕迹抹除干净——因为佛教僧侣多聚集于寺庙，又依赖于信徒的施舍，所以当旧政权被摧毁时，寺庙无力相助，佛教便失去上层支持；当佛教信徒遭遇屠戮时，寺庙也无力拯救，佛教便失去下层支持；而最终，当伊斯兰政权将刀锋指向和尚，将火炬抛向寺庙时，僧侣们只有两个结局：被杀或流亡。

　　这个过程是漫长而惨烈的，首先是公元10世纪的第一波入侵，旁遮普的佛教痕迹，被悉数抹平，寺庙被拆除，信徒要么改信，要么死，而和尚唯有流浪四方。大约在两百年后，也就是公元12世纪，第二波入侵，席卷整个北印度，包括那烂陀寺在内的佛教中心悉数被铲为平地，就连石块也被抛入河水。

　　此时唯有南印度，也就是地理学上的德干高原尚有少数佛教徒，但更多的是印度教教徒。而随后的伊斯兰教攻势，更将剩余的佛教连同印度教一并扫荡，直至16世纪。

　　据说，这期间曾有少数流亡者逃入喜马拉雅山区，前往山那边的藏区寻求庇护。其余，则前往尼泊尔、缅甸和柬埔寨等东南亚国度。而若是留下，便只能死路一条，因为就连佛像，也都被断头、断手、断脚乃至断鼻、断耳。

　　自然，印度大陆发生的这一切，喜马拉雅山另一边的明朝似乎并不太关心，因为明朝与之前的唐朝不同，如果说唐的视野是开阔的，那么明的视野就只能说是狭窄的，哪怕有郑和下西洋也是这样。更何况明朝本身也不是以佛教为国教的国家，所以没必要因为这个去出头做好汉。佛教僧侣出身的朱元璋是如此，后来的永乐皇帝就不必说了，郑和本人信伊斯兰教，他也不可能对印度的佛教有什么扶持的心思。

　　而《西游记》，恰好就诞生在这个时代。山那边的佛已经被摧毁，寺庙成为灰烬，僧人流浪在人烟稀少的山区；山这边的说书人却虚构着唐僧取经的故事，说完唐僧还没完，又扯一段唐半偈继续去西天的故事，但不论是这个还是那个，其实都与印度以及真正的佛教没太大关系了。

　　不仅与印度无关、与佛教无关，慢慢地也与那个真实的唐僧无关，反倒是道教意味浓厚的孙猴子、猪天蓬等成为故事的主角，取经、念经都忽略不计，除妖、打怪这些明显是道教的游戏反倒成了故事的主体。

　　或许，也正是因为这个缘故，从《西游记》诞生的那个年代开始，一直到民国初期，许多人都执着地认为，《西游记》的作者不是什么吴承恩，而是那个长春道人、武当派的高手丘处机。

尾　声

《西游记》里最大的佛是如来，可为何我们都念阿弥陀佛？

好吧！在这部《西游正史》的最后部分，司马和大家一起来聊聊中国人念得最多的佛，那便是阿弥陀佛。

阿弥陀佛是谁？他有另一个法号，叫作无量寿佛。在极古的从前，他是一个比丘，他发下将成就一个尽善尽美佛国的誓愿，不但如此，还要以最好也最巧妙的方法来度化众生。而最终，他也真的成为佛，他便是阿弥陀佛。

在佛教世界的西方，阿弥陀佛与观世音、大势至两位菩萨合称"西方三圣"。以我们的角度而言，阿弥陀佛就是西方的尊者，而观世音和大势至则是他的左膀右臂而已。

而这西方，便是佛教徒所念诵的西方极乐世界。严格说起来，《西游记》中的西天其实就该是阿弥陀佛所在的西方，只不过吴承恩显然有所混淆，将释迦牟尼与阿弥陀佛都混称为如来佛而已。

因为是极乐世界的尊者，所以阿弥陀佛的法力是极大的，他以无尽愿力誓度一切众生，不舍悲愿，以无量光明照独行者，业障重罪皆可消减，凡持其名号者，生前获佛护佑，消除一切灾祸业苦；死后更可化生其极乐净土，得享一切安乐——如此一来，你也就可以理解，为什么中国人那么喜欢念"阿弥陀佛"。

但，阿弥陀佛并不是印度佛教本身就有的。事实上，他更大程度上是大乘佛教的产物，而与小乘佛教关系就不大了。

大约在公元前5世纪，当佛教的创始人释迦牟尼去世，印度的佛教教团便开始走向分裂。在公元一二世纪，也就是《西游记》中所说的孙悟空大闹天宫事件过后不久，佛教便一分为二，产生了小乘（原有的佛教）与大乘（扩大化的佛教）。也就是这大乘佛教，从印度的印度教、波斯的明教之中吸取了大量鬼神形象，最后改变成佛教的人物，譬如观世音，据说原本就是印度民间的一位海神（自然，当是男神），而在引入中国之后，她也继续在海岛（如普陀山）落脚，保留了这一海洋信仰风格。

而在西方，当时称为波斯的伊朗地带，太阳崇拜尚未被伊斯兰教所最后清除之际，一尊太阳之神便被引入了佛教世界，他便是阿弥陀佛。

中国人对佛教的信仰，最初是弥勒佛更占上风，然而正如本书首篇所述，对弥勒佛的信仰很快演变成为一种民众起义风潮，信徒们都渴望痛苦尘世的早日结束，巴不得即刻便迎接弥勒佛的降临。

但事实便是，起义一拨拨被镇压，弥勒佛却始终未到来。王朝当局，也因为这个缘故渐渐淡去了对弥勒的崇拜。于是，阿弥陀佛便成了中国人的信仰，日后，以净土宗之名而风靡东亚，成为大乘佛教之主流。

最初，是在江西的东林寺，一个叫作慧远的僧人（据说是东晋时期中国第一名僧道安的弟子）在南方安置下第一尊阿弥陀佛像。祈祷的主要内容就是往生西方净土，对于当时处于分裂厮杀中的中国人而言，这显然是血腥战乱中的一丝明灯之光。于是，中国的净土宗便以此为起点，渐渐发扬光大。

而在百余年后，另一个山西的和尚，在洛阳遇到了叫作菩提流支的印度僧人，从他那里得到了《无量寿经》，因此也成了净土教徒。而这个山西和尚，日后便成了净土宗的五祖之首。

至唐代，净土宗已然成为扎根于中国大众的最重要佛教派别。而到了宋代，又有人主张和尚当一面参禅、一面念佛，祈求往生阿弥陀佛西方世界。结果在宋以后，阿弥陀佛信仰便几乎成了中国佛教的主流。到元代和清代，蒙古族与满族统治者通常会更青睐喇嘛教而排斥佛教，但对于人口主体的汉族大众而言，念"阿弥陀佛"已然是信佛的代名词。

那么，阿弥陀佛究竟是什么呢？他的梵文意思，其实就是"无限的光明"。众所周知，印度人生活在热带，太阳威力之强大自然是他们最大的体会，阿弥陀佛实际上就是太阳崇拜的佛教化。

在古印度人看来，太阳拥有无限量的光，也就拥有无限量的寿命，所以阿弥陀佛又叫无量光佛、无量寿佛。日出于东方，而没于西方，当其没入地平线之际，那样一种光辉灿烂的景象，实在是令古印度人所叹服。也是因为这个缘故，阿弥陀佛，便成了佛教世界中的西方教主。而在东方的中国人看来，佛本身就是西天之佛，所以阿弥陀佛，也实在就应当是最值得崇拜的佛了！

不过，印度人虽崇拜西方的阿弥陀佛，但也崇拜东方的阿閦佛。可传入中国之后，国人却只崇拜阿弥陀佛，对那东方之佛却置若罔闻。这大概就要归因于中国人的地理观，国人眼中的东方就是茫茫大海，有东海龙王、有蓬莱仙子，却不会有什么佛。所以，国人便舍弃阿閦佛，只接纳了阿弥陀佛。

这说明什么呢？首先，中国人实际上并不接纳真正的或是说原始的佛教，那是一种类似早期基督教的苦修主义宗教，欲获救于尘世，那就唯有自力苦修。而中国人心目中的佛教却是这样的，欲获救，那就给寺庙施舍财物，收了钱，佛就会帮你。其次，信阿弥陀佛，死后便有机会升入西方世界，"衣服宝器自然在前，金银琉璃等物随意而至，百味饮食，自然盈满"。这种空想的玩意，用在国人身上那是极有市场的。

佛教的新世界：退出印度的佛教，在整个东亚获得生机！

事实上，当佛教在南亚大陆日益衰亡之后，它却在雪山以北的整个东亚大陆获得了新的生机。

首先自然还是自印度西北入阿富汗越葱岭东来这条传统路线，从最早的"伊存授经"事件，也就是大月氏的使臣伊存向当时的汉朝博士弟子景卢口授了一遍《浮屠经》，据说准确的年份是西汉哀帝元寿元年，也就是公元前2年，这或许可以说是佛教入华的第一年。

　　然而从两汉一直到南北朝，汉人主体似乎并不太愿意接受佛陀的劝诫，更多的信徒，还是胡人。典型而言，如五胡乱华年代以暴虐闻名的后赵政权，其君主便是个典型的信佛者。

　　此一时，恰有一个僧人自西域而来，他便是佛图澄。据说抵达洛阳之际，他已然是七十九岁高龄，避乱四年之后，更达八十三岁，可是目睹当时的乱世，他还是决定用一种非常的方法，试图让那些屠戮者放下屠刀、立地成佛。

　　他先投奔到一个叫作郭黑略的将领门下，帮郭出主意，而这位此前粗鲁无智商的将领，骤然间就能在主将石勒（后赵开国君主）面前预测出战事的胜负来。石勒自然看出端倪，郭黑略这便向他推荐佛图澄。

　　而佛图澄又如何能取得石勒的信任呢？据说便是一场魔术，他先要一个盛满水的瓦钵，然后拿匕首往自己胸膛一刺，便挖出一颗血红的心来，而后又对着那钵水念念有词，登时清水起波澜，长出一朵洁白莲花来。此时，佛图澄便指着莲花对石勒说："我的心就如这莲一般洁白无瑕！"

　　石勒自然没见过这种魔术，当场效果极好，一班杀人魔头这便成了佛图澄的忠实信徒。

　　而在堪称史上第一大魔头的石虎掌权之后，佛图澄依然是他的座上宾，他甚至下令：佛图澄升殿，所有的人都要起立，以表示对他的尊敬；又命令司空早晚要亲自前去向佛图澄请安，太子、诸公每五天前往拜见一次，以表示皇帝对他的崇敬之情。

　　君主的推崇，对于佛图澄传教自然是有利的，他住在邺城内中寺之际，据说老百姓甚至不敢向那个方向吐唾沫。

　　但问题就在于佛法毕竟是为善的，第一条就是主张不杀，然而石勒、石虎显然都以屠杀起家，说白了就是一暴力团伙头目，你又该如何劝他弃恶从善呢？就连石虎自己也觉得不可能，于是佛图澄就劝解他："帝王奉佛，与庶民不同，只要能体恭心顺、提倡佛教，不为暴虐、不害无辜，就算是对佛诚心了。"

话自然是对的，石虎却不会完全听从，只是偶尔有所收敛罢了。

据说佛图澄活到一百十七岁之际，便派人向石虎告别，他还对自己的弟子说："戊申岁祸乱将渐萌发，己酉岁石氏当要灭亡。我在还未乱之前，先化去了。"

石虎听说大和尚出此言，赶紧到寺庙里来看望，佛图澄又对他说："国家兴修如此壮丽的寺庙，本应该享受福祉，可是终究杀人太多，违犯了佛教宗旨，如果你不肯改变的话，终究是不能享受福祉的。若是肯有所改变，国祚自会延长，我死后也就没有遗恨了。"

石虎自然是痛哭流涕，可实际上并没什么改变，结果便是佛图澄死后不久，后赵亦亡。

佛图澄的弟子之中，最有影响力的便是一个据说长得又黑又丑的和尚道安。师父圆寂之后，他就离开后赵都城。此后鲜卑慕容氏的燕国南下，却不信佛教，道安便一路南下，居然进入了当时尚为汉人统治的南方。最初是在襄阳，据说去之前，道安的大名已经传遍南国，所以一到襄阳，许多东晋的上层人士都给他送米送钱，或请他讲法。而当时东晋的玄学正在鼎盛时期，道安一上坛，也大讲有无本末这些玄学话题，以至于演绎出一种叫作"本无宗"的佛教学派来，一时深受玄学家们的欢迎。

但道安在此时的主要作为，还是将东汉至东晋的汉译佛典与注经作品做了一个考订整理的工作，编写了中国第一本佛典目录，就叫作《道安录》。

此后，当前秦苻坚攻克襄阳之机，道安又被送到长安，主持佛经的翻译校订整理工作。不过，此时道安翻译的大多是小乘佛教的经书，大乘佛经较少，所以《西游记》中，才会有中国没有大乘佛经，以至于需要唐僧师徒前往西天求取的说法。

而在苻坚打算发动灭晋统一华夏的战争之际，道安曾受朝臣之邀，进言规劝，然而结果却是无济于事。最终是苻坚兵败淝水，前秦覆亡。

然而虽是战乱世道，可佛教也终因战乱而发展起来，因为佛经讲求的是善、是慈，而这恰恰是乱世最缺乏的东西。加上上层统治者的支持，佛教便在南北朝乱世发展起来，到了隋唐两代，俨然鼎盛。以至于后来渐渐出现所谓毗昙宗、成实宗、三论宗、涅槃宗、律宗、地论宗、净土宗、禅宗、摄论宗、天台宗、华严宗、法相宗和密宗等十三宗，玄奘所开创的法相宗仅仅是其中之一而已。

　　而到了宋元明清，也就是《西游记》演化完成的时代，如法相宗这种"精英化"的佛教流派便渐渐衰退，大众化的禅宗和净土宗成为主流佛教。其中净土宗以口念"南无阿弥陀佛"为修行方式，以往生西方极乐世界为宗旨，是最简便的法门，所以在民间影响最大。而禅宗则奉菩提达摩为初祖，到五祖弘忍时期创建"东山法门"。他的门下又出来神秀、慧能两大弟子，分成南北两宗。

　　这南、北两宗，日后的命运便大不相同，北宗不久便衰落，而南宗竟然成了禅宗的主脉。到了近代，汉地的佛寺，除了少数律宗和天台宗的寺庙外，几乎是清一色的"禅净双修"寺庙，换句话说，禅宗和净土宗，最受大众欢迎的两大宗派二合为一了。

　　自然，这是中原汉地。而在青藏高原之上，佛教的进入则是在唐初，一方面自印度本土，另一方面则是从大唐，佛教两面入藏，与当地本有的苯教不断冲突、融合，渐渐形成了以大乘为主又吸收大量苯教元素的藏传佛教。到清代，便最终形成了达赖喇嘛和班禅额尔德尼两大活佛的转世制度。

　　而另一方面，来自东南亚的上座部佛教也就是小乘佛教，大致于隋唐时期传入中国的云南地区。保持早期佛教的一些传统，崇拜佛牙、佛塔、菩提树等释迦牟尼的纪念物，又特别重视禅定和早期佛教戒律。因为小乘佛教的深刻影响，西南一些民族的男子几乎每个人都会在他的少年时代去做和尚，数年后大部分人还俗，一部分则成为终身僧侣。自然，若是你很另类，从未做过和尚，在这些地区是很受鄙视的。

　　除此之外，再往东去，那便是朝鲜半岛和日本，东传的佛教，在那里也兴旺起来。

首先接触佛教的，是朝鲜半岛北端的高句丽。据记载，第一批僧人进入半岛，是在上文讲过的前秦苻坚时代；随后，又有一个来自东晋的僧人抵达高句丽，当时的高句丽小兽林王，还为这个东晋僧人专门建了一座寺庙，叫作伊弗兰寺。而随后，另一个来自东晋的僧人则抵达了百济国。最晚接纳僧人的，只能说是新罗，在此百余年后，才允许佛教僧侣进入。

　　但随后，佛教很快便在半岛上迎来了一个黄金时代。几乎所有的佛教流派都进入了半岛，而半岛三国也都毫无二致地加以扶持，很多僧人都到大唐来求取佛法，甚至也有人如玄奘一般远涉印度，如百济的僧人谦益，曾到过中印度；新罗的僧人慧超，曾踏遍五天竺。

　　自然，说起来最有名的，还是玄奘的弟子圆测，据说他便是新罗王子，最后在中国圆寂。而新罗本国的佛教发展，也与其他两国大不相同，走出一条独特的"护国佛教"路线，甚至由此出现了以佛教弥勒信仰组织训练而成的"花郎"组织，将忠君爱国、武艺锻炼等许多要素糅合一处，2016年，韩国便有以此为题材的热门电视剧上映。

　　而在此之后，佛教便从朝鲜进入日本。6世纪中叶，百济圣明王就把金铜释迦佛像和经论幡盖赠给了日本，佛教由此东传。后来一个叫作慧慈的僧人东渡之后，还一度成了日本圣德太子的老师。

　　而与玄奘有关的，据说是一个叫作道昭的日本僧人，曾侍从玄奘学习法相宗，日后回到日本之后，便开启了日本的法相宗。

　　自然，值得大书一笔的，还是稍晚于玄奘的大唐僧人鉴真，大约在公元742年，也就是李林甫口蜜腹剑的年代，日本留学僧人荣睿、普照到达扬州，恳请鉴真东渡日本传授"真正的佛理"，为日本信徒授戒。彼时从大陆去日本，实在是风险很大的事，所以寺中僧人，差不多个个默然无应。最终还是大明寺的方丈鉴真起身，慨然表示："是为法事也，何惜身命！"

　　但东渡真不是件易事，虽然从地理距离而论，远不如玄奘的西行艰难漫长，但十年之内，鉴真的五次东渡都告失败，换来的是鉴真双目失明、大弟子圆寂，甚至连邀请他的日本僧人都病故。

　　也就是在第五次东渡之际，因为航师迷航，又加上台风劲吹，鉴真等人的船只，居然失去控制，"风急浪峻，水黑似墨"，船上一帮和尚，个个念观音，结果观音还真显灵，这就改变方向，向南一直漂到了位于海南岛上的振州（今三亚市），以今日而论，这便到南海了。而为了稳定人心，鉴真便和日本僧人给大家说有神来托梦，一个神说东渡有望成功，一个说天神会送水给和尚们解渴，又授意给水手，说风雨中望见有四位神王，两个在船头、两个在樯舳边，护佑航行安全。

结果这一回，大风推着船向南去，便一直推了四十天左右，这期间鉴真等人看见了在海上群集洄流的海蛇，又看见了自水中跃起在空中飞翔的飞鱼，甚至还看见展开翅膀好像一个人大小的飞鸟。

最终抵岸之际，居然已是这一年的冬季十一月，只不过因为是海南岛，所以树上果实累累，林间新竹生笋，景物无异于春夏季节。僧人们纷纷打水引用，就在这时来了四个商人，告诉他们说："快跑，这里的野人要吃人！"

随后，鉴真的船驶入港湾之际，还真遇见披头散发拿着刀乱砍的野人，和尚们吓了一大跳——自然，随后抵达振州州城之后，当地的官员以及地方名人听说有高僧前来，纷纷前来迎接，这便又是另一番景象了。

于是在大唐天宝十二年，鉴真第六次东渡，终于顺利过海，在日本鹿儿岛登陆，第二年抵达当时的日本首都平城京，也就是今日之奈良，受到极盛大的欢迎。

随后，鉴真便在日本开创佛教律宗，此时的日本是极崇唐的，所以上至天皇皇后，下至百官，据说都接受了鉴真的授戒，皈依佛门（自然，不是说日本个个都做了和尚，只是俗家弟子而已）。后来，又建起一座唐招提寺，至今仍在。

事实上，对日本而言，鉴真东渡的意义，绝不亚于玄奘的西游。

后　记

一部《西游记》，大概是许多国人儿童时代的最爱。但喜欢，并不等同于了解。唐僧、孙悟空、猪八戒、沙和尚，在这些形象的背后，其实有着漫长深远的演变过程。而我们所知的，仅仅是"86版"《西游记》的形象与故事而已。

　　因此，在许多年后，我便有一个理想，想要把这些演绎背后的故事写下来，从最初玄奘在荒漠中的孤独行走，到后来的寺院说《大唐西域记》，再到宋代的民间艺人以说书的形式将其改造成为一个类似于大冒险的故事，最终则是明代的文学虚构改造，在吴承恩笔下形成了《西游记》的最终面目。

　　想想这些漫长的演变历程，你就能知道，罗马不是一天造成的，而西游，也不是一人铸就的！

司马路

2016年7月31日